KB045955

타츠야가 출현한 장소는 황제와 그의 측근만이 드나들 수 있는 정원이었다.
그리고 우연히 그 장소에서 황제가 휴식을 취하고 있었던 것이다.
『──재미있군. 이것도 어쩌면 운명이겠지.』
그런 목소리를 들으면서, 타츠야의 의식은 어두워졌다.
그리고 다시 눈을 떴을 때엔 타츠야의 몸에는 상처 하나 남아 있지 않았다.
타츠야는 그 행운에 의해 목숨을 건졌다.
그리고 그 은혜에 보답하기 위해서라도,
한 번 버린 목숨을 황제를 위해 쓰겠다고 맹세한 것이다.

아이스 드래곤 로드
빙설용왕
(氷雪龍王)

윈드 드래곤 로드
열풍용왕
(烈風龍王)

ㅣ스 드래곤 로드
지쇄용왕
(地砕龍王)

임모탈 킹
사령왕
(死靈王)
아다루만

라미리스의 졸개
미궁통괄자
(迷宮統括者)
베레라

파이어 드래곤 로드
화염용왕
(火炎龍王)

데스 팔라딘
사령성기사
(死靈聖騎士)
알베르트

나인 헤드
구두수
(九頭獸)
쿠마라

인섹트 퀸
곤충여왕
(昆蟲女王)
아피트

인섹트 카이저
곤충황제
(昆蟲皇帝)
제기온

지하미궁)
던전 10걸

Story by Fuse, Illustration by Mitz Vah

후세 지음
밋츠바 일러스트
도영명 옮김

전생했더니
슬라임이
있던건에 대하여 **12**
Regarding
Reincarnated to Slime

전생했더니
슬라임이
었던 건에 대하여 12

Regarding
Reincarnated to Slime

서장
광대의 도망

Regarding Reincarnated to Slime

카구라자카 유우키는 천재였다.

원래 살았던 세계에 있었을 때도 유우키는 특별한 힘을 지니고 있었다. 염동력──소위 사이코키네시스라고 하는 초능력의 일종을, 태어나면서부터 다룰 줄 알았던 것이다.

그렇다고 해서, 그 힘을 써서 뭔가를 해보려는 생각은 들지 않았다. 왜냐하면 자신의 힘을 누군가에게 밝히는 짓을 했다간 구경거리가 될 게 뻔하다는 것을 알고 있었기 때문이다.

일상은 지루했지만, 그런대로 즐길 수 있었다.

부모님은 그에게 다정하게 대해줬으며, 친구들도 나름대로 있었다.

돈을 버는 것도 그에겐 별 어려울 것이 없었고, 원하면 무엇이든 손에 넣을 수 있었다.

불만 같은 건 아무것도 없었다.

그러나 어느 날.

갑작스러운 불행이 유우키를 덮쳤다.

유우키가 중학생이 막 되었을 무렵, 부모님이 사고에 휩쓸려 죽은 것이다.

부모님에겐 아무런 잘못이 없었고, 졸음운전을 했던 운전수가 몰았던 트럭이 가족이 타고 있던 차를 정면충돌하는 바람에 즉사했다.

뒷좌석에서 자고 있던 유우키만 살아남았다.

이건 말이 안 된다고 유우키는 생각했다.

사고를 일으킨 운전수를 증오했지만, 유우키가 할 수 있는 것은 아무것도 없었다. 일본이라는 나라는 법치국가이며, 개인의 복수는 법률로 인정이 되지 않았기 때문이다.

재판 결과, 여러 가지 사실이 판명되었다.

무리한 조건으로 일을 받는 바람에 운송회사의 처리능력이 쫓아가지 못하고 있었다는 것.

그 결과, 고용된 현장작업원에게 부담이 가는 바람에 과로임을 알면서도 일했다는 것.

운전수도 또한 피해자였다.

그럼 운송회사에 잘못이 있는 것인가 하면, 그렇다고 단언할 수 없는 사정이 있었다.

대기업의 의뢰를 거절하면 다음에는 주문이 오지 않게 된다. 오래 알고 지낸 거래처의 주문은 그렇게 쉽게 거절할 수 있는 게 아니었다.

그렇게 되면, 업무체제를 개선해야겠지만, 숙련된 운전수를 고용하는 것은 쉬운 일이 아니었다. 젊은 인재를 고용해서 교육하려고 해도, 회사가 체력적으로 그럴 여유가 없는 것이 현재의 실상이었던 것이다.

뭐야, 그게──라고 유우키는 탄식했다.

세상은 너무나도 부조리했고, 그는 너무나도 무력했다.

누구를 원망하면 되는 거지?

엄밀하게 말하자면 사회구조 그 자체에 문제가 있다고 할 수 있었다.

그런 사회에 대해 복수하고 싶다고 생각해봤다.

하지만 유우키가 할 수 있는 것은 아무것도 없었다. 그는 천재였기 때문에 바로 자신의 한계를 깨달아버렸다.

세상은 고도로 발달하여 완성되어 있었다.

비록 초능력이 있다고 해도, 약간 강하기만 한 개인의 힘으로는 아무것도 바꿀 수 없었다. 군대를 상대로 이길 수도 없었고, 또한 승리할 수 있다고 해도 그 뒤에 기다리는 미래 같은 건 존재하지 않았다.

자포자기가 되어 사회를 파괴하고, 제로부터의 재구축도 검토해봤지만…… 그건 불행해질 사람들을 대량으로 낳는 결과로 이어진다.

유우키는 그렇게까지 단단히 마음을 먹고 일을 벌일 수는 없었다.

진심으로 사회를 바꿀 생각이라면, 꾸준히 자신의 생각에 동조해줄 동료를 늘릴 수밖에 없었다. 그런 뒤에 정치가가 되어서, 자신의 바라는 대로 국가를 개선해나가는 것이 유우키가 이끌어낸 유일한 방책이었다.

길게 봐야 하는 여정.

진심으로 임하면 실현가능하겠지만, 그건 수십 년을 단위로 잡은 미래의 이야기가 된다.

유우키는 고민했고——.

결단을 내리기 전에 다른 세계로 건너가게 되었다.

그건 과연 유우키에게 있어서 행운이었을까, 그렇지 않으면 불운이었을까…….

유우키를 이 세계로 부른 것은 마왕 카자리무의 원념이었다.

육체를 잃고 스피리추얼 바디(정신체)만 남은 카자리무이었지만, '커스 로드(주술왕)'로서의 힘을 잃은 것은 아니었다.

카자리무는 시간을 들여서 자신이 부활하기 위한 준비를 했다.

그리고 실행으로 옮긴 것이 자신의 정신에 적합한 육체를 소환한다——는 방법이었다.

물론 소환할 대상에게 걸 제약은 면밀하게 확인하고 있었다. 만일의 경우에라도 실패는 허용되지 않는 의식이었으며, 자신의 지배능력으로 주인(呪印)을 새겼고, 그런 뒤에 소환을 시도한 것이다.

소환된 대상은 아무것도 모른 채 마음이 망가질 것이다. 그런 뒤에 카자리무가 영혼의 힘을 빼앗고 그 육체를 차지하여 부활한다는 계획이었다.

카자리무의 오산은 소환한 상대가 유우키였다는 것이다. 유우키에겐 카자리무가 걸었던 모든 주술이 통하지 않았던 것이다.

유우키는 그 천재성으로 그 세계의 구조를 이해했다.

세계를 건너온 시점에서 그가 바라는 힘을 그대로 얻은 것이다.

이 세상을 개변시킬 수 있는 힘을.

그건 순수한 에너지 그 자체였으며, 자유자재로 그 본질을 변화시킬 수 있는 '영혼의 힘'이었다.

그 이름도——유니크 스킬 '만드는 자(창조자)'——.

리무루에겐 특수능력 같은 건 아무것도 없다고 말했지만, 그건 당연히 거짓말이었다.

그 힘으로 맨 먼저 만들어낸 것이 자신에게 향하는 악의의 무효화——'안티 스킬(능력살봉)'이었다.

이로 인해 카자리무의 계책은 무너졌다.

더구나 유우키에게 패배하면서, 그의 밑으로 들어간 것이다.

그리고 유우키는 이 세계에서의 자신의 존재의의를 알았다.

이 세상은 약육강식으로 돌아가며, 아직 완성과는 거리가 먼 불완전한 구조로 성립되어 있었다. 그렇다면 자신이 바로 이 세계의 지배자가 되어서 올바르게 세상을 이끌면 된다.

이 부조리한 세상에 정면으로 도전하겠다고, 유우키는 그렇게 결심한 것이다.

유우키의 행동원리는 세상에 대한 도전이었다.

세계정복——그 목적을 향해서, 유우키는 움직이기 시작한 것이다.

*

유우키는 라플라스, 풋맨, 티어, 이 세 명과 함께 극도의 혼돈에 빠진 대성당에서 탈출했다.

그리고 일행은 그대로 신성교황국 루벨리오스에서 도망을 시도했다.

정세를 확실하게 파악하고 싶은 유혹을 받기도 했지만, 그 자리에 머무르는 것은 위험하다고 판단한 것이다.

폭주상태에 있는 '용사' 클로노아는 유우키가 제어할 수 있을 정도로 만만한 상대가 아니었다. 적과 아군을 구별하지 않고, 그 자리에 있는 모든 자를 적으로 여기는 무시무시한 존재였던 것이다.

그란베르는 그걸 알고 있었으면서, 유우키에게 공동전선을 펼치자는 제안을 했을 것이다.

유우키의 입장에선 달갑지 않았지만, 이번에는 상대 쪽이 한 수 위였던 것이다.

"그건 그렇고 큰일을 겪었구먼. 모처럼 마왕 루미너스를 제치고 '용사'라는 궁극의 결전병기를 우리 손에 넣을 수 있었는데……."

"훗훗호, 차원이 다른 실력이더군요. 우리 손에 넣지 못한 것은 아쉬웠지만, 그 여자를 상대로 싸웠다간 그 자리에 있던 자들은 다들 죽지 않았을까요?"

라플라스가 투덜거리는 소리를 듣고 풋맨이 대꾸했다.

그 말은 지당했지만, 과연 그렇게 일이 잘 풀렸을지는 의문이라고 유우키는 생각했다.

"과연 그럴까? 그렇게 보여도 마왕 리무루는 터무니없는 힘을 가진 존재거든. 하물며 그 자리에는 루미너스랑 레온까지 있었어. 마왕이 세 명에, 힘 있는 마인들도 여러 명. 어느 쪽이 이겨도 이상할 건 없었다고."

"그러네. 그 그란베르라는 자도 과거에 '용사'였던 만큼 상당히 강했으니까 말이지. 나도 누가 살아남았을지 상상도 안 돼."

라플라스와 티어는 풋맨처럼 낙천가이진 않았던 모양이다. 유우키와 마찬가지로 리무루 쪽이 승리했을 가능성도 고려하고 있었다.

유우키에겐 확실히 클로노아가 승리해주는 것이 가장 좋은 결과였다.

그렇게 되면 번거로운 상대인 리무루에, 눈엣가시였던 그란베르, 장래에 위협이 되었을 루미너스에, 라플라스 일행이 증오하는 레온까지 포함하여 방해자들이 일제히 사라지는 것이니 서쪽의 지배는 완료된 것이나 마찬가지가 된다.

남은 클로노아는 상대하기 힘들긴 해도, 자아가 없다면 그렇게까지 두려워할 것은 없다. 적당한 마물로 유도하여 사막의 건너편까지 쫓아내는 방법 같은 것도 선택할 수 있을 것이다.

강하기만 한 상대 따위는 유우키의 입장에서 보면 아무런 위협도 되지 않는 것이다.

그렇기에 더더욱 누가 살아남았는가 하는 것만이라도 확인해보고 싶었지만…….

"아니, 역시 도망치길 잘한 거야. 우리도 무사히 넘어가진 않았을 테고, 게다가──."

안 좋은 예감이 든다──고, 유우키의 직감이 알리고 있었다.

앞으로의 방침을 정하기 위해서라도 그 대혼란의 정세를 파악했어야 했다. 그렇게 생각했지만, 유우키는 자신의 직감을 믿고 도망치는 쪽을 선택했던 것이다.

만약 클로노아가 패배했다면, 살아남은 마왕들이 눈엣가시로 여겼을 것이 틀림없다. 리무루도 유우키의 배신행위를 눈치 채고 있었으니, 더 이상의 변명은 불가능했을 것이다.

이번 실패로 서쪽에 구축해둔 거점도, 지위도 모두 잃어버리게 되었다.

그것도 다 그란베르에게 속아 넘어간 자신이 어리석었기 때문이라고 유우키는 생각하고 있었다. 그러므로 그런 결과는 자업자 득으로 받아들이고 있었다.

그렇기에 더더욱 도망치자고 결심한 지금, 유우키에게 망설임 같은 건 없었다. 그 빠른 사고전환이 유우키의 우수한 점이었으 며, 그 판단력으로 어려운 국면을 몇 번이나 빠져나온 실적도 있 었다.

지금도 마찬가지야. 유우키는 그렇게 생각하고 있었다.

하지만.

곧바로 유우키는 그게 안일한 생각이었다는 것을 이해하게 되 었다.

빠른 속도로 지상을 달려가는 유우키 일행 앞을, 갑자기 한 명 의 남자가 가로막고 서 있었다.

그 옆에는 눈이 번쩍 뜨일 만한 푸른 머리카락의 미녀가 대기 하고 있었다.

그 미녀는 자리에 어울리지 않게 암홍색의 메이드복을 입고 있 었다.

"——?!"

"누구야?"

위험을 감지하고 멈추는 유우키.

라플라스가 물어보아도 그 남자는 대답하지 않았다. 유우키에 게 시선을 고정시킨 채, 라플라스와 다른 동료들은 눈에도 들어 오지 않는다는 태도였다.

"훗훗호, 우릴 방해할 생각이라면——."

앞으로 나선 풋맨이 그 남자와 메이드를 처리하려고 했지만, 다음 순간 갑자기 나타난 누군가의 손에 의해 풋맨은 지면에 억지로 처박혔다.

그자는 푸른 머리카락의 미녀와 마찬가지로 암홍색의 메이드복을 입은 여성이었다.

머리카락의 색은 녹색.

그 정체는 물론, 몇 초 전까지 잉그라시아 왕국에서 암약하고 있었던 미저리였다. 테스타로사가 출현하는 바람에 어쩔 수 없이 작전을 종료시키고, 그대로 이곳까지 바로 날아온 것이다.

여기에 미저리가 온 것을 보더라도 푸른 머리카락을 가진 미녀의 정체가 레인이라는 걸 알 수 있었다. 그리고 당연히 그녀들이 따르는 자는 이 세상에서 한 사람뿐이다.

마왕—— 기이 크림존.

로드 오브 다크니스(암흑황제)라는 이명을 지닌 최강의 존재.

핏빛보다도 짙고 어두운 붉은색(루쥬)의 머리카락을 나부끼면서, 금과 은으로 이뤄진 별을 아로새긴 것 같은 진홍색의 눈동자로, 기이가 유우키를 바라봤다.

"여어. 초면이 되려나. 기뻐하라고. 넌 내 흥미를 끌었으니까."

기이의 시선은 유우키에게 고정되어 있었다.

다른 자들은 눈에 들어오지 않는다는 듯이.

유우키는 그걸 느끼면서, 기뻐해야 할지 슬퍼해야 할지를 고민했다.

풋맨이 미저리에게 한방에 당한 시점에서 상대의 역량은 간파할 수 있었다.

그 사실보다도 눈앞에 있는 이 세 명의 머리카락 색. 그리고 특징적인 메이드복. 이것들은 카가리, 즉, 카자리무랑 클레이만으로부터 들었던 어떤 자들의 특징과 일치했다.

즉, 눈앞에 서 있는 이 남자가 바로 자신의 목표로 삼아야 할 이 세상의 정점이었다.

세계정복이라는 야망을 기치로 세우고 있는 이상, 언젠가는 대치해야 할 상대인 것이다.

"그렇군, 네가 최강이라고 불리는 마왕, 기이 크림존인가. 만나게 되어서 영광이야. 내 이름은 카구라자카 유우키. 설마 그쪽이 먼저 나서줄 줄은 생각하지 못했지만, 나와 손을 잡을 생각이 있는 건가?"

유우키는 기이에게 압도되지 않은 모습으로 씨익 웃으면서 응했다.

당연히, 그렇게 바라는 대로 얘기가 진행될 리가 없다. 풋맨에 대한 대응을 보더라도 기이 일행이 우호적인 관계를 구축하려고 한다는 건 있을 수 없는 얘기였다.

유우키는 그걸 이해하고 있는 상태에서, 그래도 친근한 말투로 그렇게 말하고 있었다.

이건 유우키의 교섭술인 것이다.

상대의 사정과 목적을 알아내기 위해서, 뜬금없는 얘기를 꺼내 반응을 살피고 있는 것이다.

"아———핫핫하. 재미있는데, 너. 나를 앞에 두고도 대단한 배짱이야. 그것도 나쁘지는 않은 이야기 같지만, 너는 레온의 적에 해당하는 존재거든. 그리고 넌 지금 동쪽으로 갈 생각이지? 내 입장에선 루드라 쪽에 전력이 늘어나는 건 달갑지 않단 말이지—."

교섭은 결렬.

애초에 처음부터 유우키는 이 제안이 성립될 것이라곤 생각하지 않았다. 아쉽다고 생각하기보다 기이의 말을 듣고 간파할 수 있는 정보를 음미하는 것에 집중했다.

루드라라는 건 동쪽 제국—— 나스카 나무리움 우르메리아 동방연합통일제국의 황제, 바로 그자의 이름이다.

그 말은 곧, 기이와 루드라의 사이엔 어떤 관계가 있으며, 적대하고 있다는 걸 알아낼 수 있었다.

(——그러니까 우리가 동쪽에서 합류하기 전에 제거하겠다는 말인가? 최강의 마왕과는 가능한 한 붙고 싶지 않았지만, 이렇게 된 이상은 어쩔 수 없나…….)

그렇다면 기이와의 싸움은 피할 수 없다.

도망은 불가능하다.

이런 상황에선 어설픈 잔재주는 부려봤자 의미가 없다.

그보다 최선을 다해서 기이에게 도전하는 쪽이 더 승산이 있을 것이다.

그렇게 유우키는 판단했다.

"흐—응. 뭐, 좋아. 적대하겠다면 그건 그것대로 내게 나쁠 건 없지. 거점을 동쪽으로 옮기기 전에 최강의 마왕이 지닌 힘을 시험해볼 수 있으니까."

기이를 도발하려는 듯이, 유우키는 그렇게 대꾸했다.

그와 동시에 마음속 깊은 곳에서 끓어오르는 듯한 흥분이 유우키의 온몸을 감쌌다. 계속 억누른 채로 숨기고 있었던 자신의 실력을, 지금 이때 최강의 마왕을 앞에 두고 해방하겠다고 결심했다.

패배 따위는 상상도 하지 않은 채, 유우키는 기이와 마주 보고 섰다.

*

유우키에게는 자신이 있었다.

일대일이라면 어떤 상대에게도 이길 수 있다는 자신이.

폭주하는 클로노아를 보고 상당히 위험한 상대라고 느꼈다.

하지만 그뿐이었다.

진심으로 상대한다면 고전을 하더라도 이길 수 있을 것이라고 생각했다.

그리고 그 자리에는 명백한 적대관계가 되어버린 마왕들이 있었다.

레온이랑 루미너스.

그리고 그 사람 좋은 리무루도 유우키의 본성을 알아차렸을 것이다.

사실은 예전부터 리무루는 유우키를 적이라고 간파하고 있었다. 그러므로 이 점은 유우키에겐 유리하게 작용하고 있었다. 아무것도 모르는 척하고 리무루를 이용하려고 했다간 오히려 덫에 걸렸을 것이다.

그런 사실까지는 몰랐던 유우키였지만, 리무루가 적으로 돌아섰다는 판단은 틀리지 않았다.

아무리 유우키라도 세 명이나 되는 마왕에 클로노아까지 동시에 상대할 정도로 자신감이 지나치진 않았다. 비록 안 좋은 예감이 들지 않았더라도, 그 자리에서 물러나는 것을 선택했을 것이다.

하지만 지금은 다르다.

좋지 않은 예감의 정체는 바로 눈앞에 서 있는 남자였던 것이다.

그렇게 이해한 유우키는 이 자리를 온 힘을 다해서 돌파하겠다는 결단을 내렸다.

"헤에, 내게 이길 생각을 하고 있나?"

즐거운 표정으로 웃는 기이.

"그런 셈이지. 어차피 언젠가는 쓰러뜨릴 예정이었으니, 예정이 조금 빨라졌다고 할까."

유우키의 태도를 보고, 레인과 미저리가 살기를 띠었다. 그런 그녀들이라고 해도 주인의 허락 없이 함부로 입을 열지는 않았다.

기이는 절대적인 지배자이며, 기이의 몸의 안전을 걱정하는 것은 불경한 짓이었다.

기이는 아주 변덕이 심했으며, 자신이 인정한 자가 아닌 사람에게는 무자비했다.

레인이나 미저리는 그나마 기이의 인정을 받고 있었지만, 그의 기분을 거슬렀다간 순식간에 살해당할 것이다. 그 정도로 명확한 힘의 차이가, 기이와 그녀들 사이에 존재했던 것이다.

라플라스는 움직일 수 없었다.

뱀이 노려보는 개구리라는 일본속담이 있는데, 그야말로 그런 상황에 놓여 있었다.

풋맨을 구하려고 했다간 레인이 움직일 것이다. 숫자로 따져보면 4대3이지만, 그건 아무런 위안도 되지 않을 정도로 실력의 차원이 달랐다.

레인과 미저리만 상대한다면 어떻게든 싸울 수 있을지도 모르지만, 기이가 있는 시점에서 승산은 없었다.

유우키가 기이에게 도전하겠다고 했지만, 라플라스에겐 그게 무모한 도전이라는 생각이 들었다.

(무리야. 이 녀석은 못 이겨. 그 클로노아라는 여자도 차원이 달랐지만, 이 기이 크림존이라는 자는 진짜 괴물이라고. 싸움이 성립될 조건이 부족해. 도망치는 것도 불가능하니 보스가 얼마나 열심히 버텨주느냐…… 그것만이 유일한 생존의 열쇠가 되겠구면──.)

기이의 힘의 일부를 꿰뚫어 본 것만으로도 라플라스는 높이 평가받을 만했다.

그리고 그 이상으로, 이 상황에서도 마음이 꺾이는 일 없이 도망칠 것을 의식하고 있었다. ──그런 강한 마음이야말로 라플라스의 진정한 장점이었다.

라플라스도 유우키가 강하다는 것은 알고 있었다.

하지만 그 실력이 어느 정도 수준인지를, 유우키는 동료들에게도 숨기고 있었다. 그게 과연 기이에게 통할 것인가 아닌가…….

비록 유우키가 기이의 힘에 미치지 못한다고 해도, 라플라스는 풋맨을 구출하여 티어를 데리고 도망칠 생각이었다.

유우키라면 라플라스의 생각을 꿰뚫어 보고, 상황에 적절히 반응하면서 움직여줄 것이다. 그런 생각을 할 수 있을 정도로 라플라스는 유우키를 신뢰하고 있었던 것이다.

문제는 레인이나 미저리도 범상치 않은 강자라는 점이었다.

틈을 봐서 풋맨을 구해낼 수 있을 정도로 만만한 상대가 아닌지라, 라플라스도 섣불리 움직이지 못하고 있었다.

어떻게든 풋맨을 구해야 하는데――. 라플라스는 그렇게 고민했지만, 그 문제는 아주 쉽게 해결되었다.

"이봐, 그 녀석을 풀어줘라."

기이가 미저리에게 명령한 것이다.

물론 미저리는 반론을 할 리가 없었다. 풋맨은 재빨리 해방되었다.

(――여유가 넘치는구먼. 하지만 이걸로 도망칠 수 있는 길도 보였어.)

라플라스는 그렇게 생각하면서 낙관했지만, 그렇게 엿장수 마음대로 되지는 않을 것 같았다.

"안심해. 내게 이긴다면 모두 무사히 놓아줄 테니까."

모순되게 들리는 기이의 발언.

기이를 쓰러뜨릴 수 있으면 그의 관용을 바랄 필요도 없어지는 것이다.

그렇게 전혀 안심할 수 없는 선언을 듣고, 라플라스는 우울해졌다. 그리고 유우키의 승리를 기원하면서, 싸움을 지켜보기로 했다.

*

먼저 움직인 것은 유우키였다.

자신에겐 마법도 스킬(능력)도 통하지 않는다는 절대적인 자신감에 기인하여, 아무런 두려움 없이 기이에게 발차기를 날렸다.

날카롭고 묵직하다. 변환자재의 발차기.

다리의 궤도가 도중에 변하면서, 깔끔한 상단차기가 기이의 머리에 작렬했다.

하지만 얼굴을 찌푸린 것은 유우키였다.

"쳇, 뭐가 이렇게 단단해."

혀를 차면서, 유우키는 그렇게 중얼거렸다.

유우키의 '안티 스킬(능력살봉)'은 만능이며, 적의 방어도 모두 관통한다. 그런데도 직격을 받았을 기이는 태연히 서 있었다.

고통 같은 전 전혀 느끼지 않는 것 같았다.

거기에는 어떤 눈속임도 장치도 존재하지 않았다. 그저 단순히 기이의 육체강도가 다이아몬드보다 높다는 사실뿐이었다.

강함과 부드러움을 동시에 갖춘 그 육체만으로도, 위협적인 존재라고 불릴만한 이유가 되었다. 기이는 그런 존재였던 것이다.

"간지럽군. 이 정도로는 싸움이 되지 않겠는데. 좀 더 나를 재미있게 만들어보라고. 안 그러면 모두 내 손에 죽게 될걸?"

그렇게 웃으면서, 기이는 자신의 오른손에 불꽃을 만들어냈다.

원소마법 : 네이팜 버스트(열용염패, 熱龍炎覇)── 방향성이 부여된 작열의 불꽃이, 긴 몸통을 꿈틀거리는 용 같은 모습으로 변하면서 대상을 불태워버리는 마법이다.

그 온도는 수천 도에 달하며, 인간 정도는 순식간에 재로 만들어버린다.

그 불꽃의 용이 유우키의 몸을 둘러쌌다.

"소용없어! 내게 마법 같은 건——."

그렇게 소리치면서, 유우키는 자만에 빠진 기이의 빈틈을 찌르려고 했지만, 오한을 느낌과 동시에 그 자리에서 점프하여 물러났다.

"헤에, 제법 감이 날카롭잖아."

그렇게 말하면서 웃는 기이.

유우키는 기이의 말에 대꾸할 여유도 없이, 필사적으로 지면을 굴러서 불을 껐다.

'안티 스킬'이 제대로 작용한 결과, 기이의 마법으로 인해 유우키가 다치는 일은 없었다. 하지만 동시에 바로 꺼졌어야 할 마법의 불꽃이, 아무리 시간이 지나도 계속 타오르고 있었던 것이다. 더구나 마법의 불꽃이면서도 평범한 불꽃처럼 산소를 연소시키고 있었다. 그대로 있다간 유우키는 호흡곤란에 빠지면서, 치명적인 상황에 몰렸을 것이다.

체감시간으론 길게 느껴졌지만, 실제로는 몇 초 동안에 벌어진 일이었다. 그러므로 대미지는 없었지만, 만약 그 사실을 알아차리지 못하고 기이에게 계속 공격을 했다면 유우키의 패배는 결정적이었을 것이다. 유우키는 그걸 깨달았기 때문에 꼴사나운 모습을 보이면서도 불을 끄는 것을 우선했던 것이다.

그리고 기이의 반응을 보고, 유우키는 믿고 싶지 않은 가능성을 떠올렸다.

인정하고 싶지는 않았지만, 확인할 필요가 있었다. 대답이 돌아오리라고는 기대하지 않은 채, 유우키는 일어서면서 그 의문을 입에 올렸다.

"──왜 추가공격을 하지 않은 거지. 정정당당하게 싸운다는 생각을 하는 건 아닐 텐데?"

"앗핫하, 시치미 떼지 말라고. 방금 그걸로 알아차렸을 텐데? 내가 네 힘의 비밀을 눈치 챈 걸 말이야!"

"…………."

역시 그랬나──. 유우키는 불쾌한 기분을 느꼈다.

유우키의 '안티 스킬'은 만능이며, 어떤 힘이라도 상쇄할 수 있다. 그러나 마법과 스킬을 융합한 아츠(기술)에 대해선 그 성질을 동시에 없앨 수가 없었다.

그게 바로 유일한 결점이며 약점인 것이다.

그리고 유우키는 아무리 신체능력이 향상되었다 하더라도 인간이다. 독은 저항으로 대처할 수 있지만, 산소가 없으면 살 수가 없는 것이다.

인간── 생명이기에 생길 수밖에 없는 약점, 유우키는 지금 자신이 불리하다는 것을 인식했다.

기이는 여유 있게 서 있었다.

"내가 아는 사람 중에 말이지, 마법을 완벽하게 상쇄시킬 수 있는 녀석이 있는데, 그래도 싸우면 내가 이겨. 왜냐하면 그 녀석은 마법 이외의 것은 상쇄시킬 수가 없기 때문이지. 그리고 내가 아는 한, 이 세계의 물리법칙을 완벽히 막아낼 방법은 존재하지 않아. 한쪽 면에 특화되면, 어딘가에 빈틈이 생기기 마련이지. 네 경우는 마법뿐만 아니라 스킬에 대해서도 효과가 있는 것 같지만 말이야——."

유우키를 얕잡아보고 추가공격도 날리지 않은 채, 자신의 생각을 얘기하는 기이. 그 여유 있는 태도는 모든 게 이미 계산이 끝났다는 뜻이었다.

왜냐하면 기이가 유우키를 죽이는 것은 간단하기 때문이다.

그러면 재미가 없으니까, 기이는 유우키의 마음을 꺾어놓고 절망 속에서 패배를 인정하게 만들 생각이었다.

기이는 이미 유우키의 체질을 다 해석한 뒤였다.

첫 공격부터 유우키의 특이체질을 꿰뚫어 보고, 그 대책까지 생각해놓았다.

유우키가 마법이나 스킬을 상쇄시켜도 인간인 이상 쓰러뜨리는 건 간단하다.

인간은 약하다.

약점투성이인 허약한 육체 따위는 죽일 방법을 생각할 필요도 없었다.

그리고 유우키와 기이는 기초적인 신체능력에도 격차가 있었다.

방금 전의 발차기 공격을 작은 '결계' 하나만 남겨두고 방어해봤는데, 기이에게 가벼운 통증을 주지도 못했던 것이다.

에너지(마력요소)양에 관해선 비교하는 것도 우스울 정도였다. '용종'에 필적하는 기이의 기준으로 보면 유우키가 마법을 상쇄시키는 걸 끝내기도 전에 마법을 다시 발동하는 것도 쉬운 일이었다.

"그냥 죽이기만 하는 거라면 내가 나선 의미가 없지. 모처럼의 싸움이니, 무슨 수를 쓰든 나를 즐겁게 만들어보라고."

그러므로 기이는 그를 내려다보면서 유우키를 도발했다.

완전히 몰아붙여 유우키의 온 힘을 이끌어낸 뒤에, 그런 그에게 압도적으로 승리하기 위해서.

유우키는 뼈저리게 아플 정도로 기이의 의도를 간파했다.

그러나 대꾸할 수가 없었다.

그 표정에선 여유가 사라져 있었다. 진지하게 전황을 분석하고, 이 자리를 돌파할 방책을 생각하는 유우키.

그 천재로 분류되는 두뇌가 피아의 전력 차가 절망적인 수준이라는 것을 알리고 있었다. 그러나 유우키는 포기하지 않고, 다양한 가능성을 모색했다.

유일한 희망의 빛은 기이가 유우키 일행을 얕보고 있다는 것이다.

(그렇겠지, 이 정도로 힘의 차이가 있다면, 우릴 얕봐도 어쩔 수 없다고 생각해. 하지만 그건 조금 오만한 판단이라고 할 수도 있지.)

유우키는 아직 비장의 수를 남겨두고 있었다.

태어나면서 선천적으로 지닌 초능력과 마리아베르에게서 빼앗은 '그리드(탐욕자)'를.

그리고 '만드는 자(창조자)'도. 상황에 맞춰서 필요한 능력을 만들어낼 수 있는 '창조자'가 있으면, 이 위기를 돌파할 수 있다고 생각했다.

(나를 죽일 수 있을 때에 죽이지 않은 건 실수야!)

유우키는 호흡을 가다듬었고, 그리고 기이를 향해 다시 자세를 잡았다.

"내 힘을 아주 조금 꿰뚫어 봤다고 해서 그렇게 거만하게 구는 건 성급한 판단이 될걸."

그건 지는 게 분해서 하는 말이 아니라, 진심으로 하는 말이었다.

상대가 분노하면서 냉정만 잃는다면, 그만큼 실수를 할 확률이 높아진다. 그걸 기대한 도발이었다.

그런 잔재주를 시도함과 동시에 유우키는 자신의 힘을 온몸 전체에 발동시켰다. 평소에는 억누르고 있던 그 힘, 기력을 높이고 정신을 집중하여, 스스로의 의지로 육체를 개조하고 있는 것이다.

인간에서 '선인(仙人)'으로.

그리고 '성인(聖人)'으로.

히나타보다 더 높은 경지까지 자신의 육체를 진화시킨 뒤에 유우키는 호흡을 멈췄다.

완전한 '성인'은 정신생명체와도 대등한 존재가 된다. 히나타는 아직 육체에 사로잡혀 있었지만, 유우키는 이미 그 위의 단계에까지 도달해 있었다.

따라서 호흡 따윈 필요가 없는 것이다.

인간의 약점을 버리면서, 자신의 존재력을 대폭적으로 높이는 유우키. 지금의 에너지양을 마력요소로 환산한다면 레온이나 루미너스와도 필적하는 레벨에 도달해 있었다.

그러나 기이는 동요하지 않았다.

"흥이 식는군, 그게 최선을 다한 거냐? 그 정도로는 100만 번을 싸워봤자 날 이기는 건 불가능해."

그렇게 말하는 그의 여유 있는 태도는 한 점의 흐트러짐도 없었다.

"그런가. 그럼 어디 마음껏 즐겨보라고!"

유우키의 말이 신호가 되면서, 다시 싸움이 시작되었다.

그리고──.

유우키는 진정한 의미로 기이가 최강인 이유를 알게 된다.

*

절망만이 그 자리를 지배하고 있었다.

바닥에 쓰러진 것은 유우키였다.

기이의 압도적일 정도로 강한 힘 앞에, 유우키의 공격은 무엇 하나 통하지 않았다.

계책을 짜내어도 소용이 없었다.

시간을 들여 만들어낸 최대급의 공격조차도 기이에게 상처 하나 낼 수 없었던 것이다.

"제기랄, 빌어먹을──!!"

이미 유우키에겐 일어설 힘조차도 남아 있지 않았다. 기이를 향해 욕을 퍼붓는 게 한계였다. 하지만 아직 마음이 꺾이지 않은 것만으로도 칭찬을 받을 만하다고 할 수 있었다.

라플라스는 그 싸움을, 눈 한 번 깜박이지 않고 머릿속에 새겼다.

(이해가 안 되는 군. 보스가 약한 게 아니야. 기이가 너무 강한 거지…….)

유우키는 라플라스의 상상 이상으로 강했다.

수상쩍은 힘── 초능력으로 기이에 대해 다양한 전법을 시도하고 있었다.

돌덩이, 발화, 중압, 정신간섭파. 그 모든 것을 가볍게 흘려버리고 있었다.

일반인의 30배 이상인 신체능력으로, 초속 100미터를 넘는 속도로 공격을 날려도 기이에겐 어린애 장난과 비슷한 수준이었던 것이다.

또한 유우키의 방어의 핵이 되는 '안티 스킬(능력살봉)'조차도 기이의 마법을 무효로 만들지 못하고 있었다.

"그건 이미 나에겐 안통하거든?"

그렇게 말한 기이의 말 그대로.

아무래도 기이는 어떤 수법을 활용하여 '안티 스킬'을 돌파하는 것에 성공한 것 같았다. 그건 전율스러운 사실이었다.

십대마왕의 정보는 카자리무나 클레이만을 통해서도 듣고 있었다. 기이랑 밀림이 격이 다르다는 얘기도 들었지만, 설마 이렇게까지 차이가 있을 줄은 당사자들도 알아차리지 못했을 것이다.

그렇지 않으면 세계정복이라는 꿈같은 얘기에 찬동할 리가 없기 때문이다.

(이게── 카타스트로프(천재)급에 속하는 자의 힘인가…….)

이제 와서 말하는 것도 그렇지만, 라플라스는 세상에는 결코 손을 대선 안 되는 존재가 있다는 것을 깨달았다.

라플라스도 동료에게조차 비밀로 숨겨둔 실력이 있었다. 그러나 기이라는 마왕을 상대로는 그 힘조차도 의미가 없을 것이란 생각이 들었다.

그 정도로 기이가 압도적이었던 것이다.

공략의 실마리조차도 보이지 않았다. 라플라스보다 확실히 강한 것으로 보이는 유우키조차 갓난아기처럼 아무런 방법도 없이 바닥에 뒹구는 결과가 나왔으니까.

이렇게 된 지금, 이 자리에서 살아 돌아가는 것은 지극히 어려운 일이었다.

누군가가 희생이 되지 않는 한── 그렇게 각오를 굳힌 라플라스는 평소처럼 가볍게 건들거리는 자세로, 기이가 서 있는 앞으로 한 발짝 나섰다.

"역시 마왕 기이 님이로군요. 저희는 '중용광대연합'이라는 심부름꾼들인데, 그러다 보니 보스에게 고용된 처지일 뿐입니다요. 보스라고 한들, 저기 있는 유우키 씨를 말하는 거지만 말입죠. 그러니까 보스가 패배한 지금, 이젠 그를 따를 이유도 없다고 하겠습니다만──."

"──?!"

"라플라스, 무슨 소리를──."

경박하게도 동료를 배신하겠다는 태도를 보이면서 연기하는 라플라스. 기이의 성격을 자세하게는 모르지만, 아주 제멋대로에 오만하다는 얘기를 듣고는 있었다.

약자에겐 흥미가 없으며, 기이가 인정한 자 이외에는 말을 거는 것조차 허락하지 않는다, 고.

그런 기이에게 이런 태도를 보이면, 틀림없이 라플라스는 제거될 것이다. 그렇지만 그 때는 반드시 라플라스에게 의식을 집중시킬 것이 틀림없으니, 그 순간적인 빈틈을 찌를 경우, 유우키라면 탈출할 수 있을 거라고, 라플라스는 그렇게 생각하면서 그 가능성에 걸었다.

동료를, 하물며 의뢰주를 배신하는 일은 있을 수 없다——. 그게 '중용광대연합'의 유일하고 절대적인 규칙이었다.

그러므로 유우키라면 반드시 라플라스의 의도를 알아차려줄 것이다.

풋맨은 성격이 급하고 생각이 부족하지만, 동료에 대해선 배려할 줄 아는 사내다.

티어는 클레이만보다 강하면서도 겁이 많아서 실력을 제대로 발휘하지 못하는 구석이 있다.

분위기 파악을 할 줄 모르는 나쁜 버릇도 있는 두 사람이지만, 유우키한테라면 맡길 수 있다. 그렇게 생각한 라플라스는 자신을 희생한다는 결단을 내린 것이다.

"저는 기이 님께 도움이 되고 싶군요. 그러니까 저만이라도 살려주실 수 없겠습니까?"

당당하게 배신을 선언하는 라플라스.

풋맨과 디어는 당혹스러워하는 반응을 보였고, 기이는 재미있다는 듯이 씨익 웃었다.

(좋아, 이렇게 계속해서 기이가 화를 내게 만들자고!)

라플라스도 죽을 생각은 없었다.

기이가 상대라면 희망은 적지만, 어쩌면 생환할 수 있는 가능성도 있었다. 그러므로 망설이지 않고 다음 말을 입에 올리려고 했다.

하지만 그 말이 입 밖으로 나오기도 전에.

"앗핫하, 무리하지 마, 라플라스. 이것 참, 내가 그렇게 믿음직스럽지 못한가?"

그런 말을 한 사람은 비틀거리면서 일어난 유우키였다.

....

....

......

유우키는 자신의 죽음을 각오했다.

그러나 동시에 끊임없는 분노가 마음을 가득 채우는 것을 느꼈다.

쓸모없는 자신에게 화가 났다.

라플라스의 말이 들려오면서, 그 분노는 더욱 깊어졌다.

라플라스가 배신할 리가 없다. 그렇다면 라플라스의 말은 모두 연기이며, 이런 꼴사나운 모습을 보인 자신을 믿어주고 있는 라플라스의 생각을, 유우키는 정확히 간파하고 있었다.

그 사실에 기쁨과 미안함을 동시에 느꼈다.

(내게 좀 더 힘이 있었다면——.)

그런 생각이 저절로 마음속에서 떠오른 유우키.

아무도 대답해줄 리가 없는 그 생각.

그러나 지금 유우키의 마음속에 하나의 반응이 나타났다.

《——힘을 원하는 거야? 그렇다면 내 손을 잡아.》

뭐? 유우키는 당황했다.

그건 환청이라고 생각했지만, 그런 것치고는 너무나 뚜렷한 목소리였다.

《나와 바꾸면 너는 최강의 힘을 얻을 거야. 네 소원인 세계정복도 내 손을 잡으면 쉽게 성취할 수 있을걸. 자, 결단을 내려——.》

그 목소리를 거기까지 들은 뒤에, 유우키는 불쾌해졌다.

(닥쳐. 나는 나야. 동료의 힘이라면 모를까, 누군지도 모르는 상대의 힘을 빌려서 야망을 이룬다니, 그런 꼴사나운 짓을 할 수 있을 것 같아!)

유우키는 명확하게 거부의 의사를 밝혔다.

그렇다. 야망이란 것은 자신의 손으로 성취해야 의미가 있는 것이라고, 유우키의 안에는 그런 양보할 수 없는 생각이 자리를 잡고 있었던 것이다.

《…………》

그 목소리는 당황한 것처럼 침묵했다.

들리지 않게 된 목소리 따위는 아무래도 상관없다고, 유우키는 생각을 고쳐먹었다.

상황은 절망적이었지만, 유우키에겐 마음에 걸리는 게 있었다. 그게 무엇인가 하면, 기이에게 어떤 다른 의도가 있는 것 같다는 생각이 들었던 것이다.

확실히, 기이가 싸움 그 자체를 즐기려고 하는 것도 이유일 것이다. 하지만 그것과는 달리, 어떤 이유가 있는 것은 틀림이 없었다.

기이는 확실히 '루드라 쪽에 전력이 늘어나는 건 달갑지 않다'고 말했다. 반대로 말하면 루드라의 편을 들지 않는다면, 동쪽 제국에 가담하지 않는다면 유우키 일행을 죽일 이유는 없다는 얘기가 되지 않을까. 유우키는 그렇게 생각한 것이다.

그리고 지금 유우키를 바로 죽이지 않는 것은…….

(이것 참, 힘으론 도저히 상대가 안 되었지만, 지금부터는 지력으로 승부하는 거란 말이지. 하지만 라플라스에게 악역을 억지로 떠넘기는 것보다는 훨씬 더 승산이 높아!)

그렇게 자신을 고무시키면서, 유우키는 다시 일어난 것이다.

……………….

………….

…….

앞머리를 뒤로 쓸어 넘기면서, 유우키는 이런 상황에서도 대담하게 웃었다.

"설마 이렇게까지 강할 거라고는 예상하지 못했는데 말이지, 싸워보고 알았어. 당신은 우릴 죽일 생각이 없지?"

"호오, 왜 그렇게 생각했지?"

"그야, 당신이 그럴 마음을 먹었다면 우리는 예전에 벌써 몰살당했을 테니까. 내가 죽지 않을 정도로 아슬아슬하게 공격을 한 것은 무슨 의도가 있는 거지?"

유우키는 자신만만하게 기이를 향해 그렇게 물었다.

그건 너무나도 무모한 행동이었다.

이 정도로 자신의 힘을 보여준 기이를 상대로 무슨 짓을──.

누구나가 그렇게 생각했다.

하지만 기이 자신은 여전히 재미있다는 태도를 유지하고 있었다.

"알아차렸나. 하지만 말이지, 그걸 네가 알 필요는 없겠는데."

자신의 생각을 말할 마음은 없다고 기이는 답했다.

유우키는 어깨를 으쓱거려보지만, 그 대답은 예상한 대로이기도 했다. 그러므로 당황하지 않고 다음 수를 두었다.

"그럼 거래를 하고 싶은데."

"거래라고?"

"그래. 우릴 놓아주면 약간은 당신에게 이득이 될 거란 얘기야."

"내게 이득이 된다고?"

"그래. 우리가 동쪽 제국에 협력하는 게 마음에 들지 않겠지만, 그 생각을 조금만 바꿔보면 좋겠다는 뜻이야."

"계속 말해봐."

"우리 목적이 세계정복인 이상, 언젠가는 제국과도 충돌하게 될 거란 얘기야. 나는 지금, 당신의 실력을 뼈저리게 경험했으니까 말이지. 당연하지만 당분간은 적대할 마음이 생기지 않을 거야. 먼저 제국을 박살 내려고 드는 게 자연스럽잖아?"

무슨 소리를 하는 건지 모르겠다는 생각이 드는 유우키의 설명.

풋맨이랑 티어는 아예 이야기를 따라잡지 못하고 있었다.

라플라스도 또한 이 상황에 당황할 수밖에 없었다.

결사의 각오로 시도한 자신의 계책이, 정작 믿고 있었던 유우키 본인에 의해 어그러지고 말았다. 이렇게 되면 이젠 유우키의 교섭에 모든 것을 맡길 수밖에 없다. 맡길 수밖에 없지만, 그의 두려움을 모르는 발언을 듣고, 라플라스는 등줄기를 타고 흘러내리는 식은땀이 멈추지 않는 것을 느끼고 있었다.

(이건 말도 안 돼. 말도 안 되는 논리인데, 왜 기이는 재미있어 하는 거지?!)

그렇다.

기이는 유우키의 얘기를 듣고, 무슨 이유인지 씨익 웃은 것이다.

"너, 아직 내게 도전할 생각이냐?"

"당연하지. 내 야망은 세계정복이거든? 지금은 전혀 이기지 못할 것 같지만, 언젠가는 당신을 넘어서고 말겠어."

엉망진창이 된 모습으로, 서 있는 게 고작인 상태이면서도 유우키는 대담하게도 그렇게 선언했다.

기이의 기분을 상하게 했다간 죽는다──는 것은 전혀 생각하지 않는 것처럼, 유우키는 당당한 태도를 무너트리지 않았다.

기이가 상대라면 이런 태도를 보이는 것이 정답인 것이다.

섣불리 목숨을 구걸하기라도 했다간 곧바로 흥미를 잃을 것이다. 그렇게 되면 다음에 기다리고 있는 것은 자신의 파멸이었다.

유우키는 그렇게까지는 이해하지 못한 상태에서, 가장 바른 선택을 한 것이다.

"그래서, 네가 제국을 쓰러뜨리면 내게 득이 된다는 말이냐?"

교섭의 핵심이다. 유우키는 그렇게 생각하면서 정신을 바짝 차렸다.

그리고 기이의 눈을 정면에서 마주 보면서, 힘차게 고개를 끄덕였다.

"그렇고말고. 어떤 이유가 있는지는 모르겠지만, 당신은 제국이 서쪽까지 제패하는 것을 싫어하고 있어. 아닌가?"

"…………."

기이가 제국의 황제인 루드라와 인연이 있다는 것은 틀림없다.

지금부터가 중요하다. 유우키는 허세를 섞어가면서 역설했다.

"쓰러뜨려야 할 적이 잔뜩 있으니까 말이지. 나는 확실히 제국
에게 협력할 생각이지만, 그건 그 밑으로 들어간다는 뜻은 아냐.
안에서 갉아먹으면서, 우리 목적을 위해서 이용할 생각이지."

"흠. 과연, 너와 제국의 목적이 일치하는 동안에는 협력한다고
해도, 그 다음은 모른다는 뜻인가. 더구나 너는 제국의 힘을 빌려
서 레온이랑 리무루 녀석을 쓰러뜨릴 생각까지 하고 있지?"

모든 것을 꿰뚫어 보는 듯한 날카로운 시선으로, 기이가 유우
키를 노려봤다.

유우키의 입장에선 이미 뱉은 말은 되돌릴 수 없었다.

기이와 레온의 관계도 명확하지 않은데, 기이가 리무루를 어떻
게 생각하고 있는지도 알 수가 없는지라, 자신의 말이 어떤 반응
을 낳을지 예상도 되지 않았다.

그래도 유우키는 굳이 자신의 야망을 숨기지 않았다.

"그 말이 맞아. 모든 것을 제압한 뒤에 마지막에 쓰러뜨릴 자가
당신이지. 마왕 기이 크림존 씨."

어디까지나 대담한 자세를 유지한 채로, 유우키는 하고 싶은
말을 끝냈다.

이다음은 기이의 판단에 맡길 것이다.

(라플라스의 계책에 동참한다고 해도 어차피 몰살당했을 테니
까 말이지. 미안하지만, 너희도 내 계책에 어울려줘야겠어.)

그렇게 동료들을 향해 속으로 사과하는 유우키.

모 아니면 도.

유우키는 욕심이 많았다.

살아남는다면 모두가 함께—— 그렇게 시도한, 너무나도 위험한 도박이었다.

하지만 유우키는 그 도박에 승리했다.

"중용광대연합이라고 했던가? 앗핫하, 너란 녀석은 정말 광대로군. 게임판을 혼란스럽게 만드는 조커라는 의미에서 하는 말이지만 말이야. 나쁘지 않아. 제법 재미있는 제안이야. 그 배짱을 높이 사서, 이번에는 놓아주기로 하겠어."

기이의 목적이 무엇인지, 그건 결국 불명이었다.

확실한 것은 유우키 일행이 살아남았다는 사실이다.

기이의 결정에 대해 레인와 미저리가 이의를 제기할 일은 없다. 기이의 말대로 유우키 일행은 무사히 그 자리를 탈출할 수가 있었던 것이다.

*

기이 일행이 떠난 뒤에 유우키 일행은 카가리 쪽과 합류하기로 한 장소로 향했다.

이제 괜찮다고 생각하면서도, 빨리 그 자리를 떠나고 싶다는 것에 모두의 의견이 일치한 것이다.

그리고 합류하기로 한 장소에서 카가리의 모습을 보게 되자, 라플라스가 유우키를 향해 입을 열었다.

"말도 안 돼, 보스. 믿어지질 않는다고. 설마 그 괴물 그 자체인 마왕 기이를 상대로 그런 허세를 부리다니……."

라플라스의 그 말을 티어가 이어받았다.

"더구나 무사히 놓아줬단 말이지. 난 이번만큼은 이젠 틀렸다고 생각했다고."

"홋홋호. 저는 처음부터 보스를 믿고 있었답니다."

넌 아무 생각도 없었던 것뿐이잖아——. 풋맨에게 그렇게 말하면서 쏘아붙이는 라플라스를 눈만 옆으로 돌린 채 바라보면서, 유우키는 그 자리에 지친 표정으로 주저앉았다.

"다른 방법이 없었잖아? 그게 유일하게 그 자리에서 살아남을 수도 있는 계책이었으니까. 그리고 이렇게 성공했으니 불평은 듣고 싶지 않은걸."

전투에서 입은 대미지보다 정신적인 피로가 더 심각했다. 그래서 유우키는 더 이상의 말싸움은 사양하고 싶다는 듯이, 땅바닥에 대자로 누우면서 눈을 감았다.

아무것도 모르는 카가리에게, 라플라스와 티어가 사정을 설명했다.

"기, 기이와 싸웠다고요——?! 당신들, 요, 용케도 무사히 돌아올 수 있었군요……."

카가리가 경악하면서 절규하는 소리가 울려 퍼졌다.

그 소리가 어이없어하는 목소리로 바뀔 때까지 시간은 그리 오래 걸리지 않았다.

(아아, 살아 있다는 건 정말 대단한 거구나.)

유우키는 볼에 닿는 바람을 느끼면서 그렇게 생각했다.

그리고 문득 떠올렸다.

한창 전투 중에 들렸던 정체불명의 목소리에 대해서, 그건 과연 뭐였을까 하는 의문을.

(그건 나의 다른 인격인가? 설마 그런 말도 안 되는 일이 있으리가……. 아니, 잠깐? 내 안에 숨겨진 힘이 잠들어 있다고는 생각할 수 없지만, 고려할 수 있는 가능성이 하나 있긴 하지.)

유우키의 생각이 미친 것은 바로 최근에 입수한 힘에 관한 것이었다.

유니크 스킬 '그리드(탐욕자)' ── 이 스킬이라면 자신의 욕망이 커지면 커질수록 그 힘을 늘릴 수 있을 거란 생각이 들었다.

기이와의 싸움에선 유우키의 힘이 무엇 하나 통하지 않았다. 그건 당연히 최강의 대죄(大罪) 스킬이었을 '그리드'도 포함된다.

(이 '그리드'도 수수께끼가 많은데다, 스킬이나 마법에도 위에는 더 위가 있다는 뜻이겠지. 기이의 마법은 내 '안티 스킬'을 돌파했는데, 그것도 대체 어떻게 그럴 수 있었는지 밝혀내야 해…….)

절대적인 자신감이 있었던 만큼, 기이에게 너무나도 쉽게 돌파당한 것은 충격이었다. 하지만 그걸로 포기할 유우키가 아니었다.

이렇게 무사히 살아남은 이상, 다음을 대비하여 대책을 생각할 필요가 있었다. 그 빠른 태세전환이야말로 유우키의 진정한 장점이었다.

마왕을 넘어서는 힘을 지녔으며, 최강인 자는 자신이라고 자부하고 있었다.

아니, 최강까지는 아니더라도 연구해서 대책을 짜내면, 어떤 상대이든 쓰러뜨릴 수 있을 것이라고 생각했다.

그 힘을 배경으로 카가리랑 라플라스 일행의 협력도 얻으면서, 그런대로 세력을 구축하는데 성공했다.

모든 것은 순조로웠다.

그랬는데, 최근에는 실패만 계속하고 있었다.

그리고 이번에 기이와 조우하면서, 유우키의 자신감은 산산조각이 나버렸다.

하지만 그건 요행이라고도 할 수 있었다.

──말도 안 되게 재미있어졌어. 게임이란 것은 역시 어려울수록 불타오른단 말이지──.

유우키는 그렇게 생각했을 뿐, 전혀 풀이 죽지 않았던 것이다.

그리고 유우키는 새로이 숙고를 거듭했다.

기이의 능력은 유우키의 '창조자'로도 간파할 수가 없었다.

스킬을 만들어낼 수 있을 만큼 특수한 유니크 스킬인 '창조자'라면, 비록 유니크 스킬이라 할지라도 그게 어떤 것인지 즉시 해석할 수 있었다.

상대가 사용해야만 한다는 조건은 있지만, 이 힘 앞에서 정체를 숨기는 것은 누구도 불가능하다고, 유우키는 그렇게 믿고 있었던 것이다.

하지만 기이에겐 통하지 않았다.

이 시점에서, 상대의 능력이 유니크 스킬보다 더 급이 높다는 것을 의미하는 것이다.

힘이 필요하다.

좀 더 강한, 기이조차 이길 수 있는 힘이.

유우키의 마음속에서 욕망의 불꽃이 맹렬하게 불타올랐다.

(그 말은 곧 내 '그리드'도 진화할 수 있는 가능성이 있다는 뜻이야. 나는 누구보다도 욕심이 많지. 그 욕망을 부여하면——.)

거기까지 생각이 미치자, 온몸이 떨릴 정도의 흥분이 유우키를 가득 채웠다.

유우키는 생각했다.

기이에게 패배하면서, 이 세상의 부조리함을 떠올렸다.

그에 저항하여 승리하는 것. 그게 바로 유우키의 바람인 것이다.

눈을 감고 몸 안에 존재하던 목소리와 마주하는 유우키.

깊게, 더 깊게, 심연의 끝까지.

유우키는 의식의 범위를 펼쳐나갔다.

《내 손을 잡을 생각이 들었어?》

——아니, 그건 아냐.

《그럼 뭐가 목적이지?》

——너에게 잠깐 볼일이 있거든.

《볼일이라고?》

──그래. 네 힘을 내가 받아갈까 해서 말이지.

《농담하지 마.》

──농담이 아니라 진심인데.

《무슨 바보 같은 소리를──.》

──미안하군. 너는 방해가 돼.

《──?!》

유우키는 다음 순간, 자신의 마음을 가득 메우듯이, 그 바람을 머릿속에 그렸다.
진정한 야망, 그 성취를 간절하게 바라는 형태로.
누구에게도 뒤지지 않는 강한 의지를 무기로 삼아서.
유우키는 자기 자신에게 도전한 것이다.
그리고── 울려 퍼진 것은 '세계의 언어'──.

《확인했습니다. 조건을 충족했습니다. 유니크 스킬 '그리드'가 얼티밋 스킬(궁극능력) '마몬(탐욕지왕)'으로 진화했습니다.》

유우키는 눈을 뜨고, 대담한 표정으로 씨익 웃었다.
"네 힘은 유효하게 이용하도록 하겠어."

그리고 누구에게도 들리지 않도록 작은 목소리로 그렇게 중얼거렸다.

이 날, 이 시간, 이 장소에서.

최악의 마인이 탄생한 것이다.

ROUGH SKETCH

가면

왼눈은 가렸음
광택

라플라스

제1장

군화 발소리

Regarding Reincarnated to Slime

음악교류회를 마친 그날, 우리는 귀국했다.

경호를 맡고 있었던 베놈 일행이나 타쿠토 일행 중에도 부상자는 없었으며, 모두 무사했다.

디아블로가 지켜준 아이들에겐 1주일의 휴가를 주었다. 딱히 다친 곳도 없었지만 만일을 대비해서다.

훈련과 실전의 차이를 자신들의 눈으로 똑똑히 봤는지, 평소와 같은 활기가 없었던 것이다. 마음의 상처를 받았을지도 모르니까, 푹 쉬라고 말해놓았다.

루미너스와 레온과는 날을 새로 잡아 회담을 가지기로 했다.

장소를 어디로 할 것인가를 놓고 논쟁을 좀 했지만, 템페스트(마국연방)의 수도 '리무루'로 결정됐다.

루미너스의 루벨리오스는 복구로 인해 바빠지게 될 것이고, 레온의 영토라고 하는 엘도라도(황금향)에선 무슨 중대사가 일어난 것 같은지라 다른 나라의 요인을 초대할 여유가 없다고 한다.

그런 점에서 보면 우리 템페스트에선 현재까지는 별문제도 없고, 거절할 이유도 없었다.

어차피 이쪽에는 이미 마왕도 두 명 정도 머무르고 있으니 말이지.

날개가 난 요정(라미리스)과 게으름뱅이 귀공자(디노)를 떠올리면서, 나는 두 사람을 향해 고개를 끄덕였다.

그리고 다음 날.

느긋하게 마음을 진정시킬 틈도 없이 두 사람이 곧바로 찾아왔다.

레온은 자신의 나라로 한 번 돌아간 뒤에 준비를 갖추고 온 모양이다. 성격도 급하다는 생각이 들었지만, 루미너스도 레온도 서로의 정보를 우선적으로 취합해보고 싶었던 것이다.

내 입장에서도 이번에 일어난 일에 관해 두 사람으로부터 사정을 듣고 싶다고 생각하고 있었다. 그러므로 별 불평 없이 두 사람의 의견에 찬동했다.

우리가 모인 곳은 가장 호화로운 응접실이었다.

나, 루미너스, 레온.

마왕들끼리의 회담인 이상, 나도 나름대로 허세를 부린 것이다.

회담에 참가한 것은 이번 건에 관여한 자들뿐이다.

한 번 정보를 모아서 정리한 뒤에, 클로에에 관한 정보를 어디까지 공개할 것인지 검토하기로 했다.

사안이 사안이니만큼 각자의 부하들에게도 비밀로 하는 게 좋겠다──는 암묵적인 동의를 얻은 것이다.

우리 진영의 참가자는 시온과 디아블로, 그리고 베루도라다.

솔직히 베루도라가 참가하는 건 말리고 싶었다. 어차피 도중에 싫증을 낼 테니까 얌전하게 자기 방에서 놀고 있기를 바랐지만, 무슨 이유인지 '내가 참가하지 않았는데 뭘 어떻게 한단 말이야!'라고 강경하게 주장했던 것이다.

그렇게까지 말한다면 어쩔 수 없는지라, 나는 내키지 않았지만 참가를 인정했다.

시온은 분명 중태인 것으로 알고 있었는데, 순식간에 회복했다. 역시 '초속재생'은 참으로 무시무시한 기술이라는 것을 재확인했다.

지금은 디아블로와 나란히 내 뒤에 서 있었다.

루미너스 옆에는 히나타가 착석했으며, 두 사람의 뒤에는 루이와 귄터가 대기하고 있었다.

레온의 뒤에도 두 명의 기사—— 알로스와 클로드가 차렷 자세로 서 있었다.

그리고 마지막으로 남은 멤버는 주역인 클로에였다. 어린 모습으로 돌아가 있지만, 어른으로 대접하는 게 좋을 것 같다.

장방형의 책상. 준비된 개인용 소파는 여섯 개.

나와 베루도라가 나란히 앉았고, 그 맞은편에는 히나타와 루미너스. 중간 자리에는 레온과 클로에가 마주 보는 형태로 앉았다.

그리고 임시 마왕회담이 열렸다.

*

우선은 맨 먼저, 클로에의 입을 통해 설명을 듣기로 했다. 히나타도 옆에서 종종 거들어주면서, 그때 무슨 일이 일어난 것인지에 대한 설명을 해주었다.

그 얘기는 평소라면 도저히 믿어지지 않을 내용이었다. 하지만 그 심상풍경을 경험한 나는 그 말을 전부 자연스럽게 받아들였다.

"──그런 뒤에 나는 히나타와 리무루 씨의 도움을 받아서 무사히 '무한의 윤회'에서 빠져나올 수 있었던 거야."

그렇게 말하는 클로에의 말을 마지막으로 설명은 끝났다.

모두 무슨 말을 하고 싶은 표정을 한 채, 그리고 주변 사람들이 어떻게 나올지 살피고 있는 분위기였다.

그러던 중에 분위기를 파악하지 못하고 베루도라가 맨 먼저 얘기를 꺼냈다.

"그렇다면 나를 봉인한 '용사'는──."

전혀 중요한 얘기가 아니잖아, 그건.

그렇게 생각했지만, 이 말에 히나타가 반응했다.

"나야. 이걸로 1승 1패네. 잘된 것 아냐? 패배를 맛볼 수 있었으니."

"뭐, 뭐라고오──?!"

"어머, 무슨 불만이라도 있어? 정 원한다면 확실하게 결판을 내줄 수도 있는데."

"끄으으응, 좋다! 그렇게까지 말한다면 내 진짜 힘을──."

이대로 가면 얘기가 전혀 진전이 없겠군. 평소에는 쿨한 히나타도 무슨 이유인지 베루도라를 상대로는 어른스럽지 않게 구니까.

지금은 내가 중재를 위해 끼어들 수밖에 없으려나.

"자, 거기까지."

그 의제는 나중에 두 사람들끼리 알아서 해결해주길 바랍니다.

"히나타여, 저 멍청한 용을 길들이는 것은 아주 중요한 일이다. 싸우겠다면 나도 도와줄 것이니 잊지 말고 내게 미리 말하도록 해라."

루미너스도 그만 좀 부추기라고.

그러므로 화제를 바꾸었다.

"뭐, 결과가 좋으면 다 좋은 걸로 치자고. 그건 그렇고 마음에 걸리는 게 있는데 말이지, 듣자하니 내가 살해당한 것 같던데? 그건 역시 제국의 인간이 범인이란 말인가?"

내 입장에서 이 문제는 중요하다.

지금 현재도 제국의 움직임은 수상한데다, 만약 진심으로 적대한다면 경계할 필요가 있다.

"아마 그럴 거야. 그리고 히나타를 죽인 자와 동일인물인 것 같아. 제국에는 상당한 실력자가 있었던 것 같고, 여러 명이 동시에 시도한 건지도 모르겠지만, 히나타를 꿰뚫은 섬광은 내게도 보이지 않았거든."

그렇군, 히나타를 죽일 수 있는 인물이라면 마왕으로 진화하지 않은 나를 죽인다 해도 이상할 건 없겠지.

"지금의 나는 마왕으로 진화했지만, 그래도 방심하지 않는 게 좋을 것 같군."

다른 시간축에서 일어난 일이라곤 해도, 나를 한 번 죽인 상대라면 의식을 하지 않을 수가 없단 말이지. 제국과 적대하게 된다면 조심하기로 하자.

"그러는 게 좋을 것 같아. 제국은 리무루 씨가 생각하는 것보다 더 위험해. 리무루 씨가 살해당한 뒤에 베루도라 씨가 난동을 부리기 시작했는데, 그걸 격퇴한 것도 제국이었으니까."

베루도라와 한창 싸우고 있는 중에 히나타가 살해당했고, 클로에는 과거로 날아갔다. 그 후의 기억은 클로노아가 기억하고 있는 단편적인 것밖에 남아 있지 않다고 한다.

하지만 그래도 폭주하는 베루도라와 클로노아가 격돌했고, 그 틈을 노린 것이 제국이었다는 것은 틀림없다고 한다.

클로노아의 힘을 직접 눈으로 본 우리의 기준에서 보면, 그런 싸움에 개입할 수 있는 것만으로도 충분히 대단하다는 생각이 들었다. 그렇다면 제국의 전력은 우리가 상정하고 있는 것 이상으로 거대할 가능성이 높아지는군.

그건 우리뿐만 아니라, 루미너스나 레온도 같은 의견인 것 같았다.

모두가 제국에 대한 위기감을 심각하게 느끼고 있었다.

그렇게 무거워진 분위기 속에서, 베루도라의 초점이 어긋난 의견이 날아들었다.

"내가 폭주를 하다니 믿을 수가 없는데."

의기양양한 표정으로 그렇게 말하는 베루도라 씨.

그에 대한 모두의 반응은 '무슨 소리를 하는 거야, 이 녀석'이라는 것이었다.

이런 진지한 분위기 속에서 멍청한 소리를 지껄일 수 있는 걸 보면 베루도라도 꽤나——.

"잠깐! 왜 나를 그런 눈으로 보는 거야?! 나 같은 젠틀맨이 그런 식으로 폭주를 할리가 없잖아!"

아니, 저기 말이지.

먼 옛날에는 내키는 대로 난동을 부리고 돌아다녔다고 했으니, 그때도 감정에 맡긴 채로 날뛰었을 거라는 건 누구라도 쉽게 상

상할 수 있거든.

뭐, 부활했더니 내가 살해당하는 바람에 분노했다는 패턴일지도 모르지만 말이지.

그렇게 생각하면 아주 조금은 기쁘기도 하네.

"뭐, 그렇다면 그렇게 치고 넘어가자고."

거기까지 생각이 미친 나는 아주 조금 훈훈한 기분을 느끼면서, 베루도라를 달래주기로 했다.

제국은 위험하다는 결론을 내리면서 그 건은 끝.

뒤이어 클로에가 최대한 떠올릴 수 있는 클로노아의 기억에 관해서다.

베루도라가 제국에게 쓰러진 뒤에 이 세계는 대전(大戰)의 시기를 맞는다.

서쪽과 동쪽의 전쟁은 제국에게 유리하게 전개되었다.

그러던 중에 밀림이 움직인다.

내 죽음이 방아쇠가 되면서, 제국에게 적의를 드러낸 것이다. 여기에 기이가 개입하면서 밀림 vs 기이라는 최악의 싸움이 재현되게 되었다.

다구류루와 루미너스도 군사적으로 충돌하면서, 전 세계로 전쟁의 불길이 번졌다고 한다.

그리고 클로노아는 누군가와 싸우다가 목숨을 잃게 된다.

전쟁이 벌어지는 곳마다 달려가서 살아 있는 동안에는 계속 싸웠던 클로노아. 그녀에게 남아 있던 것은 '파괴의 의지'뿐이었으며, 상대가 누구이든 가리지 않고 강자를 마구잡이로 쓰러뜨렸다고 한다.

그래서 누구에게 살해당한 것인지는 기억하지 못했다고 하는데…….

"그 클로노아를 쓰러뜨릴 수 있는 자라면 뻔하겠지?"

"기이일 것이다."

"기이밖에 없겠지."

내 중얼거림을 듣고, 루미너스와 레온이 즉답했다.

나도 그렇게 생각한다. 기이와 밀림의 싸움이 어떻게 되었는지는 명확하지 않지만, 클로노아를 죽일 수 있는 자라면 기이 말고는 없겠지.

뭐, 기이가 클로노아를 죽일 이유는 확실하지 않으니까, 어쩌면 아닐지도 모르지만.

"그래서 클로노아가 내게 호감을 품고 있었던 이유는?"

클로에의 얘기를 들어봐도 나와 클로노아의 사이엔 접점이 없는 것 같다.

클로노아가 부활한 것은 내가 사망한 뒤였으니, 면식도 없지 않은가.

그런데도 클로노아는 아무리 봐도 내게 호의를 품고 있었다. 나도 둔감한 사람은 아니라 그 정도는 알아차릴 수 있다.

지금 생각해보면 처음부터 그랬다. 클로에를 위해 소환했을 때도 나를 보자마자 바로 안기면서 키스했으니까. 처음 보는 사이에 이게 무슨 일인가 싶었지만, 클로노아의 입장에서 보면 뭔가 이유가 있어서 그랬을 것이라고 추측이 들었다.

"그건 말이지——."

『리무루가 나를 구해주었기 때문이야. 미래의 세계에서 난동을 부리기만 했던 나를 구해준 사람은 틀림없이 당신이었어.』

클로에의 말을 클로노아가 이어받았다.

"잠깐, 내가 설명하려고 했는데!"

『괜찮잖아, 그 정도는. 어차피 나도 너니까, 우린 하나잖아?』

옆에서 보기엔 클로에가 1인 2역을 연기하고 있는 것으로밖에 보이지 않는다. 클로에가 방심하고 있는 때에 한해서, 클로노아도 대화에 끼어들 수 있는 모양이다.

그것도 뭐, 익숙하기에 따른 문제이겠지만.

그런 뒤에 클로에와 클로노아가 번갈아서 얘기해주었다.

클로에—— 아니, 클로노아의 기억에 의하면 미래에서 나는 죽지 않았던 모양이다. 제국에 의해 쓰러진 것은 분명하지만, 그 후에 부활한 것 같다.

뭐, 그렇겠지.

나는 모르겠지만, 라파엘(지혜지왕)로 성장하는 동안 '대현자'는 전혀 빈틈이 없었다. 시간은 걸렸지만 살아남는 데에 성공했다고 한다.

하지만 세계는 크게 변모하고 있었다.

베루도라는 소실했고, 템페스트(마국연방)는 붕괴.

서쪽과 동쪽에선 대전이 발발했으며, 마왕들 사이에서도 처절한 세력싸움이 벌어지고 있었다.

으—음. 그 때의 내 기분은 상상하기가 어렵지 않군.

왜냐하면 본인이니까.

나라면 틀림없이 살아남은 자를 필사적으로 찾으려고 했겠지.

모두를 구할 수 없더라도 최소한 나와 인연이 있었던 자들만이라도 구하려고 생각했을 것이다.

그리고 찾아낸 것이 클로에=클로노아였던 것이다.

클로노아의 단편만 남은 기억에선 중요한 부분이 빠져 있었다. 하지만 그것도 막연한 흐름만 읽어낼 수 있었다.

나는 클로노아와 만나고, 몇 번이나 싸우게 되었다. 그리고 최종적으로 클로노아의 마음을 되찾는 데는 성공했을 것이다.

그러나 그때는 이미 세계의 정세는 정해져 있었다.

『모두가 예상했던 것처럼 나는 기이와 싸웠어. 왜 그렇게 되었는지는 기억나지 않지만, 그때 리무루가 없었던 것만큼은 확실해. 그리고 나는 죽을 때에 리무루에게 안겨 있었는데, 다시 눈을 떴더니 옛날의 리무루와 나 자신(클로에)의 모습이 보였던 거야.』

기이의 언급에 대해선 역시 그랬나 하는 생각만 들었을 뿐, 딱히 놀랍진 않았다.

그것보다 클로노아가 죽었을 때에 무슨 일이 일어났는지가 의문인데…… 그건 아마도 클로노아의 '시간여행'이 발동한 것이겠지.

그러나 그것만으로는 클로에의 시간축에 다다를 수 있게 된 이유가 부족하다. 어쩌면 내가 뭔가 영향을 줬을 가능성도 있는 것이다.

"그때의 나는 마왕으로 진화했나?"

『마왕이 되어 있었어. 나와 만났을 때엔 지금의 리무루보다도 강했어.』

아니, 그걸 보는 것만으로 알 수 있는 건가?

지금의 나도 상당히 강하다고 생각하는데, 클로노아가 상대의 역량을 잘못 봤으리라고 생각하기도 어렵다. 그렇다면 동료들을 잃어버리면서, 나는 상당히 무리를 했을지도 모르겠군.

뭐, 지금의 나와는 관계가 없는 얘기이긴 하지만, 제국과 얽힌 문제도 있다. 지금은 긍정적으로, 나는 좀 더 강해질 수 있다는 걸로 받아들이자.

뭐, 그건 그렇다고 치고.

지금의 나보다 강하다면 '대현자'는 틀림없이 '라파엘'로 진화했 겠지.

그렇다면 어린 클로에 쪽으로 클로노아의 정신과 기억을 날려 보내는, 그런 터무니없는 짓을 했다고 해도 이상할 건 없겠군.

《…………》

후후후, 부정하진 못하겠지.

어쩌다 보니 알게 되긴 했지만, 이걸로 미래에서 무슨 일이 일 어났는지도 판명된 셈이다.

"뭐, 결과가 좋으니 잘된 거지."

"정말 아무 생각이 없네."

"그렇게 말하지 마. 클로에는 이렇게 무사하고, 베루도라도 이 미 부활했어. 제대로 지켜보고 있으면 두 명이 폭주할 걱정도 없 고 말이야. 이렇게 되면 남은 문제는 제국뿐이잖아?"

나는 곁눈질로 노려보는 히나타에게, 상큼한 미소를 지으면서 대응했다.

"그 말이 맞다. 다구류루가 공격해 온다면 그쪽은 내가 맡도록 하마. 클로에를 구해주었으니 그에 대한 답례 정도는 하겠다."

루미너스와 클로에는 정말로 사이가 좋았는지, 클로에를 구해준 내 주가는 이미 상한치로 높아져 있었다. 그 덕분에 지금까지보다 훨씬 더 양호한 관계를 유지할 수 있을 것 같다.

마음에 걸리는 것 중 하나가 다구류루의 야심이었는데, 이 문제는 루미너스가 맡아주기로 했다. 내가 부탁하지도 않았는데, 루미너스가 서방을 수호해줄 것을 약속한 것이다.

기본적으로 서방열국은 루미너스의 지배영역이 되어 있었다. 일부 지역에선 기이와의 분쟁이 일어나고 있지만, 그건 기이에게 있어선 놀이를 즐기는 것에 가까운 것이다. 신경을 써봤자 소용없는 일이라고, 루미너스는 딱 잘라서 결론을 내고 있는 것 같았다.

그보다 더 큰 문제는 다구류루이며, 언젠가 전쟁이 벌어질 수 있다는 생각을 하며 경계하고 있다고 했다.

"미래에서도 전쟁이 일어났다고 하니, 제국이 움직이면 편승할 가능성이 높을 것이다."

루미너스가 그렇게 말했지만, 나로선 그것도 의문이었다.

"하지만 말이지, 다구류루의 자식들이 이 나라에 의탁하고 있거든? 그렇게 쉽게 무력행사로 나설 거란 생각은 안 든단 말이지."

나는 다구류루가 움직인 것에도 뭔가 이유가 있는 게 아닐까 하는 생각이 들었다.

"뭐? 다구류루의 자식들이라고? 그게 정말이냐?"

"정말이야. 지금은 시온의 부하가 되어서 열심히 훈련을 받고 있지."

"네. 그자들도 아직 한참 멀었지만, 그래도 최근엔 좀 나아졌습니다. 상으로 제가 직접 만든 요리를 먹인 적도 있습니다만, 눈물을 흘리며 기뻐하더군요. 귀여운 녀석들입니다."

내 말을 듣고, 시온이 야무진 말투로 그렇게 말했다.

울면서 기뻐했다고? 그건 좀 의문인데.

반한 여자가 직접 만들어준 요리는 기쁘겠지만, 그건 어디까지나 제대로 먹을 수 있는 것을 전제로 했을 때의 얘기다.

아니, 생긴 것과 식감만 참을 수 있다면 시온의 요리도 먹을 수 있게는 발전했다.

그럼 괜찮으려나. 본인들이 불평하지 않는다면, 내가 끼어들 문제도 아닌 걸로 치고 넘어가자.

다구류루의 자식들이 이 나라에 있다는 얘기를 듣고, 루미너스는 어이가 없다는 표정을 보였다. 그러나 그건 한순간의 일이었으며, 바로 정신을 차린 것 같았다.

"사실인 것 같구나. 그러면 다구류루 녀석도 누군가에게 놀아났다── 아니, 미래의 얘기니까 이렇게 말하는 건 이상하군. 놀아날 가능성이 있다는 말이 되겠구나."

깊이 생각하면서 그렇게 말하는 루미너스.

미래에선 전쟁이 일어났지만 지금은 아직 평화로움 그 자체다.

다구류루의 영토적 야심에도 어떤 이유가 있을 것 같다. 마왕들의 연회(발푸르기스)에서 만났을 때도 그렇게 나쁜 인간으로 보이지도 않았으니, 다음에 다구라 형제들로부터 사정을 들어보기로 하자.

만약 무슨 문제가 있다면 의논상대가 되어주는 것도 좋을 것이다. 대화로 해결할 수 있다면, 전쟁이 벌어지는 것보다 훨씬 더 좋은 일이다.

"그 건에 대해선 나도 조사해보지."

"그럼 부탁하마. 나도 무리를 해서까지 싸울 마음은 없으니까."

다구류루에 대해선 앞으로의 조사결과를 기다리기로 했다. 제국과 연동하여 움직이면 번거로우니까, 만일을 위해서 대신 경계해주겠다는 루미너스의 도움도 받도록 하자.

루이와 귄터가 고개를 끄덕이고 있으니, 안심하고 맡길 수 있다는 뜻이겠지.

"남은 건 기이에 관한 것인데……."

"그쪽은 내가 얘기해보도록 하지."

미래에서 일어날 일을 가지고 기이에게 항의해봤자 소용없겠지만, 그렇게라도 하지 않으면 불안 요소가 남는다. 일단 기이에게도 사정을 설명해두는 게 무난할 것이다.

어디까지 얘기할 것인지, 그것도 또한 골치 아픈 문제지만…….

"기이는 '조정자'니까 말이지. 지금의 나에겐 안중에 없지만, 먼 옛날 녀석에게 죽임을 당한 적이 있는 것 같기도 하고, 없는 것 같기도 한 그런 애매한 기분이 드는군. 뭐, 기억에 없으니까 노카운트가 되겠지만!"

갑작스러운 베루도라의 고백.

어디서, 뭘, 어떻게 따져 물어야 좋을지 모르겠다.

기이가 '조정자'라는 건 무슨 뜻인가.

옛날에 기이와 베루도라가 싸운 적이 있으며, 그러다가 베루도라가 죽임을 당했다니.

그런 얘기는 처음 들었다.

하나 더 언급하자면 기억에 없으니까 진 게 아니라니, 그런 말은 어린애의 변명으로 쳐도 레벨이 너무 낮은 것 같지만, 그런 말을 했다간 불쌍하니까 입을 다물기로 하자.

"호오, 기이도 제법 괜찮은 일을 했구나."

"'조정자'라. 기이는 확실히 인간의 편은 아니지만, 적도 아니니까 말이지. 미래에서 클로노아를 죽인 건 '파괴의 의지' 그 자체인 클로노아를 방치했다간 세계의 붕괴로 이어질 것을 경계한 행동이라는 추측이 성립되는 셈이로군."

레온이 그렇게 얘기를 정리했다.

"그 '조정자'라는 건 대체 뭐야?"

모두들 납득하는 가운데, 나 혼자만 이해를 하지 못하고 있었다. 내가 망설이지 않고 질문하자, 루미너스가 설명해주었다.

"'조정자'라는 것은 '용사'나 '마왕'과는 다른 카테고리로 존재하는 시스템이다. 이 세계의 붕괴를 저지하는 것이 목적이며, 창조주인 '성룡왕(星龍王)' 베루다나바의 대변자라고 일컬어지지."

"그 말이 맞아. 우리 형인 '성룡왕' 베루다나바가 자신이 모처럼 만든 세계가 파괴되지 않도록 정한 거야."

과연.

그런 세계를 파괴하려고 하다가, 죽임을 당한 것이 베루도라란 말이로군.

아주 잘 납득이 되었다. 그리고 '용종'이 부활하는 것도 진실이라는 것을 확인할 수 있었다. 정말로 기억을 잃었는지는 의심스럽지만, 그 점을 지적하는 건 자제하기로 하자.

"그랬단 말이군. 그럼 기이가 지금의 클로에를 노릴 가능성은 낮겠네."

"응. 나한테도 클로노아가 폭주를 일으켰던 기억이 남아 있으니까, 그 마왕 기이, 씨에게 원한은 없어."

히나타랑 클로에도 납득했는지, 미소를 지으면서 그런 대화를 나누고 있었다. 폭주할 우려가 없는 한은 기이와의 싸움을 피할 수 있을 것 같다.

"그렇다면 기이에게 설명하는 건 레온에게 맡겨도 괜찮을까?"

"그러지. 나와 클로에의 미래가 걸려 있으니까 말이야."

"레온 오빠는 관계가 없는데?"

진지하게 말하는 레온을 향해, 클로에가 날카로운 지적을 날렸다.

그 순진함이 무섭다고 생각하면서, 레온을 약간 동정했다.

레온은 엄청난 미남이고 쿨한 분위기가 느껴지지만, 세간에선 엄청난 악인 같은 존재로 평가받는 일이 있는 것 같다.

시즈 씨와 연관된 건에서도 그런 느낌이었는데, 아무래도 레온은 말주변이 없는지라 위악적인 면이 있는 것처럼 느껴진다. 그 탓인지 남들의 오해를 아주 잘 사는 것 같다.

예를 들자면 마사유키와는 정반대의 속성, 이라고 말하면 이해가 쉬우려나.

클로에로부터는 근처에 사는 친절한 오빠 취급을 받고 있었다.

거기엔 연애감정이라곤 눈곱만치도 존재하지 않았다.

레온은 옛날부터 인기가 있었던 것 같은데, 그 탓인지, 클로에는 레온이 보내는 애정을 전혀 알아차리지 못하고 있는 것으로 보였다.

생각해보면 레온도 불쌍한 남자다.

조금만 더 친근하게 대해주자고, 나는 그렇게 생각했다.

＊

마왕 두 사람으로부터 협조하겠다는 약속을 받았으므로 이 회담은 성공이다.

이로서 경계해야 할 존재는 제국만 남게 되었다.

이다음은 우리끼리 대책을 생각할 단계이므로, 회담이 끝났음을 선언하려고 했는데…….

"자, 잠시 기다려주십시오! 지금은 손님이 와 계시며, 중요한 회의가 진행 중입니다."

"헤에, 내 침입을 알아차리다니 대단한걸. 하지만 말이지, 모처럼 여기까지 왔으니, 잠깐만 인사를 하겠어."

그런 말소리와 함께 복도 쪽이 소란스러워졌다.

아니, 이 목소리와 그 대화내용을 통해 전해지는 거만한 태도…….

찾아온 사람은 틀림없이 최강의 마왕인 기이라는 생각이 들었다. 여기에 접근할 때까지 내가 기척을 감지하지 못하다니, 그런 짓을 할 수 있는 상대는 한정되어 있는 것이다.

《알림. 적의는 없었습니다.》

……혹시 벌써 알아차리고 있었어?

아니, 지금은 그걸 의논하고 있을 때가 아니지.

나는 황급히 자리에서 일어났다.

하지만 내가 움직이기 바로 전에.

내 뒤에 서 있던 디아블로가 불쾌한 표정으로 문을 향해 이동했다.

"여어!"

"돌아가."

그 짧은 대화 후에 문을 쾅 하고 닫아버리는 디아블로.

""""………….""""

그 말도 안 되는 사태를 보면서, 우리는 그 자리에서 얼어붙었다.

"이봐, 이봐, 그건 아니지, 디아블로."

다시 문이 열렸고, 기이가 화를 내며 들어왔다.

"쳇, 중요한 회의 중이라 방해됩니다. 며칠 지나지도 않았기 때문에 아직 준비도 끝나지 않았단 말입니다. 당신과는 나중에 천천히 얘기를 나누고 싶으니, 초대할 때까지는 오지 마십시오."

말투는 정중했지만, 디아블로는 기이를 상대로 강경한 태도를 보이고 있었다.

──아니, 혹시 서로 아는 사이야?

그렇게 생각한 사람이 나 혼자만은 아니었는지, 루미너스랑 레온도 놀란 모습이었다.

"믿을 수가 없군, 기이를 상대로 한 발로 물러서지 않을 줄이야. 역시 태초의 검은색(느와르)답다고 해야 하나."

"느와르라고?! 그런 거물이 왜 리무루의 부하로……?"

으으응?!

언뜻언뜻 들리는 단어에, 왠지 불온한 기운이 느껴지는데요?

디아블로가 거물? 아니, 확실히 태도는 거만하긴 하지만…….

그 전에, 느와르라는 건 대체 뭐야?

그런 생각으로 혼란에 빠져 있으려니, 한층 더 소란스러워지기 시작했다.

"리무루 님, 무사하십니까?! 지금 막 여동생으로부터──."

"주군, '붉은색'의 기운을 느꼈습니다만?!"

"전쟁이야? 벌일 거면 나도 열심히 싸울게!"

맨 먼저 베니마루가 뛰어왔고, 소우에이가 그 뒤를 따랐다.

뒤이어 카레라가 달려왔으며, 거의 동시에 울티마까지 방으로 난입했다.

대소동이 벌어졌다.

이렇게 되면 기이를 쫓아 보내는 것보다 안으로 들이는 게 더 낫다.

애초에 나는 기이를 초대할 생각은 아예 없었다. 왜 얘기가 이렇게 되었는지, 나중에 디아블로에게서 사정을 천천히 들을 필요가 있을 것 같다.

하지만 지금은 이 자리를 수습하는 것이 먼저다.

"다들 진정해라. 디아블로도 물러나 있고."

내 말을 듣고, 난입한 자들도 얌전해졌다.

나는 주변이 다시 진정되기를 기다렸다가 얘기를 이어갔다.

"예정에는 없었지만, 기이에게도 할 얘기는 있었지. 모처럼 여기까지 찾아와 주었으니까, 이대로 회담에 참가시키기로 하겠어. 그래도 될까?"

우선 기이에게 그렇게 물어보며 확인했다.

"그래. 나도 너에게 할 얘기가 있으니까, 마침 잘됐군."

레온으로부터 설명을 들을 예정이었지만, 아무래도 그 예정은 변경해야 할 것 같다. 이렇게 기이의 승낙도 받았으니, 모인 자들은 해산시키기로 했다.

"그렇게 되었으니 걱정할 것 없다. 무슨 일이 생기면 부를 테니, 각자 업무에 복귀해다오."

내가 그렇게 선언하자, 다들 안도하는 표정을 지었다.

그들 중에는 "홋, 역시 '붉은색'이로군. 지금의 내 힘으로도 상대가 안 된단 말인가"라거나 "체엣, 모처럼 마음껏 날뛸 수 있을 줄 알았는데"라고 상당히 위험한 말을 하는 자들도 있었지만, 그 자리는 그럭저럭 잘 수습되었다.

*

모인 자들은 각자의 업무를 소화하기 위해 돌아갔다.

그리고 슈나가 방에 남은 자들에게 차를 마련해주기 위해 나갔다.

그 순간, 맨 먼저 입을 연 사람은 레온이었다.

"이봐, 이게 어떻게 된 거지? 왜 존느(태초의 노랑색)가 여기 있는 거냐?!"

응?

"나도 물어봐야겠구나. 또 다른 한 명은 비올레(태초의 보라색)였던 것 같은데, 내 기분 탓이냐? 좀 더 어둡고 음험한 성격이라고 들었기 때문에 약간은 자신이 없긴 하다만……."

으─응?

존느랑 비올레 운운하는데, 이 녀석들은 대체 무슨 얘길 하고 있는 거람?

아, 혹시!

"그거 혹시 카레라랑 울티마를 말하는 건가? 그녀들은 저기 있는 디아블로가 권유하여 데려왔는데, 이게 생각했던 것보다 우수해서─."

나는 그렇게 설명했지만, 그 얘기를 마지막까지 끝내지는 못했다.

"카레라? 그리고 울티마라고?! 너, 설마 그자들에게 '이름'을 지어줬단 말이냐?!"

"믿을 수가 없군. 너는 저기 있는 디아블로뿐만이 아니라, 다른 태초의 존재들도 부리고 있다는 말인가……."

갑자기 벌떡 일어서서 소리치는 레온과, 진심으로 경악하는 것 같은 루미너스. 그런 두 사람의 시선이 내게 꽂혔다.

"어때, 어이가 없지? 내가 찾아온 건 이 녀석의 진의를 물어보려는 목적도 있기 때문이야."

그렇게 기이까지 의미를 알아듣지 못할 말을 꺼내는 판국이었다.

저기, 다들 그렇게 말해도 말이죠.

내가 당황하면서 대답을 못 하고 있으려니, 그때 슈나가 티 카트에 실은 홍차를 가지고 왔다.

슈나를 방해하지 않도록 침묵하는 우리들.

좋은 향기가 그 자리에 감돌면서, 모두의 마음을 다시 차분하게 만들어주었다.

나도 냉정을 찾으면서, 다들 무슨 소리를 하고 있는 건지 생각해봤다.

키워드는 루미너스가 언급했던 '태초'다.

태초라면──.

《해답. 악마족(데몬)을 정의하는 기준 중의 하나입니다.》

그래, 그래, 그런 설명을 들은 기억이 있어.

분명 시작의 악마로 정의되는 게 태초였지.

잠깐, 시작의 악마──?!

"디아블로, 너 설마 시작의 악마들 중의 한 명이었냐?"

내가 그렇게 묻자, 디아블로는 대수롭지 않은 표정으로 대답했다.

"뭐, 그렇다고 할 수 있겠군요. 확실히 저는 이 세계에서 최초로 탄생한 일곱 계통 악마족의 한 명입니다."

이봐, 그게 정말이야?

내가 마왕으로 진화했을 때 소환한 악마가 설마 그런 엄청난 거물이었다니…….

강하다는 생각은 했지만, 생각했던 것 이상으로 위험하잖아.

"……설마 몰랐단 말인가?"

"믿을 수가 없구나. 맹한 구석이 있다고는 생각했다만, 설마 이 정도일 줄은⋯⋯."

레온과 루미너스가 보내는 시선이 따갑다.

하지만 어쩔 수 없는 일이잖아?

그렇게 대충 벌인 소환에 응했을 정도니까, 그런 거물이란 생각을 할 수 있을 리가 없다고.

《⋯⋯⋯⋯》

라파엘(지혜지왕)까지 말문이 막힌 것 같았다.

하지만 그 반응은 디아블로의 정체 때문에 그런 것이 아니라, 내가 그 사실을 몰랐다는 것에 대한 반응인 것 같았다.

아무래도 라파엘은 내가 태초의 악마에 대해서 이해하고 있다고 생각했던 것 같다.

——아니, 잠깐?

그리고 보니 살리온의 천제인 에르메시아도 태초가 어쩌고 했던 것 같은데. 그녀도 디아블로의 정체를 눈치 채고 있었기 때문에 그렇게나 경계하고 있었단 말인가!

내가 좀 더 주의 깊게 생각했으면, 더 빨리 디아블로의 정체도 알아차릴 수 있었던 것이다.

이건 그러니까, 말하자면 그거다.

지레짐작.

알고 있는 것은 굳이 일일이 조사하지 않으며, 화제로 꺼내지도 않는다. 라파엘의 기준에서 보면 내게 일부러 말할 필요도 없다고 판단했을 뿐인 것이다.

이건 커다란 실수였다.

사전이 근처에 있어도 쓰지 않으면 의미가 없다. 최근에는 조언을 해주기도 하는 라파엘이라고 해도 내가 뭘 알고 뭘 모르는가 하는 것까지는 파악할 수 없는 것이다.

아무리 우수한 파트너라고 해도 쓰지 못하면 의미가 없다. 나는 그 사실을 지금 다시 한 번 확인했다.

놀라는 나를 아랑곳하지 않은 채, 디아블로가 나와의 만남을 얘기했다.

들자하니 그 내용은 나와 시즈 씨가 만났을 때까지 거슬러간다고 한다. 디아블로와 시즈 씨 사이에 인연이 있었다고 하며, 시즈 씨가 최후를 맞을 때의 기척을 느낀 디아블로가 우연히 이 땅을 들렀다고 얘기했다.

그때부터 디아블로가 내게 눈독을 들였다는 것에 놀랐지만, 그 목적이 무엇인지는 잘 이해가 안 되는군.

"저와 같은 계통의 하위악마가 절 제쳐두고 리무루 님께 소환되었습니다만, 그건 너무나도 통한스러운 일이었습니다. 하지만! 저는 조급하게 굴지 않고 기회를 또 오기를 지켜봤다가 리무루 님의 소환에 성공적으로 응한 것입니다!"

그렇게 말하면서 디아블로는 너무나 기뻐 보이는 미소를 보여주었다.

아니, 그 소환으로 디아블로가 온 것은 우연이 아니라, 노리고 있었던 필연이란 말인가.

너무 놀라서 골치가 아파오기 시작했다.

그건 그렇다 치고도 처음 들은 얘기인데, 디아블로는 베레타를 질투하여 나 몰래 베레타를 숙청하려고 했었다고 한다. 하지만 베레타의 몸이 내가 만든 것이었기 때문에, 아까워서 상처를 입힐 수 없었다고 지껄였다.

『이 몸은 리무루 님이 직접 만드신 것이니, 함부로 손을 댔다간 그분의 분노를 살 겁니다.』

그렇게 말하면서 베레타가 깨우쳐주었다고 한다.

어이가 없다고 해야 할까. 달리 뭐라고 해야 한담.

그건 그렇고 얘기가 자꾸 쓸데없이 길어지는군.

누가 좀 말려봐──라고 생각했지만, 디아블로의 기세가 너무 강한지라, 아무도 끼어들지 못하는 것 같았다.

어쩔 수 없어서, 내가 말했다.

"디아블로, 디아블로 군! 이제 그만 하지. 슬슬 회의를 재개할 생각이니까."

내 말을 이어받으면서, 기이도 입을 열었다.

"그 정도면 만족했겠지? 그것보다 여기에 디노 녀석도 와 있을 텐데? 잠깐 불러와 주지 않겠어?"

기이의 말을 듣고, 디아블로도 겨우 얘기를 멈췄다.

"그러면 제가 디노 님을 모시고 오도록 하죠."

나갈 타이밍을 잃어버렸던 슈나가 정중한 인사를 남기고 그 자리를 떠났다.

도망쳤다──는 생각이 드는 건 내 신경이 날카로운 탓이겠지.

"지금부터가 클라이맥스입니다만?"

디아블로는 아직 더 얘기하고 싶은 게 있다는 표정을 지었지만, 모두가 한 마음으로 무시했다.

이 이상 듣고 있다간 무슨 말이 튀어나올지 모른다. 내 마음의 평정을 지키기 위해서라도 디아블로의 입을 막는 게 더 좋겠다.

그렇게 소동이 일어나던 중에, 어느새 기이를 위한 자리도 마련되었다. 옆의 대기실에 설치되어 있던 손님용 소파를 레온의 부하들이 옮겨다 준 것이다.

"오오, 제법 눈치가 빠르잖아."

기이의 말을 듣고, 레온의 부하기사인 알로스와 클로드가 가볍게 머리를 숙이면서 응했다. 보아하니 이 두 사람은 기이와도 면식이 있는 것 같다. 그렇지 않았으면 기이를 상대로 어설픈 짓을 시도했다간 어찌될지 모른다는 생각에 아무도 움직이려고 하지 않았을 것이다.

원래는 내가 부하들을 시켜서 마련했어야 했는데, 거기까지는 머리가 돌아가지 않았다. 자칫했다간 기이의 화를 샀을지도 모르니, 이 두 사람이 있어준 덕분에 도움을 받았다고 생각한다.

내 보조를 했어야 할 비서도 뭐, 지금은 얘기에 정신이 팔려 있으니까 말이지?

또 다른 비서인 시온은 아예 관심을 두지 않은 채, 내 곁을 지키고만 있었다.

"미안하군, 대신 신경을 쓰게 하고 말았으니."

"아닙니다, 신경 쓰지 마십시오!"

"리무루 폐하의 사정은 잘 알고 있습니다. 저희가 경계하지 않도록 이 방에서 사람들을 물리시지 않았습니까? 그렇다면 이 정도 일은 저희가 맡는 게 당연합니다."

알로스와 클로드는 아주 성격이 좋은 인물이었다.

디아블로랑 시온도 좀 본받았으면 좋겠다.

"잘 봤겠지? 너희도 저런 식으로 배려를 할 수 있게 좀 배워라."

"쿠후후후후, 좀 지나치게 열변을 토하고 말았군요."

예정도 없이 찾아온 기이가 잘못이다——라고 디아블로는 말하고 싶었던 것 같지만, 평소라면 이런 실수는 하지 않았을 테니, 이번에는 타이밍이 좋지 않았던 것도 확실하긴 하군.

"네, 큰 공부가 되었습니다!"

시온은 솔직했다.

대답만큼은 잘 한단 말이지, 이 아이는.

이런 부분을 제대로 익힐 수 있게 되기를 마음속으로 빌어보자.

거만한 태도로 기이가 자리에 앉았다.

그와 동시에 디노를 데리고 슈나가 돌아왔다.

무슨 이유인지 라미리스도 동행하고 있었으며, 여차여차한 끝에 회의가 다시 재개되었다.

*

맨 처음 의제는 태초의 악마에 관한 것이었다.

"그럼 디노, 변명을 들어볼까?"

"응, 변명이라니 무슨……?"

기이의 질문에 디노는 자연스럽게 되물었다. 그 태도가 기이의 분노에 불을 붙였다.

"모르는 척하지 말라고, 너! 왜 이 녀석이 그 세 명에게 이름을 지어주는 걸 막지 않은 거야?!"

그러게 말이지, 그건 중요한 얘기거든?

'이 녀석'이라는 건 나를 말하는 것 같지만, 나도 그 세 명이 위험하다는 걸 알았으면 이름을 지어줄 생각은 하지도 않았을 거다.

이제 와서 따져봤자 늦었지만, 최소한 한 마디 충고라도 해줬으면 좋았을 것이다.

"대체 널 여기에 왜 보냈다고 생각하냐?"

"어, 관광?"

"아니야—! 정찰이라고, 정찰!"

그런 대화를 들으면서, 기이도 참 힘들겠다는 생각이 들었다.

그럴 거라고 예상은 했지만, 역시 디노는 스파이였나.

그래도 본인 앞에서 당당하게 스파이 선언을 하는 건 좀 자제했으면 좋겠는데.

"잠깐, 너도 마찬가지야! 마치 남의 일 같은 표정을 짓고 있지 말라고—!"

어이쿠, 이쪽으로 불똥이 튀었네.

스파이를 보낸 쪽한테서 잔소리를 듣는 건 말이 안 되는 것 같지만, 확실히 원인은 나한테 있긴 하지. 반박해주고 싶긴 하지만 조건반사적으로 따지는 건 위험하다.

상대는 기이니까 화를 돋우는 건 좋은 방법이 아닌 것이다.

"크아하하하! 기이여, 자잘한 일로 화를 내는 게 아니다. 이 녀석이 가볍게 이름을 막 지어주는 건 어제오늘 일이 아니니까!"

웬일로 내 편을 들어주는 베루도라.

잘 한다! 라고 마음속으로 응원했는데——.

"입 닥쳐라! 어른끼리의 대화에 끼어드는 게 아니다!"

"으, 음."

루미너스가 화를 내면서 꾸짖자, 베루도라는 입을 다물고 말았다. 여기서 말로 되갚아주지 못하는 걸 보면, 베루도라가 갑작스러운 공격에는 약하다는 걸 잘 알 수 있다.

뭐, 베루도라가 날 감싸준 덕분에 공격의 칼끝이 내게서 벗어났다. 그 기회를 놓치지 않고 기이에게 바로 불평을 늘어놓았다.

"자자, 진정들 해. 디노가 여기 온 목적은 나를 감시하기 위해서였잖아? 그에 관해서 할 말은 많지만 잠시 미루기로 하고, 나를 막지 않은 디노에게도 잘못이 있다면, 그 디노를 믿고 파견한 인물에게도 총감독책임이라는 게 있지 않을까? 그렇게 생각하지 않나, 기이 씨?"

즉, 공동책임으로 미루는 것이다.

나 혼자만의 탓으로 넘기는 걸 잠자코 받아들일 순 없으니, 디노랑 기이에게도 책임을 분담시키자는 작전이다.

디노의 책임은 명백하므로 남은 건 기이를 끌어들이는 것뿐.

"그 말이 맞아, 기이. 애초에 말이지, 나는 감시 같은 건 못 한다고. 설마 네가 나를 일하게 만들 생각을 하고 있었다니, 정말 놀랐어."

이런 때에는 또 눈치가 빠른지, 디노는 내 계획을 꿰뚫어 본 모양이다. 아주 깔끔하게 동참해주었다.

"이 자식들……."

분한 표정을 짓는 기이.

이 이상 화를 돋우지 않도록 주의하면서, 적당히 얘기를 마무리 지을 수 있는 타이밍을 찾아야 한다.

"그리고 무엇보다 나한테는 그걸 말릴 틈이 없었어. 난 말이지, 리무루가 태초의 악마를 데리고 있는 걸 보고 말도 나오지 않을 정도로 놀랐단 말이야. 그것도 그럴 게, 세 명이나 있었으니까. 태초의 검은색(디아블로)은 뭐, 괴짜니까 납득하고 넘어갈 수 있었지만, 설마 태초의 흰색(테스타로사)과 다른 악마들까지 다른 사람을 따른다니, 과연 누가 그걸 상상할 수 있겠냐고!"

"그렇긴 하지."

아, 디노가 책임을 피하려는 발언을 하고 있어. 기이도 그 말에 수긍하려고 하고. 이건 위험한 전개다.

"나도 말이지, 디아블로가 도움이 될 것이라고 말하면서 데려왔으니까, 순순히 받아들인 것뿐이야. 설마 그런 거물일 줄은 생각도 못했고, 그녀들도 공손한 태도로 내 부하가 되는 걸 받아들여주었으니까 말이지. 그녀들은 디아블로의 직할 부하니까 책임은 디아블로에게 있다고. 무슨 일이 일어나면 나도 책임을 지게 되겠지만, 부하를 믿어주는 건 당연한 것 아닌가?"

그럴듯한 말을 하면서 나는 슬쩍 책임을 디아블로에게 떠넘겼다.

모든 것을 따져보면 디아블로가 원인이다. 이 정도는 용서해주겠지.

네가 좀 분발해서 기이의 분노를 대신 넘겨받아라──는 마음을 담아서, 나는 디아블로를 향해 시선을 돌렸다. 그러자, 내 말에 귀를 기울이던 디아블로가 무슨 이유인지 기쁜 표정으로 고개를 끄덕이고 있었다.

"쿠후후후후, 리무루 님의 신뢰, 그 말씀만으로 저는 만족하고 있습니다. 그 기대에 부응하기 위해서라도 한층 더 정진해야겠군요."

"…………."

디아블로의 빛나는 미소를 보면서, 기이는 지친 표정으로 입을 다물었다. 그리고 자신의 몸을 의자에 기댔다.

"그러니까 디아블로가 잘못한 거란 말이지?"

거만하게 입을 열면서, 기이가 그렇게 물었다.

"잘못했다기보다……."

"우리도 피해자란 말이지, 안 그래?"

얼버무리는 나를 따라서, 디노도 어색한 표정으로 그 뒤에 나올 말을 삼키고 있었다.

당사자인 디아블로만 자랑스러운 표정으로 당당하게 서 있었다.

"이 녀석은 옛날부터 이상했으니까, 이제 와서 따져봤자 소용없다고 치고──."

그렇게 말하면서 디아블로를 가리키는 기이.

"디노, 네가 리무루를 말리지 못했다는 건 뭐, 상황적으로 이해가 안 되는 건 아니야."

이봐, 잠깐? 이거 돌아가는 분위기가 이상해지기 시작했는데.

"그래서 말인데, 리무루, 너 말이다!"

역시 나한테 돌아왔어!

왜 내 쪽으로 칼끝을 겨누는 건데?!

"내가 뭘 했다고 그러는 거지?"

지금은 당황해선 안 된다.

당당하게, 아무런 잘못도 하지 않았다는 태도로 기이를 상대해야 한다.

그렇게 생각한 나는 동요하고 있다는 걸 알아차리지 못하도록, 내 몸의 주도권을 라파엘에게 위탁했다.

이걸로 안심이다. 마음속은 아무리 당황하더라도 표면적으로는 침착하게 보이는 것이다.

"무슨 짓을 했냐고?!"

그런 뒤에 나는 기이에게 한참동안 잔소리를 들었다.

나 때문에 세계의 정세 밸런스가 완전히 붕괴했다느니, 그 때문에 세계의 정세가 어떻게 돌아갈지 모르게 됐다느니, 상당히 진지한 내용인지라 라파엘에게 주도권을 넘겨준 것도 아무 소용이 없게 되었다.

기이도 생각했던 것 이상으로 깊게 계산한 뒤에 활동하고 있던 모양이다.

"더구나 너 때문에 미저리의 작전도 실패로 끝난 것 같거든. 그 책임은 네가 져야겠어."

기이의 잔소리는 그렇게 마무리 되었다.

내가 모르는 이야기에 대한 책임을 지라는 건 이해가 안 됐지만, 그걸로 기이가 납득하고 넘어간다면 대가는 싼 편이다. 그렇게 판단한 나는 일단 "알았어"라는 말과 함께 고개를 끄덕이면서, 그 자리를 넘겼다.

잔소리는 끝났지만, 기이의 얘기는 계속되었다.

기이는 정기적으로 재난을 일으킴으로써, 자신을 인류 공통의 적으로 인식하게 만들었다고 했다. 강대한 존재에 대한 공포를 품게 만들어서, 같은 인간들끼리 권력투쟁으로 세월을 보내는 걸 막는 것이 목적이라고 한다.

그란베르가 그 일을 맡고 있던 동안에는 철저하게 감시자의 역할을 맡느라, 지나치게 대담한 행동은 자중하고 있었던 모양이다. 그러나 이번에 그란베르가 루미너스에게 총공격을 시도하면서, 그 균형이 무너지고 말았다.

그래서 기이는 인류가 공포감으로 다시 뭉칠 수 있도록 만들라고 미저리에게 명령했다고 한다.

각국에서 선출된 의원들의 죽음으로 인해, 평의회 가맹국의 수뇌진은 마왕의 위험을 재인식하게 된다. 그렇게 되도록 꾸며서 서방열국의 수뇌진을 일치단결시킨다——는 것이 미저리가 세운 작전이었다고 했다.

"그런데 미저리가 습격한 회의장에 무슨 이유인지 '흰색'——테스타로사가 있었단 말이지."

쳇, 입에 붙어버린 거라 나도 모르게 옛날 이름으로 부르고 말았군——. 그렇게 살짝 투덜댄 다음, 기이는 얘기를 이어갔다.

"미저리는 테스타로사와의 충돌을 피하느라 작전을 중단했지. 그건 좋아. 문제는 그 다음이거든. 교활한 인간들을 공포로 지배하지 못한 이상, 녀석들은 자잘한 것을 놓고 경쟁을 시작하겠지.

로조의 지배체제가 붕괴된 지금, 권력투쟁이 격화되는 것이 일반적인 흐름이니까 말이야. 동쪽 제국이 움직이기 시작하려고 하는 때에 그런 바보 같은 짓을 하고 있다간 서방열국의 패배는 정해진 거나 다름없다고. 이게 다 네 탓이야, 리무루. 이제 어떻게 할 건지 한번 들어볼까."

의외다.

서방열국이 분열될 위기를 미연에 막는 것──이 기이의 목적이었다니.

기이는 인간에게 흥미가 없는 것 같았는데, 그래도 일단은 멸망하지 않도록 신경을 쓰고 있었나 보다. 아니, 그게 '조정자'로서의 역할인 것 같군.

결코 인간의 편이지는 않을 테고, 그 수법은 과격하지만, 마음먹기에 따라선 서로 이해할 수 있을 것 같다는 생각이 들기 시작했다.

그렇게 되면 문제는 내가 실행할 예정이었던 서방열국에 대한 대응이로군.

나는 테스타로사와 미저리가 접촉했다는 사실조차 몰랐지만, 그런 얘기를 솔직하게 할 순 없었다. 나는 그저 우리의 존재를 인정하게 만들어서, 인류와의 우호관계를 구축하고 싶었던 것뿐이지만······.

기이에게 어떻게 대답할 것인지를 놓고 고민하고 있으려니, 내 대신 디아블로가 앞으로 나섰다. 살짝 마음에 들지 않는 듯한 표정을 짓는 기이를 무시한 채, 디아블로가 얘기를 시작했다.

"훗, 어떻게 하든 상관없이 리무루 님의 이상 실현을 목표로 삼을 뿐입니다."

무슨 말을 꺼내려는 건지 몰라서 불안했지만, 나에게는 구체적인 안이 없었다. 기이를 상대로 이상론을 들먹여봤자 통하지 않을 테니까 디아블로의 자신감 넘치는 태도에 걸어봤는데, 역시 실패한 걸까?

디아블로는 놀랍게도 내가 통하지 않을 거라고 생각하여 포기한 이상론을 얘기하기 시작한 것이다.

"그게 무슨 뜻이지?"

"뭐, 간단한 얘기입니다. 기이, 공포로 인간을 묶는다니, 그런 재미없는 짓을 해봤자 소용이 없습니다. 확실히 인간은 공포에 의해 순종적으로 바뀌겠지요. 하지만 그래선 인간의 재능을 충분히 살리지 못합니다. 그뿐만이 아니라 공포는 흐려질 수 있는 것. 당신이 아무리 많은 비극을 선사한다고 해도, 그들은 그걸 망각하고 말 겁니다. 그리고 원한만이 남게 되죠."

"흠. 계속해봐."

"원한은 이윽고 증오로 바뀌면서, 자신들을 괴롭히는 자에 대한 복수의 길을 내달릴 겁니다. 그야말로 잔머리만 있을 뿐, 지혜가 모자란 인류는 우리와 절대적인 힘의 차이가 있다는 걸 모릅니다. 마족 따위에게 선동당하면 당장이라도 어리석은 짓에 손을 대겠지요."

"뭐, 그렇겠지. 그걸 허용하지 않으려고 피의 숙청을 벌이는 셈이지만."

"쿠후후후후, 그게 소용이 없다고 말하는 겁니다. 인간이 어리석은 이상 그 기억은 흐려집니다. 세대교체를 거듭하니까, 이건 어쩔 수 없는 일이라 하겠습니다. 그렇지만——."

여기서 일단 말을 중단했다가, 디아블로는 진지한 표정으로 기이를 바라봤다.

"로조에 의한 한 곳에 집중된 지배체제와는 다르게 부를 재분배함으로써, 어느 정도는 공평성을 지닌 국가 간의 관계가 재구축될 겁니다. 그리하여 새로운 경제원리가 탄생하는 것이죠."

"그래서?"

"새로운 경제원리—— 선택지를 남겨두고, 자신들이 미래를 선택한 것처럼 착각하게 만들면 어리석은 인류는 자신들의 손으로 창조해낸 것으로 믿겠지요. 이런 시스템은 인간의 기억과는 달리 쉽게 사라질 일이 없습니다. 반영구적으로 인간의 세상을 지배하게 될 것입니다. 그걸 관리하실 분이 리무루 님이며, 우리가 할 일입니다."

오오, 디아블로가 제대로 된 말을 하고 있어.

자신들이 창조해낸 것이니까 소중히 여길 것이란 말인가?

잠깐, 그런데 내가 그런 생각을 했던가?

그 비슷한 말을 한 것 같기는 하지만, 그렇게까지 거창하지는 않았던 것 같은데…….

무엇보다 성공할 거란 전제에서 얘기하고 있다는 게 조금 무섭군.

"과연. 경제를 장악하고 안전보장을 공짜로 부여해주면, 약자는 너희에게 의존하게 될 거라는 말인가. 피를 흘리지 않는 전쟁에 의해 모든 것이 정해지는 사회. 로조의 지배보다 그쪽이 더 우수할지도 모르겠군."

디아블로를 똑바로 바라보면서 고개를 끄덕이는 기이.

"당연합니다. 일부의 자만 부유해지는 것보다 많은 자들이 행복해지는 세계. 거기서 만들어지는 수요과 공급은 새로운 가능성을 창조하겠죠. 그게 바로 리무루 님의 바람인 겁니다, 기이."

뭐, 그건 틀리지 않다.

내가 기대하고 있는 것은 문화적 생활의 향상인 것이다.

영화랑 음악, 만화랑 소설. 그런 대중이 즐길 수 있는 오락이 늘어나길 바란다.

그런 예술을 만들어내려면 여유 있는 생활기반이 필수적이다. 아직 보지 못한 재능을 발굴하기 위해서라도 사람들이 풍요로운 생활을 보낼 수 있게 만들고 싶다고 생각했다.

하지만 그 다음의 일까지는 아무것도 생각하지 않았는데 말이지.

"행복한 평화를 알고 향유하면 그걸 잃는 것이 무서워진단 말인가?"

"바로 그겁니다. 그걸 한 마디로 표현하자면 '감사'라는 개념이라고 할까요. 인간들은 평화를 지켜주는 리무루 님에게 감사하면서, 세계의 안녕에 협조적인 자세를 취할 겁니다. 당신이 생각하는 공포에 의한 지배보다 훨씬 더 효율적일 것으로 생각되는군요."

정신을 차려보니, 디아블로와 기이는 서로를 이해한 것처럼 고개를 끄덕이고 있었다.

디아블로가 말하는 미래예상을 들은 루미너스랑 레온, 그 부하들까지도 감명을 받은 모습으로 날 보고 있었다.

이런 분위기 속에서 그런 생각은 하지 않았다──고 말할 수는 없겠군.

"하지만 말이지, 그걸 실행으로 옮기려면 장기적인 시야와 치밀한 계산이 필요하게 될 텐데? 제대로 관리하지 않으면 이번엔 너무 수가 많이 늘어나서 제멋대로 굴 인간들의 모습이 눈에 선명하군. 그렇게까지 돌봐줄 수 있겠어?"

이봐, 애완동물을 돌봐주는 것도 아니고, 수조 안에서 기르는 송사리 수가 너무 많이 늘어날 거라는 식으로 말한들 말이지…….

"훗, 그 정도의 미래를 미리 예상하지 못할 리무루 님이라고 생각하십니까? 당신에겐 벅찬 관리일지 몰라도, 리무루 님이라면 식은 죽 먹기인 문제입니다. 그러므로 쓸데없는 걱정은 할 필요가 없다고 말해두는 게 좋겠군요."

이봐.

왜 내가 관리한다는 걸 전제로 하는 건데?

아니, 뭐, 뒤에서 세계를 좌우한다는 게 마왕답긴 하다고 디아블로에게 얘기한 적은 있는 것 같지만 말이지. 그런 얘기를 기이랑 다른 마왕들 앞에서 말했다간 방해를 받지 않을까 하는 생각은 했지만.

나는 그렇게 생각하며 걱정했지만, 그건 기우였던 모양이다. 아니, 그보다 오히려──,

"그런가. 그렇다면 너에게 맡겨보기로 하겠어. 그렇게 일이 잘 진행될 것 같진 않지만, 실패하더라도 내게 해가 갈 일은 없으니까 말이지. 그때는 내 손으로 어리석은 바보들을 처리하면 그만이니까. 네가 책임을 지는 법을 한 번 구경해보도록 하지."

의외로 기이는 씨익 웃었던 것이다.

그렇게까지 말한다면 나도 단단히 마음을 먹을 수밖에 없지.

방금 전에 "알았어"라고 고개를 끄덕이자마자, 이제 와서 "싫어"라고 말할 수는 없으니까.

"디아블로가 말한 내용은 조금 과장된 면이 있지만, 전체적으로 틀리진 않았어. 약간 이상적이긴 하지만, 그렇게 되면 좋겠다고 생각하고 있거든. 너에게 굳이 지시를 받을 것도 없이, 나는 내 방식대로 세계평화라는 목표를 실현시켜 보겠어."

나는 그렇게 기이와 약속했다.

이리하여 나도 뭐가 뭔지 모르는 사이에 '옥타그램(팔성마왕)'의 공인을 받은 상태에서 서방열국의 관리를 맡게 된 것이다.

그건 그렇고 이렇게 끝나면 그나마 좋겠지만, 아직 문제는 남아 있는 모양이다.

"리무루, 일단 충고해두마. 존느, 그러니까 카레라 말인데, 녀석은 기분 내키는 대로 핵격마법을 날려버릴 정도로 거친 성격을 갖고 있다. 고삐를 확실하게 잡아놓지 않으면 모처럼 만든 도시가 잿더미로 돌아갈 수도 있다는 걸 기억해둬라."

레온으로부터 그런 충고를 받았다.

그 말을 이어받아 루미너스도.

"그렇군. 나도 하나 알려주마. 방금 전에도 말했다만 내가 아는 비올레라는 자는 어둡고 음험하다. 그리고 잔학무도의 대명사 같은 존재였지. 마족과 달리 인류를 근절시키려는 생각은 하지 않는 것 같지만, 아주 제멋대로에 변덕스러운 성격을 갖고 있었다.

네 앞에선 밝은 소녀를 연기하고 있는 것 같다만, 절대 방심하지 않는 것이 좋을 것이란 생각이 드는구나."

말하자면 그런 식으로 불안해질 얘기를 들은 것이다. 더구나 확실하게 언급은 되지 않았지만, 그런 두 사람보다 더 번거로운 존재가 테스타로사인 것 같다.

이거 곤란하게 되었다.

아니, 되었다는 표현은 적절하지 않겠군. 곤란하게 되었다는 것을 이제 겨우 깨달았다는 표현이 정확하겠다.

테스타로사 일행이 태초의 악마였다는 것을 알게 된 지금, 그녀들의 관리는 내가 맡게 된 셈이다. 만약 무슨 일이 벌어졌을 경우, 그 책임은 내가 지게 되는 것이다…….

일단은 디아블로의 부하인 것으로 되어 있지만, 그런 변명은 통하지 않겠지.

에르메시아에겐 내가 책임을 지겠다고 말해버렸으니, 이제 와서 못 하겠다고 말할 수도 없단 말이지.

그때의 아무것도 몰랐던 나를 패주고 싶은 기분이지만, 이것도 매사를 느긋하게 생각하는 내 자업자득이라고 해야 할까.

인류사회의 관리보다 이쪽이 더 힘들 것 같다. 그렇게 생각하자 마음이 우울해졌고, 나는 몰래 한숨을 쉬었다.

*

기이의 얘기가 끝나기를 기다렸다는 듯이 라미리스, 디노, 베루도라가 일어섰다.

"왠지 우리는 방해꾼인 것 같으니까 뒷일은 잘 부탁할게!"

"그러게. 나도 중요한 일이 있어. 베스터 씨가 기다리고 있거든. 그러니까 나중에 또 보자고, 기이!"

"그럼 나도 미궁의 수호를 위해 돌아가야겠군. 아아, 바쁘다, 바빠, 크앗———핫핫하!"

미리 맞춘 것처럼 딱 맞는 호흡으로, 명백히 도망칠 궁리를 하고 있다는 걸 뻔히 알 수 있었다.

특히 디노는 더 이상 잔소리를 듣고 싶지 않다는 듯이, 마음에도 없는 말을 하고 있었다.

"뭐? 네가 일을 한다니, 무슨 그런 재미없는 농담을 하는 거야."

기이도 그냥 듣고 넘길 수 없었는지, 정확하게 그걸 지적하고 있었다. 그러나 그 말에 대꾸한 사람은 라미리스였다.

"아니, 아니, 정말이야! 디노도 말이지, 지금은 내 조수로 일을 도와주고 있다니까!"

기이는 그 말을 듣고 놀라고 있었다.

디노의 말은 믿지 못해도 라미리스까지 인정한 시점에서, 기이는 믿을 수밖에 없었을 것이다.

"디노가 일을 하고 있다, 고? 리무루, 너, 대체 무슨 마법을 쓴 거냐?!"

그런 기이의 경악이 이번엔 내 쪽으로 향한 셈이지만, 나로서도 대답하기 곤란한 질문이었다.

"나도 몰라! 우리나라에선 '일하지 않는 자는 먹지도 마라'는 규칙이 있다고. 그걸 지키게 한 것뿐이지, 마법 같은 건 쓰지 않았어."

그런 편리한 마법이 있다면 나도 이렇게 고생하진 않는다고.

내 그런 마음이 목소리를 통해 전달되었는지, 기이도 그 이상의
언급은 하지 않았다.

그리고 라미리스를 포함한 세 명은 방에서 서둘러 도망치듯 나
가버렸다. 슈나가 준비해준 차와 과자를 남김없이 다 먹은 걸 보
면, 지금이 노리고 있던 타이밍이었겠지.

역시 대단하다니까. 나는 그렇게 생각했다.

"뭐, 좋아. 디노에게 전할 불만사항은 얘기했으니, 녀석도 조금
은 진지하게 정보를 모아주겠지."

그렇게 나지막이 중얼거리는 기이.

그러니까 말이지, 그런 건 본인이 없는 곳에서 해달라고. 이렇
게 당당한 스파이 선언을 하면 나도 대처하기 곤란하다니까.

뭐, 기이에게 말해봤자 들어줄 것 같지도 않다. 그보다 섣불리
서로의 속마음을 파헤치지 않아도 되니까 잘된 거라고 낙관적으
로 생각하는 게 더 낫겠지.

그렇게 마음속으로 정리하고, 나는 화제를 바꾸기로 했다.

"그런데 여기 온 이유는 테스타로사 일행에 관한 걸 물으려는
것뿐인가?"

볼일이 그것뿐이라면 기이도 돌아가려고 했겠지. 그렇게 하지
않은 것을 보면 다른 볼일이 또 있는 것 같다. 이 이상 문젯거리
를 끌어안고 싶은 마음은 없지만, 내가 물어보지 않으면 얘기 자
체가 시작되지 않을 것이다.

"그것도 마음에 걸렸지만, 찾아온 용건은 다른 거다."

그렇게 말하면서 기이는 의자에 기댄 채 몸을 뒤로 젖혔다.

우리를 둘러보다가, 그 시선을 레온에서 멈추는 기이.

"자신들을 '중용광대연합'이라고 밝힌 녀석들을 만나보고 왔어."

"호오?"

"네가 거래하고 있던 상대는 그 녀석들이지?"

"그래."

기이의 질문에 고개를 끄덕이는 레온.

아니, 잠깐, 잠깐. 가볍게 넘어가고 있지만, 그건 상당히 중요
한 화제라고!

"이봐, 그럼 유우키와도 만났단 말이야?"

"그래."

내 질문을 듣고, 기이는 아주 자연스럽게 수긍했다.

나는 지금, 소우에이에게 명령하여 자유조합 본부와 지부를 수
색하도록 시키고 있었다. 어제의 조우는 유우키가 의도한 게 아
니었다는 생각이 들었기 때문에, 유우키가 점거하고 있는 조합본
부에 모습을 드러낼 것으로 생각했다. 그대로 당당하게 나타날
리는 없다고 생각해서, 변장이나 대역을 놓치지 않도록 주의시킨
뒤에 소우에이와 부하들을 잠복까지 시키고 있었던 것이다.

현재는 움직임이 있었다는 보고는 받지 않았다. 하지만 설마
기이와 유우키 일행이 만났을 거라는 생각은 하지 못했다.

"그러면 너는 유우키와 한통속이었단 말이야?"

"뭐? 무슨 바보 같은 소리야. 그 자식들이 동쪽으로 도망치려
고 하기에 약간 벌을 준 것뿐이라고."

기이와 유우키가 한패인 줄 알았는데, 아무래도 그건 아니었던
모양이다. 일단은 안심이지만, 그래선 기이의 목적을 이해할 수

가 없다.

"죽이지 않았단 말인가?"

그렇게 묻는 레온.

그것도 마음에 걸리지만 그것보다.

유우키는 서쪽에서 구축해둔 지위를 버리고 동쪽으로 도망치려 했단 말인가?

치고 빠질 때가 확실하다는 생각은 했지만, 무섭도록 대담한 결단력이었다.

하지만 기이가 노리고 있었다니 운이 없었다. 벌이라고 말했으니 죽이지는 않았겠지만, 심한 꼴을 당한 것은 틀림없는 것 같다.

뭐, 동정은 하지 않을 것이고, 오히려 꼴좋다는 생각이 들지만 말이지.

"죽이진 않았어. 처음에는 붙잡아서 너에게 빚을 하나 만들까 하는 생각을 했는데 말이지. 사정이 바뀌었거든."

그렇게 말하면서, 기이는 유우키와의 사이에 있었던 일을 얘기해주었다.

그 결과, 유우키가 뒤에서 뭘 하고 있었는지, 그 대강의 개요가 명백하게 밝혀졌다.

유우키가 바로 '중용광대연합'의 고용주이며 보스였다. 이건 뭐, 내── 라파엘(지혜지왕)의 예상이 정확했음이 증명된 셈이다.

그리고 유우키가 벌이고 있었던 수많은 위업과 악행.

첫 번째, 모험가 상호조합을 자유조합으로 발전시켰다.

두 번째, 평의회를 지배하는 로조 일족과 손을 잡고, 떳떳치 못한 일을 의뢰 받아 처리하고 있었다. 마왕 레온과의 거래중개도 그중 하나였다.

세 번째, 클레이만을 마왕으로 세우고, 뒤에서 조종하고 있었다.

네 번째, 동쪽 제국의 어둠의 세계를 지배하고 있던 에키드나(어둠의 어머니)를 박살 내고 비밀결사 '케르베로스(삼거두)'를 조직했다.

겉으로는 자유조합, 뒤에선 비밀결사의 총수를 맡고 있었던 것이다.

에키드나라는 조직에 관한 얘기는 이번에 처음 들었지만, 상당히 거대한 어둠의 세력이었던 모양이다. 레온에게서 들은 정보이므로, 그건 의심할 바가 없을 것이다.

참고로 마사유키가 전멸시켰다는 '오르토스(노예상회)'도 '케르베로스'의 하부조직이었다고 하니, 어떤 식으로는 관여했으리라고 생각된다.

유우키가 잘 쓰는 방법으로는 기존의 조직을 박살 내고 그에 편승하는 것이 있다.

그렇게 말하면 쉽게 들리겠지만, 실제로 행동하는 것은 아주 어려운 일이다. 이 모든 것을 10년 이내에 달성했으니, 유능하다는 레벨을 넘어선 수준이다. 천재라고 불러도 과언이 아닐 것 같다.

그런 유우키였지만, 자신감이 지나친 성격은 어쩔 수가 없었군. 아무리 우수해도 상대의 실력을 제대로 파악하지 못한 것은 실수라고 하겠다.

기이를 한 번 봤으면, 그것만으로도 위험한 상대임을 이해할 수 있을 텐데.

　이번에는 운 좋게 봐준 것 같지만, 그 행운만큼은 칭찬해줘도 좋을 것 같군.

　유우키가 살아남았다는 결과에 대한 내 심정은 복잡하다.

　같은 고향 출신이니까 죽었으면 좋겠다는 생각까지는 하지 않는다. 하지만 동시에 유우키가 벌인 짓을 용서할 마음도 들지 않았다.

　유우키는 착한 사람인양 연기하면서, 뒤에선 그란베르가 이끄는 로조 일족이랑 레온까지도 마음대로 가지고 놀았던 것이다. 더구나 '중용광대연합'을 이용하여 나랑 히나타까지 싸움으로 끌어들였고…….

　그 목적이 어린아이나 꿀 법한 꿈── 세계정복이었으니 웃기지도 않았다.

　그런데 왜 기이는 유우키를 놓아준 걸까?

　"그런데 유우키를 놓아주면서 넌 무슨 계획을 꾸미고 있는 거지?"

　의문스럽게 생각한 나는 스트레이트로 기이에게 따지듯이 물었다.

　대답해주면 다행──이라고 생각하면서 꺼낸 질문이었다.

　"그건 게임을 위해서지."

　기이는 대수롭지 않게 대답했다.

　게임이라는 말은 의미 불명이었지만, 기이는 그런 내 의문을 무시하듯이, 그대로 얘기를 계속했다.

　그의 말로는 동쪽 제국이 곧 움직일 것이라고 한다.

　유우키를 놓아준 것은, 유우키가 동쪽 제국을 혼란에 빠트리겠으니 살려달라는 거래를 제안했기 때문이라고 한다.

"음, 저기, 기이는 서방열국이 멸망하기를 바라지 않는 것 같은데, 그건 왜지?"

의외라고 생각하면서 그렇게 물어보자, 또 생각지도 못한 대답이 돌아왔다.

"멸망하지 않도록 관리하는 것이 내가 할 일이니까. 뭐, 너무 지나치게 늘어나는 것도 곤란하다고 생각하지만 말이지. 인류 전체를 마왕들로 지배할 거다. 그게 바로 내 최종목표지."

그게 기이가 말하는 게임인 모양이다.

기이의 지배가 완료되면 승리 조건이 채워진다고 한다.

"아니, 그렇다면 왜 미저리 씨를 시켜서 평의회를 박살 내려고 한 건데?"

동쪽이 침공해 오려는 때에 평의회 의원이 전멸당해버린다. 그렇게 되면 서방열국은 아주 불리한 상황에 빠질 것이다.

각국의 연계가 엉망진창이 되면서, 싸우기도 전에 패배가 확정될 가능성까지 있는 이야기다.

기이는 내 질문을 훗 하고 웃어넘기더니, "그냥 미저리라고 불러도 돼"라고 말했다. 그런 뒤에 "미저리의 작전을 허가한 건 서쪽을 일치단결시키기 위해서야"라고 가볍게 대답한 것이다.

그건 대체 무슨 뜻——.

《해답. 마스터(주인님)가 서쪽을 지배하기 쉽도록 확실한 공포를 새길 계획이었을 겁니다.》

어, 그러니까 쉽게 말해서 이런 뜻인가?

평의회 의원이 마왕에 의해 학살되면서, 공황상태에 빠지는 인간들.

그때 내가 구원의 손을 내밀어주면 인간들은 망설임 없이 내 비호 하에 들어갈 것이다. 그러기 위해선 약간의 희생 따윈 문제가 되지 않는다는 건가.

《해답. 그 예상이 맞는 것 같습니다.》

과연.

과격한데다 자작극도 어느 정도가 있어야지. 기이가 노리는 바와 미저리의 의도가 어긋나 있는 것 같기도 하지만, 그 행동은 날 위한 것이었단 말이지.

아니, 그건 아닌가.

나까지도 이용해서 서방열국의 관리를 맡기려고 생각했을 것이다.

그러나 기이의 예상을 상회하여, 이미 서쪽에는 내 손길이 뻗어 있었다. 나도 그 정도까지는 생각하지 않았지만, 테스타로사에 의해 평의회는 완전히 장악된 것이다.

기이의 목적은 인류를 멸망시키는 것이 아니라 정반대. 자신들의 어리석은 행위로 멸망하지 않도록 적절하게 관리하는 것이었다.

그걸 내가 맡아서 실행한다면 기이의 입장에선 만만세겠지. 결과적으로는 기이에게 있어서도 바람직한 전개가 된 셈이다.

나는 한 가지를 이해했다.

기이는 일을 너무 대충 처리한다.

이럴 바에는 확실히, 내가 직접 손을 대는 것이 그나마 낫겠다는 생각이 들었다.

"그럼 내가 서쪽을 장악하는 것에 대해서 너는 불만이 없단 말이지?"

"없어. 멍청한 놈들이 분수도 모르고 날뛰지 않는 한, 내가 끼어들 생각은 없다고."

그렇다면 안심이다.

생각하고 있던 순서를 바로 뛰어넘은 것 같은 느낌도 들지만, 그렇다면 서방열국의 관리는 내가 이어받기로 하겠다.

"그렇다면 사양하지 않고 받도록 하지. 그건 그렇고, 잉그라시아 왕국의 북방을 자꾸 자극하는 것도 그만했으면 좋겠는데?"

여러 얘기를 들어본 결과, 북방의 땅에서 기이의 부하들이 정기적으로 난동을 부린다고 한다. 그곳을 수호하고 있었다는 라즌은 시온이 훌륭하게 격퇴하고 말았다.

이번에는 긴급사태이니 만큼, 살리온의 천제인 에르메시아가 메이거스(마법사단)를 파견하여 진압해주고 있었다. 내가 고마움을 표시하는 것도 뭔가 아닌 것 같지만, 다음에도 부탁할 수 있는가를 묻는다면 그건 너무 이기적인 얘기였다.

서방열국을 내가 지배하는 이상, 앞으로는 그곳의 방어도 내가 부담하게 된다. 그렇게 되면 쓸데없는 방위비가 필요하게 되는 셈이다.

그런 건 정말 사양하고 싶다, 애초에 라즌 급의 인재는 그렇게 사방에 굴러다니지 않으니까.

"안심하십시오. 그런 잡일까지 포함해서 테스타로사에게 맡기면 됩니다."

내 걱정을 날려버리려는 듯이, 디아블로가 빙긋 웃으면서 그렇게 말했다.

그래도 되는가를 묻기도 전에 먼저.

"그렇군. 그 녀석들도 때로는 스트레스를 풀 곳이 필요할 테니까, 좋을 대로 하게 내버려 두면 돼."

기이까지 디아블로의 말에 찬성했다.

악마들의 생각은 상식적인 사람인 나는 도저히 이해할 수 없다고, 그때 나는 생각했다.

디아블로의 제안대로 악마들에 관한 문제도 테스타로사에게 일임하기로 했다. 기이의 언질도 받았으니, 그걸 이유로 다툴 일도 없다고 판단한 것이다.

이렇게 내가 서방열국을 지배하는 쪽으로 일이 진행되었지만, 그걸로 일이 해결된 것은 아니었다.

"리무루여, 그렇다면 동쪽 제국에 관한 문제는 너에게 맡겨도 된단 말이겠지?"

루미너스가 그렇게 묻는 바람에 나도 그 문제를 떠올렸다.

"제국이 움직인다는 건 군사행동을 일으킨다는 의미인가?"

만일을 위해서 그렇게 묻자, 기이가 당연하다는 듯이 고개를 끄덕였다.

"최근 들어 제국에선 군사연습이 성행하고 있는 것 같더군. 평의회에서도 화제가 되고 있었어."

그건 히나타가 한 말이었다. 상황을 파악하고 있었던 것만 봐도 사전에 대책을 생각해두었겠지.

나는 제국의 군사침공은 없을 것이라 생각하고 있었다.

세 가지 루트 중 어떤 것을 봐도 난공불락이며, 비현실적이라고 생각하고 있었기 때문이다.

손해를 도외시한다면 얘기는 달라지겠지만, 제국의 입장에선 서쪽을 함락함으로써 생기는 이점이 너무 적게 느껴졌던 것이다.

침략전쟁이라는 것은 쉽게 말해서 이익을 얻기 위해 벌이는 것이다.

먹을 것이 없으니까, 자원이 없으니까, 살 곳이 없으니까 풍요로운 다른 나라를 노린다. 그런 문제를 해결해주면 무리를 해서 피를 흘릴 이유는 사라진다.

단, 그런 문제를 쉽게 해결할 수 없는 것은 당연하다. 풍요로운 나라가 빈곤한 나라를 위해서 땀을 흘릴 이유는 존재하지 않으며, 그걸 당연하게 요구해오면 국가 간에 분쟁이 발생하고 만다.

그렇기에 풍요로운 나라도 자기방어를 위해서 군대를 보유하는 것이니까.

침략하려는 쪽에게 그렇게 쉽게는 이길 수 없을 거란 생각을 하게 만드는 것이야말로 중요한 것이다.

흘린 피에 걸맞은 이익을 얻지 못한다면, 아무도 전쟁이라는 수단에 손을 대지는 않을 것이다.

그래도 전쟁을 벌이고 싶어 하는 이유라면——.

《해답. 절대적으로 승리할 수 있는 확신이 있기 때문이겠지요.》

그것이외에는 생각할 수 없나.

평의회는 내가 장악했으므로 내통자가 있다고는 생각할 수 없다. 그렇다면 신기술을 개발했거나, 터무니없는 전술을 창안했거나…… 어쩌면 다른 비장의 수단이 있는 건가.

"히나타."

"알고 있어. 이전에 당신이 의뢰했던 드워프 왕국의 구조 말이지? 결론부터 말하자면 대군을 운용하는 것이 불가능하진 않아."

히나타는 재빨리 내 의도를 읽어내면서, 알고 싶은 정보를 가르쳐주었다.

드워프 왕국은 중립인 입장이며 가젤이 그걸 허가할 거라는 생각도 들지 않지만, 가장 안전하게 군을 서쪽으로 침공시킬 수 있는 루트가 존재하는 셈이다.

아니, 자칫하면——.

"그럴 리는 없다고 단정하고 있었지만, 드워프 왕국을 먼저 공격할 가능성이 있단 말인가."

"후훗, 능글맞기는. 그걸 의심하고 있었으니까, 나에게 조사를 의뢰한 거면서."

어라, 히나타가 나를 칭찬하고 있네?

지금 막 생각한 거지만 뭐, 좋아. 그런 걸로 치고 넘어가자.

"들켰나. 뭐, 그럴 가능성이 있는 이상, 먼저 대처하기로 하지."

가젤에겐 내 쪽에서 연락하여 대책을 생각해내기로 했다.

귀찮은 수준을 넘어서 번거롭기 짝이 없는 사태지만, 이건 도피할 수가 없는 문제다. 평의회의 군권을 템페스트(마국연방)으로 위임시킨 지금, 진두에 서는 것은 우리의 의무인 것이다.

"네가 없었다면 그란베르와 루미너스가 제국을 맞아서 싸우는 꼴이 되었을 거야."

기이가 그렇게 남의 일인 것처럼 말했다.

제국의 전력은 불명.

그런 제국과 맞서 싸우는 것이 로조 일족의 총전력과 히나타가 이끄는 크루세이더즈(성기사단)랑 루벨리오스의 전력이 되었을 것이라는 뜻이다.

어느 쪽이 이기든지 기이에겐 상관없는 것 같았다. 그런데도 유우키의 거래에 응하다니, 기이는 기이 나름대로 의도하는 게 있겠지.

그걸 알아낼 수 있는 키워드는 '게임'이란 말이겠지만, 그걸 물어봤자 대답해줄 것 같지도 않군.

"나도 돕겠지만, 네 지휘를 받지는 않을 거야."

히나타는 전선(前線)에 나설 이유가 없다. 그러므로 그 말은 지당한 것이다.

"전쟁이 벌어진다는 게 실감이 나진 않지만, 우선은 우리끼리 어떻게든 해볼게. 히나타는 우리의 의표를 찌르는 식으로 제국이 침공했을 경우를 대비해주면 좋겠어."

"알았어. 상인으로 변장한 공작원의 처리도 우리 쪽에서 맡을게."

보고 있으면 살짝 움찔할 것 같은 미소를 지으면서, 히나타가 받아들여 주었다. 이러면 안심이다. 내가 뭔가를 더 말할 필요도 없을 것 같다.

"리무루여. 네가 패배했을 때는 내가 싸우게 된다. 그렇게 되지 않도록, 확실하게 매진하는 것이 좋을 것이다."

루미너스가 귀찮다는 듯이 말했다.

인적피해의 파악이랑 붕괴한 대성당의 수리. 루미너스 입장에서도 전쟁에 신경을 쓸 여유는 없을 것이다. 히나타의 협조를 얻을 수 있는 것만으로도 좋은 결과로 생각하자.

"마음에 걸리는 건 유우키와 협력할 수 있는가 하는 것인데……."

이 문제에 관해선 심정적으로 걸리는 게 있다.

그 녀석 때문에 파르무스 왕국은 놀아났으며, 시온과 다른 동료들이 피해를 입은 것이다.

클레이만을 조종하고 있던 것도 유우키였으며, 거슬러 올라가면 오크 로드였던 선대 게루도가 일으킨 소란조차 유우키가 관여하고 있던 것이 된다.

그걸 전부 없었던 일로 넘기라고 해도, 그렇게 하겠다고 순순히 수긍할 수 없는 것이 사람의 마음인 것이다.

"리무루 님, 혹시 저희 때문에 걸리시는 것입니까?"

시온은 가끔씩 날카롭다. 내가 무슨 말을 한 것도 아닌데, 내 갈등을 꿰뚫어 본 것 같은 말을 한다.

"그렇다고 할 수 있지. 지금까지 당한 것이 있으니까 갑자기 신용하는 건 역시 좀 그렇군."

아니, 신용하는 것은 무리겠지.

그리고 여차하여 전쟁이 벌어지려고 할 때, 신용할 수 없는 아군만큼 의지가 되지 못하는 존재는 없다.

"도망친 유우키가 어떻게 움직일지는 나도 몰라. 흥미도 없고, 나머지는 그쪽에서 적당히 잘해주면 그만이야."

기이가 될 대로 되라는 듯이 그렇게 말했다.

그 말을 듣고, 나는 생각했다.

역시 유우키를 우리 쪽 전력으로 치고 계산하는 것은 무리가 있다고.

"쿠후후후후. 소우에이 공에게 부탁하여 동향만큼은 조사해두기로 하죠."

"그렇게 해다오."

유우키 건은 일단 보류한다.

공동전선을 펼칠 수 있느냐 아니냐의 문제도 앞으로의 상황에 따라 달렸다.

적어도 한 마디 사과도 없이 사이좋게 지내자고 받아들이는 건 있을 수 없는 일이다.

우리도 국가를 운영하고 있는 이상, 유우키가 어떻게 나오느냐에 따라서 화해도 고려할 수 있다. 하지만 아무런 언급도 없이 그냥 용서할 수 있을 정도로 내 마음은 관대하지 않다.

"시온도 그걸로 충분하겠나?"

"물론입니다! 적대하겠다면 짓밟아버릴 것이고, 화해하겠다면 한 대 때리고 나서 용서할 겁니다!"

그 한 대로 끝장은 내지 말아줘——라는 말은 입 밖으로 내지 않고 속으로만 빌었다.

만약 그런 일이 벌어진다면 그건 어디까지나 사고다. 나랑 시온에겐 살의가 없었으니 고의는 아니었다고 주장하자.

그렇게 결론을 내면서, 유우키 건은 일단 뒤로 미루기로 했다.

*

기이의 용건은 그뿐만이 아니라, 하나가 더 있었다.

그게 바로 진짜 목적, '용사'—— 클로에에 관한 것이었다.

"그란베르의 목적이 그 땅에서 루미너스가 필사적으로 숨기고 있는 것을 해방시키는 것이라는 건 알고 있었어. 그래서 그 녀석이 폭주하지 않는지 감시하고 있었던 셈인데, 디아블로 녀석이 리무루에게 맡기라고 하지 뭐야."

그 뒤에 어떻게 되었는지, 그걸 확인하기 위해 찾아왔다고 한다.

아니, 어느 틈에 그런 얘기가 오갔단 말이야—— 라고 생각했지만, 한창 전쟁을 치르는 중에 디아블로가 잠시 빠져나간 타이밍이 있었지. 아마도 그때 디아블로가 필요 없는 교섭을 벌인 모양이군.

속으로는 한숨이 나왔지만, 결과적으로는 파인플레이였다. 그 시점에서 기이까지 참전했다면 일이 어떻게 돌아갔을지는 알 수가 없다.

"방금 전까지 그에 관한 얘기를 나누고 있었지만, 기왕 왔으니한 번 더 복습하는 겸치고 내 입으로 설명하지."

이 자리를 마무리하는 의미로, 내가 설명하기로 했다.

레온이랑 루미너스가 괜한 소리를 할 거란 생각은 들지 않았지만 만일을 대비해서다.

클로에가 시간을 도약했다거나 몇 번이고 루프를 반복했다는 등의 중요한 얘기는 숨겨두는 게 최선이다. 애초에 입을 다물고 있으면 알아낼 방법이 없을 거라고 생각해서 판단한 행동이었다.

"——그런고로, 폭주하는 클로노아를 쓰러뜨리고 사건은 해결된 거야."

전부 클로노아에게 떠넘기는 형태가 되었지만, 이것도 클로에를 지키기 위해서다. 클로에가 클로노아라고 설명했다간 골치 아파질 테니까 말이지. 기이에게는 비밀로 해두고 싶었다.

"과연, 고생이 많았군. 그럼 하나만 물어볼까?"

"아아, 뭐든 물어봐."

"저기 있는 저 녀석, 아무리 봐도 '용사'인데, 그에 관해선 어떻게 설명해줄 거지?"

끄으응.

얼버무리고 넘어가려 했지만, 기이를 상대로는 무리였나.

"그 싸움에서 이 아이의 숨겨진 힘이 각성했는데──."

그럴듯하지만 무리가 있는 설명을 시도해보는 나.

"거짓말 하지 마."

그렇겠죠.

한창 싸우던 중에 힘이 각성하는 건 왕도적인 전개지만, 역시 그런 변명은 통하지 않았다.

"실은 말이지……."

"내가 '특정소환'으로 계속 찾아다니던 인물, 그게 바로 이 클로에다. 어떤 인과가 그 자리에 존재했던 것 같지만, 그 덕분에 우리는 살아났지."

어떻게 얘기를 꾸밀지 망설이던 나를 대신하여 레온이 입을 열었다.

레온이 어떤 이야기로 이끌어가려는 건지는 전혀 모르겠지만, 이 기세에 편승하는 것밖에는 달리 얼버무리고 넘어갈 수 있는 방법은 없는 것 같다.

"그 말이 맞다. 나도 놀랐다만, 그 클로에라는 소녀는 봉인의 그릇으로 쓰기에 최적이었지."

내가 그 다음을 얘기하기 전에 루미너스가 레온의 이야기를 먼저 이어받았다. 얘기 규모가 더 커지고 말았는데, 이다음을 이어가야 하는 게 나란 말이야?

"봉인의 그릇이라고?"

기이가 의아한 표정으로 그렇게 중얼거리면서 나를 봤다.

나도 그게 뭔지 알고 싶어──라고 생각하면서, 이렇게까지 진행됐으면 이제 정직하게는 얘기할 수 없다. 동참할 수밖에 없는 것이다.

"그래. 레온의 말로는 어떤 상대이든 그 힘을 빼앗아서 봉인하는 특이체질의 소유자라더군. 나도 반신반의했지만 그 효과를 눈앞에서 직접 보니 믿을 수밖에 없더라고."

이 정도면 어때?

레온에게 패스하면서 나머지는 너에게 맡긴다는 의사표시를 했다.

"동감이다. 내 비장의 수까지 빼앗기고 말았지만, 제어를 못 하는 상태에서 난동을 부리도록 내버려 두는 것보다는 낫겠지."

씁쓸함──. 연기로는 보이지 않는 그런 표정을 지으면서, 루미너스가 재빨리 동참했다. 역시 대단하군. 나는 그렇게 생각하면서 감탄했다.

이제 남은 건 레온이 마무리를 지어주기만 하면 된다.

"……그렇게 된 거다. 기이, 너를 포함해서 이 세계에는 강자가 많아. 위협에 대비하기 위해 클로에를 확보해두고 싶었지만,

만나자마자 바로 그 힘을 쓰게 될 줄은 몰랐다. 나도 정말 운이 없군."

우울한 표정으로── 정말로 연기인가 하는 의심이 들 만한 표정을 지으면서, 레온이 한숨을 쉬었다.

루미너스가 여우주연상 급이라면, 레온은 남우주연상 급이다.

하지만 이렇게 되면서 얘기의 전체적인 맥락은 맞아 떨어졌다. 클로에는 클로노아를 봉인함으로써, '용사'의 힘을 획득했다는 설정이 만들어진 것이다.

"흐음. 너희들, 나를 속이려 드는 것 아니냐?"

"아니, 전혀."

"너무 지나치게 의심하는 건 너의 나쁜 버릇이야."

"그러게 말이지. 자잘한 일은 신경 쓰는 게 아니다."

기이의 의심을, 딱 맞는 호흡으로 부정하는 우리들. 즉석에서 이 정도의 연계를 성공시킬 수 있었던 것은 클로에를 소중하게 여기는 세 명의 마음이 일치된 결과일 것이다.

"하지만 말이지, 그 녀석이 '용사'의 힘을 얻은 건 확실하잖아? 그럼 이걸 방치해도 되는 걸까."

기이의 말을 듣고 레온이 반응하여 자리에서 일어났지만, 기이는 "안심해, 손을 대진 않을 거야"라는 말과 함께 웃으면서, 레온을 진정시켰다.

"그러면 됐어. 네가 클로에에게 칼을 겨눌 생각이라면 그 전에 내가 상대할 거라는 사실을 기억해둬라."

레온도 그렇게 경고하면서, 다시 자리에 앉았다.

일촉즉발의 분위기가 만들어졌지만, 기이에겐 처음부터 살의

가 없었다.

나도 기이가 무슨 짓을 벌이지 않을까 싶어서 경계했지만, 의외로 온화한 느낌이었다. 그래서 안심하고 있었지만, 순식간에 간담이 서늘해지는 일이 벌어졌다.

검의 섬광이 번뜩였다.

어디서 꺼냈는지, 기이의 손에는 장검이 쥐어져 있었고, 그걸 클로에의 목을 향해 휘두른 것이다.

기이의 검기는 신속(神速)이라는 표현에 걸맞았다. 100만 배로 늘어난 지각속도가 지금부터 움직여도 이미 늦었음을 알리고 있었다.

그건 나뿐만이 아니라, 레온이랑 루미너스도 마찬가지였다. 모두가 절망의 표정을 지으면서, 다음에 일어날 참극에서 눈을 돌리려고 했다.

그러나——.

다음 순간, 날카로울 정도로 맑은 음색이 울려 퍼졌다.

《————?!》

자그마했던 클로에는 크게 성장했고, 어느새 빼들었는지조차 명확하지 않은 검으로, 기이의 검을 받아내고 있었던 것이다. 그리고 그녀의 옷도 '용사'의 것으로 바뀌어 있었다. 클로에는 지극히 자연스럽게 '성령무장(聖靈武裝)'을 구사했던 것 같다.

"만나서 반가워요, 마왕 기이 씨. 실물은 처음 보지만, 역시 강하군요."

"앗하하하, 너도 제법인데. 이름이 클로에라고 했던 것 같은데. 그 힘을 제대로 쓸 수 있는 자는 나를 포함해서 손꼽을 수 있는 정도밖에 없다고."

그런 인사를 나누는 기이와 클로에. 화기애애하게 보이는 두 사람과는 달리, 나는 평정을 유지하고 있을 수가 없었다.

지금 무슨 일이 일어난 것인지, 나는 전혀 이해하지 못했기 때문이다. 100만 배로 늘어난 지각속도로도 그 움직임은 보이지 않았던 것이다.

이게 초고속이라는 시시한 현상이 아니라는 것은 명백하다. 왜냐하면 주위의 공기는 흐트러지지 않았으며, 물리법칙에도 이상이 보이지 않기 때문이다.

마법인가, 아니면 그것과는 다른 무엇인가.

지금이 바로 믿음직한 파트너가 등장할 차례다.

자, 해설을 부탁드립니다, 라파엘 씨!

《알림. 불명입니다. 개체명 : 클로에 오벨이 무슨 행동을 한 것인지, 그 현상의 '해석감정'에 실패했습니다.》

어, 정말이야?

라파엘이 '모르겠다'고 말하는 건 드문 일이다. 예측이든 계산 과정이든, 어떤 식으로든 정보를 가르쳐줄 텐데.

그것조차 없다는 것은 이번에는 정말로 이해의 범주를 벗어나는 초상현상이었다는 얘기가 된다.

그 말은 곧 대처불능이라는 뜻이다.

나는 놀라면서, 모두의 반응을 살피기 위해 시선을 돌려봤다.

레온과 루미너스도 나와 마찬가지로 새파래진 얼굴을 하고 있었다. 기이의 행동에 분노하기보다 눈앞에서 일어난 일을 이해하느라 필사적이 되어 있다는 느낌이었다.

다른 자들은 아예 논외다. 검의 움직임조차 눈으로 보지 못했는지, 사태를 이해하지 못하고 있는 것 같았다.

굳이 말하자면, 디아블로만 놀라는 표정을 보이고 있었다. 방금 벌어진 일에 뭔가 짐작 가는 바가 있을지도 모르겠군.

그건 나중에 캐묻기로 하고, 지금은 기이와 클로에를 말리는 것이 먼저다.

다음엔 내 차례라고 말하는 듯한 표정으로, 클로에가 기이에게 공격을 시작한 것이다. 인사를 나누는 모습은 온화하게 보였는데, 왜 일이 이렇게 된 건지…….

서로 몇 번의 공격을 시도했다.

마치 프레임 단위로 움직이는 것처럼 연속성이 없는 검과 검의 공방이 이어지고 있——는 것 같다.

위험하다. 전혀 보이지 않아서 '이어지고 있는 것 같다'라고밖에 표현할 말이 없었다.

"스톱, 스토————옵!!"

나는 억지로 클로에와 기이 사이에 내 몸을 들이밀었다. 다음 출현 포인트를 예측하여 시도해본 도박이었지만, 아무래도 그건 성공한 모양이다.

"이봐, 무모한 짓 하지 말라고. 자칫 잘못했으면 바로 베어버렸을 거야."

"그래, 리무루. 기이는 진심으로 싸우는 게 아니라 날 시험하고 있었던 것뿐이니까. 하지만 날 걱정해줘서 너무나 기뻐."

그렇게 말하면서, 클로에가 내게 안기더니 볼에 키스를 했다.

이것도 또한 프레임 단위의 동작. 회피는 불능이며, 불가항력이었다고 자진 신고해두겠다.

그 클로에 말인데, 내게 키스한 순간에 다시 작아졌다. 아니, 원래의 클로에로 돌아온 것 같았다.

그리고 "아이 참! 멋대로 리무루 씨한테 안기다니, 더구나 키, 키스를 하다니!"라고 새빨개지면서 부들부들 화를 내고 있었다.

"혹시 방금 그건 클로노아였나?"

"응. 도중에 교대하고 있었어."

첫 공격을 받아낸 건 클로에지만, 그 후의 싸움은 클로노아가 이어받았다고 한다. 보기에는 완전히 똑같아서, 그 차이를 꿰뚫어 보는 건 힘들 것 같다.

"리무루, 클로에를 도와주려 한 건 높이 평가하겠다만, 그 이상 친하게 구는 건 허용할 수 없겠구나."

클로에가 진정하기를 기다렸다가, 레온이 그렇게 말하면서 클로에를 안아 들었다.

"아이 참, 레온 오빠는 걱정이 너무 많아."

그렇게 말하는 클로에를 의자에 앉힌 뒤에, 레온은 얼어붙을 것 같은 표정으로 기이를 노려봤다.

"기이, 클로에에겐 손을 대지 않는다고 하지 않았던가?"

"미안. 잠깐 시험만 해본 거야. 물론 죽일 생각은 없었다고."

"그렇다고 해도 문제다, 네 경우는 살의가 있는지 아닌지는 관계없이 그 힘 자체가 장난삼아 쓸 수준이 아니니까."

레온은 상당히 화가 난 것 같았고, 기이를 상대로 물러설 생각은 없는 것 같았다. 기이에게 길고 긴 불평을 늘어놓고 있었다.

그 사이에 끼어들어 중재한 자는 클로에 본인으로, 기이에겐 클로에를 다치게 할 의도가 없었으며, 클로에도 기이의 힘을 시험해보고 싶었다고 필사적으로 설명하고 있었다.

그 때문에 클로노아가 약간 폭주한 것 같으니까, 기이 혼자만 잘못한 게 아니라는 뜻이겠지.

아마도 클로에——아니, 클로노아는 미래에서 자신의 죽음의 원인이 되었을 기이가 얼마나 강한지 알아보려고 한 것이다.

지금 이 상황은 클로노아가 경험한 미래와는 다르다. 예전에는 없었던 새로운 힘——분명 얼티밋 스킬(궁극능력) '요그 소토스(시공지왕)'라고 했던 권능——에 눈을 뜨고 있었다.

그 힘이 기이에게 통하는지에 대해서 클로노아는 흥미가 있었던 모양이다.

《——!! 하나의 가능성이 부상했습니다. 얼티밋 스킬 '요그 소토스'에 통합된 유니크 스킬 '시간의 여행자(시간여행)'의 권능을 통해 개체명 : 클로에 오벨이 '시간'을 조종할 수 있게 되었다고 하면——동일시간축에서 벗어난 현상은 관측할 수 없기 때문에 모든 사물과 현상의 '해석감정'도 반드시 실패합니다.》

아, 그건가…….

클로에가 각성한 힘의 정체——그게 바로 시간을 멈춘다고 했던 그 힘인 건가.

라파엘도 유니크 스킬 '시간여행'의 구조를 '해석감정'하고 있다고 하지만, 결과가 나오기에는 아직 시간이 더 걸릴 것 같다고 한다. 클로에의 '요그 소토스'에는 '시간여행'이 그대로 흡수되기만 한 것 같다.

그야 관측할 수 없는 정보를 이해하는 것은 어렵겠지.

즉, 그걸 자신의 힘으로 만든 것은 클로에 자신이라는 얘기가 된다. 터무니없다고 생각함과 동시에 시간을 멈춘다니 그건 반칙이잖아, 라고 소리 치고 싶어졌다.

그러니 100만 배로 늘어난 지각속도로도 확인할 수 없는 건 당연하지. 멈춰버린 시간을 시간의 흐름 속에 몸을 맡기고 있는 우리가 인식할 수 있을 리가 없다.

아니, 잠깐만?

그 가정이 옳다고 한다면 멈춰버린 세계에 도달하지 못하는 자는 아무리 강해도 도달한 자에겐 이기지 못하는 것 아닌가……?

《해답. 그렇게 인식하는 게 정답인 것 같습니다.》

이봐, 그거 농담이지?

그렇게 생각하고 싶은 마음도 있지만, 이것만큼은 인정할 수밖에 없을 것 같다.

그도 그렇게, 그 클로노아조차 기이에게 살해당했다고 하니까. 시간을 멈출 수 있다면 아무런 방법이 없다. 생각하면 당연한 결과였다.

반대로 생각해보면 지금의 클로에라면 기이에게 대항할 수 있단 말인가.

귀여운 여자애로밖에 보이지 않는데, 클로에의 강함은 나를 넘어섰다는 얘기가 된다.

그걸 깨달은 나는 아무도 모르게 식은땀을 계속 흘렸다.

결국, 레온이 숙이고 들어가는 걸로 화해가 성립되었다.

"네가 라미리스를 소중히 여기는 것처럼, 나도 클로에를 소중히 여기고 있다. 그걸 마음속에 깊이 새겨둬라."

다음에는 봐주지 않겠다는 분위기를 마구 풍기면서, 레온이 자리에 앉았다.

"나도 마찬가지다, 기이여. 확실히 네가 최강이라는 건 인정하겠다만, 그래도 우리의 협력을 잃는 것은 뼈아프겠지? 진심으로 적대하고 싶다면 얘기는 별개다만, 클로에에게 손을 대는 것은 우리를 적으로 돌리는 행위로 알아라."

루미너스도 속으로는 화가 났는지, 레온과 함께 기이를 힐책하고 있었다.

원래는 소중한 자임을 공언하는 것은 어리석은 방법이지만, 기이가 상대라면 그건 반대가 된다.

진심으로 적대한 시점에선 무슨 짓을 해도 소용없다. 두 사람은 그렇게 생각하고 있기 때문에 클로에에게 손을 대지 말라고 선언한 것이리라.

"알았어, 알았어. 나도 귀찮은 일은 사양하고 싶다고. 날 방해하지 않는 한, 너희의 소중한 존재에 손을 대진 않을게."

의외로 기이는 이해력이 좋은지, 그렇게 말하면서 클로에를 무사히 놔두겠다고 약속해주었다.

──그 소중한 클로에 쪽이 우리보다 훨씬 더 강하지만, 그건 말하지 않는 게 좋을 것 같다.

*

회의가 끝난 것은 저녁놀이 질 때쯤이었다.

슈나가 저녁식사를 준비해주었기 때문에 장소를 옮겨 만찬회를 열었다.

아니, 사실은 식사를 할 때까지 아무도 돌아갈 낌새가 없었다.

오늘의 메뉴는 돼지──와 비슷한 마물──의 카쿠니(※돼지고기 삼겹살을 사용한 요리. 고기를 한입 크기로 자르고 조미료와 향미 야채를 더해 부드럽게 삶아서 조리한 것)가 메인이며, 구운 가지와 두부. 된장국과 갓 지은 밥은 시커먼 쌀밥── '마흑미(魔黑米)'였다.

코스 요리는 아니지만, 오늘 회의는 예정에 없었던 것이니까 불평을 할 상황이 아니다.

"뭐냐, 튀김은 없나 보구나."

루미너스가 불만스러운 점을 무심코 입에 올렸는데, 그 정도로 튀김을 마음에 들어 했을 줄은 생각하지 못했다.

"괜찮아, 루미너스. 이것도 아주 맛있을 거야. 리무루의 음식에 대한 집착을 얕봐선 안 돼."

히나타가 뜬금없이 내 편을 들어주었다.

기쁜 것 같기도 하고, 아닌 것 같기도 한데?

그런 부분만 인정을 받아도 미묘한 느낌이 드는지라, 칭찬을 받아도 솔직하게 기뻐할 수가 없다.

그리고 만찬회를 시작했는데, 보아하니 다들 만족하는 모양이었다.

"과연. 너희 나라의 요리도 그럭저럭 괜찮은걸."

기이가 감탄한 말투로 그렇게 말했다.

"신기한 맛이지만 이 정도 레벨이면 그런대로 합격점이로군."

불평 없이 남기지 않고 다 먹은 걸 보면—— 이건 레온 나름대로의 칭찬으로 받아들이기로 했다.

"음, 히나타의 말이 옳았구나. 이것도 또 신기한 요리지만, 아주 맛있다."

"역시 대단하네. 정말 그리웠던 맛이야. 이 요리를 한 번 더 먹어볼 수 있다니, 살아 있기를 잘했다는 생각이 들 정도야."

루미너스도 만족한 것 같고, 히나타는 아예 과장된 반응을 보이면서 기뻐하고 있었다.

아니, 생각해보면 2,000년만의 돼지고기 카쿠니에 쌀밥이 되나.

"백미 쪽이 더 좋았으려나?"

"신경 써줘서 고마워. 그 점은 이미 익숙해졌어."

그렇군. 그럼 다행이지만.

2,000년이나 지냈으면 많은 요리를 봐왔을 테니, 색의 차이 정도로는 그다지 동요하지 않게 된 것 같군.

그 이전에 클로에와 달리 히나타는 맛조차 볼 수 없었던 모양

117

이다. 시각정보밖에 얻지 못했기 때문인지, 식사를 할 수 있다는 것만으로도 감개무량한 반응을 보이고 있었다.

히나타의 경우를 상상해보니, 히나타가 감격하는 것도 당연하다는 생각이 들면서 납득이 되었다.

전체적으로 호평을 받으면서 만찬회는 끝났다.

다 먹자마자 서둘러 돌아갈 준비를 시작하는 마왕들. 기왕 온 김에 묵고 가면 좋을 텐데, 볼일은 다 봤으니 오래 머무를 마음은 없다고 한다.

"클로에, 여기가 싫어지면 사양하지 말고 연락하도록 해라. 바로 데리러 올 테니까."

아직 포기하지 않았는지, 레온이 그렇게 말하면서 아쉬워하고 있었다.

클로에를 누가 맡을지를 놓고, 그 이후로 한동안 다툼이 있었다.

"여기에는 친구도 있는데다, 리무루 씨가 있는 곳이 좋아."

그렇게 말하는 클로에의 의사를 존중하게 되었지만, 그걸로 레온이 납득할 것이라는 생각은 하지 않는 게 좋을 것이다. 왜냐하면 레온은 클로에에 대한 집착을 숨기려고 들지도 않았으니까.

레온이 선택한 수단에 대해선 좀 생각할 부분도 있었다. 그러나 클로에를 지키고 싶어 하는 마음만큼은 틀림없이 진짜였다.

그런 레온의 마음은 클로에에게도 확실하게 전해져 있었다.

"오빠. 나를 걱정해준다는 걸 알고 나도 아주 기뻤어. 하지만 그렇게 걱정하지 않아도 괜찮아. 나는 이제 어린아이가 아니니까!"

그렇게 말하면서 클로에는 레온에게 안겼다.

레온은 자상한 웃음을 지으면서, 그런 클로에의 머리를 쓰다듬고 있었다.

남매나 다름없이 자란 소꿉친구였다고 하지만, 레온은 정말로 클로에를 소중히 생각하고 있는 것 같았다.

클로에는 레온에게서 떨어졌고, 그런 뒤에 어른의 모습으로 변화했다.

"이것 봐. 클로노아의 힘을 빌리면 성장한 모습으로도 돌아갈 수 있어. 그러니까 이제 오빠도 날 걱정하지 않아도 돼."

클로에는 레온을 안심시킬 생각인지, 그렇게 말한 뒤에 미소지었다.

그 미소에는 터무니없는 파괴력이 있었다.

가련하다고 표현하는 게 맞을까. 그 미소는 허망하게 느껴지면서도 그녀의 마음이 강하다는 사실을 느끼게 했다. 그런 매력을 담은 미소였던 것이다.

"그렇구나. 너는 아주 훌륭한 여성이 되었어. 하지만 내가 널 소중히 생각하는 마음은 바뀌지 않아. 언제든지 날 의지해도 괜찮단다."

훗 하고 웃어 보이면서, 레온은 클로에에게 그렇게 말하고 있었다. 잘생긴 레온답게 어른의 여유를 보여준다고 할까. 아주 멋져 보이는 행동이었다.

저런 모습은, 나는 흉내 낼 수도 없다. 그렇게 생각하면서 방관하고 있었는데, 레온이 돌아보면서 내게 차가운 시선을 보내왔다.

그 격차가 참으로 심하군. 정말 심해.

"클로에가 어른이 되었다고 말했는데, 설마 네가…….."

"아니야! 나는 무성(無性)이니까, 그럴 리가 없잖아!!"

엄청난 오해까지 하고 있었다.

나를 상대할 땐 어른의 여유 따윈 눈곱만큼도 가지고 있지 않았던 것 같다.

나도 필사적으로 변명했고, 우리의 대화내용을 알아차린 클로에도 화를 냈기 때문에 레온은 납득했을 거라고 생각했는데…… 아무래도 그건 표면적인 것이었나 보다.

그 증거로.

"알고 있을 거라 생각하지만, 클로에를 위험에 노출시키는 짓은 절대 하지 마라."

돌아갈 때 그렇게 속삭였다.

과보호라는 생각이 들지 않는 것도 아니었지만, 레온은 갖은 수단을 동원하여 이세계 전이에 같이 휩쓸린 클로에를 계속 찾고 있었다. 레온이 걱정하는 마음도 이해가 안 되는 건 아니다. 그대로 얌전히 돌아가 주었으니, 그 정도면 잘된 것으로 치자.

다음에 클로에를 데리고 놀러가겠다고 약속했으니, 어쩌면 클로에 덕분에 마왕 레온이 지배하는 엘도라도(황금향)와도 국교를 맺을 수 있을 것 같다.

약간 처남 같이 구는 면이 있어서 짜증이 나기도 하지만 뭐, 그 점은 참기로 하자.

"뭐, 편하게 있을 곳에 자리를 잡은 셈이구나. 클로에여, 너는 나에게 있어 소중한 친구다. 곤란한 일이 있으면 무슨 일이든 얘기를 들어줄 테니, 부담 없이 내게 부탁하도록 해라. 잘 지내야 한다.”

레온에 이어서 루미너스도 클로에를 걱정하면서 그렇게 당부하고 있었다.

이쪽은 처형 같다는 생각이 들었지만, 물론 그런 말은 입 밖에 꺼내지 않았다.

굳이 화를 돋울 필요는 없기 때문이다.

그럼 잘 있거라——라는 말을 남기고 루미너스 일행도 떠났다.

히나타도 돌아갔기 때문에 이제 남은 건 기이 혼자였다. 아직 돌아가지 않는 건가 싶어서 시선을 돌려봤더니, 그 자리에는 기이에게 달라붙은 디아블로의 모습이 있었다.

“그럼 방금 전에 하다만 얘기라도 계속——.”

“아니, 그 얘기는 이미 충분히 들었으니까 됐어.”

“쿠후후후후, 사양하지 않으셔도 됩니다.”

“나한테까지 이상한 권유를 하지 말라고—!”

대체 무슨 짓을 하고 있는 거야, 디아블로는!

“쳇, 그렇다면 어쩔 수 없죠. 그러면 화제를 바꿔서, 당신이 듣고 싶어 하던 테스타로사 일행이 맡은 업무와 리무루 님의 일화에 대해서——.”

대체 얼마나 얘기를 늘어놓고 싶은 거람. 그렇게 생각하면서 어이가 없는 표정으로 바라보고 있으려니, 기이도 같은 기분이었던 것 같다.

“아니, 아니, 너희는 지금 아주 바쁜 것 같으니까, 나중에 진정되었을 때 또 놀러오도록 하지.”

기이는 황급하게 그렇게 말하면서 거절한 뒤에, 재빨리 도망치고 말았다.

기이도 저렇게 당황할 때가 있다는 게 놀랍다는 생각이 들면서, 나는 묘하게 감탄했다.

저런 의외의 모습을 보면, 그렇게까지 얘기가 통하지 않는 상대는 아닌 것 같다. 방심은 할 수 없지만 생각했던 것만큼 걱정하지 않아도 될 것 같았다.

클로에가 '용사'라는 것도 받아들여 주었으니, 큰 문제는 정리되었다고 할 수 있겠다.

남은 문제는 유우키의 동향과, 그가 도망친 곳인 동쪽 제국의 꿍꿍이인가.

유우키를 믿을지 말지는 차치하더라도.

전쟁인가──. 나는 그렇게 생각하면서 한숨을 쉬었다.

힘든 산을 넘었더니 또 다른 산이 나타났다.

빨리 평화롭게 되었으면 좋겠다고 생각하며, 나는 우울한 기분을 느꼈다.

*

구두약속이긴 해도 마왕 두 명과 협력관계를 맺은 것은 큰 성과다. 만약 정말로 전쟁이 벌어진다면 믿을 수 있는 우방국이 존재한다는 사실은 그것만으로도 믿음직스럽게 느껴진다.

지원도 기대할 수 있으며, 최악의 경우에는 피난민을 받아들이는 것도 검토해줄 수 있을 것이다.

가장 좋은 것은 전쟁이 일어나지 않는 것이지만.

이것만큼은 상대가 어떻게 나오느냐에 달린 것이라, 되는 대로 지켜볼 수밖에 없지만…….

불평을 해봤자 어쩔 수 없으므로, 나는 대책을 강구하기로 했다.

우선은 우리의 발판을 다지고, 제국과 전쟁을 벌이더라도 문제가 되지 않도록 해야 한다.

만반의 태세를 구축하자──. 나는 속으로 그렇게 결의했다.

제2장

성과와 준비

Regarding Reincarnated to Slime

기이와 다른 마왕들과 회담을 한 지 몇 개월이 지났다.

시간이 흐름이 참 빠른 것이, 내가 마왕이 된지 벌써 1년이 지난 것이다.

발푸르기스(마왕들의 연회).

히나타와의 대결.

개국제.

그리고 마리아베르를 비롯한 로조 일족과의 싸움.

많은 일이 있었던 탓인지, 이 1년은 정말로 눈 깜짝할 사이에 지나갔다.

'템페스트 부활제'를 내부적으로만 조용히 마쳤지만 제국은 아직 움직이지 않았다. 그러나 소우에이랑 모스가 보낸 정보로는 군사경계선 부근의 주요도시에 속속 물자가 반입되고 있다고 한다.

이렇게까지 진행되면 아무리 나라고 해도 알 수 있다.

이제 곧 전쟁이 시작된다는 걸.

전쟁이 현실시되는 이상, 템페스트(마국연방)의 입국심사도 엄중히 치르게 되었다.

예전과는 달리, 누구든지 환영할 수는 없는 것이다. 신원이 확실한 모험가나 상인, 소개장을 가진 자 등등 자격이 있는 자만 입국할 수 있게 되었다.

스파이를 경계한 조치이지만, 그 외에도 이유가 있었다.

그건 격을 높이기 위해서다.

우리나라를 찾아오는 자는 인간만 있는 게 아니므로, 개인의 능력에도 격차가 있었다. 정체를 알 수 없는 자들은 야만스런 자가 많았으므로, 대량으로 받아들이면 대응이 따라가지 못하게 되는 것이다.

무엇보다 도시 안에서의 전투행위는 엄중히 금지되어 있음을 명시해도 바보가 폭주하는 것을 말릴 방법이 없다. 일단은 '결계'를 펼쳐두고 있지만, 마법을 완전히 막는 것은 어렵다.

이게 인간만 사는 도시와 마물의 도시의 차이점이었다.

그래서 우리는 가젤에게 의논하여 드워프 왕국을 본받기로 한 것이다.

입국 시에 약간의 교육을 시켜서 우리나라의 법을 배우게 했다. 그게 입국심사인 셈이다.

이민이 목적이라면, 더 확실한 학습이 선행되어야 한다. 그쪽 전용으로 설치한 다른 장소로 안내하여 거기서 교육을 실시하게 되었다. 일할 방법을 배운 뒤에야 비로소 입국허가를 내리는 형태가 된 것이다.

그런 일은 시온의 부하들이 적임이었다. 난폭한 자가 상대라 해도 자신의 분수를 확실하게 알 수 있게 가르쳐주었다. 제국에서 보낸 스파이를 발견하는 것과도 이어지기 때문에 이 제도는 앞으로도 계속 유지하게 될 것이다.

입국심사 시에 사람들을 분류하여 입국목적도 물어보고 있다.

돈이 없는 자가 유입하는 것을 막는 것도 쓸데없는 트러블을 방지하는 하나의 수이다.

투기장 주변에는 평범한 여관도 많지만, 그걸 이용하는 자들은 돈이 없는 자들이다.

돈이 있는 상인이나 귀족들은 고급여관이 있는 구역으로 안내한다. 수도 '리무루'의 상류계급용 숙박시설은 초고급을 지향하도록 바뀌었던 것이다.

휴양목적인 여행자도 이 고급호텔로 안내한다.

추억은 가치를 매길 수 없다고 하지만, 우리나라에선 그런 궤변은 허용되지 않는다. 지불할 것은 확실히 지불해주길 바라는 정신으로 휴가를 즐겼으면 좋겠다고 생각한다.

가격은 최상급부터 최하급까지 존재하는데, 일반 이용자는 하룻밤 묵는 가격이 은화 30개부터 시작된다. 거상이나 하급귀족은 금화 1개 이상부터다.

거기서부터 상한선은 존재하지 않으며, 하룻밤에 금화 10개 이상인 방도 준비되어 있답니다——아니, 왜 내가 광고를 하는 거람…….

뭐, 그런 식으로 가격 구분이 되어 있었다.

관광지로서 많은 사람들이 이용해주길 바라기 때문에, 큰 거래를 해주는 상인이나 미궁의 10층을 답파한 자에게도 고급여관의 숙박권을 선물하면서 광고 쪽에도 힘을 기울이고 있다.

이건 미궁 도전자들로부터는 큰 호평을 받았다.

식사의 질이 높다는 사실이 널리 알려지면서, 의욕 향상으로 이어진 것이다.

식사만으로도 가격이 은화 10개 이상이다.

싼 여관이라면 은화 3개 정도로 숙박할 수 있다는 걸 생각해보면 이 가격은 무지막지하게 비싸다고 느껴질 것이다.

하지만.

가끔은 사치를 부려보고 싶은 마음이 들 때도 있을 것이며, 미궁을 공략하다가 쉽게 돈을 번 자들도 있다.

그런 자들이 돈을 쓸 수 있는 장소를 제공하는 것도 주최자인 우리가 할 일이다.

미궁의 10층에 도달할 수 있는 자라면, 난이도 B랭크의 블랙 스파이더를 집단으로 쓰러뜨릴 수 있는 레벨——즉 C+랭크 이상의 모험가 팀에 해당한다. 개인의 힘으로 쓰러뜨릴 수 있다면 B랭크 이상이 되기 때문에 그에 상응하는 권리를 인정해주는 것도 문제가 될 게 없다고 판단했다.

약소국이라면 기사로 받아들여질 수도 있는 수준이라고 생각하면 된다. 자유조합에서 B랭크라면 어느 나라에서도 기사로 채용될 수 있을 정도인 것이다.

그런 식으로 상대의 위치를 인정해주면, 스스로 자신의 행동에 주의하는 반응을 보여주었다.

그 전에, B랭크 모험가라면 어느 정도는 돈을 가지고 있을 것이다. 그건 미궁 도전자도 마찬가지였다.

엘렌 일행은 가난했었던 것 같지만, 그쪽이 예외일 뿐이다.

애초에 문제를 일으키면 그 다음은 봐주지 않는다.

고급구역은 담으로 둘러싸여 있으며, 방비도 엄중하다. 한 번 내쫓기면 두 번 다시 들어올 수 없다고 설명하였다.

그걸 이해한 상태에서 난동을 부리는 자는 없었기 때문에, 이미지 전략은 성공했다고 할 수 있겠다.

상인들은 상인들대로 템페스트에서 만들어지는 무기나 공예품을 노리고 대거 몰려들고 있었다.

거상인 자들도 있어서, 부자가 제법 많았다.

숙박권을 선물하지 않더라도 자연스럽게 이용객이 늘어나고 있었다.

상인들에게 유통시키는 것은 쿠로베의 제자들이 만든 무기와 방어구랑 도르드의 제자들이 만든 세공품이다. 당연히 고품질이고 평판은 좋았다.

미궁의 보물 상자에서 꺼낸 특수 장비 등도 상인들이 몰래 사들이고 있었다. 이 문제에 관해선 조금 복잡한 기분이었지만, 위험한 물건은 유출시키지 않도록 주의하고 있으므로, 지금은 상황을 살펴보는 중이라고 할 수 있다.

그런 물건들이 각지에서 팔릴 때마다 우리나라의 평판을 널리 퍼트려줄 것이다.

그 덕분인지 최근에는 일반이용객도 늘어나기 시작했다. 입소문의 위력은 대단하다는 걸 실감하면서 나도 감탄하고 있었다.

전쟁의 위기를 앞에 두고 무슨 짓을 하는 거냐는 생각을 할 수도 있겠지만, 그건 그것, 이건 이것이다.

하고 싶은 대로 다 하고 있다는 것을, 스스로도 자각하고 있다.

언젠가 올 위기를 경계는 해도 두려워하진 않는다. 일상의 삶을 포기하지 않고, 할 수 있는 것을 묵묵히 계속 쌓아가는 것이다.

수도가 순조롭게 발전하고 있는 것과 마찬가지로 다른 나라들과의 교통망도 정비가 진행되고 있었다.

베니마루의 설득을 통해 모미지랑 텐구들의 협조도 얻을 수 있었다. 지금은 터널도 개통되었으며, 일부를 제외하면 포장도 거의 끝났다.

에라루드 공작이 데려온 토목기사들에게 인수인계하는 것도 완료되었으니, 이제 곧 템페스트와 마도왕조 살리온 사이에 직통도로가 개통될 것이다.

파르메나스 왕국까지 연결되는 선로부설공사도 착수에 들어갔다.

급피치로 완성을 목표로 하고 있다.

잉그라시아 왕국 쪽도 마찬가지이며, 이쪽은 정차역이 있는 역참마을까지 정비되어 있었다.

쥬라의 대삼림을 통과하여 아멜드 대하와 교차하는 지점은 휴식장소로도 딱 적당해서, 도로 공사를 할 때도 기지로서 대활약했던 장소였다. 강을 따라 선로가 깔려 있으므로, 이 장소를 중간기지로 삼는 게 아주 적당했다.

그곳으로 근처에 사는 마물들까지 몰려들면서, 작은 도시가 만들어졌다. 이걸 그냥 놔두는 건 아까우므로, 그 도시를 정비하여 역참마을로 발전시킨 것이다.

이 역참마을은 앞으로는 터미널(중계역)이 있는 주요도시로서 크게 키울 생각을 하고 있기 때문에, 그 중요도는 한층 더 높아지게 될 것이다.

유라자니아 방면도 도로의 폭을 넓히는 공사는 완료했다. 일부 구간의 포장이 아직 덜 되었지만, 왕래는 문제없이 할 수 있다.

고속마차는 승차감이 최악이므로, 상인들로부터는 '빨리 완성시켜주면 좋겠다'고 탄원이 계속해서 들어왔다.

그래도 예전에 비하면 안전성이나 편리성에선 비교가 되지 않는 발전을 보여주고 있었다.

야간에도 이동하는 여행자를 위한 가로등이나 전자동 마법발동기도 일정 간격으로 설치해놓고 있으며, 마물의 접근을 막는 '결계'도 빈틈없이 가동 중이었다.

이리하여 1년도 되지 않아, 교통망의 정비가 전체적으로 완료된 것이다.

드워프 왕국과 잉그라시아 왕국 방면에선 실용화된 '마도열차'의 시험운용이 시작되고 있었다.

이곳에서 실제로 운용한 데이터를 수집하여 어떤 문제점이 있는지 파악할 것이다. 각종 테스트는 완료된 상태이기 때문에 사실상 이건 실전형식의 실험이었다.

평균속도 50킬로미터를 유지한 채로 압도적인 물량의 운반을 가능케 한다. 이로 인해 물류의 역사는 다시 쓰이게 될 것이다.

먼 곳에 있는 식재료라 할지라도 신선도를 유지한 채 운반할 수 있게 되는 것이다. 이로 인해 식생활이 점점 더 풍요로워질 것이며, 기근 등으로 굶주리는 자들도 줄어들 것이라 생각한다.

역시 국력을 높이는 데에는 로지스틱스(물류의 합리화)가 빠질 수 없다. 나는 그 사실을 재인식했다.

이런 데이터의 수집과 병행하여, 세부적인 운용 사이클을 생각하고 있었다. 시간표의 작성을 놓고 시행착오를 거듭하고 있었다.

드워프 왕국과 템페스트(마국연방)를 연결하는 구간 말인데, 그 거리는 거의 1,000킬로미터다. 시속 50킬로미터로 이동하면 20시간── 하루가 되지 않아 도착할 수 있다.

잉그라시아 왕국과는 300킬로미터 정도의 거리가 있으므로, 이쪽은 6시간이면 이동할 수 있는 셈이다.

이건 어디까지나 안전도를 상당히 높여서 계산했을 때 나오는 숫자이다.

이론상으로는 네 배의 속도까지 낼 수 있으며, 적재량도 1,000톤을 넘길 수 있다는 계산이 나왔다. 하지만 운용실험도 하지 않고 갑자기 풀로 가동시켰다간 무슨 일이 일어났을 때에 대응할 수 없다고 생각한 것이다.

우선은 상태를 살펴본다.

운용에는 당연히 트러블이 따르기 마련이고, 휴식시간도 고려해야 한다. '마도열차'의 연속운용에도 한도가 있기 때문에 야간 주행은 현재 보류하고 있었다. 그리고 부품교환 등의 정비를 야간에 하도록 하지 않으면 낮밤을 가리지 않고 기술자나 운전사 등을 동원해야 하는데, 그렇게까지 할 수는 없었다.

현재까지는 동력차를 20량 준비할 수 있었다.

동력차 1량에 화물차가 2량과 객차 3량을 연결하는 6량 편성.

객차에는 80개의 좌석이 있는데, 최대 150명까지는 수용 가능했다. 선 채로 몇 시간이나 보낼 수는 없으므로, 이건 허가하지 않는 게 좋을 것 같다.

한 번의 운용으로 승객 200명 이상을 목표로 삼으면, 80퍼센트를 넘는 탑승률을 달성할 수 있다. 한 사람 당의 운임을 생각할 때 과연 가격은 어느 정도로 설정해야── 아니, 잠깐, 왜 내가 그런 문제까지 생각해야 하는 건데!

이런 건 묘르마일 군에게 맡기면 알아서 잘해줄 것이다.

본격적으로 운용이 개시되는 것도 시간문제이고, 운용실험이 늘어나면 좀 더 가동률을 높일 수 있을 거라 생각하므로, 분명 더 편리해질 것이다.

시속 100킬로미터 이상을 목표로 삼고, 차량편성은 10량 정도까지 늘릴 수 있겠지.

그건 꿈이 아니라, 이제 멀지 않아 실현될 현실인 것이다.

──뭐, 말하자면 이 1년 동안의 성과는 실로 대단한 것이었다.

이 성과를 발표하면 세계 각국은 놀라움과 흥분에 휩싸이게 될 것으로 생각한다.

밝은 미래가 펼쳐질 것이며, 우리의 노력도, 우리나라의 유용성도 널리 알려지게 될 것이 틀림없다.

충실하게 채워질 생활.

맛있는 식사에, 세계 각국에서 모이게 될 다양한 오락문화.

슬라임으로 갓 전생했을 때에는 생각할 수 없었던, 재미있고 즐거운 삶이 약속되고 있었다.

이제 동쪽 제국의 문제만 없다면 아무런 불안도 없이 취미에 몰두할 수 있을 텐데⋯⋯.

문득 떠오른 것이 나와 베루도라를 기본으로 삼고 몇몇 강자를 포섭하여 더한 뒤에, 선전포고와 동시에 제국을 침공하여 함락시켜버릴까 하는 생각이었다.

문명을 발전시키면 천사의 군대가 습격한다고 하는데, 이쪽은 상대가 어디 있는지도 모른다. 그러므로 우리가 먼저 공격하는 것도 어렵지만, 제국이라면 얘기가 다르다.

이 정도로 당당하게 우리를 공격할 준비를 하고 있으니, 우리가 먼저 쳐들어가도 문제될 일은 없지 않을까──라는 생각까지 들었던 것이다.

기다리는 게 내 성미에 맞지 않기도 했지만, 아무리 생각해도 지키는 것보다 공격하는 게 간단하다.

제국 측이 노리는 바가 서방열국의 병합이라면, 쥬라의 대삼림을 공격해야 할 이유는 없다. 우리를 무시한다는 전략도 취할 수 있었다.

베루도라가 부활한 것은 널리 알려져 있으니, 나와 적대한다=베루도라를 적으로 돌린다는 뜻이 된다는 건 조금만 조사해보면 바로 알 수 있는 얘기이기 때문이다.

선택권은 제국이 쥐고 있었다.

이런 상황이 내게 상당한 스트레스를 주고 있었다.

그럼 서방열국을 침공하는 것은 가능한가 하면──.

일단 해로는 존재하지 않는다.

대해수의 습격을 고려하면 드레드노트 급의 전함을 다수 준비한다고 해도 불안하다.

대해수의 홈그라운드에서 전투를 벌이는 건 리스크가 너무 커서 선택지에 넣을 수 없다. 바다를 무사히 통과할 수 있을지 없을지도 명확하지 않기 때문이다.

발을 디딜 곳이 안정적이지 않은 해상에서 벌이는 전투라면 기사들에겐 조건이 너무 안 좋은 것이다.

그리고 대량의 병사를 수송하려면 과연 얼마나 많은 배를 준비해야 할까.

만 명 단위의 병사들을 파르메나스 왕국까지 보낸다 한들, 요움 쪽이 가만히 놀고만 있을 리가 없다. 방어태세를 확실하게 갖춰놓았으며 만전을 기해 반격할 준비를 갖춰놓고 있었다.

최초의 침공으로 교두보를 확보하지 않는 한, 제국 측의 증원은 불가능하다. 뒤에는 대해수, 앞에는 파르메나스 왕국군. 그렇게 되면 제국 병사들의 사기도 내려갈 것이니, 전술적으로 승리한 것이나 마찬가지가 될 것이다.

그럼 파르메나스 왕국을 무시하고 잉그라시아 북부까지 침공하는 경우를 생각해보면, 그것도 또한 어렵다는 결론이 나왔다.

잉그라시아 북부는 악마들의 놀이터인 것이다.

기이도 부하들을 말릴 생각은 없는 것 같았으며, 현재는 테스타로사의 부하들이 그곳의 방어도 맡아서 대기하고 있었다.

그러므로 해로를 통한 침공은 불가능하다고 생각했다.

그럼 육로는 어떤가 하면.

드워프 왕국 내부를 통과하는 루트 내지는 카나트 대산맥에 있는 '용의 둥지'를 넘어야만 한다.

후자는 리스크가 너무 커서 선택지에서 제외될 것이다.

무엇보다 에베레스트보다도 높은 지점을 행군한다는 건 아무리 준비를 잘 했더라도 자살행위가 될 뿐이기 때문이다.

일반병사까지 등산 전문가가 되도록 훈련하는 것은 불가능하며, 그게 가능했다고 하더라도 그 뒤에는 A랭크 몬스터인 드래곤의 무리가 기다리고 있다.

상식적으로 생각해봐도 이 루트를 선택하는 바보는 없을 것으로 생각된다.

그럼 드워프 왕국 내부를 통과하는 루트는 과연 어떨까?

라파엘(지혜지왕)의 지적을 받고 히나타가 대신 조사해주었는데, 대군이 통과하는 것도 불가능하진 않다고 한다.

하지만 이걸 허용할 가젤이 아니며, 만약 이 방법을 실행하려고 한다면 제국은 서방열국보다 먼저 드워프 왕국을 공격할 필요가 있을 것이다.

드워프 왕국을 침공하는 것은 아무리 생각해도 역시 무모한 짓이다.

중립을 선언하고 있는 무장국가 드워르곤은 자국의 안전을 보장하기 위해서, 훈련을 잘 받은 상비군을 보유하고 있기 때문이다. 기술력만 따지면 으뜸이라 할 수 있는 병장기는 웬만한 수준이 아니며, 드워프 중에 약한 병사는 없다는 칭송을 받을 정도였다.

애초에 드워프 왕국은 지형적으로 봐도 요새와 같은 구조로 만들어져 있다. 출입구를 지키기만 해도 대군의 공격을 받더라도 방어할 수 있는 것이다.

동쪽 입구, 서쪽 입구, 그리고 센트럴.

세 군데에 있는 출입구 중에, 제국이 침공하려면 동쪽 입구나 센트럴을 고를 것이다. 서쪽 입구는 파르메나스 왕국과의 연결구가 되어 있기 때문에, 이쪽을 경계할 필요는 없기 때문이다.

가장 위험한 것은 제국과 경계선이 인접해 있는 동쪽 입구지만, 역시 가젤은 빈틈이 없었다. 여기에 병력을 집중시켜서, 제국의 동향을 계속 조사하고 있다고 한다.

만약의 경우에는 나도 달려갈 생각이니, 드워프 왕국은 가젤에게 맡겨두면 안전할 것이다.

──그게 우리나라를 둘러싼 현재의 상황이었다.

*

결국 쥬라의 대삼림을 통과하는 루트밖에 선택의 여지가 없다는 생각이 들었다.

일과가 된 베니마루와의 회의를 앞에 두고, 나는 같은 생각을 반복하고 있었다.

우리가 지키는 쥬라의 대삼림을 통과하는 루트를 선택할 경우, 제국 측에 있어서 최대의 난관은 베루도라의 존재가 될 것임은 명백하다. 정면에서 격파하는 것을 노릴 리는 없으니, 미끼가 될 부대를 준비하여 베루도라를 속이려는 계획을 시도할 것으로 추측되었다.

그걸 염두에 두고, 나는 우리나라의 방어태세를 생각해야 했다.

쥬라의 대삼림 안에서 군사행동을 가능케 하는 루트는 세 가지.

단, 그중의 하나는 드워프 왕국과 인접된 영역이다. 만약 제국이 우리의 경고를 무시하고 침공해 온다면 드워프 왕국군과 우리 군대로 협공을 할 수 있게 된다. 이 루트를 통과하는 것이 얼마나 위험한지는 제국 측도 잘 알고 있을 테니, 경계 수준을 낮게 설정해도 괜찮을 것이라 생각한다.

남은 두 개의 침공 루트 중 어느 한쪽으로 제국이 공격을 해올 가능성이 높다고 예상한다.

하지만 정말로 그렇게 단순할까?

대군을 상대할 때 전력을 분산하는 것은 악수이므로, 한쪽에 베루도라를 배치하고, 남은 한쪽에 전군을 배치한다. 그런 전법을 우리가 선택하면 제국이 미끼용 부대를 준비해도 대처할 수 있을 것이다.

군사에 관해선 전문가가 아닌 나조차도 이 정도는 떠올릴 수 있다. 전쟁의 프로인 군인이 그런 단순한 작전으로 나설 거라는 생각은 들지 않았다.

제국이 우리를 얕보고 있을 가능성도 있다.

압도적인 대군을 거느리고 쳐들어오면 베루도라이든 마물의 군대이든 관계없이 유린할 수 있다고 말이다.

혹은 정공법이 아니라 속임수를 쓰는 작전으로 나올 가능성도 있다.

정규군을 미끼로 쓰고, 정예부대를 소규모로 분산시켜 게릴라 작전으로 나오는 것이다. 소대단위로 숲을 답파하도록 시킨 뒤에 어딘가에서 합류시키는 방법은 어떨까?

이런 경우에는 숲속의 자잘한 길을 전부 감시하는 것은 불가능하다.

섣불리 정찰부대를 배치했다간 상대의 규모에 따라선 우리에게 피해가 생길 경우도 생각할 수 있었다.

히나타가 있는 루벨리오스가 그랬던 것처럼 성기사급의 소대가 파견되었다면…….

그럴 가능성까지 고려한다면 생각할 수 있는 침공 루트를 전부 망라하기 위한 병사들의 수가 모자라게 된다.

제국이 노리는 것을 확실하게 파악한 뒤에 반격에 나서는 것은 리스크가 크기 때문에 가능하면 그건 피하고 싶다. 선제공격을 당하면 되돌릴 수 없는 사태로 악화될 가능성이 있다.

그렇게 되지 않도록 경계하고 있지만, 정작 중요한 제국의 동향을 읽을 수가 없는 것이다.

전쟁이란 것은 의외성으로 상대를 이기면 유리해진다. 상대가 상상하지 못한 방법을 쓰면 그것만으로 승리가 굴러 들어오는 경우가 많은 것이다.

그렇게 되면 온갖 가능성을 고려해야만 하는데…….

제자리에서 맴돌고 있었다.

이래선 안 된다.

그런 생각이 들자 짜증이 일어났다.

역시 우리가 먼저 공격하는 게 낫지 않을까?

아니, 제국이 선전포고를 하는 순간, 특공을 시도하는 게 정답이 아닐까?

우리 예상대로 반드시 제국이 움직일 것이라고는 장담할 수 없으니, 이 이상은 생각해봤자 소용이 없으려나.

아무리 생각해도 상대가 나서는 걸 기다리지 않고 우리가 먼저 공격하는 것, 이게 합리적이라고 생각이 드는군.

아무 고민도 할 필요 없이 우리가 주도권을 쥘 수 있으니까.

……뭐, 실행하진 않겠지만 말이지.

진지하게 생각해봐도 정답은 나오지 않는다.

이런 건 임기응변으로 대응하는 게 좋다.

임기응변.

왠지 멋지게 들리는 말이고, 능력 있는 남자라는 이미지도 있다.

좋아, 그렇게 하자.

평소와 다름없이 그런 식으로 결론에 도달했을 때, 나는 슈나가 준비해준 슈크림 쪽으로 손을 뻗었다.

머리를 많이 쓰면 단것이 당기기 마련이다.

너무 많이 먹으면 질린다고 하는데, 내겐 그럴 일이 없다.

만약 질린다면 그건 그때 가서 생각하면 되니까.

"아, 혼자서만 드시다니 치사합니다."

시온이 끓여준 홍차로 목을 적시면서, 내가 슈크림을 즐기고 있으려니, 그제야 베니마루가 도착했다.

장소는 내 집무실이다. 지금은 일과가 된 베니마루와의 평소 회의 시간보다 조금 늦게 왔다.

베니마루에겐 제국과의 전쟁을 상정한 준비를 맡기고 있기 때문에 아주 바쁜 모양이다. 약간 늦었다고 해서 따지는 것은 도량이 좁은 짓이라고 할 수 있겠다.

뭐? 도와주라고? 무슨 얘기인지 모르겠군요.

전문가가 아니면 손을 대선 안 된다.

참으로 편리한 말이라고 생각한다.

"시온, 베니마루에게도 홍차를 따라줘라."

"알겠습니다!"

베니마루는 시온의 요리에 트라우마가 있는지, 늘 경계하는 표정을 보인다. 홍차만큼은 괜찮은데, 그래도 방심하지 못하는 걸 보면 베니마루답다.

"감사합니다. 피곤하면 단 게 당긴다니까요."

"그야 그렇지. 이렇게 설탕도 잔뜩 넣을 수 있게 되었으니, 이 평화가 계속 유지되면 좋겠는데 말이야."

"그러게요. 뭐, 결전이 벌어지면 벌어지는 대로 물리쳐버리면 되지만 말입니다."

여전히 베니마루는 자신만만했다.

믿음직스럽지만, 전쟁을 피하는 노력은 잊지 말았으면 좋겠다.

"드십시오!"

시온이 베니마루 앞에 홍차를 놓았다.

내게도 새로 홍차를 부어주었기에, 나는 그 향기를 맡으면서 스트레스를 풀었다.

"그런데 디아블로는……?"

"아아, 오늘도 중재 중이야."

"또요?"

"응, 또야."

그렇다. 디아블로는 중재를 위해서 나가 있었다.

매일매일 울티마와 카레라가 문제를 일으키기 때문이다.

사이가 나쁜 건 아닌 것 같은데, 툭하면 충돌하거나 경쟁하려고 들었다.

어제는 범인의 인도 과정 중에 티격태격 댔고, 그 전에는 구류 중인 용의자에 대한 처분을 두고 다퉜다고 하던가.

식사 메뉴를 놓고 언쟁을 벌이기도 했고, 신작의상을 누가 먼저 사느냐를 놓고 다투기도 했다.

말싸움만으로 끝나면 좋겠지만, 그 두 사람이 싸우면 야쿠자도 깜짝 놀랄 만한 항쟁이 벌어지고 만다.

그걸 말릴 수 있는 것은 디아블로밖에 없다.

디아블로의 부하인 베놈의 실력으로는 양쪽에서 실컷 두들겨 맞느라 아무 말도 못하기 때문이다.

도시의 주민들에게도 피해는 생기지 않기 때문에 사실은 내기 대상이 될 정도로 명물이 되기도 했지만, 그렇다고 해서 방치해도 될 문제는 아니다.

그런고로 디아블로를 보내고 있지만, 슬슬 근본적인 대책을 생각하는 게 좋을지도 모르겠다. 그렇게 하지 않으면 디아블로가 진심으로 이성을 잃을 것 같았기 때문이었다.

얼마 전에도 디아블로는 울티마와 카레라를 미궁 안으로 데리고 갔었다. 데이트 같은 흐뭇한 목적이 있는 것은 절대 아니었으며, 사실은 철저하게 교육을 시키겠다고 씩씩댔던 것이다.

미궁 안에선 죽지 않는 것을 이용하여 두 사람을 철저하게 두들겨 패서 교육시켰지만, 그래도 반성하지 않는 모양이다.

오히려 희희낙락하며 디아블로와의 싸움을 바라고 있는 경향까지 있었다.

아아, 데몬(악마족)이란 존재는 무슨 이유로 저렇게나 호전적인지…….

나는 도저히 같이 어울릴 수 없겠다는 생각이 머릿속을 가득 채웠다.

"기다리시게 해서 죄송합니다."

베니마루와 둘이서 잠시 잡담을 나누었을 때.

디아블로가 지친 표정으로 돌아왔다.

"응, 고생했어."

"아닙니다. 고생이라고 할 정도는 아닙니다만, 리무루 님과의 시간이——."

"지친 것 같지 않으니, 본론으로 들어갈까."

"그러죠."

뭐, 잠꼬대를 하고 있는 걸 보면 아직은 괜찮으려나.

디아블로는 무슨 말을 하려고 했지만, 들어보나마나 언제나 늘어놓던 장황설일 뿐이다. 신경 쓸 필요도 없다는 생각을 하면서, 나와 베니마루는 오늘 회의를 시작하기로 했다.

*

우리나라로 이민을 오는 자의 수가 늘어난 것은 방금 전에 말한 대로다.

그렇게 되면 문제가 되는 것이 이민 온 자들에게 할 일을 배정하는 것이다.

어느 나라에서도 마찬가지겠지만, 취직률이라는 것은 너무나 중요한 것이다.

국가의 생산성을 높이려면 국민 한 사람 한 사람이 성실하게 일해 주는 것이 중요하기 때문이다.

고용통계가 좋으면 개인소비도 늘어나면서 경기도 향상된다. 반대로 나쁘면 경기가 악화되고 범죄율의 상승에도 이어지는 것이다.

이걸 적절히 관리하는 것, 그게 국가 지도층의 역할이지만, 이게 실로 어렵다.

받아들인 이민자의 능력에는 개인차가 있으며, 누구에게라도 나눠줄 만한 단순노동에는 한계가 있다.

우리나라는 발전도상국이며, 각지에서 수많은 공사가 한창 벌어지고 있기 때문에 지금까지는 어떻게는 돌려막을 수 있었다. 그러나 그것도 거의 끝나가는 지금, 앞으로 어떻게 할 것인가가 과제가 된 것이다.

능력이 좋은 자는 문제가 없다.

확실한 기술을 익힌 기술자나 자신의 재능만으로 먹고 살 수 있는 자라면 받아들이는 것도 간단하다.

문제가 되는 것은 아무런 지식도 없고 돈을 벌 수단을 가지지 못한 자들이다.

농민이라면 농지를 부여해주면 된다.

장인이라면 공방을 소개해주면 된다.

모험가라면 미궁이 있으며, 예인이라면 극장에서 고용할 수 있다.

하지만 그런 재능이 없는 자들은 어떻게 다뤄야 할까.

그 문제에 대해 내가 낸 답이 바로 교육시설의 설립이었다.

입국심사 시에 뭘 할 수 있는지를 묻고, 그에 맞춘 형태로 학습을 시킨다. 그걸 위한 전용 장소야말로 교육시설이며, 그곳을 운용하고 있는 것이 베니마루 직할의 군대였다.

"이민자의 수는 계속 늘어나고 있으며, 군에 지원하는 자도 많습니다. 쓸 만한가 아닌가를 묻는다면 대답하기 좀 난감합니다만, 국내 경비 정도는 대응 가능하겠지요."

그렇게 말하는지라 현재 시행 중에 있는데, 현재는 사람이 더 늘었다고 한다.

군에 소속되면 먹고 살 수 있다. 더구나 기술을 무료로 배울 수 있을 뿐만 아니라, 직장도 알선 받을 수 있다──는 소문이 퍼졌기 때문이다.

그 결과, 이민자뿐만 아니라 모험가나 용병들 중에서도 점점 사람이 모이고 있다고 한다.

뭐, 서방열국의 방어도 우리나라가 받아들인 이상, 군비증강도 중요한 과제였다.

그런 이유도 있다 보니 현 상태에서 문제는 발생하지 않았다. 작은 트러블이 속출하고 있지만, 이건 군 내부에서 조정할 수 있는 레벨이었다.

문제가 되는 것은 제국과의 전쟁이 현실감을 띠기 시작했다는 것이다.

아무리 그래도 이제 막 군인이 된 자들을 실전 투입할 수도 없으니, 부대를 다시 편성해야 할 필요성에 쫓기고 있었다.

그래서 새로운 조직표를 제출할 것을 베니마루에게 명령했던 것이다.

베니마루는 한 장의 종이를 꺼내어 책상 위에 펼쳤다.

"이게 새로 생각한 조직표입니다, 조금 대담한 인사도 있지만, 저는 가능할 것으로 생각합니다."

지휘권 자체는 베니마루에게 있으며, 임명을 포함한 통수권은 나에게 있다.

이게 조금 복잡한데, 원래는 지휘권도 통수권에 포함되어 있었다. 이걸 분리시켜서 베니마루에게 준 것이다.

군의 지휘에 관한 것은 전문가도 아닌 내가 간섭할 일이 아니다──. 그런 생각에 따라, 군사부문에 관한 모든 우선순위를 베니마루에게 맡기고 있었다.

이로 인해 군대 내부에선 나보다 베니마루의 명령이 우선되는 셈이다.

하지만 전략적인 명령은 얘기가 달라진다.

군 상층부에 대한 임명권이나, 전시 중의 전쟁종결을 판단하는 것 등.

장군직 미만의 임명은 베니마루의 권한으로 마음대로 해도 문제가 없지만, 군단의 설립 및 장군의 임명은 내 재량에 따라 달라진다.

베니마루가 작성한 조직표를 허가할지 아닐지, 그에 대한 확인을 해야 하는 것이다.

"흐──음. 네가 괜찮다고 생각하면 나도 뭐라고 할 생각은 없다만──."

뭐라고 할 생각은 없지만, 하고 싶은 말은 있을 수도 있다.

임명권이 내게 있는 이상, 무슨 일이 생길 시에는 그 책임을 지는 것은 나이니까.

그렇지만 이번 편성에 대해선 이미 몇 번이나 서로의 의견을 놓고 논쟁을 벌이곤 했다.

뭐라고 할 생각이 있고 없고를 이제 와서 언급하는 것도 우스운 일이다.

그리고 내가 끝까지 주장을 관철시킨 인사가 바로 '제1군단장 고부타'라는 부분이었다.

"이 고부타를 장군으로 앉힌다는 의견 말인데, 처음에 들었을 때는 수긍이 되질 않았습니다만, 의외로 적임자가 될 것 같더군요."

베니마루의 의견을 들어봐도 알 수 있듯이 고부타를 대장으로 삼는 것은 찬반양론이 있었다.

확실히 그 바보── 고부타를 책임자로 임명하는 것을 불안하게 느끼는 것도 수긍이 된다. 고부타의 판단에 부하들의 목숨을 맡기는 것이니, 베니마루나 그 휘하의 참모들이 고민하는 것도 당연하다고 할 수 있겠다.

회의 시간에도 자주 조는 모습을 보여주는지라, 나도 문제가 없다고 생각하는 건 아니다.

하지만 고부타가 남들 몰래 특훈을 하고 있다는 것도, 이 나라를 지키고 싶어서 노력하고 있다는 것도 나는 잘 알고 있었다.

"그렇지?! 그 녀석은 할 때는 하는 남자라니까."

하지 않을 때는 전혀 하지 않지만 말이지.

하지만 고부타의 부하들이 보이는 신뢰는 두터우며, 그렇게 생겼지만 부하들을 상당히 잘 돌봐준다.

나는 고부타를 신뢰하고 있는 것이다.

"녀석도 사천왕 중의 한 명이니, 리무루 님의 예상은 절대 틀릴 일이 없습니다!"

"그 말이 맞습니다. 그리고 만일을 대비해서 테스타로사를 감시관으로 파견할 것이니, 모자란 부분이 있어도 보충할 수 있을 겁니다."

시온이랑 디아블로도 같은 '사천왕'으로서 고부타를 추천하고 있었다.

"그 말을 들으면 '사천왕'의 필두로서 거절할 수가 없군."

베니마루도 그렇게 말하면서 쓴웃음을 짓고 있었다.

베니마루도 고부타를 인정하고 있는 거겠지.

"확실히 디아블로의 말이 옳군요. 무슨 일이 생기면 우리가 서포트해주면 됩니다. 시켜보도록 하죠."

"괜찮겠지. 그렇게 보여도 인덕은 있는 것 같으니까 말이야."

이리하여 고부타를 장군으로 임명하는 것이 결정되었다.

*

고부타 이외의 군단장도 확인하기 위해서, 나는 조직표를 찬찬히 바라봤다.

베니마루의 직속 휘하로 설립한 군단은 전부 세 개.

방금 화제가 되었던 제1군단.

고부타를 군단장으로 삼고, 하쿠로우를 군사고문으로 임명했다.

산하의 병사들은 다음과 같다.

※고블린 라이더가 100명.

개개인이 A-랭크까지 성장했으며, 백인대장 급의 실력을 보유하고 있다.

※그린 넘버즈(녹색군단)가 1만2천 명.

초기부터 존재했던 4,000명이 상급병사가 되면서, 신규 고용한 8,000명의 하급병사를 거느리게 되었다. 3인1조로 행동한다고 한다.

이 1년 사이에 병사의 수를 크게 늘렸는데, 쥬라의 대삼림 출신의 마물이 대부분이었다. 그렇기 때문에 특별히 큰 문제없이 운용할 수 있다고 한다.

하급병사는 C~D랭크였지만, 상급병사는 B랭크 수준까지 육성되었다. 상당히 쓸 만한 전력으로 기대할 수 있을 것 같다.

뒤이어서 제2군단.

군단장은 게루도가 맡게 되었다.

이 제2군단 말인데, 현재는 공작부대로서 각지에서 활약 중이다. 전시 하에선 다시 불러들여 템페스트(마국연방)의 주력군이 될 예정이다.

산하의 병사들은 다음과 같다.

※옐로우 넘버즈(황색군단)가 2,000명.

처음부터 게루도의 부하들이었던 하이 오크의 전사단.

개개인의 능력이 B+랭크 수준이라 상당히 높으며, 게루도와 일체화된 듯한 철벽의 방어를 가능하게 한다.

신인부대를 지휘하는 소대장의 역할도 맡는다.

※오렌지 넘버즈(주황색군단)가 3만5천 명.

신참인 하이오크들이 지원병으로 참가하고 있다. C랭크 수준의 실력을 가진 부대지만, 전투에 참가하는 것은 1만5천 명의 베테랑뿐이다. 나머지 2만 명은 후방지원이나 공작병으로서 활약할 예정이다.

그리고 마지막인 제3군단.

비장의 수단으로서 드디어 실전에 투입되는 유격비공병단.

군단장은 설립자인 가비루다.

산하의 병사들은 다음과 같다.

※'히류(비룡중, 飛龍衆)'가 100명.

말하지 않아도 잘 알려진 템페스트 최강 부대이다.

개개인이 A-랭크의 전투능력을 보유하고 있으며, 비행능력과 높은 지휘능력을 동시에 갖추고 있다.

개체에 따라선 A랭크에 도달한 자도 있다고 한다. 필살기라 할 만한 기술로는 '용전사화'가 있다.

※블루 넘버즈(청색군단)가 3,000명.

리저드맨의 전사단에서 지원한 자들이 가비루의 부하가 되고 싶어서 참가했다. 그들을 구성원으로 설립한 부대이지만, 그 능력은 C+랭크에 해당한다.

하지만 블루 넘버즈의 본질은 거기에 있지 않다. 이 병단의 특징은 와이번(비공룡)을 타고 싸우는 것에 있는 것이다. 제공권을 지배하는 부대이자, 전쟁에서 가장 높은 타격력을 지닌 부대였다.

그렇다곤 해도 현재 사육 중인 와이번의 수는 300마리 정도이며, 전원에게 배정해주지 못하는 것이 현재의 상황이었다. 그들의 역할은 와이번의 사육과 지원이 주이며, 그들이 활약할 자리는 상당히 미래에 생길 것 같다.

그래도 얕봐서는 안 된다. 와이번은 레서 드래곤(하위용족)의 아종으로, B+랭크에 해당하는 마물인 것이다. 가비루가 포획과 육성에 성공했지만, 앞으로는 그 수를 늘리는 것을 목표로 삼고 있다고 한다. 이 와이번을 모두에게 다 배정해줄 수 있게 되면, 그때야말로 블루 넘버즈가 진가를 발휘하게 될 것이다.

이상이 베니마루가 직접 관할하는 3개의 군단이다.

"제2군단이 게루도, 제3군단이 가비루인가. 문제없겠군."

"뭐, 저도 여러모로 검토했습니다만, 이게 역시 무난하더군요."

게루도는 더 말할 것도 없이 믿음직한 장군이다.

가비루에 대해서도 딱히 문제는 느껴지지 않았다.

가비루는 확실히 금방 우쭐대고 까부는 면이 있지만, 그래도 전쟁에는 능하다. 모의전 성적은 우수하며, 베니마루도 라이벌로 인정하고 있을 정도였다.

전략적 사고가 약간 서툰 면이 보이긴 하지만, 전술국면에서의 판단은 적절하다. 부하도 잘 돌봐주며, 물러날 때도 잘 알고 있다.

더 말할 것 없이 군단장을 맡길 수 있는 인재였던 것이다.

"이쪽은 지금까지와 다를 게 없습니다."

베니마루가 다른 종이를 꺼냈다.

그곳에는 3개의 부대가 기재되어 있었다.

베니마루의 친위대 '쿠레나이(홍염중, 紅炎衆)'——300명.

A랭크인 고부아를 필두로 하여 A-랭크 이상의 맹자들만 모은 정예부대였다. 현재는 참모부대를 겸하고 있다.

전투훈련 중인 모습을 보고 생각했는데, 고부아의 실력이면 상위마인 게르뮈드 정도와는 호각이상으로 싸울 수 있을 것 같았다.

그 외의 부대원들도 레벨(기량)까지 고려해보면 A랭크에 필적할 만한 자도 있었다. 홀리 나이트(성기사)와 일대일로 싸워도 지지 않을 자도 있었기 때문에, 이 부대의 총합전력은 쉽게 계산할 수 없었다.

마물의 강함의 기준은 거의 에너지(마력요소)양으로 정해진다.

선천적으로 강한 마물에겐 레벨의 개념이 없는 것이다. 그러나 우리나라의 마물은 선천적인 육체성능으로만 만족하지 않고 군사훈련도 벌이고 있었다. 이로 인해 보다 실전적인 실력을 몸에 익히게 된 것 같다.

통상적인 판단기준보다 더 높게 생각해도 과대평가는 아닐 것이라 생각한다.

애초에 하쿠로우라는 예외적인 존재를 봐도 내 생각이 옳다는 것은 명백했다.

이 부대에 속한 자들은 하쿠로우의 지옥훈련을 버텨낸 맹자들뿐이다. 상당히 잘 단련된 자들이다.

소우에이가 이끄는 정보부대 '쿠라야미(람암중, 藍闇衆)'——100명 이상.

이 부대에는 수수께끼가 많으며, 소우에이의 완전한 장기말이

자 그 존재를 아는 자는 적다.

하지만——내가 아는 한 상당한 강자들이 존재한다.

소우카랑 그 부하인 네 명의 대장들은 A랭크다.

그 이상으로 위험한 자들이 여러 명. 그렌다도 그랬지만, 특A급의 전력이 몇 명 존재한다.

실은 테스타로사가 사법거래로 **빼내**온 인재도 소우에이가 받아들이고 있었다.

용병단 '벨트(녹색의 사도)'의 단장이었던 지라드와 그 부하였다고 하는 엘레멘탈러(정령사역자)인 아인이다. 이 두 사람도 A랭크 오버의 실력자들이며, 지금은 훌륭하게 첩보원으로서 활약 중이었다.

예전에 문제아를 모은 특무기관이냐고 비꼰 적이 있었는데, 지금은 정말로 그런 분위기가 되어 있었다.

전투에선 기대할 수 없는 전력이라고 소우에이는 말했지만, 그 말을 믿진 않는다. 암살 쪽은 잘할 것 같으니까 말이다.

아니, A랭크 오버인 자를 여러 명 보유하고 있으면서 무슨 소리를 하는 거냐고 따져 묻고 싶다.

소우에이는 대체 뭘 목표로 하고 있는 거람.

——왠지 분위기가 두려운 부대라는 소문이 나오는 것도 어떤 의미로 보면 당연한 얘기였다.

시온 휘하인 '부활자들(자극중. 紫克衆)'——100명.

이 부대의 특징은 좀처럼 죽지 않는다는 것이다.

무시무시할 정도의 재생능력을 활용하여 가혹하기 짝이 없는 훈련을 받았다고 하며, 모두가 B+랭크 수준까지 강해져 있었다.

원래 C랭크였던 것을 생각하면 가장 성장률이 높았다.

크루세이더즈(성기사단)와의 전투에서 활약했었으니, 그중에는 한계를 돌파하여 A랭크에 도달하는 자가 나올지도 모른다.

현재 최강인 쪽은 '히류'이겠지만, 나중에 역전할 수 있는 부대가 있다고 하면 그건 시온의 '부활자들'이라고 생각한다.

그리고 베니마루의 조직표를 볼 때 이 부대는 내 친위대가 되어 있었다.

내가 바라는 바는 아니었지만, 그 끈질긴 생명력을 활용한 작전——미끼로서 시간벌이——을 실행으로 옮길 수 있다는 점이 좋은 평가를 얻은 이유가 된 것이다.

만일의 경우에는 '부활자들'을 미끼로 쓰고 나는 도망치라는 뜻이로군.

시온이 의기양양하게 그런 내용의 설명을 해주었다.

일단 말해두자면, 친위대라곤 해도 내 명령을 따르지는 않는다. 나를 지키기 위해서 존재하는 부대이므로, 내 명령에 따라서 예정과 다른 행동을 하는 것은 엄격하게 금지되어 있다고 한다.

그러므로 내가 안 된다고 소리쳐도 나를 위해서 희생하는 것을 꺼리지 않을 것이다.

난감하기 짝이 없는 얘기다.

——하지만 왠지 자잘한 일 같은 걸 부탁하면 가볍게 응해줄 것 같은데…….

이런 생각은 시온에겐 말하지 않는 게 좋을 것 같다.

표면상의 목적과 실제 목적은 확실하게 나눠서 사용하는 게 제일이다.

참고로.

시온에겐 또 하나, 조직표에 기재되지 않은 비밀 부대가 있다.

비밀이라곤 하나, 모두 다 알고 있으니 공공연한 비밀이라는 말이 맞겠지.

그건 자칭 시온의 직속부대.

시온의 친위대라고는 하지만, 그 실태는 단순한 팬클럽이다.

인원수는 불명.

많아도 1,000명은 넘지 않을 것 같다.

정식 부대는 아니므로, 내 관할을 벗어나 있다.

그 수도 능력도 미지수인데 괜찮을까?

죽는 사람이 안 나오면 좋겠는데.

시온이 몰래 키우고 있으므로, 그 실력도 불명인 것이다.

다구류루의 아들들이 대장을 맡아서 활약하고 있다고 하며, 원래부터 전투경험이 있는 모험가들도 가입하고 있는 모양이다.

장래에는 도움이 될 때가 있을지도 모르지만, 기대 이상으로 불안감도 크다.

도저히 전선으로 내보낼 만한 부대는 아니다. 베니마루가 조직표에 기재하지 않은 것도 지극히 당연한 얘기였다.

베니마루에게 종이를 돌려줬다.

"문제는 없군. 전력이 늘어난 것 같지만, 이쪽 부대들에 관한 것은 변경할 게 없겠어. 나랑 너도 더 이상 언급할 필요는 없는 걸로 결론을 낼까."

"그렇군요. 저도 '쿠레나이'는 스스로 공을 들여 길러낸 부대라는 자부심이 있습니다. 소우에이나 시온도 마찬가지일 테니, 이쪽 부대들은 조직표에는 넣어두지 않겠습니다."

베니마루의 말을 듣고, 시온도 동의하면서 고개를 끄덕이고 있었다.

나도 이견은 없으므로, "그렇게 해주게"라고 허락을 했다.

누구든 자신이 길러낸 부대는 자신이 지휘하고 싶을 것이다.

사실은 가비루의 '히류'도 조직표에 실을 필요는 없었다. 이건 어디까지나 가비루의 의견을 채용한 것뿐이었다.

참고로 고블린 라이더는 고부타가 길러낸 것은 아니지만, 동료이자 전우이기도 했으며, 모두가 고부타의 실력을 인정한 사이였다. 그러므로 지휘관을 변경할 경우에도 그들의 심정을 배려하는 쪽으로 처리하자고 생각했었다.

베니마루가 세 번째 종이를 꺼냈다.

"이쪽이 오늘의 본론이라고 할까요. 제가 아닌 다른 자에게 속하는 군단입니다만, 여기에 정리해봤습니다."

드디어 나왔나.

지금까지 나온 표에는 기존의 부대와 그 부대의 증감사항이 기재되어 있을 뿐이었다.

눈길을 끈 것은 제1군단의 군단장에 고부타를 임명한 것 정도다. 이건 내가 제안했던 것이라, 새로운 점에서 봤을 때 놀랄 만한 건 없었다.

어디 보자, 이번에는 어떤 내용이 있으려나.

가슴이 두근거리는 걸 느끼면서, 나는 그 종이를 향해 시선을 떨궜다.

*

거기에 기재되어 있던 것은 우익(右翼)과 좌익(左翼)의 구도로 그려진 그림이었다.

우익에는 지금까지의 병사 수가 기재되어 있었다.

제1군단——고부타 휘하, 약 1만2천 명.

제2군단——게루도 휘하, 약 3만7천 명.

제3군단——가비루 휘하, 약 3,000명.

총수 약 5만2천명.

이게 템페스트(미국연방)의 상비군에 해당하는 것이니 실로 무시무시하다.

이 정도인데도 아직 병사를 양성하기에는 여유가 있었다. 우리나라의 인구는 100만 명을 돌파한데다, 현재도 파죽지세로 늘어나고 있었다. 냉정하게 생각해보면 상당한 국력상승이라고 할 수 있었다.

이런 국력이 기반이 되어야 비로소 이 정도의 군을 유지할 수 있다. 그리고 제2군단이 공작병으로 존재하기 때문에 이 병력을 유지할 수 있었다.

아무런 생산성도 없는 자들뿐이었다면 아무래도 힘들었을 것 같다. 게루도와 그의 부하들에겐 고마움을 느꼈다.

게루도와 부하들을 제외한 경우, 남은 전력은 1만5천 명 정도다.

이러면 동쪽 제국에 대비할 수 있는 전력으로는 도저히 부족하다.

그러면 어떻게 할 것인지가 나와 베니마루가 골치를 썩이고 있는 문제였던 것이다.

"여차하여 전쟁이 벌어지면, 게루도 쪽을 다시 불러들일 겁니다. 이건 예정과 다를 게 없습니다. 하지만 그래도 부족합니다. 서방열국은 각각의 군을 보유하고 있는 것 같습니다만, 그걸 동원시키는 것도 문제가 있습니다."

"그렇겠지. 모처럼 평의회의 군권을 장악했으니 활용하지 않으면 손해지만, 그랬다간 반발이 클 것 같으니까 말이지."

"그리고 서방열국 내부에서 문제가 발생한 경우엔 억지력이 없어집니다. 그렇게 되면 일이 번거로워질 테니까요."

"우리나라 안에선 문제가 없지만, 서방열국의 민중들이 우리의 통치력에 의문을 가지게 되면 앞으로의 계획을 실행하기 어려워지겠지."

"그렇게 되겠죠."

뭐, 이런 대화를 몇 번이고 반복해서 나누고 있었다.

그에 대한 베니마루의 대답이 이 조직표에 기재된 좌익인 것이다.

그러면 좌익의 내역을 보기로 하자.

서방배치군──15만.

마인혼성군──3만.

의용병단──2만.

으로 이뤄져 있었다.

"엄청난 수이긴 한데, 이 좌익은 어떤 전력이지?"

"일단 우리의 지휘 하에 있는 군단입니다. 방금 말했던 평의회 소속이 서방배치군입니다. 이건 각국의 국군과는 별개로, 평의회가── 아니, 그보다는 거의 우리나라에서 자금을 제공하여 직접 고용하고 있는 군대라 할 수 있습니다."

확실히 평의회에서 군권을 인정받은 이상, 평의회 소속의 군에 대해선 우리나라가 명령권을 가지고 있다. 그건 알고 있었지만, 그래도──.

"이렇게 많았나?"

평의회에 소속된 군은 형식상으로는 존재하고 있었다. 그러나 그건 원래는 각 의원이 자신의 나라에서 데려온 기사나 병사가 주체였다.

그 수도 1,000명 정도이며, 잉그라시아 왕도에 있는 회의장 경비 등이 주된 임무였다.

원칙적으로 서방열국은 각자 국군을 보유하고 있으며, 자국의 안전은 스스로 지키고 있었다. 평의회가 군사적으로 출동하게 될 경우는 거의 없기 때문에, 본격적인 군을 유지할 필요성이 전무한 것이다.

그런 상태였기 때문에 우리에게 아무런 반발 없이 깔끔하게 군권을 넘겨준 것이지만…….

애초에 내가 군권을 바란 것은 유사시에 어떻게 하려는 게 목적이 아니다.

그저 단순히 '마도열차'가 다른 나라에서도 달릴 수 있도록 레일 부설 공사를 하기 위해서였다. 템페스트(마국연방)의 공작부대를 파견할 때 일일이 승인을 얻는 것이 귀찮았기 때문이었다.

만약 정말로 무슨 일이 생긴다면 그때는 우리나라에서 군을 파견시킬 것이다. 그런 판단을 내린 상태에서 평의회에서 보유 중인 병사는 일단 각자의 나라로 돌려보냈다.

그런 뒤에 우리나라에서 출자하는 것을 조건으로, 치안유지부대를 설립하기로 한 것이다.

그러려면 마물보다 인간이나 아인 쪽이 더 안심이 될 테니까 현지에서 채용하라는 명령을 내렸다.

"일단 해체한 뒤에 수를 늘렸습니다. 테스타로사의 보고에 의하면 군에 소속되면 굶지 않고 살 수 있다는 소문이 퍼지면서, 모집할 때 사람들이 많이 모였다고 하더군요."

"하지만 그 부대는 치안유지가 목적일 텐데? 15만이나 있을 필요는 없잖아."

각국이 경비권을 보유하고 있는 이상, 우리가 범죄자를 단속하는 것은 월권행위가 된다. 치안유지를 목적으로 한다고 해도, 그 활동내용은 재난방지활동이 주이며, 대놓고 말해서 공작부대를 돕거나 후방지원을 시키는 것이 목적이었다.

10만은커녕 1만까지도 필요 없을 것 같았다.

"그게 말이죠, 테스타로사의 말로는 각국에서 요청한 결과라고 합니다."

베니마루로부터 자세한 설명을 들었다.

테스타로사는 평의회를 좌지우지하게 되면서, 대담한 구조개혁을 추진하고 있었다.

그 사실은 나도 잘 알고 있었지만, 내가 생각했던 것 이상의 대반향을 불러 일으켰다고 한다.

어디까지나 우리는 상담에 응해주는 형식의 개혁이다. 주도권은 각국에 있으며, 우리나라는 기술을 제공한다.

ODA——정부개발원조——같은 것이다.

평의회에서 공적자금을 투입하고, 국가사업으로서 우리나라의 노동력을 파견하여 어려움에 처한 나라에게 손을 내밀어주는 것이다. 각자의 나라에서 현지인을 채용하고 기술적 지도를 해주면서, 요청에 응해주는 흐름으로 진행된다.

우리는 일과 임금을 얻을 수 있으며, 우리가 도와주는 곳은 원조를 받을 수 있다. 윈윈 관계인 셈이다.

그러나 듣기 좋은 얘기에는 어두운 면이 있기 마련이다.

당연히 이 지원제도에도 그런 면이 있으며, 어떤 식이든 보답을 요구하기 마련이다.

예를 들어서 댐을 설치한 경우. 공사에 든 비용만큼 수리권에서 우리 몫을 회수하는 형태가 된다.

철도를 놔줄 경우엔 열차의 이용요금에 일정 세율의 세금을 매겨서 영속적으로 이익을 징수할 예정이었다. 도로를 놔줄 경우와 마찬가지로 유지관리는 우리가 맡는 대신 관세철폐나 다양한 이익을 받겠다는 계산을 하고 있었다.

그야말로 마왕이나 할 법한 짓이다.

친절한 것처럼 보여준 뒤에 상당히 악랄한 짓을 시도하고 있는 셈이다.

하지만 그렇게 함으로써 편리해지는 것도 사실이며, 거래처가 손해를 입는 것도 아니다. 지금 당장은 아니지만 장래에 얻게 될 이익의 일부를 우리에게 넘겨주는 것뿐인 셈이다.

당연히 대국이라면 자신들의 힘으로 어떻게든 해결할 것이다.

지금은 아직 무리라도 실물을 보면 흉내 낼 수 있다. 기술을 훔치고, 스스로 운용하려는 생각을 할 것이다──. 그게 일반적인 반응이라고 나는 생각하고 있었다.

하지만.

"──그런 식으로, 대국에서도 빨리 열차가 다닐 수 있게 레일을 놓아달라는 요청이 몰려든 것 같습니다."

"그래서 우리나라의 공작부대만으로는 인원이 부족하니까, 후방지원으로 고용한 자들까지 동원했단 말인가?"

"네. 그래도 부족해서 현지조달로 사람을 고용하는 것에 협력하기로 했다고……."

그게 원인이 되면서, 어이가 없을 정도로 이렇게 많은 병사들이 생겼단 말인가…….

테스타로사에겐 외교무관으로서 내 전권대리를 인정해주고 있었다.

세세한 일이라면 보고할 필요 없이 바로 결재해도 된다──고 당부하듯 말해둔 게 있었기 때문에 최근까지 베니마루도 몰랐던 모양이다.

그 결과가 대량고용이 된 셈인가.

"하지만 그게 대국이 노리는 게 아닐까? 우리에게 기술자를 기르도록 시키면 앞으로의 운용이 편해질 것으로 생각한다거나."

기술을 훔치는 것보다 그쪽이 더 효율적이다. 상당히 만만찮은 생각이지만, 그런 것은 나도 싫지는 않다. 지도자라면 당연히 생각할 방법이라 하겠다.

그렇게 길러낸 기술자들이 앞으로 각국을 받쳐주는 기둥이 될 것이다. 권리가 없어지는 것은 아쉽지만, 기술발전에 의해 경쟁상대가 생긴다면 그건 그것대로 기대가 되기 때문이다.

"아무래도 그건 아닌 것 같습니다. 그렇다면 대국이 기술자들을 놓아줄 리가 없잖습니까?"

듣고 보니 그것도 그렇군.

"──잠깐, 그럼 넌 테스타로사가 모아서 기른 지원병들을 그대로 서방배치군으로 편입했단 말인가?!"

"정답입니다."

놀라는 나를 보면서, 베니마루가 씨익 웃으며 대답했다.

모처럼 길러낸 기술자들을 그대로 묵혀두는 건 아깝다. 그렇다면 피해구조훈련이나 요인경호, 도시방어의 훈련 등도 시켜서, 본격적인 치안유지군을 설립해버리면 된다──고 베니마루는 단단히 마음을 먹고 판단을 내린 것 같다.

"테스타로사는 더 이상 쓸모가 없다는 이유로 그들을 해고하려고 했지만, 역시 아까우니까 말이죠."

"그건 그렇지."

"일자리는 마련해줄 수 있을 거라 생각했으므로, 제 독단으로 서방배치군으로 명명하여 편입시킨 참입니다."

과연, 그렇다면 납득했다.

뭐, 1년이라는 짧은 기간으로는 그렇게 높은 수준으로 훈련시킬 수는 없으리라 생각한다. 하지만 앞으로도 훈련을 계속해나간다면, 재해대책의 전문가 부대로서의 활약을 기대할 수 있을 것 같다.

사고대책에도 딱 적당할 것 같고, 베니마루가 말한 대로 다양한 경우에서 활동할 수 있을 것이다.

"알았다. 실로 좋은 판단이었다, 베니마루."

"그렇게 칭찬을 받을 정도까지는 아닌 것 같습니다만."

그렇게 말하면서도 베니마루는 쑥스러운 모습을 보였다.

그건 그렇고 서방배치군이라.

15만은 굉장한 수지만, 서방 각국에 동시 파견한다면, 이만큼 있어도 부족할 수준이다.

이권을 확보할 수 있다면 스스로의 밥값 정도는 벌 수 있겠지.

예상외였지만, 이건 낭보라는 생각이 들었기에 나는 기뻐했다.

그리고 다음.

"서방배치군에 관한 것은 이해했다만, 마인혼성군은 뭐지?"

3만 명이나 있는데, 쥬라의 대삼림에서 마물들을 징병한 걸까?

"그건 클레이만의 부하였던 마인들이 주된 구성원을 차지하고 있는 군단입니다. 게루도가 포로로 부리고 있었습니다만, 전투에 능숙한 자들을 선별하여 넘겨받았습니다. 그 대신 자신들의 공사가 끝나서 놀고 있던 하이오크들이 그들의 빈자리를 대신 메워주고 있습니다."

베니마루의 말로는 게루도의 공사 진척율에는 영향이 미치지 않도록 신경 써서 배려했다고 한다.

그렇다면 괜찮겠지.

초보자를 모아놓은 것보다 전투경험자로 편성하는 것이 군대로선 더 강할 것이다. 하지만——.

"그자들은 협조성이 없었던 게 아니었나?"

클레이만의 부하는 B랭크인 자들이 대부분이었다. 하지만 그 안에는 A랭크 오버인 자도 몇 명인가 있었다.

상당히 강한 집단이었지만, 군단이라는 기준에서 보면 약했다. 공포로 인해 명령에 따르고 있을 뿐인 마물들이라면 잘 훈련된 직업군인에겐 대적하지 못할 것이다.

이제 와서 그런 자들을 모아봤자, 군사훈련을 실시할 시간도 없을 것이라 생각했다.

"지금은 게루도 덕분에 제멋대로 난폭하게 구는 자는 없습니다. 뭐, 그런 바보가 있어도 제가 입을 다물게 만들겠지만요."

그건 그렇지.

베니마루라면 힘으로 압도하여 부리는 것도 간단하겠지.

"하지만 말이지, 모처럼 일에 익숙해졌는데 억지로 전쟁에 끌고 나가는 건……."

그렇게 말하면서 탐탁지 않게 여기는 날 보면서, 베니마루는 괜찮다고 대꾸했다.

"이건 그 녀석들이 먼저 꺼낸 얘기입니다. 자신들도 도움이 될 것이라고, 그리고 그런 자신들을 리무루 님이 봐주시길 바란다고 하더군요."

"뭐어?"

베니마루는 의외의 말을 했다.

제멋대로 굴던 그 마인들이 스스로 나서서 지원했다고 말하는 것이다.

"맛있는 밥과 마음이 맞는 동료. 자신들이 필요하다고 말해주는 상사에, 보람이 있는 일. 바로 그걸 지키기 위해서 자신들의 힘이 있는 거라고, 그 녀석들은 기염을 토하면서 말했습니다."

"정말이야……?"

기분 좋은 오산이란 말은 바로 이럴 때 쓰는 것이겠지. 이 제안은 아주 큰 도움이 되었다.

징병한 병력은 실전에선 아무런 도움이 되지 못하기 때문이다. 국토방위를 위해선 어쩔 수 없는 경우도 있겠지만, 손익계산으로 생각해보면 무조건 항복을 하는 쪽이 현명한 경우도 있다.

다른 나라의 노예가 되는 것은 참을 수 없지만, 무거운 세금을 부여받고 상대의 속국이 되는 정도라면 와신상담의 마음으로 면종복배(面從腹背)하는 것도 하나의 방법이다.

조금 폼을 잡아보겠다고 어려운 말을 써봤지만, 쉽게 말해서 지금은 참았다가 언젠가 복수해주겠다는 뜻이다.

침략자가 어지간히 잔학무도한 행위를 하지 않는 한, 어느 정도의 불이익을 감수하는 것도 선택지 중의 하나라고 하겠다.

하지만 그렇다고 해도 그 나라에 사는 국민의 마음을 무시해선 안 된다.

자신들의 미래는 자신들이 책임을 지고 선택해야 할 것이다. 지배자로선 그 마음에 응해야만 한다.

그러므로 징병제도 같은 건 최악의 수단이라고 생각하며, 애국심을 강요하는 것도 해선 안 될 짓이다.

템페스트는 내 비호 하에 있는 나라다.

다른 곳에서 와서 오만한 요구를 강요하는 자를, 나는 따를 생각이 없다.

우리의 권리를 간단히 포기할 생각이 없는 이상, 어떻게든 의견의 대립은 발생한다. 상대가 굽히지 않는다면 전쟁이 벌어지는 것은 필연적이므로, 국민들이 그걸 반대한다고 해도 난감할 뿐이다.

자신들의 힘으로 자신들의 나라를 지킬 생각이 없다면, 다른 어딘가로 빨리 도망쳐도 상관없다고 나는 생각하고 있었다.

착각하면 안 되는 것은, 내가 지켜야 할 사람들이 과연 누구인가 하는 것이다.

건국할 때부터 생사고락을 함께 한 동료들을 우선하는 것은 당연하며, 나중에 와서 권리만 주장할 뿐인 자들을 그렇게 신경을 써서 돌봐줄 생각은 없는 것이다.

지켜야 할 국민이 없어진다면 나도 곧바로 도망칠 것이다.

그리고 또 어디선가 마음이 맞는 동료들과 새로운 나라를 만들면 그만이다. 내 경우엔 이 땅을 고집할 필요는 없으니까.

단──.

모두가 우리가 돌아올 장소인 템페스트를 사랑해준다면 나는 최선을 다해 그 마음에 응할 생각이다.

어떤 외적이든, 전력을 다해 쳐부술 것이다.

비록 상대가 마왕 기이라고 해도.

어떤 수단을 쓰든지 반드시 죽일 것이라는 각오를 하고 있었다.

뭐, 기이는 위험하니까 그럴 일이 없기를 기도하지만 말이지.

"의욕은 충분히 느낄 수 있었으니, 그 녀석들의 마음에 거짓은 없겠지요. 그리고 쥬라의 대삼림의 각지에서 전쟁에 관한 소문을 들은 자들이 우릴 도와주겠다는 말을 하고 나섰습니다. 그런 자들을 모은 군단이 바로 이 마인혼성군입니다."

이래 보여도 약해 보이는 자들은 배제한 건데 말입니다——.
그렇게 말하면서, 베니마루가 쓴웃음을 지었다.

응, 훌륭하다.

이렇게 나온다면 나도 더 노력할 수 있다고, 나는 기쁜 마음으로 그렇게 생각했다.

마지막으로 의용병단에 대해서 말하자면.

이건 템페스트(마국연방)에 거주하고 있는 자들이나 근처의 여러 국가에서 모여든 인간들로 이뤄진 군단이라고 한다.

어찌 됐든 우리가 패배했을 경우엔 쥬라의 대삼림의 주변국가도 파멸할 것이다. 그럴 바엔 처음부터 우리를 도와주는 게 더 나을 것이기 때문에, 전면적으로 협력하겠다는 뜻을 보인 자들이 모였다고 한다.

그들은 모험가나 용병들이 대부분이었다. 우리가 받아들인 이민자 중에서도 지원자들이 다수 참가하고 있다고 한다.

던전(지하미궁) 탐색에 목숨을 거는 바보들——매번 아바타(가상체)의 먹이가 되어주고 있습니다——도 많이 모여 있었다.

그 수는 전부 2만이며, 그렇게까지 기대는 할 수 없지만, 나름대로 쓸 만한 전력으로 계산한 것이다.

"뭐, 좌익은 이런 식으로 이뤄져 있습니다. 우익과 좌익의 차이는 템페스트—— 즉 리무루 님에 대한 충성심이 얼마나 강하느냐 아니냐가 기준이 되겠군요."

"나?"

"우익에 속한 군단은 리무루 님과 이 나라를 위해서 목숨을 걸 각오를 한 자들만 있습니다. 그러나 좌익에는 각자 의도한 바가 있어서 모인 자들의 집합입니다. 숭고한 뜻을 지닌 자도 있겠지만, 역시 개개인의 면접까지 볼 수 있는 시간적 여유가 없었기 때문에, 이번에는 이런 형태로 조직한 겁니다."

"그렇군……."

내 뒤에선 시온과 디아블로가 이해가 된다는 표정으로 고개를 끄덕이고 있었다.

'좌익은 쓰고 버리는 말이군요'라거나 '시련을 부여하여 정예만을 선발하도록 하죠'라는 불길한 대화가 들려온 것 같았지만, 그건 내 기분 탓이 틀림없다.

"그러면 이제 남은 문제는 각 군의 군단장으로 누구를 임명하느냐는 것이 되겠군요."

그리고 여기서 드디어 진짜 중요한 안건이 등장했다.

*

그러면 서방배치군부터 생각해보자.

최대 규모의 군단이지만 그 소속은 평의회이며, 구성원은 각지에 여전히 흩어져 있었다.

"수만 보면 20만이나 되는 대군이 되겠지만, 서방배치군 중의 15만은 그대로 놔둔 채, 현지에서 운용시키려는 생각을 하고 있습니다."

"그게 좋겠지. 명목상으론 평의회 산하인 군단이니까, 우리가 멋대로 움직일 수 있다곤 해도 일부러 여기까지 불러들일 일도 없을 테니까."

어딘가 한 장소에 모여 있어 준다면 내 마법으로 전원을 이동시킬 수는 있지만 말이지.

15만이나 되는 수를 일제히 움직인다면, 그걸 관리하는 것만으로도 중노동이 된다. 지휘계통도 정해지지 않은 동안에는 제대로 된 군사행동을 취할 수 있을 거라는 생각은 들지 않는다. 제국 측의 공작원이 각국에서 양동작전으로 나서지 못하도록 엄중한 경비태세를 갖추게 만드는 것도 무난할 것이다.

"저도 그렇게 생각합니다. 제 힘이라면 운용하지 못할 것도 없다고 생각합니다만, 서방배치군에 대해선 현상유지로 충분할 것 같군요. 군단장도 부재입니다만, 이건 외교무관인 테스타로사에게 겸임시키는 방향을 생각 중입니다."

"그것도 좋을 것 같지만…… 전쟁이 시작되면 테스타로사도 귀국을 하게 될지도 모르지. 그렇게 되면 연락을 제대로 취할 수 있을지가 걱정이로군."

서방열국의 각지에 흩어진 부대와 어떻게 연락을 취할 수 있을까.

'마법통화' 연락용인 통신수정, '마강사(魔鋼絲)'를 이용한 연락망. 이런 다양한 통신수단을 이용하여 각국 및 각각의 주요도시 사이에선 네트워크를 구축하는데 성공했다.

그러나 말단인 작은 시나 마을 수준으로 들어가면 설비의 배치가 제대로 따라가지 못하는 게 현재의 상황이었다. 아니, 그걸 배치하는 것도 공작부대의 임무인 것이다.

각 부대에 마법사가 있으니까 '마법통화'는 통할 것 같지만…….

"괜찮습니다. 모스라면 수백 개의 부대가 있어도 관리할 수 있을 테니까요."

"네, 저도 소우에이로부터 그렇게 들었습니다. 모스는 소우에이와 협력하여 정보수집에 매진하고 있다고 합니다만, 틈틈이 각 부대 간의 연락도 맡고 있다고 합니다."

그게 정말이야?!

모스는 참으로 편리한 녀석이었군.

"그러면 모스를 군단장으로 삼는 게 낫지 않겠어?"

"아뇨, 그건 모스가 너무 가엾다고 할까요…….."

"그렇군요. 테스타의 성격을 생각해보면 모스가 너무 비참해지겠지요. 제가 알 바는 아닙니다만, 모스에게 약간 동정심이 생깁니다."

"……알았어. 그러면 테스타로사를 임시 군단장으로 삼도록 하지."

베니마루는 물론이고 디아블로까지 모스를 가엾게 여길 정도였다. 지금은 분위기를 파악하고, 모스를 군단장으로 임명하는 것을 포기하기로 했다.

서방배치군은 이번에는 본업인 치안유지에 전념시키도록 하자.

만일의 경우엔 물론 전쟁에 동원하겠지만, 그렇게 하는 것은 최종수단으로 삼기로 했다.

군단장은 테스타로스가 겸임한다. 이건 임시로 임명한 것으로, 적임자가 있으면 교대시키겠다는 뜻을 밝혀두었다.

서방배치군에 관한 문제는 이 정도면 됐다.

뒤이어 마인혼성군이다.

이쪽은 베니마루에게 맡기는 게 어떨까?

"저는 리그루 공을 추천하겠습니다."

리그루라.

확실히 리그루라면 경비부대를 통솔했던 경험도 있으며, 실력도 A랭크 오버이니 자격도 충분했다. 그러나 리그루는 리그루도의 보좌를 맡고 있는지라, 군단장을 맡을 만한 여유가 있는지가 의문이었다.

가능하다면 상비군만으로 승부를 짓고 싶다는 생각은 하고 있다. 그러나 제국 측이 얼마나 많은 병력을 준비해서 쳐들어올 것인지가 지금은 명확하지 않았다.

정찰을 보내기는 했지만, 제국 내부의 정보까지는 입수하지 못하고 있었던 것이다.

그래도 단편적으로 들어오는 군사연습의 정보 등을 통해 추측해보면, 최소한 30만 이상의 병력이 동원될 것이라는 예상이 되었다. 어쩌면 100만을 넘는 대군대가 움직일 가능성까지 있었던 것이다.

그런 상황에선 이 마인혼성군을 그냥 보존해두고만 있을 여유는 없었다.

리그루의 지휘에는 불만이 없지만, 불안감이 느껴졌다. 솔직하게 말해서, 실전에서 제대로 통솔되지 않는 부대를 운용하는 건 아무리 생각해도 위험하다는 생각이 들었다.

"──으음, 난 역시 베니마루에게 맡기고 싶군. 이 마인혼성군은 앞으로는 레드 넘버즈(적색군단)로 부르기로 하지. '쿠레나이'에서 천인대장을 선임하여 부대를 지휘하도록 시킨 뒤에 제4군단으로 삼고, 베니마루, 네가 군단장을 맡아서 직접 지휘해다오."

위험하니까 레드——라고 붙이는 거지.

오랜만에 나온 회심의 아저씨 개그다.

《…………》

응.

이 자리를 썰렁하게 만들고 싶진 않으니까 말로 하진 않을 거야.

얼굴은 진지한 표정을 유지한 채, 속으로 그런 바보 같은 생각을 하는 나. 그 사실을 아무도 알아차리지 못한 채, 회의는 순조롭게 진행되어갔다.

"알겠습니다. 그러시다면 맡겨주십시오."

베니마루도 내가 그런 말을 꺼낼 가능성을 예상하고 있었던 것 같다. 동요하는 일 없이 순순히 승낙해주었다.

베니마루에겐 유니크 스킬 '다스리는 자(대원수)'가 있다. 군단의 훈련부족도 쉽게 보충할 수 있으니, 급하게 긁어모은 부대를 운용한다면 베니마루가 적임자인 것이다.

이리하여 베니마루는 전군의 지휘를 맡는 것뿐만 아니라, 레드 넘버즈라는 직속부대도 자신의 지휘 하에 두게 되었다.

마지막은 의용병단인가.

"의용병단은 어떻게 할 생각이지?"

"사실은 그게 문제입니다."

내 질문을 듣고, 베니마루가 복잡한 표정을 지으면서 대답했다.

이 의용병단은 인간의 비중이 큰 군단이다. 그런 군단의 군단 장에 마물을 임명하면 쓸데없는 불만을 부추기는 결과가 나올 수도 있다——는 것을 베니마루는 걱정하고 있었던 모양이다.

"확실히 그렇긴 하군. 마물의 나라에선 인간은 출세하지 못한 다는 소문이 돌면 그것만으로도 이미지가 다운되겠지."

"그런 어리석은 걱정을 하는 자는 결국은 소인배, 패배자일 뿐 입니다. 어차피 큰 성공은 바랄 수 없을 테니, 신경 쓸 필요 없습 니다!"

"아니, 시온. 그것도 뭐 옳은 말이긴 한데, 우릴 잘 모르는 자들 에겐 그 소문이 진실처럼 들리게 된다고."

"그건 그렇군요. 인간이란 정말 마음대로 되지 않는 존재입니다."

시온은 납득이 되지 않는 것 같지만, 이미지 전략은 중요하다.

이런 일로 차별이라는 소리를 듣는 것도 멍청한 짓이므로, 이 부분은 진지하게 검토할 필요가 있을 것 같다.

"하지만 적당한 인재가 없지 않습니까?"

디아블로가 말했다.

그 말이 맞기 때문에 베니마루도 더욱더 고민하고 있었던 것 이다.

"그러게 말이지. 애초에 의용병이니까 내 입장에선 예정에 없 던 존재들이거든."

"그렇다고 해서 이걸 이용하지 않을 순 없지요."

그렇다.

지원해준 자들의 마음에는 감사하고 있으며, 이걸 헛되이 하고 싶지 않다는 마음도 있었다.

그러나 잘 활용하려면 유능한 지휘관의 존재는 필수적이었다.

마인혼성군—— 새로 이름을 붙인 레드 넘버즈보다 부대 구성이 더 통일성이 없으니, 이걸 통솔할 수 있는 인재라면 베니마루 말고는 달리 떠오르는 사람도 없다.

그럼 어떻게 한다.

"소우에이 쪽에 있는 지라드는 어떨까요?"

"무리겠지. 잉그라시아 왕국과의 뒷거래를 통해 데려왔으니, 그 녀석도 공공연히 얼굴을 드러내는 걸 싫어할 테니까."

테스타로사가 어떤 거래를 했는지는 듣지 못했지만, 지라드를 드러나게 활약하도록 시키는 건 좋지 않다는 생각이 들었다. 인류의 배신자라는 딱지까지 붙은 것 같으니, 공적으로는 죽은 것으로 처리해두지 않으면 본보기가 되지 않는 것이다.

내가 감싸줄 의리도 없지만, 무리하게 활약하도록 시킬 필요도 없다.

"실력만 따지면 부족할 게 없습니다만, 확실히 현실적이진 않겠군요……."

베니마루도 한 번 말해본 것뿐이라는 느낌이 강했으며, 진심으로 추천하는 것은 아니었다. 바로 포기하고 다음 후보를 입에 올렸다. 하지만 인간으로 한정되는 것이 역시 걸림돌이로군. 계속 이름을 언급했지만 확실하게 느낌이 오는 자는 없었다.

"크루세이더즈(성기사단)에 협조를 요청하는 것은 어떨까요?"

갑자기 시온이 그렇게 제안했다.

나와 베니마루는 서로의 얼굴을 바라봤고, 그 뒤에 시온을 응시했다.

"그, 그건 안 되겠죠."

"아니, 그건 좀——."

"그러면 마사유키 공은 어떻습니까?"

그건 좀 아닌 것 같다——고 하려던 내 말을 가로막고, 시온이 입에 올린 이름.

그건 바로 마사유키였다.

그 이름을 듣고, 나는 벼락을 맞은 것 같은 기분이 들었다.

"그거야!"

"아주 훌륭해, 시온!!"

나와 베니마루가 동시에 소리쳤다.

그게 마사유키가 의용병단의 군단장으로 결정된, 바로 그 순간이었다.

*

본인의 승낙도 얻지 않고 결정한 인선이었지만, 이건 모두가 납득할 만한 훌륭한 결정이었다고 할 수 있다.

납득하지 않은 사람은 마사유키 본인뿐이었다.

"왜 내가……."

내가 그렇게 전했을 때 머리를 감싸 쥐었던 마사유키.

하지만 어쩔 수 없지.

이건 슬프지만 전쟁이니까. 본인의 의사와는 관계가 없는 거야.

방금 전까지 생각하던 것과는 달라졌지만, 마사유키에 관해선

신경을 쓰는 게 소용이 없다.

왜냐하면 마사유키에게 맡겨두면 우리가 아무런 행동을 하지 않아도 결과가 좋게 나올 것 같으니까.

이런 때에는 믿음직한 동료인 것이다.

"저도 유니크 스킬 '선택된 자(영웅패도)'를 제법 잘 활용하게 되긴 했습니다. 예전처럼 무슨 짓을 해도 무조건 칭송을 받게 되지도 않은 것 같고요. 하지만 이번에는 쓰고 싶어도 쓰지 못하게 되었으니 너무 큰 기대는 하지 마십시오, 아셨죠?"

그렇게 깔끔하게 포기하지는 못한 채, 미리 회피하려고 들었던 마사유키였지만, 그럴 일은 없다는 걸 나는 알고 있었다. 왜냐하면 마사유키의 인기는 떨어지는 일 없이, 지금도 절대적인 영향력을 가지고 있으니까.

"켄야랑 다른 아이들에게도 멋진 모습을 보여주고 싶을 거 아냐?"

"윽, 그건……."

받아들여 준다면 아이들에게 이상한 지식을 가르쳐주면서 존경받고 있다는 걸 그냥 모른 척 넘어가줄 생각이다.

"괜찮아, 자네라면 할 수 있어!"

"하지만……."

"하지만이 아니야. 고즐과 승부했을 때는 내가 도와줬잖아?"

마사유키 일행은 이미 50층을 돌파한 상태였다. 그때는 가디언이었던 고즐의 기운을 빼놓게 하려고 아바타(가마체, 假魔體)로 몰래 도와줬던 것이다.

"그때는 정말 큰 신세를 졌습니다──."

"그렇다면 내 뜻을 이해하겠지?"

"네."

협박하고 어르다가, 겨우겨우 달래서 교섭성립.

"알겠습니다. 리무루 씨에겐 신세를 지고 있고, 이런 때에라도 은혜를 갚고 싶기도 하니까…….."

그렇게 말하며 내키지 않아 했지만, 마사유키는 군단장 자리를 받아들여준 것이다.

지원병들에게선 아무런 이의가 제기되지 않았다. 그러기는커녕 "됐어!"라거나 "이걸로 승리는 따놓은 당상이야!!"같은 외침과 함께 이미 승리한 것 같은 분위기까지 돌기 시작하는 판국이었다.

마사유키가 아무리 어두운 표정을 짓고 있어도, 이런 반응이라면 이젠 돌이키지 못하겠군.

"역시 이렇게 되는 건가…….."

유니크 스킬 '영웅패도'를 제대로 쓸 수 있게 되었다고 하던데, 그 말은 대체…….

역시 내가 예상했던 대로 마사유키가 스킬을 마음대로 구사할 수 있게 되었다는 건 거짓말이었다.

그게 아니면 혹시 스킬과는 관계없이 마사유키의 진짜 행운이 작용하고 있는 거라거나?

그렇다면 더욱 놀라운 일이지만.

레온 같은 경우는 마사유키와는 정반대로 뭘 해도 결과가 안 좋게 나오는 것 같았다. 용사시절부터 그랬다고 하니, 타고난 본인의 기질은 그렇게 쉽게는 바꿀 수 없는 것인지도 모르겠군.

"자, 자. 멋대로 정해서 미안하게는 생각하지만, 부대의 상징이 되어서 모두의 사기를 고무시켜달라고!"

어쨌든 나는 그렇게 말하면서 마사유키를 달랬다.

이리하여 의용병단 2만 명은 '용사'의 이름 아래, 마사유키가 지휘를 맡게 되었다.

*

수정된 조직표에는 우익이 5만 2천, 좌익이 5만으로 기재되어 있었다.

정점에는 베니마루.

그 밑에 각 군단의 군단장이 나열되어 있었다.

총 수가 10만을 넘는 군대지만, 그래도 제국군에 대항할 수 있을지는 의심스럽다. 그러나 당황할 필요는 없다. 모든 준비는 착실히 진행되고 있으니까.

예비 병력으로 서방배치군이 15만 명.

각국에서도 일단은 자신들이 보유한 기사단에서 응원부대를 준비하고 있다고 한다. 최후의 최후를 맡는 방어선으로서 서방연합군이 조직되게 된 것이다.

그 수는 아마도 20만을 밑돌지 않는다고 하며, 만일의 경우엔 이에 의존하게 될 것이다.

용병, 그리고 각국의 응원부대.

모두 긁어모아서 그 정도 숫자가 나왔지만, 이게 많은 건지 적은 건지…….

평의회에서 테스타로사가 위협적인 태도를 보였다고 하는데,

그로 인해서 협조적인 태도를 보이게 된 것 같다. 어찌 됐든 우리가 지면 그 다음은 자신들의 차례이기 때문에 도와주지 않을 수는 없겠지만 말이지.

뭐, 이쪽을 움직이려면 우리가 패전할 가능성이 농후해진 뒤의 얘기가 되겠지만.

유리한 것은 우리가 지리적으로 이곳을 잘 알고 있다는 점이다.

그리고 또 하나는 베루도라의 존재와 루미너스나 레온 같은 마왕들의 도움을 기대할 수 있다는 점이라고 하겠다.

밀림도 도와줄 것을 약속해주었다. 칼리온의 수왕전사단이라면 언제든지 파병해주겠다고 했다.

그리고 내 개인적인 비장의 수단으로는 디아블로가 직접 관할하는 블랙 넘버즈(흑색군단)가 대기하고 있다.

베니마루에게 전군의 지휘권을 부여했기 때문에, 솔직히 말해서 내가 직접 움직일 수 있는 군단은 없다──는 것으로 되어 있지만, 실은 그렇지 않았다.

이 블랙 넘버즈 만큼은 디아블로와 그 부하인 세 악마 아가씨의 명령밖에 듣지 않는다.

베니마루의 휘하에는 존재하지 않는, 완전 독립된 군단인 것이다.

이게 우리가 가진 모든 전력이다.

유우키가 어떻게 움직일지에 관한 요소는 계산에 들어 있지 않았다.

"전쟁, 이라."

나는 내 방에서 나지막이 중얼거렸다.

제국은 정말 서방열국을 병합하는 게 목적인 걸까?

기이는 '게임'이라는 말을 입에 올렸었다.

아무래도 어떤 인연이 얽혀 있는 것 같기도 하고, 어쩌면 제국에도 어떤 불온한 의도가 있을 것 같다는 생각을 하지 않을 수가 없었다.

하지만 비록 그렇다고 해도.

"누가 오든 우리의 낙원에 손을 댈 생각이라면 박살을 내주고 말겠어."

그게 내 본심이었다.

같은 잘못을 반복할 생각은 없다.

나는 마왕이다. 무엇을 우선할 것인지를 잘못 판단해선 안 되는 것이다.

●

같은 시각.

동쪽 제국에선.

리무루와 부하들이 전쟁 준비를 진행 중인 것과 마찬가지로――

아니, 그와는 비교가 되지 않을 정도로 오랜 세월을 들여서.

면밀하게, 그리고 착실하게.

대공세의 준비가 갖춰지고 있었다.

머지않아 제국은 긴 잠에서 눈을 뜰 것이다.

그 폭위가 해방될 때까지 남은 시간은 얼마 되지 않았다――.

동쪽 제국.

그곳은 가장 오래된 국가 중의 하나.

정식 명칭은 나스카 나무리움 우르메리아 동방연합통일제국.

그 역사는 오래되었으며, 2,000년 전에는 이미 제국의 기초가 되는 국가를 운영하고 있었다고 일컬어지고 있다.

소국이었던 나스카 왕국이 오랜 세월에 걸쳐 대국인 나무리우스 마법왕국과 우르메리아 동방연합을 흡수하여 합병한 결과, 현재의 제국이 탄생했다.

그 압도적이기까지 한 군사력을 배경으로 삼으면서.

그리고 이 2,000년의 시간 동안.

통일황제 루드라 나무 우르 나스카의 이름 아래에서.

제국은 병합한 나라들의 반란을 일절 허용하지 않은 채, 강고할 정도의 권세를 자랑하고 있었다.

절대지배자에 의한 완전한 통치국가군.

그게 나스카 나무리움 우르메리아 동방연합통일제국이며, 일반적으로는 '동쪽 제국'으로 불리는 국가의 실태인 것이다.

제국의 황제는 패권주의자다——. 그렇게 일컬어지고 있었다.

현 황제도 '루드라'라는 이름을 쓰는 패왕의 순혈 후예이기 때문이다.

그 실태가 어떻든 간에 황제가 선호하는 것은 절대적인 실력주의──로 여겨지고 있었던 것이다.

따라서 군부에선 '힘이야말로 모든 것'이라는 이념 하에 실력이
있으면 출세할 수 있다는 특수한 형태가 채용되어 있었다.

제국 신민 사이에는 소문이 돌고 있었다.

제국군이 쥬라의 대삼림을 넘어서 침공하지 않는 이유는 단
하나.

준비가 갖춰지지 않았기 때문이다──라고.

350년 정도 전에 '폭풍룡' 베루도라를 복종시키려고 했다가 실
패하면서, 도시가 하나 사라져버렸다. 변덕스러운 용의 역린을
건드리고 말았던 자는 후회할 틈도 없이 도시와 운명을 함께 하
고 말았던 것이다.

피해를 입은 도시는 당시에는 최대 규모인 10만이나 되는 인구
가 살고 있었으며, 쥬라의 대삼림의 동쪽에 인접한 요새도시였다.

쥬라의 대삼림을 공략하기 위한 교두보로 쓰기 위해 100년의
시간을 들여 건설했던 곳이다.

그 도시를 군사거점으로 삼고, 삼림을 돌파한 뒤에 제국의 새
로운 판도를 넓힌다. 그런 야망에 불타서 당시의 군부가 작전을
세웠었다.

쥬라의 대삼림 너머로.

그게 제국 100년의 비원이 되어 있었다.

풍요로운 국가인 제국이 판도를 넓히려는 목적은 단 하나.

황제가 그걸 바라고 있기 때문, 이다.

다른 이유는 없으며, 그 사실에 불만을 품는 신민도 전혀 없었다.

계획은 순조롭게 진행되었고, 제국이 단련시킨 군단은 그 무위

를 보이기 위한 힘을 비축했다.

그리고 황제의 이름을 걸고 침공 작전이 발령되었다.

하지만 어떤 부대의 대장이 어리석은 생각을 떠올리는 바람에 모든 작전계획이 수포로 돌아간 것이다.

기왕이면 쥬라의 대삼림의 주인을 복종시키자. 기껏해야 거대한 도마뱀, 우리의 적은 되지 못한다——라는 너무나도 어리석은 생각이 그들을 파멸로 이끈 것이다.

그들이 무슨 짓을 했는지는 정확하겐 전해지지 않는다. 왜냐하면 문헌을 남길 자나 보관할 장소조차도 몽땅 재로 변해버렸으니까.

제국의 비원, 황제의 야망은 그리하여 잿더미가 되어버린 것이다.

그리고 시간은 흘러서 현재.

제국은 참으면서 때가 오기를 기다리고 있었다.

베루도라로 인해 입은 상처는 다 나았다.

그러나 황제가 침공 작전을 허가하지 않았다.

쥬라의 대삼림을 침공하는 것이 일절 금지되면서, 350년이나 되는 시간을 거쳐 다시 축적한 힘은 포효할 기회만 한없이 기다리고 있었던 것이다.

그럼 여기서 제국의 정치체제 쪽으로 눈을 돌려보자.

제국에선 황제의 양쪽 날개로 정치부와 군부가 존재한다. 그 양쪽, 정치의 주권도 군사통제권도 황제 개인이 지니고 있었다.

그건 절대적인 권력이었다.

정치부는 제국귀족으로 구성된 귀족원이 권세를 자랑하고 있었다. 단, 그건 표면상의 얘기이며, 실제로는 귀족들은 아무런 결정권도 부여받지 않았다. 명예와 권익만 쥐고 있을 뿐, 황제의 뜻에 따르기만 하는 관료적인 역할 밖에 맡지 못하고 있었던 것이다.

귀족들은 세습제이며, 투표 같은 과정을 거치지 않아도 의원이 될 수 있다. 그런 그들이 숭고한 야망을 품었다고 해도 그걸 실현할 수 있을 만큼의 힘을 얻는 것은 불가능했다.

제국의 영토는 모두 황제의 소유물이었다. 그걸 귀족에게 빌려주면서, 그 땅의 관리를 맡기고 있는 것에 지나지 않았다.

그런 귀족들을 뒤에 받쳐주는 것이 높은 수준의 학문을 닦은 관리들이었다.

다양한 기획을 입안하는 것도 관리들이며, 그런 그들을 뒤에서 받쳐주는 자가 바로 황제였다.

따라서 관리들은 황제에게 충성을 맹세하고 있었다.

그리고 또한 군부도.

군사통제권이라는 최고결정권도 나라가 아니라 황제가 소유한다. 제국의 모든 군사력이 황제에게 소속되는 것이다.

제국에게 병합되면서, 지금은 제국의 일부가 된 지방도시조차도 그건 마찬가지였다. 모든 영지를 빼앗긴 뒤에 황제가 다시 빌려주는 형식을 갖추고 있다. 그리고 그곳을 수비하는 방어부대도 또한 황제의 온정에 의해 대여받는 부대인 것이다.

지방에서 일어날 수 있는 반란도 이 정책에 의해 완전히 봉쇄되었다.

이걸 가능하게 하는 것은 압도적일 정도의 국력 차였다.

제국은 항복을 인정하지만, 그건 모든 권리를 빼앗는다는 것과 같은 뜻이었다. 그걸 불복하면서 거역할 경우엔 피의 숙청이 기다리고 있었다.

두 번 다시 거역할 생각이 들지 않도록 철저하게 뿌리를 뽑는 것이다.

그렇게 하면서 제국의 질서는 유지되고 있었다.

압도적인 무력에 의한 공포와 신민이 된 자에 대한 생활보장——이런 식의 채찍과 당근. 이걸 철저하게 관리함으로써, 오랜 시간에 걸쳐 제국의 안녕은 지켜지고 있었다.

이 정도로 규모가 큰 국가를 단 한 사람이 지배한다는 건 통상적으로는 불가능하다. 더구나 2,000년이라는 긴 역사를 통틀어 봐도 제국의 지배가 흔들린 적은 한 번도 없었던 것이다.

대가 바뀌어도 색이 바라지 않는 권력.

아무리 생각해도 이상했다.

그걸 가능하게 만든 것이 황제의 능력이라고 한다면, 황제도 또한 인간의 범주를 벗어난 영역에 사는 자인 셈이다.

뒤이어 제국의 군사력 쪽으로 초점을 맞춰보자.

제국의 군사조직에는 크게 나누어 세 개의 주력군단이 존재했다.

기갑군단——기갑기사에 의해 조정되는 기계화병이 주력이 되는 군단.

전차 등을 보유한 근대적인 무장군대이며, 제국이 보유한 기술을 상징한다.

마수군단——세계각지, 제국의 판도가 되었거나 그 이외의 지역에서 포획된 다양한 마수들.

그런 마수를 지배하고 그 힘을 조종하여 부리는 군단이며, 제국의 힘을 상징한다.

혼성군단——규격 외의 기계화병이나 조직행동을 취하지 못하는 광포한 마수의 집합체.

개인적으로 지나치게 특화한 나머지, 조직행동에는 맞지 않는다.

그러나 그 힘은 미지수이며, 하나로 뭉치면 커다란 위협이 될 것이다.

제국의 정신의 상징이다. 하지만 그 정신은 아직 어렸다.

검과 마법을 주력으로 하는 서방열국과 달리, 제국에선 마법과 과학이 새로운 시대를 열려 하고 있었다.

제국의 군사력이 발전한 배경에는 '이세계인'의 존재가 크게 관여하고 있었다.

이 세계에는 없는 이계의 지식, 이것에 눈독을 들인 자가 있었던 것이다.

먼 옛날부터 왕궁에 사는 대마법사—— 그 이름은 가드라라고 했다.

가드라는 노령으로 보이는 외모와는 달리 정력적인 인물이었다. 갖가지 지식을 탐하면서 마법에만 머무르지 않았고, 이세계에서 온 자들의 얘기도 즐겨 들었다.

그리하여 가드라는 이세계에도 수많은 국가가 존재하며, 자신들의 세계와 달리 언어도 다른 자들끼리 서로 다른 가치관과 주장을 뛰어넘어 공존하고 있다는 사실도 알고 있었다.

그 세계에는 마법이 없으며, 이 세계와는 다른 문명이 발달하고 있다는 것도.

가드라는 오랜 시간을 살아왔다. 그 수명이 다하려고 하면 스스로 만들어낸 비술, 신비오의 : 리인카네이션(윤회전생, 輪廻轉生)으로 몇 번이고 전생을 거듭하고 있었기 때문이다.

그런 가드라였기 때문에 오랜 세월에 걸쳐 '이세계인'을 관찰할 수 있었던 것이다.

가드라의 지식은 방대했으며, 이세계의 언어도 여러 개를 망라하고 있었다. 그리고 이 세계에 찾아온 '이세계인'이 있으면 반드시 자신에게 데려오게 하여 확보해두고 있었다. 세계각지에서 모은 것은 마수만이 아니었던 것이다.

가드라는 황제에게도 '이세계인'의 유용성을 설파하여, 자신이 좋을 대로 해도 좋다는 승인을 받았다.

이능력을 지닌 자, 지식을 가진 자.

'이세계인'은 제국 내부에서 후한 대접을 받았으며, 그 수는 다른 나라와 비교하여 압도적으로 많았다. 그랬기 때문에 제국 내부에는 그들의 문화나 특성이 뚜렷하게 드러나 있었다.

당연히 유니크 스킬을 지닌 자들도 많이 모여 있었고, 그에 관한 연구도 진행되고 있었다. 제국의 군사기술은 이런 측면에서도 타의 추종을 불허하는 수준까지 발전해 있었던 것이다.

제국에선 기사(騎士)라는 직업은 폐지되어 있었다.

말을 타고 싸운다는 개념은 사라졌으며, 근대화된 병기에 의한 전술이 확립되어 있었다. 자신의 육체를 기계로 만든 병사는 '기사(機士)'라고 불리며, 제국에선 전술의 중심으로 자리 잡고 있었다.

그런 특징을 뚜렷하게 드러내는 것이 제국의 주력인 기갑군단이었던 것이다.

또한 마수군단에도 이세계의 지식이 도움을 주고 있었다.

DNA—— 디옥시리보 핵산이라는 생물의 유전정보를 관장하는 고분자생체물질. 이런 지식을 '이세계인'을 통해 입수함으로써, 마수의 힘을 분석할 수 있게 되었다. 그리고 그 다음 단계의 연구도 또한…….

그리고 혼성군단에는 힘을 가진 '이세계인'이 다수 적을 두고 있었다. 유니크 스킬을 발현시킨 개개인이었으며, 그 전력은 쉽게 얕볼 수 없는 것이었다.

이런 이세계의 기술이나 특수능력. 그런 요소를 적절하게 받아들임으로써, 제국은 다른 곳과 비교가 안 될 정도로 강력한 군단을 구성하고 있었다.

가드라의 정열에 의해 제국군이 강화되었다고 말해도 과언이 아니었던 것이다.

가드라가 육성한 3개의 주력군단과는 별도로 황제를 수호하는 집단이 존재했다.

겨우 100명으로 이뤄진 중대규모의 그 집단은 임페리얼 가디언(제국황제 근위기사단)으로 불리고 있었다.

폐지되었을 '기사(騎士)'의 이름을 자칭하는 자들.

그들은 골동품처럼 형식으로만 존재하는 존재—— 아무것도 모르는 자는 그렇게 느낄 것이다.

그러나 사실은 그렇지 않았다.

왜냐하면 임페리얼 가디언에 소속되는 로열 나이트(근위기사)들은 각 군단에서 선출된 상위 실력자들로만 구성되어 있기 때문이다.

그중에는 '이세계인'도 존재하고 있었다.

그건 제국이 그자의 출생지나 출신으로 차별하지 않는다는 것에 대한 증명이었으며, '힘이야말로 모든 것'이라는 제국의 이념에 충실하다는 증거이기도 했다.

오래된 제국의 피와 힘이 아니라, 순수하게 실력만으로 그 자리를 차지한 자들. 이 임페리얼 가디언에게는 최강이라는 증거로서 레전드(전설)급의 무기와 방어구가 지급되고 있었다.

최고의 실력자들이 최고의 무기와 방어구를 장착했으니 그 상승효과는 엄청났다. 그 총합전투능력은 다른 군단을 능가할 정도였다.

최고의 대우도 보장되어 있었다.

한 사람 한 사람이 상급 장교였으며, 특수임무 중일 때의 권한은 최소한 대령 클래스에 해당했다.

제국군인의 동경의 대상이자, 제국의 최고권력—— 그게 바로 임페리얼 가디언이었다.

이렇게 제국에는 4개의 전투 집단이 존재했다.

이런 군단을 통솔하는 자는 힘으로 다른 사람을 납득시켜야 할 필요가 있었다. 제국 전체를 통틀어 최강이라는 것을, 모두에게서 인정받을 필요가 있었던 것이다.

그럼 그걸 어떻게 증명할까?

그건 군단내부에서 벌어지는 서열 강탈전으로 정해진다.

제3자의 입회하에 하위 실력자가 상위 실력자에게 도전할 수 있으며, 하극상이 인정되는 이 시스템에 의해 순위가 늘 변동되고 있었다.

당연히 서열 강탈전이 승인받으려면 몇 가지 조건을 만족시킬 필요가 있었다.

군사행동 중에는 허용되지 않으며, 목격자가 없으면 무효이다. 더구나 도전했다가 패배한 시점에서 다음 도전권은 1년을 기다려야만 얻을 수 있다. 이건 대전 상대를 죽여버린 경우에도 마찬가지였다.

상위 실력자에겐 도전자를 죽일 수 있는 권리도 인정되고 있기 때문에 가볍게 행사하지 못하는 권리인 것이다.

압도적인 실력으로 상대를 굴복시킬 것.

그게 바로 '힘이야말로 모든 것'이라는, 너무나도 제국에 어울리는 시스템이었다.

그래도 임페리얼 가디언을 목표로 하는 자가 계속 나오는 것은 누구나가 제국의 이념을 가슴 속에 새기고 있기 때문일 것이다.

이리하여 제국 내부의 서열은 명확히 정해져 있는 셈이지만, 이 서열에 가드라는 포함되어 있지 않았다. 그는 특수한 위치에 있으며, 제국에게 있어선 이방인과 같은 존재였다.

가드라를 제외한 자들에 의해 임페리얼 가디언(제국황제 근위기사단)이 선출되며, 그중에서 각 군단의 군단장이 선임된다.

교체될 때에도 상위 실력자 100명 중에서 선발되게 되어 있었다.

위로 올라가는 것을 목표로 하는 자에게 기회는 평등하게 부여되고 있었다. 따라서 정말로 실력이 있는 자가 그대로 묻혀버리는 일은 없었으며, 모두 자신의 힘을 갈고 닦으면서 호시탐탐 자신이 나설 차례를 엿보고 있었던 것이다.

그리하여 선발되는 것은 최고 계급인 '원수'가 한 명, '대장'이 세 명이었다.

참고로 원수는 최상급자가 자동으로 선임되게 되어 있었다. 그에 비해 '대장'은 황제와 원수와 가드라가 협의한 끝에 적절하다고 여겨지는 자를 지명하는 형식을 갖추고 있었다.

그 이유는 단순한데, 그저 강하기만 한 것으로는 군을 운용할 수 없기 때문이다.

어찌 됐든 각 군단에 남은 자는 로열 나이트(근위기사)보다 약하기 때문에, 군단장이 될 '대장'이 그 군단 중에서 가장 강한 실력가라는 것은 틀림이 없었다. 각 군단을 이끄는 군단장은 이런 식으로 결정되었다.

이 네 명이 대외적인 제국의 정점.

원수와 3대장에겐 그 지위에 걸맞은 무기와 방어구가 지급된다.

임페리얼 가디언(제국황제 근위기사단)에게 레전드(전설)급의 무기와 방어구가 지급된다면, 이 네 명에게 지급되는 무기와 방어구는 그걸 상회하지 않으면 안 된다.

그 무기와 방어구야말로 제국의 비보.

먼 옛날, 그 무위를 통해 타국을 제압한 최강의 보구—— 갓즈(신화)급이었다.

그 존재조차 의심스러운 갓즈급을 여러 개 보유하고 있다는 것 자체가 제국의 위신을 받쳐주고 있었던 것이다.

맨몸의 인간은 접촉하는 것조차 불가능했던 궁극의 무기와 방어구. 그걸 다루려면 자격이 필요하다고 여겨지고 있었다. 무기와 방어구에게 인정을 받아야 비로소 그 진가를 발휘할 수 있다고.

최고의 실력에 궁극의 무장.

그야말로 무적, 제국이 반석에 오를 수 있는 이유였다.

——그리고.

그런 제국군에 이변이 발생했다.

수십 년 만에 군단장이 교체되는 일이 일어난 것이다.

제대로 뭉쳐지지 않았던 혼성군단을, 강인하고 튼튼한 하나의 의지로 통일시켰다는 위업과 함께.

군에 소속된 지 1년도 되지 않은, 역사상에도 유례를 찾아볼 수 없는 비정상적인 속도로.

한 번의 패배도 없이, 역전의 용사들을 굴복시키면서.

그 소년은 정점의 한 자리까지 올라갔다.

그의 이름은 카구라자카 유우키.

이야기는 유우키의 대두와 함께 가속하게 된다.

가드라

제3장

제국에서 온 손님

Regarding Reincarnated to Slime

호화로운 방 한가운데에서 세 명의 인물이 긴장한 표정으로 서
있었다.

　차렷 자세로 이 방의 주인을 기다리고 있었던 것이다.

　이 방의 주인, 그건 바로 제국에 오자마자 눈 깜짝할 사이에 군
단장의 자리에 오른 남자── 유우키였다.

　그들의 입장에서 보면 그건 놀랄 만한 일이 아니었다.

　왜냐하면 유우키는 그들 위에 군림하는 남자.

　비밀결사 '케르베로스(삼거두)'의 총수이니까.

　"야아, 오래 기다리게 해서 미안하군! 앉아서 기다렸어도 괜찮
은데."

　그렇게 말하면서, 유우키가 방으로 들어왔다.

　그의 뒤에는 비서처럼 카가리가 뒤따르고 있었다.

　"아닙니다, 유우키 님. 저희는 당신의 충실한 부하이니 그렇게
신경 쓰실 필요는 없습니다."

　대표로 한 남자가 대답했다.

　비밀결사 '케르베로스'의 보스(머리) 중의 한 명, '돈'의 다무라다
였다. 어딘가 수상쩍고 종잡을 수 없는 분위기가 풍기는 인물이
었다.

　나머지 두 명중 한 명은 '여자'의 미샤. 소녀 같기도 했고 나이가

든 여자 같기도 했다. 수상한 매력을 풍기는 미모의 여성이었다.

마지막 한 명이 '힘'을 상징하는 남자. 이름은 베가라고 한다. 늘씬하고 균형이 잡힌 육식동물 같은 육체를 지녔으며, 보는 자를 사살할 것 같은 위압을 풍기고 있었다.

이 세 명의 인물이 바로 '케르베로스'를 다스리는 자들이었다.

세 명은 유우키에게 인사를 한 뒤에 자리에 앉았다.

"이번에 군단장으로 취임하신 걸 축하드립니다."

"마왕 기이에게서도 살아남으신 유우키 님이라면 당연한 얘기겠죠."

"흥, 내게 맡겼으면 군단을 장악하는 쯤은 쉬운 일이었을 텐데."

다무라다와 미샤는 축하 인사를 건넸지만, 마지막 베가만은 불만이 있는 표정이었다.

그러나 유우키는 개의치 않았다.

(확실히 너라면 100명 중의 한 명은 될 수 있을 거야. 하지만 그 다음이 문제지. 너에겐 지휘능력을 바랄 수 없으니까 군단장이 되는 건 불가능하다고.)

그렇게 생각하면서 속으로 쓴웃음을 지을 뿐이었다.

"하지만 뭐, 다무라다가 가드라 노사와 연결해준 덕분에 큰 도움이 되었어."

화제를 바꾸려는 듯이 유우키가 그렇게 말하자, 다무라다는 웃으면서 대꾸했다.

"무슨 말씀을 하십니까. 이것도 전부 이때를 예상하여 미리 준비해두신 게 있었기 때문에 가능했던 것이지요. 유우키 님이 미리 마련해주신 '이세계인'을 가드라 공에게 소개한 것뿐이니, 그렇게 칭찬을 들을 일은 아닙니다."

"하하하, 여전히 다무라다는 딱딱하다니까. 솔직하게 기뻐하면 되는 것을."

"그럴 수는 없습니다. 지나친 기대를 받아도 난감할 뿐이니까요."

"하하, 재미있는 농담인데."

유우키와 다무라다는 서로의 얼굴을 바라보면서 씨익 웃었다. 그걸로 마음이 통하는 것은 서로 상대의 역량을 신뢰하고 있기 때문일 것이다.

잠깐 웃음을 나눈 뒤, 유우키는 본론으로 들어갔다.

"그럼 카가리, 마왕 리무루의 동향에 대한 설명을 부탁할게."

"네, 유우키 님. 마왕 리무루는 현재——."

유우키의 명령을 받고, 카가리가 보고를 시작했다.

카가리의 정보원은 서쪽에 남겨두고 온 자유조합의 구성원들이었다. 유우키의 장기말이었던 자들의 대부분은 도망쳤는데, 오히려 그 상황을 역으로 이용하여 몇 명의 스파이를 남겨놓았던 것이다.

카가리는 명료한 목소리로 간결하게 설명했다.

서방열국을 리무루가 완전히 지배했다는 것.

무시무시한 규모의 군단을 조직하여 제국의 침략을 대비하고 있다는 것.

그리고 수도 '리무루'에서 때때로 믿을 수 없는 현상이 확인되고 있다는 것 등등을.

"그렇군, 아멜드 대하 근처의 역참마을을 군사거점으로 정했단 말이지. 뭐, 본국까지 방위선을 펼친다면 그렇게 할 수밖에 없겠지."

"네. 그 지점에는 이미 2만에 가까운 병력이 체류하고 있습니다. 아마도 물자의 운반도 '마도열차'라는 것으로 조달하고 있는 것 같으며, 지구전에도 버틸 수 있을 정도의 식량이 비축되어 있는 것 같더군요."

"역시 대단하군. 그렇다면 제국 측도 쉽게는 승리할 수 없겠는데."

"그렇습니다. 그 나라는 파르메나스 왕국에서 식량을 수입하면서, 수백만을 넘는 인구를 먹여 살릴 수 있게 되었으니까요. 1년 전과는 비교가 되지 않는 국력을 보유하고 있으며, 겨우 일개 국가임에도 불구하고 제국과도 맞서 싸울 수 있을 것으로 보입니다."

"과연 그렇게 될까? 리무루 씨는 철저히 비정하게 굴려는 것 같지만, 그래도 상당히 마음이 약하단 말이지. 대군에 대군으로 맞서봤자 피해가 커질 뿐이니까 자국의 정예만으로 제국을 쫓아내려는 생각을 하지 않을까?"

"설마 그럴리가요……."

"그래도 마왕을 자칭하는 자가 그렇게까지 어리석은 행동을 할 것 같지는 않습니다만……."

카가리와 다무라다는 부정적인 의견을 제시했지만, 유우키의 생각은 바뀌지 않았다.

(그 사람은 정말로 마음이 약하니까 말이지. 더구나 어설프게 강한 만큼 혼자서 무슨 짓이라도 벌일 것 같은 생각도 들거든…….)

유우키는 그렇게 생각했지만 굳이 말로 하지 않고 다음 얘기를 하도록 재촉했다.

"실례했습니다. 보고를 계속하겠습니다."

그렇게 사과하고 나서 카가리는 보고를 재개했다.

"수도 '리무루'에는 5만이 넘는 병사가 대기하고 있으며, 구 유라자니아 방면에서도 속속 원군이 도착하고 있습니다. 총 병력은 10만을 넘을 것으로 예상됩니다."

"그건 대단하지만, 그래도 제국이 우세한 것은 변함이 없겠군."

"네, 숫자의 차원이 아예 다르니까요. 제국군은 100만을 넘으며, 말단 병사까지 정체 모를 개조를 받았습니다. 잡병의 실력만 따져도 최소 C랭크 이상이 될 겁니다. 그리고 그 기괴한 무장들. 솔직히 말해서 승부가 되지 않을 것으로 생각됩니다."

그게 카가리의 솔직한 마음이었다.

10만이나 되는 전력은 확실히 대단하다.

훈련도 잘 받았으며 사기도 높다.

원래는 충분히 칭찬할 만한 내용이었다.

그러나 제국군의 위용 앞에선 빛이 바랬다.

카가리가 마왕 카자리무였을 때에 구축했던 자신작—— 마왕성의 거점방위기구조차도 제국군의 수를 앞세운 폭력에는 패배할 것이다. 그런 생각이 들 만큼 겨우 10만 정도의 전력 따윈 무의미하게 여겨졌다.

하지만 유우키는 다른 생각을 하고 있었다.

"네 의견은 참고로 할 테니까 보고를 계속해줘."

"그러면 뒤이어 그 나라의 기술력에 대해서——."

카가리는 담담히 보고했다.

템페스트(마국연방)에선 갑작스럽게 아주 희귀한 신제품이 발매되곤 했다. 생활을 편리하게 만들기 위한 도구이기도 했고, 고급이면서 고성능인 무기와 방어구이기도 했다.

용도는 다양하지만, 어느 것이든 유용한 것뿐이었다.

당연히 그런 상품의 개발자와 독점계약을 맺고 싶어 하는 자는 많았다. 하지만 상인들이 아무리 필사적으로 출처를 찾았지만 그 모든 것이 일절 수수께끼에 싸여 있을 뿐이었다.

"──방금 전에 언급된 '마도열차'도 그렇습니다만, 그 나라에서도 제국과 마찬가지로, 기술혁신의 바람이 불고 있는 것 같습니다. 그러나 아쉽게도 정보누설은 철저하게 방지되고 있는 것 같더군요. 조합원들의 힘으로는 그 출처를 밝혀낼 수 없었습니다."

아마도 국내의 어딘가에서 개발되고 있을 것이다. 그건 확실하지만, 그게 어디인지는 알 수가 없었다.

카가리도 분했지만, 마왕 리무루를 상대로 직접 나설 수는 없었다. 또 의심을 사면 그걸로 끝이기 때문에 부리는 자들을 무리하게 움직일 수도 없었던 것이다.

그때 문득 카가리는 한 가지를 떠올렸다.

"생각해보면 신형병기도 개발되고 있는 것 같더군요. 그 점을 생각해보면 병사의 수 이상으로 경계할 필요가 있을지도 모르겠습니다."

그 말을 듣고, 유우키가 씨익 웃었다.

"역시 그걸 알아차렸나. 그 말이 맞아. 제국에서 전차가 개발되고 있던 것에는 놀랐지만, 리무루 씨도 열차의 개발에 성공했거든. 과학병기는 제국만의 전매특허가 아니니까, 그 점에서의 우위성은 기대한 만큼 소용이 없을 거야."

이세계의 기술을 지녔다는 것은 제국의 전매특허가 아니다. 리무루도 '이세계인'이었던 기억을 가지고 있으므로 어떤 병기를 개발하고 있는지 알 수가 없다.

만약 상대가 일반적인 국가일 뿐이었다면, 상대는 미지의 전력에 놀라서 동요할 것이다. 가령 상대측에 '이세계인'이 있었다고 해도, 이번에는 반대로 그 지식 때문에 절망할 것이다. 피아간의 전력 차가 명백해지면서, 절대 이기지 못한다는 것을 이해하고 말 테니까.

하지만 상대측에도 같은 것을 개발할 수 있을 정도의 기술력이 있다고 하면?

바로 대책을 세울 테니까 우위성 같은 건 바로 사라져버리게 될 것이다. 오히려 그 힘을 과신하고 있는 자들이 있다면 정신없이 돌아가는 상황에 대응하지 못하면서, 선제공격을 당하는 원인이 될 수도 있다.

유우키는 거기까지 예상한 상태에서 리무루 쪽이 이길 가능성이 낮지 않다고 생각한 것이다.

그때 끼어든 것은 베가였다.

"시시하군! 그냥 박살 내면 돼. 걱정이 된다면 더 철저하게! 그러면 모든 게 해결된다고."

병기이든 군대이든 방해가 되면 박살 내면 된다──고 베가는 자신만만하게 내뱉은 것이다.

전후사정을 전혀 이해하지 못한 그 발언을 듣고, 유우키는 머리를 감싸 쥐었다.

(이 녀석은 힘은 강하지만 머리가 나쁘다니까── 아니, 그냥 나쁜 게 아니라 엄청나게 나빠…….)

조금만 더 똑똑했으면 좀 더 유용한 역할을 맡길 수 있었을 거라고 생각하면서, 유우키는 마음속으로 한숨을 쉬었다.

"그때는 너에게 부탁하겠지만, 적을 잘못 인식하면 안 되는 거 알지?"

말끝을 흐리면서, 유우키는 베가의 입을 다물게 했다.

하지만 베가의 말에 일리가 없는 것은 아니다.

기본적으로는 옳은 말이라고 유우키는 생각했다.

이 세계에선 양보다는 질이 중요하다.

아무리 많은 수를 모아서 군대를 마련했어도 마왕 기이에겐 대적하지 못한다. 이런 예를 봐도 알 수 있듯이 개별적인 전력은 결코 무시할 수 없는 것이다.

전략적 목표를 달성하기 위해선 상대의 역량을 꿰뚫어 볼 수 있는 정보전이 중요해진다. 그러기 위해선 어느 정도는 강한 자를 붙여보는 것이 가장 빠르다.

그런 뒤에 이길 수 없는 전쟁터는 그냥 방치하는 것도 선택할 수 있는 하나의 수단이 될 수 있었다.

복수의 전력으로 동시다발공격을 시도하면 아무리 강한 개인이 있다고 한들 전략목표의 달성은 가능했다.

즉, 총 전력만 봐도 의미가 없으며, 얼마나 많은 부대를 어떻게 효과적으로 응용할 수 있는가 하는 전략적 수완이 중요해지는 것이다.

그런 시점에서 보면 템페스트는 버거운 상대였다.

위협적인 존재는 마왕 리무루만 있는 게 아니었다.

그 나라에는 비정상적일 정도로 강한 마인들이 존재하는 것이다.

사천왕이라고 불리는 자들—— 베니마루, 디아블로, 시온, 고부타.

이들만으로도 네 개의 전술단위를 움직일 수 있는 수준이며, 이걸 격파하는 것만으로도 난이도가 높은 미션이 될 것이 틀림없었다.

(기술력만의 문제가 아니란 말이지. 그곳에는 상대하기 어려운 인재들이 많이 대기하고 있으니, 아무리 많은 수를 모아봤자 의미가 없을 테고. 이건 생각하기에 따라선 마왕 기이에게 항복하는 게 정답이었다는 생각이 들어.)

유우키가 아는 한, 고부타보다 강한 자는 몇 명 정도 짐작이 가는 바가 있었다. 그 말은 곧 적어도 사천왕에 필적하는 자가 그 외에도 더 있다는 얘기가 된다.

"상대하기 어려운 존재라면 성인이나 마인에 필적할 만한 마인들이 있겠죠."

다무라다도 유우키와 같은 의견이었는지, 그런 말을 중얼거렸다.

"그 말이 맞아. 그 나라에는 사천왕뿐만 아니라 게루도나 가비루라는 마인들도 있으니까 말이지. 왜 마왕 급의 자들이 그렇게 많이 모여 있는지, 그건 좀 이해하기 힘들군."

생각하면 생각할수록 의아한 얘기라고 유우키는 생각했다.

클레이만에 필적할 만큼 강한 자들이 리무루라는 또 한 사람의 마왕 밑에 여러 명이나 존재했던 것이다. 사정을 알고 있는 자의 입장에서 보면 농담하지 말라고 한 마디 불평이라도 해주고 싶은 기분이었다.

"다행인 점은 지금의 우리가 마왕 리무루와 대적하지 않고 있는 것이라 할 수 있으려나."

베가를 제외한 세 명은 유우키가 중얼거린 말을 듣고 조용히 고개를 끄덕였다.

지금의 유우키 일행은 마왕 기이와의 약속이 있기 때문에 그 산하에 들어간 것 같은 상태가 되어 있었다. 그 말은 즉, 유우키 일행에게 손을 대는 것은 마왕 기이와의 적대를 의미하는 것이다.

유우키 쪽에서 리무루에게 먼저 손을 댈 생각을 하지 않는 이상, 지금은 소위 정전상태라고 할 수 있었다. 이걸 좋은 기회로 삼아서, 유우키는 이 상황을 최대한 이용할 생각이었다.

언젠가 적대하게 된다 하더라도 그건 서쪽에서의 손실을 회복한 뒤다. 그렇게 마음을 정리한 유우키는 다시 본론으로 돌아갔다.

"그럼 보고는 이제 끝인가?"

카가리 쪽을 보면서 그렇게 물은 유우키.

그 질문을 듣고, 카가리는 그제야 떠올린 듯 하나를 더 추가했다.

"상세한 군사정보까지는 조사할 수 없었던 것 같은지라, 신뢰도가 높은 정보는 이상입니다. 하지만 흥미 깊은 얘기가 하나 있더군요."

"그건 뭐지?"

"수도 '리무루'에선 방재훈련을 칭한 행사가 벌어지곤 합니다만, 그 행사에 피난훈련이라는 게 추가되었습니다."

지금까지의 방재훈련에선 튼튼한 건물로 들어가 피신하거나, 불이 난 건물의 소화훈련 같은 그런 구체적인 것들을 실시할 뿐이었다. 그런데 이번 피난훈련에선 사방의 문을 통해서 재빨리 도시 안으로 피신——한다고 하는, 약간 의미를 알 수 없는 내용이 들어가 있었다.

"도시로 피신한다고?"

"네. 의문스럽게 생각한 조사원은 둘로 갈라져서 행동하기로 한 모양입니다."

"안과 밖, 으로 나뉜 겁니까?"

"그 말이 맞아요. 그 결과, 마치 꿈을 꾸는 것처럼 신기한 광경을 봤다고 하더군요——."

"신기한 광경이라고요?"

"그래요, 미샤. 믿을 수 없게도 안내방송이 끝나고 정확하게 10분 뒤, 광대한 도시가 홀연히 모습을 감췄다고 해요. 그리고 그 자리에는 커다란 문이 하나 남아 있었다고 하더군요."

밖에 남은 조사원의 보고에 따르면 문 말고도 경비대원이 여러 명 남아 있었고, 미처 피신하지 못한 자들을 동굴까지 안내했다고 한다.

전부 사라진 것을 확인한 조사원은 마음을 단단히 먹고 문 안으로 들어가 보기로 했다. 그러자 그곳에는 돌로 만든 미로 같은 곳이 나왔다고 한다.

당황한 조사원이 밖으로 도망칠 수 있었다는 걸 보더라도 출입은 자유로운 것 같았다고 한다.

"그건 어쩌면 던전(지하미궁)일지도 모르겠는데……."

"유우키 님은 뭔가 짐작 가시는 게 있으신가요?"

"그래. 카가리도 알고 있을 거라 생각하는데, 그 도시에는 던전이라고 불리는 관광시설이 있었잖아?"

"네, 마물이 배회하고 있었고, 모험가들도 도전하곤 했었죠."

"아마도 그걸 거야. 그 던전의 지하에는 도시가 존재한다는 소문도 있었으니까……."

"던전 안에 도시, 라고요?"

믿을 수 없다는 표정으로 다무라다가 되물었지만, 유우키랑 카가리는 진지하게 대답했다. 영문을 모르는 자에겐 설명하기 어렵지만, 현실이라고 대답할 수밖에 없었던 것이다.

"그래. 평범하게 생각하면 비상식적이지만, 리무루 씨라면 충분히 그럴 법도 하다고 할까. 뭐니 뭐니 해도 그 미궁은 지하 100층까지 존재하며, 더구나 베루도라가 그곳을 지키고 있다고 하니까 말이지."

"……그게 정말입니까?"

"물론이지. 왜냐하면 베루도라 본인의 입으로 들은 얘기니까."

유우키의 그 발언을 듣고, 다무라다는 말문이 막혔다.

그런 다무라다를 가엾게 여기는 듯한 눈길로 바라보면서, 카가리가 입을 열었다.

"아뇨, 그렇게 생각하면 앞뒤가 들어맞습니다. 그 도시 안에 중요시설── 기술개발의 거점 같은 곳도 있는 게 아닐까요?"

"아아, 그렇군. 가능한 얘기야. 아니, 그렇게 생각하는 게 타당하겠지."

터무니없는 짓을 벌였군. 그런 생각을 하자, 유우키는 아찔해지는 것을 넘어서 즐거워지기 시작했다.

자신의 생각은 예측에 지나지 않지만, 이미 틀렸을 거란 생각은 들지 않았다. 리무루라면 충분히 그럴 수 있다고, 그렇게 확신하고 있었던 것이다.

"하지만 그렇게 되면 전황은 어떻게 될까요?"

"글쎄, 그건 나도 잘 모르겠어. 정공법이 통할 상대는 아니라고 생각했지만, 도시방위를 그런 방법으로 커버할 줄이야. 제국군도 그걸 보면 깜짝 놀라겠지."

리무루가 본토결전을 감행할 리가 없다──고 유우키는 믿고 있었다. 도시의 주민들에게 피해가 생기는 일을 리무루가 허용할 리가 없기 때문이다.

하지만 도시의 방어가 완전하다고 하면…….

예측할 수 있는 전술을, 전부 다시 검토할 필요가 있을 것이다.

"역참마을에서의 전투는 적의 전력을 알아보는 정도이며, 진짜 전투는 수도에서 벌이려는 걸까? 제국군이 문을 무시하고 통과할 경우엔 그 뒤를 치는 것도 가능하니까 말이지."

"그렇게 되면 서방연합군과 포위하여 협공하는 것도 가능해지겠군요."

"선행부대로 제국군의 전력을 파악하여 분석한다. 그런 뒤에 서방연합군과 제국군이 소모전을 반복하고 있는 사이에 천천히 대처하면 된다는 얘기로군요."

"무시무시한 생각을 하는걸. 역시 마왕이네."

유우키의 생각을 이해하고, 카가리랑 다무라다, 그리고 미샤도 경악하는 표정을 지었다.

마왕 리무루가 통상전력만으로 어떻게든 이길 수 있는 상대가 아니라는 건 알고 있었지만, 설마 이 정도일 줄은 생각하지 못했다.

앞으로 적대하게 될 경우를 생각하는 것만으로, 그 엄청난 난이도에 골치가 아플 것 같았다. 하지만 그렇기에 더더욱 제국군과 마왕 리무루의 싸움이 어떻게 진행될 것인지를 놓고, 유우키 일행은 즐겁게 기대할 수 있었던 것이다.

*

"그럼 유우키 님, 앞으로는 어떻게 움직이실 예정인지요?"

타이밍을 보고 있다가 미샤가 물었다.

미샤를 비롯한 케르베로스의 보스들도 유우키가 마왕 기이에게 패배한 사실을 알고 있었다. 그걸 알고 있는 상태에서 유우키를 따르고 있지만, 유우키가 무슨 생각을 하고 있는지는 읽을 수 없었다.

제국이 리무루에게 당하면서 쓴맛을 보는 것은 좋은 일이다. 그러나 설사 일이 잘못된다 해도 자신들이 그런 역할을 맡는 것만큼은 사양하고 싶었다. 그런 생각도 품고 있었다.

기이와의 약속을 생각하면, 유우키가 제국에 진심으로 가담한 것이라는 생각은 들지 않았다. 그런데도 군단장이 되어버렸으니, 이건 자승자박에 빠진 게 아닌가 하는 걱정이 들었다.

'케르베로스(삼거두)'의 입장에선 군의 최고 간부가 자신들의 편이라는 사실이 너무나 매력적이지만, 그건 반대로 말하면 군에 흡수될 위험성을 품고 있는 것이 된다.

잡아먹느냐, 잡아먹히느냐.

방향성을 잘못 잡았다간 그 시점에서 파멸하고 말 것이다.

미샤의 질문은 그걸 걱정하고 있는 것이며, 유우키도 당연히 그런 건 충분히 잘 알고 있었다.

"걱정할 것 없어. 리무루 씨가 끈질기게 버텨준다면 그건 우리에게도 좋은 일이니까 말이야. 우리의 이상을 이루기 위해선 제국도 방해가 되는 존재일 뿐이잖아? 마왕 기이에게 그런 말을 들었기 때문에 이러는 게 아니라, 어떻게 되든 결국 잡아먹을 예정이었어. 내가 군단장이 되면서 그 시기를 컨트롤할 수 있게 된 거야. 그렇게 생각하면 돼."

유우키가 제국 3대장 중의 한 명으로 취임한 지금, 제국군의 내부 사정은 전부 손 안에 들어 있는 것이라고 할 수 있었다. 제국의 군사전략을 알면 그 결과까지도 파악할 수 있다. 그건 필연적으로, 군사행동에 나설 시기도, 군대의 규모까지도 예측가능하며, 제국본토의 방어가 허술해지는 날짜까지도 손에 잡힐 듯이 알 수 있다는 뜻이 된다.

서방열국의 저항이 격렬해지면, 제국은 그 이유만으로 전력을 투입할 필요성이 생긴다. 그렇게 되면 아무리 방위선이 엄중하다 한들 언젠가는 틈을 보일 것이라고 유우키는 생각하고 있었다.

"그 틈을 치는 거야!"

탕 하고 책상을 때리면서, 유우키가 선언했다.

카가리는 차렷 자세를 하고 선 채로 미소 지었고, 자리에 앉아 있는 다무라다와 다른 케르베로스의 보스들은 그 말의 의미를 알아듣고 흥분했다.

"쿠데타란 말입니까……."

"아아, 참을 수가 없군요. 그렇게 나오셔야 유우키 님이죠."

"헤헷, 재미있겠군. 제국이든 마왕이든, 내가 전부 박살 내주겠어!"

베가가 지나치게 들뜬 것 같지만, 유우키는 신경 쓰지 않기로 했다.

가볍게 흘려듣고 본론으로 들어갔다.

"뭐, 그게 최종목적이 되겠지. 기이와의 약속도 제국을 엉망진창으로 휘젓는 것이었으니까 말이야. 약속은 지켜야겠지. 일을 벌이는 김에 서쪽도 휘젓겠지만, 이건 딱히 불평을 들을 일은 아니라고 생각해."

그렇게 말하면서, 유우키는 씨익 웃었다.

기이한테서도 딱히 서쪽에 손을 대지 말라는 말은 듣지 않았다. 그렇다면 유우키가 무슨 짓을 하든 자유라는 뜻이 된다.

"제국과 서방열국을 싸우게 만든 다음, 그 틈에 제국의 머리를 제거하겠다는 말입니까……."

"여전히 악랄한 짓을 생각하시는군요."

"그렇지도 않아. 이 정도는 누구라도 떠올릴 것 같은데."

떠올린다고 해도 그걸 실행으로 옮기려는 자는 없을 것이다. 아니, 실행으로 옮기려는 생각을 하는 자는 있을지도 모르지만, 그걸 실현할 수 있을 정도의 실력자는 존재하지 않는다. 유우키가 이례적인 존재인 것이다.

"가드라 노사에게도 다양한 정보를 흘려두었지. 그 영감은 새로운 것을 좋아하고 유연한 사고를 지닌 자이긴 하지만, 무슨 이유인지 서방열국을 엄청나게 증오하고 있어. 그 증오의 감정은 실로 엄청난지라, 다양한 병기를 개발하여 제국에게 기여하고 있는 것도 그 집념의 산물이라고 할 수 있을 정도야."

"그건 확실히 저도 알고 있을 정도로 유명한 얘기이긴 하죠."

"그렇지? 제국의 야망을 꺾을 만한 존재로서, 마왕 리무루를 위협이 되는 자로 인정할 것이 분명해. 반드시 직접 나서서 그 위험성을 알아보려하겠지."

"……그러면 어떻게 되는 겁니까?"

"가드라 노사는 제국군에게 다대한 영향력을 끼치는 존재지만, 실제로는 아무런 권한도 없는 거나 마찬가지야. 그건 그 영감의 관심이 복수에 치우쳐 있기 때문이지. 그러니까 잘만 유도하면 가드라 노사를 마왕 리무루와 직접 맞부딪치게 만들 수도 있을 거라 생각하고 있어."

그렇게 나서는 김에 던전(지하미궁)의 정보도 부디 알아봐줬으면 좋겠다. 유우키는 그렇게 생각하고 있었다.

"그렇게 되면 마왕 리무루를 괴롭히는 것도 제국군을 약하게 만드는 것도 가능하다는 말이군요?"

"바로 그거야!"

다무라다를 향해 유우키는 만족스러운 표정으로 고개를 끄덕여 보였다.

유우키 자신은 리무루에게 손을 댈 생각이 없지만, 다른 자가 알아서 도전해주는 것은 대환영이었다. 그렇기에 수많은 비겁한 책략을 꾸미고 있었다.

유우키는 좀 더 상세하게 자신의 생각을 드러냈다.

"내가 생각하기에 제국 안에서 경계해야 할 인물은 세 명이 있어. 그중 한 사람이 바로 가드라 노사야."

가드라는 대마법사이며, 오랜 세월을 살아온 마인이다. 제도의 뒷사정을 다 알고 있는 괴인으로서 두려움의 대상이 되어 있을 정도이며, 예전의 대침공——'폭풍룡' 베루도라와의 싸움에서도 살아남았다는 영웅이었다.

"그러면 남은 두 사람은 누구죠?"

유우키의 뒤에 서 있던 카가리가 흥미진진한 말투로 그렇게 묻자, 유우키는 약간 분한 것 같은 표정을 지었다.

"실은 말이지, 그 정체를 파악하지 못하고 있어. 그렇기에 분명 상대하기 어려운 존재라는 생각이 든단 말이지."

유우키가 지닌 정보망을 동원해도 그 정체에 다다르지 못한 인물. 그 말을 듣기만 해도 상대가 얼마나 상대하기 벅찬 인물인지 알 수 있을 정도였다.

"혹시 그자는 임페리얼 가디언(제국황제근위기사단)의 서열 상위자가 아닌지요?"

미샤도 짐작이 가는 게 있었는지, 그렇게 말했다.

그 질문을 듣고, 유우키는 애매하게 수긍했다.

군단장보다도 '더블오 넘버(한 자리 수)'인 로열 나이트(근위기사)가 더 강하다——는 것은 군 내부에 잘 알려진 소문이었다.

유우키는 그게 소문이 아니라는 것을 자신의 몸으로 직접 실감하고 있었다. 군단장이라는 지위까지 올라가봤지만 유우키의 서열은 '두 자리 수'일 뿐이었다.

서열 강탈전에 도전해보려고 해도 상대가 누구인지 모르면 의미가 없다. '더블오 넘버'가 되기 위해선 황제에게 신청하여 어전 시합에서 승리할 필요가 있었던 것이다.

이건 실제로 그 권리에 가까이 있는 자만 얻을 수 있는 정보이자 사실이었다.

"아마도 나라면 '더블오 넘버'에게도 이길 수 있을 거라 생각해. 하지만 적 앞에서 내 비장의 수를 보여주고 싶지는 않은지라, 황제에게 신청은 하지 않았지."

그래도 유우키는 군단장으로 선발되었는데, 그건 운이 좋게도 가드라 노사와의 연줄이 있었기 때문이다.

"하지만 말이지, 그렇다면 직접 붙어봐야 보스가 정말로 그 녀석들보다 강한지 아닌지 확실히 알 수 있는 거잖아. 그렇다면 그 상대하기 어려운 인간들이란 게, 뭐야? 아홉 명 이상이나 있다는 얘기가 되는 거 아냐?"

베가가 실로 지당한 지적을 했다.

그 사실에 가볍게 놀라면서, 유우키는 그 말도 수긍했다.

"뭐, 그런 셈이지. 어쩌면 그 아홉 명 중에도 상대하기 어려운 녀석이 숨어 있을 가능성은 있어. 하지만 본 적도 없는 녀석을 경계할 수는 없잖아? 내가 말하는 건 이미 모습을 밖으로 드러내고 있는 인물을 말하는 거야."

"그게 누굽니까?"

다무라다가 물었다.

"제국 정보국 국장── 콘도 타츠야."

"과연. 확실히 그 남자의 정체는 파악하기가 힘듭니다."

"이름과 모습은 알려져 있는데, 그 실체와 정체가 불명이라는 게 기분 나쁘죠."

콘도 타츠야라는 자는 그 이름을 들어보면 알 수 있듯이 '이세계인'이다. 그러나 그 이상의 자세한 개인정보에 관해선 무엇 하나 정보가 전해지는 게 없었다.

콘도 타츠야라는 인물은 '정보 속에 둥지를 틀고 사는 괴인'——이라는 소문이 돌고 있을 정도였다.

계급은 중위로 알려져 있지만, 각 군단의 군단장조차도 그에 대한 명령권이 없었다. 그 사실이 의미하는 것은, 군이라는 조직보다 더 위에 제국 정보국이 존재한다는 뜻이다.

"어때, 수상하지? 내 추측이지만, 이 녀석도 '더블오 넘버' 중의 한 명이라고 생각해."

"……과연."

"듣고 보니 그런 생각이 드는군요."

다무라다와 카가리가 깊이 고개를 끄덕였다.

미샤도 생각에 잠긴 표정이었지만 이견은 없는 것 같았다.

"그럼 마지막 한 명은 누구야?"

베가 혼자만 흥미가 없다는 듯이 유우키에게 다음 얘기를 재촉하듯이 그렇게 물었다.

"하하하, 넌 정말 성미가 급하다니까. 콘도 타츠야에 관한 문제는 우선은 만나보는 게 먼저야. 기회를 봐서 면회를 신청해볼 생각을 하고 있지. 그리고 마지막 한 명 말인데, 이쪽도 불명이야."

"뭐라고, 그게 무슨 뜻이야?"

"그만 진정해, 베가."

"아, 응. 미안."

흥분하면서 말투가 거칠어진 베가에게, 유우키가 가볍게 주의를 주었다. 그 말투에는 자상함까지 느껴졌지만, 듣는 쪽인 베가는 긴장으로 인해 식은땀을 흘리고 있었다.

유우키와의 '격'의 차이가 여실히 드러난 순간이었다.

"마지막 한 사람은 황제 옆에 있는 인물이야. 발 너머에 있어도 느껴질 정도로 엄청난 존재감을 뿜어내지."

"""——?"""

그 정체는—— 아니, 그런 존재가 있다는 사실조차도 유우키 이외에는 아무도 눈치 채지 못했다. 그 사실을 보더라도 그 인물이 얼마나 위험한지 이해할 수 있었던 것이다.

"——그런 인물이……? 그런 얘기는 들어본 적도 없습니다만……."

모두를 대표하듯이 다무라다가 입을 열었다.

"역시 그렇군. 그 정도의 존재감인데, 아무도 그 존재를 눈치 채지 못했어. 이건 상당히 위험한 것 같은데."

유우키의 그 말을 듣고, 모두 침묵했다.

"정말로 있었습니까? 저에게도 그런 인물의 소문은 들려오지 않았습니다만."

"반대로 말하자면 유우키 님이 아닌 다른 자한테서 그런 말을 듣는다고 해도 아무도 믿지 않겠군요."

"…………."

아직 의심스러워하는 부하들을 향해 유우키는 미소를 지어보였다.

"뭐, 신경 쓸 건 없어. 제국 안에서 쿠데타를 일으키려고 할 경우엔 이 세 명이 걸림돌이 될 것이라는 것만 기억해둬. 우선은 가드라 노사를 제거할 테니까 다무라다, 너는 콘도 타츠야에 대해서 조사해주겠어?"

"잘 알겠습니다."

"미샤, 너는 현재의 임무를 계속 유지해주고."

"알겠습니다. 계속해서 기갑군단 군단장의 농락에 전념하겠어요."

"나는 어떡하지?"

"너는 마수군단에 잠입해줘. 네 힘이라면 바로 임페리얼 가디언이 될 수 있겠지. 하지만 절대 군단장을 죽이면 안 돼, 알았지?"

"알았어. 노력할게."

베가는 대기명령이 해제된 것이 기뻤는지, 사나운 표정을 지으며 웃었다.

정말로 괜찮을까──. 유우키는 걱정이 되었지만, 지금은 베가를 믿어보기로 했다.

만일의 경우 군단장이 살해당하기라도 하면 제국의 군사행동에 차질이 생기면서 뒤처지게 된다. 그런 불안이 있었지만, 그때는 그때 가서 다시 생각하기로 했다.

케르베로스(삼거두)의 보스들이 자리를 물러나자 그 후에 남은 것은 유우키와 카가리뿐이었다.

"유우키 님. 그들은 과연 제대로 춤춰줄까요?"

"글쎄, 어떨까? 나도 꽤나 신중하게 행동했다고 생각했지만,

기이라는 호랑이의 꼬리를 밟아버렸으니까 말이지. 그런 내가 할 말은 아니지만, 최대한 일을 잘 처리해주면 좋겠군."

콘도 타츠야를 조사하기로 한 다무라다.

기갑군단의 군단장을 농락할 계획을 꾸미고 있는 미샤.

마수군단에서 두각을 드러내도록 명령한 베가.

모두가 위험한 임무를 띤 채 유우키를 위해 일해주고 있었다. 총수로선 부하의 성공을 믿어줄 수밖에 없었다.

"하지만 드디어 여기까지 왔군요. 이제 곧 전쟁이 일어날 거예요."

"아아, 그래. 과연 누가 이길까. 볼만하겠어."

"무슨 그런 태평한 말씀을……. 쿠데타가 성공했다고 해도 그 다음이 더 중요하거든요?"

"그래. 그 때문에 라플라스 일행도 움직여주고 있는 거지. 계획에 빈틈은 없어."

그리고 두 사람은 서로를 마주 보고 웃었다.

그들의 목적은 제국의 승리가 아니다.

전쟁이 진흙탕이 되면 될수록 제국의 국력은 저하된다. 그게 바로 노리는 바였고, 그 뒤에 시도할 쿠데타의 성공여부야말로 유우키와 카가리가 세운 계획의 핵심이었던 것이다.

"황제를 꼭두각시로 삼아서 신생제국을 세우는 거야. 그런 뒤에——."

"서방열국과는 평화적으로 화해해야겠지."

"그리고……."

"황제암살사건을 일으키는 거야!"

리무루라는 마왕을 쓰러뜨리는 게 어렵다면 무리할 필요는 없다.

유우키는 기이에게 패배하면서 중단기적인 세계정복을 포기하고 있었다. 절대적인 힘을 손에 넣을 때까지는 폭력을 동원한 승부는 어리석기 짝이 없는 짓이라는 것을 깨달은 것이다.

그보다 지금은 자신의 비장의 수단을 늘리는 것에 전념하는 것이 더 현명하다고.

전쟁의 소용돌이를 확대시켜서 많은 피가 흐르게 만들면…….

"제가 진정한 마왕으로 각성하겠죠."

"기대하고 있을게, 카가리. 그때까지는 나도 새롭게 얻은 힘을 제대로 구사할 수 있게 될 거야."

유우키도 지금은 얼티밋 스킬(궁극능력)에 각성한 상태였다. 그렇기 때문에 자신의 수명이 대폭 늘어난 것을 실감하고 있었다.

그뿐만 아니라 이 세상에는 더욱 더 위에 자리 잡은 존재, 마왕 기이 같은 절대자가 군림하고 있다는 사실을 안 것이다.

그런 존재를 무시하고 세계정복을 시도하는 것은 꿈속의 얘기다.

기이의 눈을 피한 상태에서 지금은 힘을 비축할 것이다.

제국을 선동하여 전쟁을 오래 끌면서 동쪽도 서쪽도 피폐하게 만들 것이다. 염세적인 분위기가 만연하면서, 모두가 전쟁을 기피하게 될 타이밍에 황제암살사건이 발생하면—— 세계는 더욱 처참한 혼돈의 때를 맞이하게 될 것이다.

그 혼란을 이용하여 자신들의 새로운 각성을 노린다——. 그게 바로 유우키와 카가리가 세운 계획의 전모였던 것이다.

"뭐, 어디까지나 신중하게 말이지."

"네. 어디까지나 신중하게 말이죠."

그리고 두 사람은 한 번 더 서로의 얼굴을 마주 보면서 웃었다.

──두뇌파인 그 두 사람도 던전(지하미궁)의 중요도는 그렇게 높게 생각하지 않았다.

중요시설이나 도시까지도 숨길 수 있는 엄청난 구조물──로밖에 생각하지 않았으며, 리무루를 괴롭히기 위해서 가드라 노사의 흥미를 끌게 만들기만 하면 되었다.

자신들이 나설 경우도 있을 테니, 공략의 실마리를 찾아내기 위해서라도 조사 정도는 해두는 게 좋겠다는 가벼운 생각밖에 하지 않았던 것이다.

그 결과, 던전 공략반이 생각지도 못한 보고를 가지고 돌아오게 되지만, 그건 유우키가 알 바가 아니었다.

●

가드라 노사는 유우키로부터 정보를 얻고는, 너무나도 복잡한 표정으로 생각에 잠겨 있었다.

(흐─음. 다시 제국을 움직여서 루미너스 신을 물리칠 수 있는 좋은 시기가 찾아왔는데…….)

'폭풍룡' 베루도라가 부활하면서 계획을 대폭 수정하게 되었다.

그건 어쩔 수 없다.

예전에 대원정을 갔을 때에는 그 '폭풍룡' 탓에 계획 그 자체가 수포로 돌아갔기 때문이다.

그리고 지금.

완전한 계획을 기하기 위해 '폭풍룡'의 소실을 기다리자는 의견.

개발에 성공한 신병기의 힘으로 '폭풍룡'도 복종하게 만들자는 의견.

'폭풍룡'과 얽히지 않도록 쥬라의 대삼림을 우회하자는 의견.

이 세 개의 파벌로 의견이 갈리면서, 제국의 움직임이 늦어졌다. 그 결과 '폭풍룡'의 부활을 허용하고 만 것이다.

이 결과에 분노한 것은 '폭풍룡을 복종하게 만든다'는 의견을 낸 호전파였지만, 남은 두 파벌 쪽이 주류파였기 때문에 그 의견은 묵살되게 되었다.

왜냐하면 그 신병기라는 것이 통하지 않았을 경우엔 또 계획이 파탄날 수 있기 때문이다.

가드라의 입장에선 '폭풍룡' 같은 건 어찌 되든 상관없었다. 서쪽에서 루미너스 교를 없애버리는 것이 목적이었으며, 친구를 죽인 '칠요의 노사'에게 복수하는 것이 그가 살아가는 목표가 되어 있었기 때문이다.

서쪽에서 긁어모은 신문에는 '영웅의 실추'라는 제목으로 '칠요의 노사'들의 악행을 적어놓은 기사가 실려 있었다. 그와 동시에 '칠요'가 전멸한 것으로 보도된 것도 알고 있었다.

그러나 가드라는 그 보도를 그대로 믿을 생각이 들지 않았다.

적어도 그란(일요사) 만큼은 틀림없이 살아남아서 어둠 속에 숨어 있을 것이라고 확신하고 있었다.

최근 몇 개월 동안 서방에서 날아드는 정보는 엉망진창으로 뒤섞여 있었기 때문에, 뒷조사를 하기가 어려웠다. 그래서 진위는 여전히 알 수 없었지만, 로조 일족이 전멸했다는 소문도 있었다.

(뭐, 진위는 알 수가 없지. 그란이란 자는 아마도 그 '용사'가 영락한 모습이겠지. 늙었다고는 하나 결코 만만하게 생각해도 될 상대는 아니야.)

가드라는 그렇게 생각하고 있었다.

그리고 표면적으로는 평의회의 지배가 반석에 오른 것으로 보였지만, 그 이면에선 여러모로 활발한 움직임이 확인되고 있었다.

그런 정보들 중에 서방성교회의 힘이 약해졌다는 소식은 없었다. 그게 바로 가드라에겐 그란이 살아남았다는 증거로 느껴졌던 것이다.

('폭풍룡' 따윈 무시하고 바로 서쪽까지 쳐들어가면 될 것을⋯⋯.)

가드라는 그렇게 생각했지만, 그게 아주 어렵다는 것은 아주 잘 알고 있었다.

('폭풍룡'과 마왕이 손을 잡았단 말인가. 그 마법의 섭리를 벗어나서 사는 것 같은 괴물을 상대로 군을 보내는 것은 어리석기 짝이 없는 짓이지. 신병기의 이론구축에는 나도 도움을 줬다만, 그 용이 상대라면 움직임을 멈추는 것 정도는 가능할 것이다. 하지만 죽인다면 얘기는 다르지. 하물며 지배하겠다니⋯⋯.)

가드라는 예전의 대원정에서 살아남은 생존자이기도 했기 때문에, 베루도라의 위력을 직접 겪으면서 확인했었다.

그 경험을 통해서 봐도 호전파가 무모하다는 생각이 들었다.

(애초에 정신생명체의 정신을 지배하겠다니, 그게 얼마나 어려운 일인지 그 바보들은 이해하지 못하고 있어!)

정신생명체의 정신을 지배하는 건 결코 불가능하진 않다. 데몬 (악마족)을 대상으로 한 실험도 해봤으며, 어느 정도의 성과도 올리고 있었다.

가드라도 그건 충분히 알고 있었다. 그 이론을 생각한 것도 그였으므로, 모르는 게 더 이상했다.

가드라는 다양한 검증결과를 통해 검토한 끝에 '폭풍룡' 베루도라에겐 결코 손을 대선 안 된다는 결론을 이끌어낸 것이다.

그 보고서는 황제에게 이미 제출한 뒤였지만, 슬프게도 동의는 얻을 수 없었다.

'시도하고 싶어 하는 자가 있으니, 하고 싶은 대로 놔두면 될 것이다'.

가드라의 의견은 그렇게 묵살되어버렸던 것이다.

그건 그렇다 쳐도.

이번에 새롭게 발생한 문제가 마왕 리무루에 관한 것이었다.

무시무시한 속도로 나라를 발전시키면서 쥬라의 대삼림을 통일하고 지배한 마왕. 그 마왕이 '폭풍룡'과 손을 잡았다고 하면, 쥬라의 대삼림을 공격하는 것은 어리석은 행위일 뿐이다.

제국의 전군을 동원하면 얘기는 달라지겠지만, 그렇게 되면 전군을 전개시켜 유효하게 활용하도록 하기 위해 자신들에게 유리한 지형으로 적을 끌어들일 필요가 있었다.

일반적으로 생각하자면 그건 불가능했다.

그럼 상대의 홈그라운드에서 싸울 경우에는?

"던전(지하미궁)이라고? 더구나 이세계의 병기를 개발하고 있을 가능성도 있단 말인가. 조사해보지 않을 수 없겠군. 30퍼센트 이하의 피해를 입고 베루도라와 리무루를 쓰러뜨릴 수 있다면 그나마 다행이지. 그러지 못하면 그 다음에 있을 서방열국과의 결전에서 승리한다는 건 불가능이야."

가드라는 스스로를 고무시키려는 듯이 혼잣말을 했다.

이때 가드라는 생각을 잘못하고 있었다.

경계해야 할 대상은 템페스트(미국연방)가 아니라 서방열국을 지배하는 루미너스 교가 진짜 상대라고 생각했다.

가드라가 자신이 잘못 생각했다는 걸 깨닫게 될 것인지 아닌지, 그게 앞으로 그의 명암을 가르는 중요한 열쇠가 될 것이다.

●

유우키의 명령을 받고 세 명의 인물이 선출되었다.

가드라 노사와도 면식이 있는 자이며, 혼성군단에 소속된 자라는 조건에 따라 선발된 자들이었다.

오늘은 얼굴을 보고 인사하는 자리인지라, 유우키가 자신의 방으로 가드라를 초대한 것이다.

타니무라 신지.

원래는 일본의 대학생으로 연구실에서 틀어박힌 채 연구로 나날을 보내고 있었다. 이쪽 세계에서도 흰 가운을 애용하고 있으며, 지금은 그의 트레이드마크가 되어 있었다.

마크 로렌.

갈색 머리카락에 근육질. 20대 중반으로 세 명 중에선 연장자였다. 겨울에도 탱크톱에 청바지 차림으로 지내는 건강해 보이는 육체의 소유자였다.

신 류세이.

이 남자는 나이가 젊고 말수가 적었다. 무슨 생각을 하고 있는지 알기가 어렵지만, 지시 받은 것은 확실히 수행했다. 검은 머리를 땋아서 등 뒤로 넘겼으며, 헐렁한 중화풍의 옷을 착용하고 있었다. 그 옷 안에는 다양한 암기가 숨겨져 있다고 한다.

마크도 신도 신지의 말에는 순순히 따르고 있었다. 그렇기 때문에 어느새 신지가 리더라는 위치를 확립하고 있었다.

세 명은 유우키와 가드라 앞에서 차렷 자세로 서 있었다.

"스승님, 오랜만입니다!"

검은 머리의 청년── 신지가 세 명을 대표하여 가드라에게 인사했다.

"오랜만이구나, 신지여. 그리고 마크와 신도 잘 지냈느냐?"

"네, 건강하게 잘 지냅니다. 영감님도 건강해 보여서 다행이군요."

"……노사, 저는 건강하진 않습니다."

그렇게 대답하는 마크와 신을 보면서, 가드라는 쾌활하게 웃으면서 대꾸했다.

"여전하구나. 군단에 들어가서도 열심히 잘 하고 있는 것 같아서 나도 안심했다."

신지 일행은 유우키가 확보했던 '이세계인'이었다. 유우키는 세계 각지에서 '이세계인'을 확보하여 전투에 특화된 자이든 그렇지 않은 자이든 모두 제국에 보내고 있었던 것이다.

제국에서 그걸 받아들이는 곳이 비밀결사 '케르베로스(삼거두)'였으며, 그 마지막 종착지가 바로 제국의 대마법사인 가드라 노사였다.

이세계의 지식을 캐묻는 것이 목적이었지만, 본인에게 전투의 재능이 있거나 그걸 원한다면 가드라가 단련시켜주었던 것이다.

그렇게 단련시킨 자가 소속되는 곳이 개성이 풍부하고 특수한 인재가 모이는 장소—— 혼성군단이었다.

이세계에서 왔다는 것만으로 군단의 상위 실력자가 될 수 있을 정도로 제국은 만만하지 않다. 스스로의 힘을 제대로 쓸 줄 알아야 그들은 우수한 전사가 되는 것이다.

그 힘이란 바로 개개인에게 나타난 유니크 스킬이다.

신지 일행은 유니크 스킬을 마음먹은 대로 구사함으로써, 군단 내에서도 확고한 지위를 구축했던 것이다.

"맞아, 이 세 사람은 내 혼성군단 중에서도 일선 급의 상위 실력자이지. 이번 조사임무에는 딱 적합하다고 생각해."

"유우키 공이 그렇게 말한다면 나도 불만은 없소이다. 너희들도 앉도록 해라."

세 사람은 몸가짐을 조심스럽게 유지하면서, 이 엄격한 마법사가 권유하는 대로 의자에 앉았다.

가드라는 그런 세 사람을 보면서 살짝 웃었다.

이젠 어엿한 병사가 되었는데도, 아직 자신을 대하면서 긴장하고 있는 제자의 모습이 우스꽝스러웠던 것이다.

"그래서 유우키 공, 그 조사에 이 세 사람을 빌려주겠단 말이오?"

그렇게 웃고만 있을 수는 없다는 듯이, 가드라는 화제를 바꿨다.

"그래. 내가 직접 조사하고 싶었지만, 역시 그 나라까지는 갈 수가 없으니까. 신지 일행만 보내는 건 불안하니 감독을 맡아달라고 노사에게 부탁하는 것은 어떨까 해서 말이지."

"흠. 보고서는 읽어봤소. 확실히 흥미진진한 내용이더군. 거기 적힌 것이 사실이라면 대원정이 시작되기 전에 조사해둘 필요도 있을 거요."

가드라는 속마음을 파헤치려는 듯이 유우키를 보면서, 그 반응을 기다렸다. 유우키는 그걸 이미 꿰뚫어 보고 있었던 것처럼 고개를 끄덕였다.

"전부 사실이야. 세 사람에게도 설명했지만, 이번 임무는 조금 특수하거든. 어떤 미궁을 조사해줬으면 좋겠어."

"아니, 잠깐만요! 우릴 불러놓고 스포츠 놀이(미궁 공략)를 하라고요? 그렇게나 우리를 믿을 수 없습니까? 가드라 노사의 부탁이라고 해도 군사적 대침공을 눈앞에 둔 시점에서 필요한 행동이란 생각은 들지 않는데요!"

세 명 중에서 가장 성질이 급한 마크가 유우키에게 반발하며 달려들었다.

이런 행동은 자주 있는 일이었다. 납득이 되지 않으면 원하는 만큼 질문하라고, 유우키 본인이 허락한 것이다.

"마크, 진정해. 이건 중요한 일이라고."

"하지만!"

"잠깐 기다려봐, 마크. 유우키 씨도 무슨 생각이 있겠지. 우선은 설명을 들어보자고."

마크를 달래면서, 신지가 유우키를 마주 바라봤다.

"그럼 설명해주십시오."

"물론이야. 이 얘길 들으면 너희도 아무런 불평을 하지 못할걸."

그렇게 말하면서, 유우키는 임무내용을 면밀하게 얘기하기 시작했다.

　　………………．

　　…………．

　　……．

가드라는 사전에 이미 알고 있었던 내용이었기 때문에, 빠진 게 없는지를 확인하면서 유우키의 이야기에 귀를 기울이고 있었다.

놀란 것은 신지 일행이었다.

유우키가 직접 기른 전사──전투능력에 특화된 유니크 스킬 보유자──들이 각 군단에 잠입하여 이빨을 감춘 채 생활하고 있었다. 그 목적은 때가 오면 일제히 봉기하여 각각의 군단을 장악하기 위해서였다.

구체적인 얘기는 듣지 않았지만, 그날은 가까울 것이라고 모두 생각하고 있었다.

신지 일행도 마찬가지였으며, 혼성군단을 유우키가 장악한 지금, 그 명령이 내려지는 것은 시간문제라고 생각하고 있었던 것이다.

──세계정복──.

그 어린아이의 꿈같은 얘기를 유우키로부터 듣고, 모두 처음에는 그게 가능할 리가 없다고 생각했다.

그러나 자신들의 힘을 갈고 닦으며, 세계의 정세를 알게 되면서, 어쩌면 가능할 지도 모르겠다고 다들 생각하게 된 것이다.

신지 일행은 유우키에게 심취하게 되면서, 그때가 오기를 고대하고 있었다.

그러던 중에 갑작스러운 던전 공략 지령을 받은 것이다.

세 사람이 당혹스러운 것도 무리가 아닌 얘기였다.

하지만 설명을 들으면서 세 사람의 생각도 점점 바뀌어갔다.

이번 전쟁에 관한 준비와 조사를 하던 중에 미궁 내부만이 아직 조사가 되지 않았다. 그리고 그 미궁 내부에는 어떤 비밀이 숨겨져 있을 가능성이 높다고 한다.

도시까지 미궁 안에 숨겼다는 얘기를 들으니 도저히 그냥 넘길 문제가 아니었던 것이다.

....

....

....

"그렇군…… 제국군은 던전을 무시한 채 행동할 순 없다는 말인가."

"더구나 도시까지 존재한다고? 그건 직접 볼 때까지는 믿을 수 없겠는데."

"……그래서 저희가 가는 거군요."

신지 일행은 납득할 수밖에 없었다.

"설명은 이상이야. 하지만 이걸로 알았겠지? 이번 대원정에서 제국이 쥬라의 대삼림을 침공할 경우, 어느 정도 전선이 고착된 시점에서 우리가 쿠데타를 일으킬 예정이야. 그때 가능한 한 제국군을 오래 붙들어두는 게 바람직해. 마왕 리무루의 군대와 '폭풍룡' 베루도라, 이것만 가지고는 제국군의 전부를 움직이기엔 약해. 좀 더 강렬하게 그들을 움직일 이유가 필요한 거야."

그런 이유가 미궁 안에 있을지 아닐지, 없다면 없는 대로 뭔가를 날조해내면 된다고 유우키는 얘기했다.

그렇게 시간을 버는 동안에 유우키와 부하들이 단번에 제도를 제압할 것이라고 했다.

그 말에 놀란 것은 신지 일행이었다.

쿠데타는 예상하고 있었지만, 구체적인 얘기를 들은 것은 이번이 처음이다. 그 이전에 여기에는 가드라도 있었다. 어설프게 얘기했다간 계획이 누설되게 되므로, 이런 자리에서 화제가 될 줄은 생각하지 못했던 것이다.

"잠깐만, 유우키 씨?!"

신지가 유우키를 말리려고 했지만, 유우키는 그 반응을 보면서 웃으며 대꾸했다.

"괜찮아, 걱정하지 마. 가드라 노사는 내 계획을 알고 있으니까."

"네?"

"큭큭큭, 당연하지 않느냐. 폐하께 신세를 지고는 있지만 제국이 어떻게 되든 그건 내 알 바가 아니다. 내 목적은 루미너스 교의 궤멸이야. 루미너스 신의 정체가 마왕 루미너스였다는 건 나도 몰랐던 맹점이었지. 신도들이 어찌 되든 나에겐 흥미가 없다. 하지만 내 친구를 죽인 그 녀석들은 내 손으로 직접 죽여버리지 않고는 속이 풀리지 않을 것이야. 우선은 마왕 루미너스와 사이가 좋다고 하는 마왕 리무루를 처치하려고 생각 중이지. 미궁 공략에는 나도 참전할 예정이다."

그 다음 일은 어찌 되든 상관없다고, 가드라는 광기어린 미소를 지으면서 말했다.

물론 가드라도 마왕 리무루의 소문은 듣고 있었다.

1년 전 파르무스 왕국이 '폭풍룡' 베루도라의 역린을 건드리는 바람에 멸망했다.

그 뒤에 힘이 다한 '폭풍룡'을 복종시켜 부리는 데 성공한 자가 마왕 리무루라는 말을 들었다.

정말로 복종시켜 부리고 있는 건지, 단순한 협력자에 불과한지 그 진상은 불명이다. 그러나 그때 이후로 '폭풍룡'이 날뛰는 기척은 없었고, 방대한 오라도 관측되지 않았다. 어느 정도는 소문에 신뢰성이 있다고, 가드라는 그렇게 생각하고 있었다.

또한 마왕들 사이에도 움직임이 있었다.

십대마왕 중에서 몇 명의 마왕이 탈락하면서 '옥타그램(팔성마왕)'이 되었다고 한다.

인간 사회에 직접 그런 내용의 연락이 오긴 했지만, 그 이면에 마왕 리무루의 암약이 있었음은 틀림없다.

십대마왕 중의 하나였던 클레이만이 사라졌고, 신참인 리무루가 이름을 남겼다. 그 사실이 보여주는 것은 리무루가 클레이만을 상회하는 존재라는 의미인 것이다.

클레이만은 교활하고 쉽게 얕볼 수 없는 마왕이었지만, 마왕 리무루는 그 이상으로 위협적인 존재였다.

더구나 마왕 리무루는 인간들과의 국교를 시작했고, 평의회에서의 영향력도 강해지고 있었다.

서방열국이 어떻게 생각하고 있는지는 모르겠지만, 가드라는 리무루라는 마왕의 화를 돋우는 것은 위험하다고 생각하고 있었다.

그리고 가드라에겐 마음에 걸리는 점이 있었다.

그건 2만을 넘는 것으로 알려진 파르무스의 군사행동에 종군한 자 중에 살아남은 자가 단 세 명밖에 없다는 점이다. 그중의 하나는 살해되었으니, 남은 건 전 국왕과 가드라의 제자였던 라젠뿐이다.

(이 일에 대해선 라젠을 찾아가 캐물어볼 필요가 있을 것 같군.)

가드라는 머릿속에 그 생각을 담아두었다.

(그리고 마왕 리무루에겐 명확하지 않은 점이 너무 많아.)

가드라는 그렇게 생각하면서 방심하지 않았다.

'폭풍룡'이 파르무스의 군대를 멸망시켰다고 하지만, 그게 사실이라는 증거가 아무것도 없었다. 그것만으로도 기분이 찜찜했던 것이다.

평범한 전쟁이라면 30퍼센트의 사상자가 나온 시점에서 작전 행동은 실패했음을 의미한다. 그 시점에서 항복해야 했지만, 파르무스 군이 그런 행동을 취했다는 기록도 없었다.

'폭풍룡'을 상대로 항복 같은 건 통하지 않는다——. 그런 견해도 물론 존재했다.

그러나 그 의견에 관해선 가드라는 부정적이었다. 왜냐하면 가드라는 예전의 대원정에서 살아남은 자였으므로, 베루도라의 성격도 잘 알고 있었기 때문이다.

말하자면 모든 일을 대충 처리하며, 섬세한 면이 없는 성격이다. 도망친 인간을 일일이 쫓아다닐 성격이 아니며, 큰 피해는 발생하지만, 그건 최초의 공격에 휘말린 자에 그칠 뿐이다.

그렇게 생각하면 2만 명이 전멸했다는 것은 상식적으로 생각하기 어려운 것이다.

그럼 마왕 리무루가 무슨 짓을 한 것이냐고 묻는다면…… 전해들은 리무루의 인품으로 봐선 도저히 그런 생각이 들지 않았다.

항복했다면 목숨까지는 빼앗지 않았을 것이라는 생각이 들었다. 그러나 결과는 몰살이었다.

(역시 베루도라가 항복할 틈도 없이 전멸시켰다——고 생각하는 게 맞겠지.)

무시무시한 일이라고, 가드라는 솔직히 그렇게 느꼈다.

그렇기에 정면결전은 피해야 하며, 그러기 위한 대책도 이미 준비된 상태다.

찜찜한 건 마왕 리무루이지만, 그것도 지금부터 조사하여 대책을 생각하면 어떻게든 될 것이다.

가드라는 그렇게 생각하면서 마음을 다시 가다듬었다.

마왕 리무루 자신에겐 원한이 없지만, 마왕 루미너스를 돕는다면 그건 즉 적이란 뜻이다.

적이라면 쓰러뜨려야 하지만, 그렇다고 해서 가드라는 무모한 행동을 취할 생각은 없었다.

오랜 세월을 거쳐 계획을 짜내고, 제국을 움직여서 서방열국으로 침공할 것이다.

그게 실현되기 바로 앞까지 온 지금, 여기서 그걸 앞지르는 어리석은 짓은 범할 수 없다.

그렇기에 가드라는 신중에 신중을 기하여 행동했다.

유우키와 가드라의 이해관계는 일치했으며, 대화를 나눠본 결과, 공동전선을 펼치기로 했다. 서로가 지닌 정보를 맞춰보기도 했으니, 전우라고 불러도 좋을 사이가 된 것이다.

그들이 중대한 비밀을 아무렇지 않게 폭로하자 얼굴이 새파래지는 신지 일행.

갑자기 그런 말을 들은 신지 일행의 입장에선 잠깐만 기다려달라는 말을 하고 싶은 기분이 드는 것도 당연했다.

(이, 이건…… 자칫하면 제거당할 수 있는 분위기잖아…….)

신지도 바보는 아니므로, 자신들이 그렇게까지 신용을 받고 있다고는 생각하지 않는다. 그렇다고 해서 자신들이 그렇게까지 쉽게 쓰고 버릴 장기말이라는 생각도 들지 않았다.

시험당하고 있다──고 신지는 느꼈다.

이건 마크와 신도 동감이었던 것 같다.

"알겠습니다! 최선을 다해서 조사에 임하겠습니다."

"뭐, 영감님의 발목을 붙잡는 짓은 하지 않을 테니까 기대해달라고요!"

"……저, 열심히 하겠습니다."

이게 중요한 임무인 것은 틀림없다. 여기서 성과를 내면──아니, 여기서 성과를 내는 것만이 자신들이 살아남을 수 있는 유일한 길이라는 것을 신지 일행은 깨달았다.

"그럼 물어볼까. 너희는 마왕이 몇 명 있는지 알고 있겠지?"

"네, 여덟 명이죠?"

"──어? 열 명 아니었어? 아니 열한 명으로 늘어나지 않았던가?"

"……마크. 작년에 막 바뀌었어……."

가드라는 한숨을 쉬면서 꾸짖었다.

"신지여. 저 멍청이의 머리에 정확한 정보를 억지로라도 좀 집어넣어라. 군 소속인 주제에 정보수집도 제대로 못 하는 꼴을 보니 맨 먼저 죽을 미래가 눈에 훤하게 보이는구나!"

그리고 분위기가 진정된 뒤에 설명을 시작했다.

"마왕은 여덟 명이다. 자신들을 '옥타그램(팔성마왕)'이라고 칭하고 있지. 별에 필적한다는 의미이겠지만, 그중에는 그 말이 그다지 과장이 아닌 자도 있다. 내가 이 얘기를 꺼낸 것은 이번 상대가 '뉴비(신성)'인 리무루이기 때문이다. 결코 방심할 수 없는 상대지만, 이번에는 그냥 넘어가기로 하고, 또 하나의 이유가 있느니라. 마왕 중의 한 명인데 '라비린스(미궁요정)'로 불리는 자가 있지. 자, 이걸 어떻게 생각하느냐?"

그 말을 듣고 숨을 멈추는 세 사람.

유우키까지도 놀란 표정을 하고 가드라를 응시했다.

"라비린스── 미궁, 입니까?"

신지가 조심스럽게 자신의 생각을 밝혔다.

가드라는 무겁게 고개를 끄덕이더니, 한 권의 책을 꺼내어 세 사람에게 보여줬다.

서쪽에 있는 우르그레시아 공화국에 있다고 하는 '정령이 사는 집'이라는 이름의 미궁. 지하, 혹은 공중에 펼쳐진 미궁이라고 세간에선 말하지만 진실은 그렇지 않았다.

어떤 의미로는 정확했고, 어떤 의미로는 틀렸다.

그 책에 기록되어 있는 것은 '정령이 사는 집'에 사는 것은 정령뿐만 아니라 정령에서 요정으로 몸이 변질되어버린 여왕이 사는 곳이라는 내용이었다.

"그 여왕이 바로 '라비린스' 라미리스—— 오래된 마왕 중의 한 명이다."

가드라의 말이 세 사람을 무겁게 눌렀다.

거기서 끝내지 않고 가드라가 또 다른 진실을 밝혔다.

"우르그 자연공원에 미궁의 문이 존재하고 있었는데, 지금은 사라졌다. 내가 직접 조사한 것이니 틀림없는 사실이다. 그 문이 소실된 시기 말인데, 들은 얘기를 통해 추측해보면 리무루가 마왕을 자칭하기 시작했던 것과 같은 시기였다. 그리고 그 나라에서 던전(지하미궁)이 공개되었다고 하더구나——."

가드라의 말을 유우키가 이었다.

"이 정도면 뭐, 거의 확정이겠지. 그런 미궁을 어떻게 마련했을까를 생각해봤는데, 그건 마왕 라미리스가 만들어낸 것이 틀림없다고 생각해. 즉, 마왕 리무루와 마왕 라미리스도 공동전선을 펼쳐 함께 싸우는 관계에 있다는 뜻이지."

유우키는 틀림없다고 확신하고 있는지, 산뜻한 미소를 지었다.

신지 일행도 그 추측을 부정할 말이 선뜻 나오지 않았다. 아니, 그 정도가 아니라 이로 인해 조사의 난이도가 더 높아진 것 같은 기분이 들어서 상당히 우울한 기분을 느끼고 있었다.

"기대하고 있겠다."

"부디 경계를 게을리하지 않도록 해."

그리고 신지 일행은 유우키로부터 마왕 리무루의 무시무시함과 교활함에 대해서 면밀히 말해주는 것을 들은 뒤에 그 자리를 떠났다.

●

유우키의 호출을 받은 다음날, 유우키의 비서―― 카가리의 안내를 받으면서 신지 일행은 템페스트(미국연방) 근교까지 도착했다.

신지 일행을 보낸 열흘 뒤, 가드라는 홀로 다른 목적지로 향했다.

유우키가 신지 일행을 협박하는 것을 보고, 처음에는 조사를 맡겨두자는 생각을 했다.

아마 유우키도 진심으로 쓰고 버리려는 생각은 하고 있지 않을 것이다. 신지 일행을 진지하게 만들기 위해 약간의 협박을 가미한 것이리라.

(뭐, 유우키 공도 솔직하진 않군. 본인이 너무 유능하다 보니, 자신도 모르게 다른 자에게도 그 정도 수준을 요구하는 거겠지.)

가드라는 그렇게 꿰뚫어 보고 있었다.

무엇보다 그건 가드라에게도 할 수 있는 말이다.

가드라는 제자가 죽도록 내버려 둘 생각은 없었으며, 어려운 상황에 처하면 손을 내밀어줄 생각을 하고 있었다. 그런 생각을 입 밖으로 내지 않고 말없이 위압만 하기 때문에 다른 사람들은 그를 두렵게 여기고 있었던 것이다.

그런 사실을 모르는 가드라의 목적지는 구 파르무스 왕국.

가드라는 옛 제자의 존재를 떠올리고는, 마왕 리무루에 관한 정보 수집을 하려고 생각한 것이다.

그리고 가드라는 구 파르무스의 왕도 '마리스'로 날아간 뒤에, 똑바로 왕궁을 향해 걸어갔다.

집무실에서 일하던 중이던 라젠은 의자를 박차고 일어났다.

죽은 줄로만 알고 있었던 위대한 스승── 가드라의 기운을 느꼈기 때문이다.

"설마…… 살아계셨을 줄이야……."

그렇게 중얼거림과 동시에 이건 위험하다는 생각이 들었다.

가드라의 의도는 불명이지만, 이곳을 찾아온 목적은 라젠일 것이다.

옛 제자를 보고 싶어 찾아왔다는, 그런 훈훈한 목적으로 온 것이 아니라는 것은 확실하다.

그리고 문제는 가드라라는 남자를, 파르메나스의 병사들은 모른다는 것이다. 이대로는 성문에서 옥신각신하면서 심문이 벌어질 것이고, 가드라의 심기를 자극한 자에게 피해가 생길지도 모른다는 우려가 있었다.

만일 가드라와 적대하는 사이가 되어버린다면…….

(안 돼. 그렇게 되면 내 힘으로는 가드라 님을 말리지 못한다.)

라젠은 재빨리 그렇게 판단하고, 행동을 시작했다.

'마법통화'로 새로운 제자가 된 자를 호출했다.

『내 말이 들리겠지?』

『쳇, 갑자기 부르지 말라고.』

『그래. 그레고리는 눈치 채지 못한 것 같지만, 방금 이상한 기운이 출현했어. 그 녀석은 이제 곧 성문에 도착할 거야.』

『거기까지 알고 있다면 길게 얘기할 것 없겠군. 너도 성문으로 와라.』

『……당신에겐 갚아야 할 은혜가 있지. 알았어.』

그리고 '마법통화'를 끊었다.

새로운 제자가 된 자는 두 명.

사레와 그레고리.

예전에 '삼무선'── 신성교황국 루벨리오스의 교황청에 소속된 루크 지니어스(교황직속근위사단)였던 남자들이다.

라젠이 국내 시찰을 위해서 각지를 돌아다녔을 때 알게 되었는데, 큰 실수를 저질러서 교황청에 돌아가지 못하게 되었기 때문에 그대로 제자로 거둬들인 것이다.

그건 온정 때문에 그런 것이 아니라, 사레와 그레고리에게 공감했기 때문이다.

특히 사레는 각국의 기자들 앞에서 성대하게 패배한 모습을 보이고 말았다고 한다. 그 상대가 디아블로라는 얘기를 듣고 보니 라젠에겐 남의 일로 느껴지지 않았던 것이다.

사레는 건방진 자였지만, 라젠을 스승으로 인정해주고 있었다.

그레고리도 때때로 뭔가를 보고 겁을 먹긴 했지만, 지금은 이전의 대담한 성격을 조금씩 되찾고 있었다.

실력만 보자면 부족할 게 없는 두 사람이었기 때문에, 라젠은 이대로 두 사람을 단련시켜서 언젠가는 파르메나스 왕국의 비공식적인 지저분한 일을 맡길 예정이었다. 그 일에는 이번 일 같은 위기대응도 포함되어 있었다.

(나와 사레, 그리고 그레고리인가. 여기에 그루시스 공이 가담해주면 가드라 님에게 대항할 수는 있겠군.)

차원이 다른 실력을 지닌 개인을 상대할 때는 병사들은 아무리 많아도 도움이 되지 않는다. 지금의 파르메나스 왕국은 영웅 급의 인재가 너무 부족한 것이 약점이었다.

구 파르무스 시절의 동료였던 기사단장 폴겐이나 그에 준하는 용사들은 지금은 과거의 인물이 되어 있었다. 그를 대신할 인재를 발굴하는 것── 그게 바로 파르메나스 왕국의 과제였던 것이다.

라젠은 그 사실을 재인식하면서, 자신들의 대응이 늦었다는 사실을 곱씹었다.

성문으로 달려갔을 때, 거기에는 이미 사레와 그레고리가 있었다.

그리고 한창 가드라와 대치하는 중이었다.

"이봐, 당신이 이 성에 무슨 일로 찾아온 건지는 모르겠지만, 우리는 여기서 신세를 지고 있다고. 신원이 확실하지 않은 인물을 통과시킬 수 없다는 건 당신도 이해하고 있겠지?"

"그래, 영감. 당신을 위해서 하는 말이니까 오늘은 그만 돌아가라고. 누군가를 면회하려고 온 거면 접수처에 신청하면 2, 3일 후에 답변이 갈 거야."

사레와 그레고리치고는 온건한 태도로 가드라를 통과시키지 않으려고 길을 막고 있었다. 그러나 라젠의 입장에서 보면 수명이 줄어들 것 같은 광경이었다.

"그만해! 그분을 통과시켜드려라."

"뭐? 막는 게 아니었어?"

"그럼 우리를 왜 부른 거야?"

두 사람은 명령에 불만을 드러냈지만, 그런 반응을 신경 쓸 라젠이 아니었다.

"오랜만에 뵙습니다, 가드라 님. 설마 살아계실 거라곤 전혀 생각하지 못했기에 이렇게 인사가 늦었습니다. 이 모든 게 제 부덕의 소치입니다."

가드라 앞에서 한쪽 무릎을 꿇으며, 그렇게 말했다.

라젠은 가드라와 적대하는 것을 피하고 싶었다. 만일의 경우에는 온 힘을 다해서 가드라를 막을 각오는 하고 있었지만, 아무래도 그건 지나치게 경계하는 것 같았다.

"오랜만이구나, 라젠. 외모는 달라졌지만, 본인이 맞는 것 같군."

"넷, 저는 스승님과 달리 육체를 교체하면서 목숨을 이어가고 있는지라——."

"꾸짖는 게 아니니 그리 겁먹지 말거라. 내가 오늘 찾아온 것은 너에게 묻고 싶은 게 있기 때문이다. 거기 숨어 있는 수인도 너무 경계하지 않아도 된다. 너희들과 적대할 생각이었으면 나 혼자 여길 찾아오는 짓은 하지 않았을 테니까."

가드라의 그 말을 듣고, 겨우 긴장상태가 완화되었다.

그래도 라젠은 방심하지 않았으며, 가드라와의 회담장소를 마련하기로 하면서, 그 자리는 해산하게 되었다.

*

다음 날, 성 안의 한 방에서 회담장소가 설치되었다.

참가자는 요움, 그루시스, 라젠, 이렇게 세 명이었다. 요움의 경호를 위해서 사레와 그레고리가 실내에 대기하고 있었다.

뮬란도 참가하고 싶어 했지만, 그 의견은 기각되었다. 아직 아기가 태어난 지 얼마 안 되었으니 절대적으로 안정을 취해달라고, 요움이 필사적으로 말린 것이다.

참고로 태어난 아기는 여자아이이며 이름은 미임이었다. 뮬란을 닮아서 사랑스러웠으며, 지금은 에드가가 너무나 귀여워하면서 돌봐주고 있었다.

"그러면 스승님, 묻고 싶은 것이 무엇입니까?"

"흠, 본론으로 들어가기 전에 몇 가지 지적을 하마. 거기 있는 애송이, 사레라고 했던가. 너는 그럭저럭 강한 것 같구나. 하지만 마법이 서툴겠지? 마법이란 건 배우면 쓸 수 있는 것이 아니다. 자신의 마력을 제대로 관리하는 것이 중요하지. 그리고 거기 있는 수인, 그루시스라고 했었지. 너는——."

가드라는 그렇게 말하면서 한 사람 한 사람의 결점을 지적하기 시작했다.

그루시스에게는 상대의 역량을 파악하는 눈을 기르라고 했다.

"적 앞에서 변신하는 것은 선제공격을 상대에게 양보하는 것과 같은 짓이다."

그런 따끔한 잔소리까지 곁들였다.

요움에 대해선 "너는 일반인보다는 강한 것 같다만⋯⋯"이라고 미리 전제를 깐 뒤에, 무기와 방어구의 힘에 의존하는 것으로는 아무 소용이 없으니 그저 자신의 몸을 지키는 것만을 생각하라는 말을 했다.

그레고리 쪽은 신랄하게, 좀 더 기술을 갈고 닦으라는 한 마디만 하고 그쳤다.

마지막으로 라젠 쪽을 보면서 가드라는 말했다.

"라젠이여, 저는 그런대로 정진하고 있었던 것 같구나. 네 마법은 빙의계냐——?"

"넷, 스승님의 신비오의 : 리인카네이션(윤회전생)의 이론을 바탕으로 제가 만들어낸 대비술 : 포제션(빙의전생)입니다."

"흠. 그것도 재미있는 시도로군. 내 마법과 달리 아기가 되는 것(일시적인 약체화)도 아니니까 말이지."

"칭찬해주셔서——."

"하지만 제대로 쓰지 못한다면 의미가 없다. 모처럼 빼앗은 육체의 성능을, 너는 제대로 이끌어내지 못하고 있지 않느냐."

"네엣!"

가드라의 지적을 받고, 라젠은 식은땀을 흘리면서 어쩔 줄 몰라 했다. 자각하고 있었던 사실이니, 그 지적이 모두 타당하다는 생각을 하지 않을 수 없었던 것이다.

(정말 무서운 분이다. 불과 하루 이틀 사이에 내 실력을 완벽하게 꿰뚫어 보실 줄이야…….)

그런 생각은 입 밖으로 꺼내지 않은 채, 라젠은 입을 다물었다.

그러나 사례와 그레고리는 달갑게 여기지 않았다.

"이봐, 잠자코 듣자하니 너무 건방지잖아. 내 어디를 보고 그딴

소리를 늘어놓는 거지?"

"그러게. 라젠 공에겐 은혜가 있지만, 그게 그 스승까지 공손하게 대해야 한다는 이유는 되지 않거든. 그렇게까지 자신이 있다면 어디 한 수 가르쳐주시지, 그래!"

결국엔 가드라에게 시비를 걸기 시작했다.

입 닥쳐라──고 라젠은 소리치고 싶었지만, 스승인 가드라의 눈을 보고, 그 말을 하는 것을 포기했다.

가드라에게 있어서 이 사태는 이미 예상한 바였다. 사례랑 그레고리를 상대로 자신의 실력을 보여줄 생각을 하고 있다는 것을 깨달은 것이다.

(그렇다면 아직 이 사태는 원만하게 해결할 수 있다. 스승님의 의도를 따르기로 하자.)

라젠은 그렇게 생각했다.

그리고 회담 전에 가벼운 운동이라는 의미로, 가드라 대 사례 & 그레고리의 대결이 벌어진 것이다.

훈련장에서 벌어진 싸움이었지만, 결과는 가드라의 압승이었다.

"마, 말도 안 돼……."

"무슨 저런 영감이 다 있담……. 우리 콤비를 상대로 지친 기색조차 보이지 않는다니. 우리의 완패야……."

과거에 '삼무선'이었다는 긍지를 쉽게 꺾어버릴 정도로 가드라의 실력은 압도적이었다.

여기서 자신의 힘을 과시한 뒤에, 교섭을 원활하게 진행시킨다──. 그게 가드라가 노리는 바였으므로, 사례랑 그레고리의 반응은 예상대로였다. 그러나 그 뒤의 일은 가드라의 예상과 달랐다.

"하지만 그 악마만큼 강하진 않네."

"그 정도란 말이야? 하지만 뭐, 내가 싸웠던 개도 저 영감과 비슷할 정도로 강한 것 같긴 하군."

"──음?"

가드라에게 졌는데도 유달리 깔끔하게 그 현실을 받아들이는 사레와 그레고리. 게다가 가드라의 실력을 눈으로 직접 봤으면서도 그 사실에 대해 놀라는 반응이 약했다.

(──나와 필적한다고? 그뿐만 아니라 나보다도 강한 악마가 있다고……?)

가드라는 예상 못한 반응에 당혹스러웠지만, 사레와 그레고리의 말에 진 걸 분하게 여기는 감정은 담겨 있지 않았다. 그렇다면 그 말은 진심으로 한 것이란 생각이 들었다.

가드라는 그에 관해서 물어보려고 했지만──.

"가드라 님, 그 얘기도 나중에 하시죠. 우선은 가드라 님의 질문에 대답해드리겠습니다."

라젠이 그렇게 말하면서, 그 자리의 분위기는 대충 정리되었다.

＊

장소를 응접실로 옮긴 뒤에 회담이 재개되었다.

"역시 라젠의 스승이로군. 진정한 괴물이야. 나 같은 녀석은 이길 수 있는 상대가 아니었어."

요움이 가볍게 말했다.

그 말에 수긍한 건 그루시스였다.

"마인 라젠의 이름은 널리 알려져 있지만, 그 스승에 관한 일화는 적어. 뮬란이 말하기로는 마법이론의 새로운 체계를 구축한 위인이라고 하던데, 방금 전에 싸우는 모습을 보니 납득이 되더군."

흥분한 듯한 말투로 그렇게 얘기했다.

그것도 그럴 것이, 가드라의 마법은 정말 훌륭한 것이었다.

상대의 마력에 간섭하여 마법발동을 방해하기도 했으며, 두 종류 이상의 마법을 동시에 발동시키면서, 터무니없는 효과나 위력을 발휘하기도 했다.

그게 일부러 보여주려는 것임을 확실히 알 수 있도록, 화려하게 싸우는 모습을 보여준 것이다.

사레랑 그레고리의 실력은 진짜 실력을 발휘한 그루시스보다도 훨씬 강했다. 그런 두 사람을 손 위에 놓고 갖고 놀다시피 했으니, 가드라의 실력은 의심할 바가 없었다.

그렇게 신이 난 표정의 두 사람과는 대조적으로, 패배한 두 사람은 망연자실한 표정이었다. 그러나 이 자리에선 얌전하게 경호임무에 전념하고 있었다.

"그래서 무슨 용건으로 찾아오셨습니까?"

라젠이 물었다.

"내가 힘을 보여준 이유는 쓸데없는 저항을 미리 방지하기 위해서였다. 라젠은 알고 있을 거라 생각하지만, 내 분노는 루미너스 교에 한정되어 있다. 그 외에는 흥미가 없으므로, 이 나라가 제국의 침략에 노출되면서 쓸데없는 피해가 생기는 걸 참고 볼 수 없다고 생각했기 때문이지."

가드라는 아무렇지도 않은 듯이 무시무시한 말을 입에 올렸다.

"제국——."

"그게 정말이야? 내가 왕으로 있을 때에는 오지 말라고."

"그러게 말이지. 이길 수 있을 것 같지도 않고, 뮬란이랑 내 딸을 위험에 노출시키고 싶지도 않으니까."

"네 딸이 아니거든. 그 애는 내 보물이라고!"

"시끄러워——!! 피는 이어지지 않았지만 그 애는 내 딸이야. 난 말이지, 앞으로는 아버지로 살아가겠다고 결심했다고."

"혼자서 멋대로 결심하지 마—!!"

보기 추한 싸움을 벌이는 요움과 그루시스.

라젠이 헛기침을 하면서 두 바보의 입을 다물게 했다.

"그렇군요, 가드라 님이 오신 목적은 이해했습니다. 저희를 전쟁의 소용돌이에서 구해준 대가로 이 파르메나스 왕국이 제국의 편에 붙기를 바라시는 것입니까?"

"그렇다. 너도 제국의 강대함을 이해하고 있겠지? 그뿐만 아니라 나도 있으니, 네가 이끄는 파르메나스가 우리 진영에 가담한다면 드워르곤이라 해도 쉽게 함락시킬 수 있을 것이다. 그 나라는 병량을 이용한 공격에 약하지. 모든 거래를 정지시키면 바로 두 손을 들 것이다."

그러려면 당연히 템페스트(마국연방)가 방해가 되지 않도록 어떻게든 해결할 필요가 있었다. 라젠은 그 점을 지적했다.

"그건 불가능합니다, 가드라 님. 지금은 드워프 왕국과 템페스트 사이에도 철도가 놓이면서, 고속수송이 가능해졌습니다. 우리나라에서 식량수출을 끊는다고 해도 그 나라를 경유하여 보충할 수 있을 겁니다."

"그러니까 배신하라고 말하는 것이다. 템페스트도 식량자급률
은 그렇게 높지 않을 터. 이 나라에서——."

"가드라 님."

무례한 짓이라는 걸 잘 알면서도 라젠은 가드라의 얘기를 막았
다. 가드라의 정보가 낡은 것이며, 현재의 시대를 쫓아가지 못한
다는 것을 깨달았기 때문이다.

현재의 세계정세는 이전과는 비교가 되지 않을 정도로 흐름이
빨랐다. 지금의 정세에서 서방열국을 배신하게 되면 경제권에서
따돌림을 당하는 결과로 이어진다. 그건 즉 국가의 멸망을 의미
하는 것이다.

제국의 비호 아래로 들어가서 윤택한 지원을 약속받는다고 해
도, 현재 수준의 영화는 바랄 수 없다.

그 정도로 파르메나스 왕국은 서쪽—— 아니, 템페스트의 영향
을 받고 있었던 것이다.

라젠은 그 사실을 설명했다.

"……과연. 실은 알고 있었다만, 네 입을 통해 진실된 얘기를
듣고 싶었다. 그러나 마왕 리무루는 하늘의 군대를 두려워하지
않는 것이냐? 물론 힘이 있다면 천사에게도 이길 수 있겠지만, 그
래도 모처럼 힘들여 쌓아올린 것이 입을 피해는 막대할 것이다.
제국에서도 열차의 도입은 검토했지만, 그 이유 때문에 없던 일
이 되었는데……."

대도시 사이를 철도로 연결한다는 구상을 듣고, 가드라가 읊은
말은 이런 내용이었다.

"리무루 폐하는 피해를 두려워하지 않으십니다."

"그래. 나리는 인적피해는 싫어하지만, 그 이외의 것은 문제가 될 게 없다고 생각하는 것 같거든."

"오히려 새로운 일거리가 생겼다고 기뻐할지도 모르겠군."

라젠, 그루시스, 요움이 제각각 자신들의 의견을 늘어놓았다. 특히 요움의 말에 무게가 느껴졌다.

인간은 누군가가 자신을 의지하면 거기서 기쁨을 발견하는 생물이므로, 자신이 익힌 기술이 남에게 도움이 되면 좋겠다는 생각을 하기 마련이다. 일거리가 사라지면서 자신을 쓸데없이 밥만 축내는 인간으로 여긴다면 누구라도 의욕을 잃어버릴 것이다.

범죄에 손을 대는 자가 나올지도 모른다. 그렇게 되지 않도록 새로운 일거리를 마련하는 것이 지도자―― 고용하는 측이 할 일인 것이다.

"각국에 대한 정비가 종료되면 할 일은 유지와 보수만 남게 되지. 그렇게 되면 이제 어떡할 것인지를 놓고 리무루 나리는 고민하고 있었으니까 말이야. 그것도 해보고 싶다. 이것도 해보고 싶다. 하지만 그러기 위한 기술이 따라가질 못한다고, 술자리에서도 투덜대더라고."

"그런 때에 천사의 습격이 발생하면, 재해복구로 특수(特需)가 생길 게 틀림없지. 그렇게 되면 나리는 화가 난 척을 하면서도 속으로는 기뻐할지도 모르겠는걸."

그렇게 말하면서 그루시스까지 요움에 동조하는 판국이었다.

사례랑 그레고리는 어이가 없다는 표정을 짓고 있었지만, 부정할 마음은 없는 것 같았다.

"하지만 아무리 마왕이라고 해도 인간의 영역인 서쪽에서 그렇게 멋대로 굴다간 로조 일족이 잠자코 있지 않을 텐데?"

라젠의 이야기는 가드라가 모은 정보와 일치했다. 그러나 아직 부족한 부분이 있었다. 가드라는 이 때다 싶은 생각에, 라젠으로부터 짜낼 수 있는 정보는 전부 얻어내기로 했다.

하늘의 군대를 기다릴 것도 없이, 로조 일족이 자신들의 권익을 보호하기 위해서 움직일 것이다. 사안이 경제와 관여되는 것이라면 군대를 동원하지 않는 방해공작을 벌일 것이라는 뜻을 담아서 가드라는 라젠에게 물었던 것이다.

물론 그 의도는 로조 일족의 현재 상황을 알아내기 위한 것이었다.

라젠은 그 의도를 정확히 파악하면서, 가드라가 원하는 답을 해주었다.

"로조 일족은 이미 끝났습니다. 드란 장왕국은 건재하며, 그곳에 살아남은 자들이 모여 있습니다만, 이제 와서 다시 평의회에 영향력을 행사하는 것은 불가능하겠지요. 주변 국가들이 현재도 거래를 유지하고 있는 것은 리무루 폐하가 그걸 허용하셨기 때문입니다. 드란 왕도 또한 리무루 폐하의 밑으로 들어갔습니다."

라젠은 현재의 상황을 설명했다. 말이 나온 김에 구 파르무스 왕국군이 어떻게 패배했는지, 그 진상까지도 들려주었다.

그제야 가드라는 자신이 몰랐던 정세를 알면서 놀라게 되었다.

"……마왕 리무루가 혼자서 파르무스 군을 전멸시켰다고? 더구나 로조 일족까지 전멸했단 말인가……. 아니, 잠깐! 그게 소문이 아니었다면 그란(일요사)은, 그란베르는 어떻게 되었단 말이냐?!"

'용사' 그란베르는 가드라가 인정하는 최강의 남자였다. 그런 남자가 '칠요'의 수장임을 예상하고 있었기 때문에 서쪽을 노리는 대원정계획을 신중하게 짰던 것이다.

그랬는데, 라젠은 로조 일족이 전멸했다고 말했다.

"그러면 '칠요'가 전멸했다는 소문은……."

"스승님, 그것도 사실입니다. '칠요'는 리무루 폐하와 적대하였고 성기사단장 히나타와 싸우도록 획책했지만, 그 계획이 들통나면서 파멸했습니다."

그 말을 듣고, 가드라는 이번에야말로 말문이 막혔다.

라젠은 '칠요'는 모두 전멸했다고 똑똑히 말한 것이다.

그 그란조차도 추기경 니콜라우스의 손에 의해 죽어버렸다. 그 사실을 안 가드라는 자신의 정보망이 부족한 것을 탄식했다.

그란베르가 죽었다면 로조 일족이 전멸했다는 것도 납득할 수 있었다. 좀 더 빨리 그 정보를 손에 넣었다면 대원정계획도 대폭 수정할 수 있었을 것이라고 가드라는 생각했다.

그와 동시에.

"그 애송이가…… 뻔히 알고 있었으면서 내게는 입을 다물었단 말이로군……."

가드라는 유우키의 얼굴을 떠올리면서, 분한 표정으로 그렇게 중얼거렸다. 그 사실을 전하면 가드라의 복수심이 식을 수도 있다고 생각해서 그리 했겠지만, 가드라의 입장에선 달갑지 않은 이야기였다.

"그 애송이라는 것은 카구라자카 유우키를 말하는 것입니까? 저희도 그 남자에게 이용당한 처지인지라 가드라 님의 심정은 잘 이해가 됩니다."

제자로부터 그런 위로의 말을 들으면서, 가드라는 분하기도 하고 부끄럽기도 한 기분과 함께 실로 뭐라고 말하기 어려운 감정을 느꼈다.

라젠의 얘기를 들어보니, 마왕 리무루도 유우키에겐 고전을 했다고 한다. 그래도 현재는 상대가 어떻게 나오는지를 지켜보는 수준이며, 완전한 적대관계인 상태까지는 이르지 못했다고 사실을 알 수 있었다.

(빌어먹을 유우키 녀석, 아직 내게 숨기고 있는 게 있었던 모양이군. 그리고…… 내 목적이 루미너스 교의 궤멸이라는 것은 잘 알고 있었을 텐데도, 서방교회에 관한 정보는 애매한 것뿐이었지. 내가 들으면 입장이 불리한 일이라도 있었던 것인가……?)

자신이 이용당하고 있었다는 걸 알아차린 가드라는 앞으로 어찌할 것인지를 놓고, 라젠 일행을 눈앞에 둔 상태에서 골치를 썩이게 되었다.

*

"그건 그렇고 난감하게 되었구나. 이런 얘기를 들었으면 마왕 리무루에 대한 대응을 다시 생각해보지 않을 수가 없으니까."

마왕 리무루는 가드라가 예상했던 것 이상으로 위협적인 존재였다.

그 위협적인 존재를 과연 어떻게 하는 게 정답일까.

친구가 속아서 살해당한 원한도 있으므로, 가드라는 루미너스 교에 대한 복수를 중단할 생각은 없었다.

그러나 그 최대의 복수 상대였던 '칠요의 노사'는 이미 모두가 사망해버린 뒤였다.

이렇게 되면 그렇게까지 열심히 서쪽을 멸망시키려는 이유가 사라지게 된다.

제국과 가드라의 이해관계가 일치되었기 때문에 협력관계가 이뤄졌으니, 그게 사라져버린다면 가드라가 제국에게 의리를 지킬 이유는 아무것도 없는 것이다.

(——아니, 아직 있었다. 근본원인인 신—— 마왕 루미너스가 남아 있었지.)

신을 믿고 죽은 친구를 생각하면 신의 이름을 사칭하는 마왕을 살려놓을 순 없다. 그렇게 생각한 가드라는 새로이 결의를 다지면서 작전을 속행할 것을 결심했다.

——아니, 결심하려고 했다.

"가드라 님, 이건 쓸데없는 간섭일지도 모르겠습니다만, 그만두시는 게 좋지 않을까 합니다."

"호오?"

가드라의 반응을 살펴보고 있던 라젠의 말에 의해 가드라의 결의는 찬물을 맞았다.

"지금도 저는 스승님의 충실한 제자라고 자부하고 있습니다. 하지만 그 이상의 충성을 어떤 분께 바치고 있습니다. 그 나라와 전쟁을 치를 생각이라면 저는 스승님의 적이 되어야만 합니다."

"설마 마왕 리무루냐?"

"아닙니다. 그분의 부하 중의 한 분인 디아블로 님이 바로 지금의 제 주인입니다."

그 말을 듣고 가드라는 적지 않게 놀랐다.

라젠은 자신의 제자이다. 그런 라젠을 부릴 수 있을 정도의 인물이 마왕의 부하로 만족하고 있다는 것이 갑작스럽게는 믿어지지 않았던 것이다.

"내가 끼어드는 것도 좀 그렇지만, 자리가 자리이니만큼 얘기가 나온 김에 말해두지. 그 디아블로라는 녀석── 분이 날 이긴 악마야."

묻지도 않았는데 사레가 그렇게 말했다.

(나보다 강하다는 그 악마란 말인가. 믿기 어렵지만 라젠까지 부릴 수 있다면 거짓말이라고 단언하진 못하겠군.)

그래도 자신이 질 것이라는 생각이 들지 않았지만, 가드라는 디아블로의 이름을 머릿속에 새겼다.

"가드라 님, 이것도 가르쳐드리죠. 디아블로 님은 오래된 악마입니다."

"그렇겠지. 널 이길 정도라면 고대종인가. 어쩌면 거의 보기 힘든 선사종일지도 모르겠구나."

더구나 네임드(이름이 있는 마물)라면 그 실력은 마왕을 넘어선다 해도 신기하지 않았다.

"아닙니다, 그런 수준이 아닙니다. 그분은 훨씬 더 위의 존재──."

"'데몬 로드(악마공)'라고 하던데."

"무──?!"

무슨 말도 안 되는 소리를──. 가드라는 자신도 모르게 그렇게 절규할 뻔했다.

악마에겐 진화한계가 있다.

그게 절대적인 룰이었으며, 그 법칙을 벗어난 자라면 가드라가 아는 한 단 한 명밖에 없었다.

아크 데몬(상위마장)을 넘어서 데몬 로드의 단계에 이른 자.

그건 바로 최강이자 최악의 마왕──'로드 오브 다크니스(암흑황제)'기이 크림존, 그자였던 것이다.

"가드라 님, 저의 주인인 디아블로 님은 얼마나 오래 살았는지 따질 필요가 없는 분입니다. 그게 무슨 뜻인지, 당신이라면 잘 아시겠죠?"

가드라의 귀에는 라젠의 목소리가 멀게 들렸다.

믿을 수 없으며, 믿고 싶지 않았다.

그런 가드라가 넌지시 중얼거렸다.

"──태초, 란 말이냐?"

"네."

라젠이 단언하는 목소리가 비정하게도 들렸다.

그렇군──. 가드라는 정신없는 마음을 애써 달래면서, 그 얘기의 진위를 파악하려고 노력했다.

그렇다면 라젠이 따르는 이유도 당연하다.

또 태초의 악마가 육체를 얻었다면, 새로운 '데몬 로드'가 태어난 것으로 생각해도 이상할 게 없었다. 그보다 라젠 일행의 얘기가 사실이라면, 제국의 대원정계획을 대폭 수정할 필요가 발생할 것이다.

제국을 골치 아프게 만드는 블랑(태초의 흰색)을 보더라도, 태초의 악마가 만만치 않다는 점은 더 말할 필요도 없었다.

(아니── 잠깐. 애초에 태초의 악마가 육체를 얻었으면 왜 참극이 일어나지 않은 것이지?)

가드라는 냉정을 찾기 시작했지만, 그런 것은 중요하지 않다고 스스로 생각을 뒤집었다.

(잠깐, 잠깐. 디아블로라는 자가 태초의 악마이든 아니든, 지금은 관계가 없지 않은가? 적어도 라젠을 부린다는 것은 사실이고, 적어도 최소한 '데몬 로드(악마공)'인 것은 정말로──.)

그리고 요움 일행이 가볍게 나누는 그 대화를 듣다가 얼어붙었다.

"디아블로 공이라면 리무루 나리의 집사를 맡고 있잖아. 얼마 전에 열차 개통기념식에 축하차 달려왔었고, 그때 잠시 들은 게 있는데, 스스로 잡일은 하고 싶지 않으니까 아는 사람을 스카우트해서 부하로 삼았다고 하더군."

"아아, 그 사람(악마)이라면 잠깐 본 적이 있어. 나리가 외교무관으로 임명했다던데, 평의회에서 만났거든. 새하얀 머리카락에 심홍색의 눈이 아름다웠는데, 엄청난 미인이었어."

가드라는 온몸에 힘이 빠지는 걸 느끼면서 의자에 등을 기댔다.

(마, 말도 안 돼!! 그야말로 블랑(태초의 흰색)의 특징과 일치하지 않는가…….)

갑작스럽게 얘기가 현실감을 띠기 시작하면서, 가드라에겐 이 사실이 악몽으로밖에 느껴지지 않았다.

라젠을 보고 있으니, 뭔가를 깨달은 것 같은 얼굴로 고개를 끄덕이고 있었다.

"정말이란 말이지?"

"스승을 상대로 거짓말은 하지 않습니다."

가드라는 깨달았다.

라젠 일행은 진실을 말하고 있으며, 진심으로 가드라를 위한 일로 생각하면서, 전쟁을 중단시키도록 설득하고 있었다는 것을.

"그렇게 위험하단 말이냐?"

그 질문에 대한 답변은 그 자리에 있는 모두의 말없는 수긍이었다.

그걸 보면서 가드라는──.

(아, 신지 일행이 이미 일을 저질렀을지도 모르는데!)

그런 생각을 떠올림과 동시에 얼굴이 새파래졌다.

●

템페스트(마국연방)의 수도 '리무루'는 수많은 사람들로 북적이고 있었다.

대도시라고 부르기에 걸맞을 정도로 호화로운 모습을 갖추고 있어서, 이세계 출신인 신지 일행이 봐도 시골스러운 분위기를 풍기지 않는 발전한 도시였다.

나스카의 제도는 물론이고 그 주변도시조차도 동물냄새가 풍기는데, 이 땅에선 그런 불쾌함을 일절 느끼지 않았다. 이건 너무나도 놀랄 만한 일이었다.

"문만 남은 채 빈터가 되었다고 들었는데, 아무래도 그건 잘못 본 걸까?"

"그럴 리가 없잖아. 자유자재로 옮길 수 있거나, 첩보원이 환각이라도 본 게 아닐까."

"……그렇다면 방심할 수 없군."

신지와 다른 두 명은 서로의 얼굴을 바라본 뒤에 한 번 더 마음을 다잡으면서 정신을 차렸다.

원소마법 : 워프 포털(거점이동)로 신지 일행을 보내준 것은 템페스트를 들른 적이 있는 인물인 카가리였다.

카가리는 바로 돌아가 버렸지만, 돌아가는 문제는 걱정하지 않아도 된다. 가드라와 합류하여 그의 마법으로 귀환하도록 얘기가 되어 있었다.

그때까지는 무모한 짓을 하지 않고, 가능한 한도에서의 조사를 하도록 하라는 명령을 받았다. 신지 일행도 바보는 아니므로, 그런 명령을 듣지 않았더라도 준수할 생각이었다.

"카가리 씨, 역시 미인이던데."

"이봐, 신지. 그런 말을 했다간 여자친구에게 버림받을지도 몰라."

"여자친구? 그런 건 없어. 있었다면 내 인생도 좀 더 화려해졌을 텐데……."

"뭐?"

"……소용없어. 신지는 둔감하니까."

한탄하는 신지를 보면서, 마크와 신은 어깨를 으쓱했다.

그런 느긋한 대화를 즐기면서, 도시의 입구에서 입국심사를 받았다.

유우키가 준비해준 자유조합의 신분증이 있었기 때문에 간단한 설명을 듣기만 했을 뿐, 생각했던 것보다는 수월하게 입국 허가를 받았다.

그런 뒤에 여관을 잡고, 정보수집이라는 명목으로 도시의 관광도 마친 뒤에.

세 명은 경악하고 있었다.

신지 일행은 '이세계인'으로서 이 세계에선 나름대로 우대를 받는 힘(능력)을 보유하고 있었다. 그렇다고 해서 마왕 리무루 수준으로 하고 싶은 짓을 마음껏 한 것도 아니었고, 할 수도 없었을 것이다.

유우키는 상당히 노력하여 식사사정을 개선하거나 생활환경을 개선했으며, 그런 노력의 결과가 제국에서도 유통되었지만, 이 나라는 그걸 가볍게 넘어서고 있었다. 신지는 그런 사정을 자세히 알기 때문에 놀랐다기보다 어이가 없었다.

타코야키랑 오코노미야키, 야키소바. 심지어는 크레이프나 케이크 같은 다양한 과자들까지.

그 원재료를 어디서 입수했는지 물어보고 싶어질 정도로, 엄청나게 비싼 물건들까지 가게에 진열되어 있었다.

포장마차랑 카페. 값이 싼 식당에서 고급 레스토랑까지 있었다.

식사에 대한 정열까지 느껴지는 라인업이었으며 원래 세계의 맛이 재현되어 있었다. 처음에는 당혹스러웠을 것으로 예상되는 이 세계의 주민들도 지금은 다채로운 요리에 익숙해진 것 같았다.

신지는 카레라이스를 식당에서 봤을 때는 아예 눈물을 흘리면서 기뻐했을 정도였다.

화장실 시설도 완벽했다. 그리고 여관도 훌륭하다는 말이 나올 정도로 편했다.

대중탕도 있었고, 대중이 즐길 오락거리로서 단단히 뿌리를 내리고 있었다.

"난 그냥 이 나라에서 살까? 어때? 제국으로 돌아가지 않고 말이야."

"이봐!"

"아니, 미안…… 농담, 농담이야. 화내지 말라고, 신지."

"화를 내는 게 아니라, 나도 진지하게 검토해보는 게 좋지 않겠냐고 말하려는 건데——."

"……나도 여기 살고 싶어."

세 사람은 서로의 얼굴을 바라보면서 한숨을 쉬었다.

세 사람은 제국이야말로 이 세계에서 문명의 최첨단을 달리고 있다고 생각했었다.

그러나 이 나라를 알게 된 지금, 그건 착각이었다는 걸 깨달은 것이다.

활기찬 도시의 분위기랑 맛있는 음식.

살기 좋은 것뿐만 아니라, 마치 여기가 오락거리와 문화의 중심인 것처럼 새로운 유희가 차례로 태어나고 있었다.

그 유희는 원래의 세계에선 아주 친숙한 것이었으며, 가혹한 환경에서 살아가던 그들에게는 너무나 그립고 반가운 것들뿐이었다.

제국에도 문화와 오락거리는 있었지만, 그건 귀족을 위한 것이었다. 이 도시만큼 자유롭지 않았으며 서민이 이용하기에는 비쌌던 것이다.

그에 비하면 이 도시는…….

"아니, 아니, 아니, 역시 안 되겠지."

"그러게. 유우키 씨가 잠자코 있지 않을 테고, 가드라 노사는 무섭단 말이지. 전쟁도 시작될 텐데……."

"……적전도망은 총살이야."

그렇다.

이제 곧 전쟁이 시작될 것이다.

이 도시는 명확한 목표 지점이며, 전쟁의 소용돌이를 피할 수 없다.

제국 측의 군사력을 잘 알고 있는 세 사람에게 있어 이 나라가 제국에 승리할 가능성 따위는 생각해봤자 헛수고라는 생각이 들었다.

따라서 어쩔 수 없이 신지 일행은 미련을 버렸다.

그리고 임무를 충실하게 따라서 미궁에 도전했다.

……………….

………….

…….

"'용사' 마사유키가 겨우 50층을 돌파했다고 하는데, 생각했던 것보다는 만만한데."

"하하, 그야 그렇겠지. 유우키 씨가 말하기로는 마사유키라는 인간은 실력은 대단하지 않다고 했으니까."

"……하지만 그 스킬(능력)은 얕볼 수 없어."

"그래서 그렇겠지. 반년 이상이나 들여서 신중하게 공략한 모양이야."

신지 일행은 40층을 진행하면서 가벼운 농담을 주고받았다.

처음에는 경계했던 던전(지하미궁)이었지만, 지금은 여유로웠고 긴장감도 흐려져 있었다.

위험을 피하기 위해서 사전에 정보를 모았지만 아무리 봐도 게임 요소가 사방에 널린 것 같다고, 신지 일행은 느끼고 있었다.

신은 게임과는 인연이 없는 생활을 보냈던 것 같지만 신지와 마크는 게임을 아주 좋아하는 인간이었다. 특히 신지는 RPG 애호가였으며, 대학에서 연구 시간 틈틈이 시리즈물이나 모험물을 열심히 플레이했을 정도였다.

그에 관한 지식과 조합해서 생각해보면 이 던전은 제정신이 아니라는 말을 하지 않을 수가 없었다.

누군가의 악의가 확실하게 도전자를 저격하고 있었던 것이다.

하지만 그것도 지식이 있는 자의 입장에서 보면 충분히 익숙한 것이었으니…….

덫을 감지하는 건 신 류세이가 전문인 분야였다. 신지의 어드바이스도 더해지면서, 적절하게 덫을 간파하는데 성공했다.

덫만 어떻게 해결하면 마물의 실력은 그리 대단하지 않았다.

"이거, 도전자들은 지식도 부족하다 보니 공략에 애를 먹었을지도 모르겠군."

"그러게. 나도 스포츠라고 비꼬았지만, 정말로 이건 제작자의 악의만 해독하면 의외로 쉽게 해결이 되는 수준이야."

"……더구나 죽지도 않고."

정보를 수집했을 때 '부활의 팔찌' 얘기는 이미 들어서 알고 있었다.

접수처에서도 무료로 한 개를 나눠주고 있었다. 이걸 차면 미궁 안에서 죽었다고 해도 입구에서 부활할 수 있다고 한다.

그 말을 들었을 때 신지 일행은 미묘한 표정을 지었다.

뭐라고 할까, 시리어스한 세계 속에서 여기만 개그의 세계인 것 같은, 참으로 형언하기 힘든 기분이 들었던 것이다.

문제는 던전의 깊이가 불명이라는 점이다.

단번에 공략을 진행하려고 해도 들고 갈 수 있는 식량에는 한계가 있었다.

신지 일행은 얼마나 준비하면 되는지 몰라서 당황했지만, 접수처에서 예상하지 못한 설명을 들을 수 있었다.

"아아, 그건 걱정할 필요 없어. 계단을 발견하면 거기에 여관으로 이어지는 출입구가 있지. 유료지만, 거기서 묵을 수 있게 되어 있어. 그러니까 식량은 그렇게 신경 쓰지 않아도 되는 문제야. 리무루 님의 말씀으로는 '간식은 300엔어치까지'라고 하더군. 무슨 뜻인지는 모르겠지만 중요한 말씀이겠지. 아, 그래, 여관에는 상인도 대기하고 있으니까 거치적거리는 물건은 팔아치울 수도 있어."

그야말로 빈틈이 없었다.

신지는 '간식보다 매수 정보가 더 중요해!'라고 소리치고 싶은 기분이었지만, 이상한 말을 해서 불경죄로 체포당하고 싶지는 않았기 때문에 그 자리에선 애써 꾹 참았다.

··················.

·············.

·······.

그리고 현재.

미궁공략을 시작하면서 이미 1주일이 지났다.

신지 일행은 미궁 안의 여관에서 드러누운 채 전리품을 바라보고 있었다.

"──그런데 말이야, 최근 며칠 동안 엄청나게 벌지 않았어? 이 여관은 최소한의 설비밖에 없다고 했지만 상당히 쾌적하고 말이야. 그런 것치고는 숙박비는 싸니까, 필요 없는 장비를 팔고 받은 돈이 제법 모였을 텐데?"

마크가 약간 신이 난 말투로 질문했다.

약간 흥미가 생겼는지 신도 고개를 들었다.

신지는 두 사람의 질문에 대답해주려는 듯이 주머니에서 금화를 꺼냈다.

그 황금빛에 세 사람의 시선이 못 박혔다.

마물이나 보물 상자에서 나온 다양한 아이템, 그걸 팔아서 번 돈만 있는 게 아니었다.

포상금으로 금화가 수십 개에 성금화(星金貨)까지 손에 넣었다. 파격적인 보수였다.

"그러네. 상당한 돈이 모였어. 그 후에 들은 얘기로는 최전선의 공략조조차도 50층을 돌파하지 못했다고 하더군. 공략에 성공한 자들은 마사유키 파티이고, 우리가 두 번째라는 것 같아."

그 마사유키 일행조차도 현재는 60층에 머무르고 있다고 한다. 다른 자들은 짐작했던 대로 40층의 보스 몬스터(계층수호자)에게 진로가 막혀 있다고 했다.

그 덕분에 신지 일행은 월간 MVP가 되어 빛나고 있었다.

"아아, 그 템페스트 서펜터(람사, 嵐蛇) 말이로군. 확실히 강하긴 했지만 우리의 적수는 아니었지."

템페스트 서펜트는 A-랭크이며, 높은 수준의 모험가도 고전하는 마물이었다.

위험한 브레스를 뿜어내는 범위공격은 좁은 방 안에선 흉악한 성능을 발휘했다. 도망칠 곳이 없으므로 맞설 수밖에 없었지만, 뱀의 육체는 강인해서 한 번 휘감기면 그걸로 끝이었다.

원래는 방심할 수 없는 마물이지만, 신지 일행에겐 그렇게 큰 고생을 하지 않고도 쓰러뜨릴 수 있는 상대였다.

흥미진진한 것은 마물의 실력이 아니라 쓰러뜨린 뒤에 손에 들어오는 보물 쪽이었다.

"이 구멍이 뚫린 무기, 이건 대체 뭘까. 이건 깜짝 놀랄 만큼 높은 가격이 매겨지던데……."

그 높은 가격 때문에 두려워져서 파는 걸 잠시 중단한 상태였다.

이런 구멍이 뚫린 무기는 40층 부근부터 간간이 나오기 시작했다. 이런 건 제국에선 본 적이 없었던지라, 신지 일행은 그 가치를 모르고 있었다.

고가로 팔리지만, 정말 팔아버려도 괜찮은 것인지 몰라서 판단을 망설이고 있었던 것이다.

"그러게. 뭘까, 이 구멍은. 내 감정마법으로도 결과는 불명이었으니, 스승님이 오실 때까지 놔두는 게 좋을지도 모르겠어."

"40층까지는 그런 무기가 나오지 않았으니까 말이지."

"……응. 보스 방에서 나오거나 50층 부근의 강력한 마물이 떨어뜨렸지."

"응. 그렇긴 한데 말이지. 그래도 실제로는 도시에선 드물지만 유통되고 있는 것 같아. 30층 이하의 보물 상자에서 아주 드물게 나온다더군."

"뭐, 확실히 질은 좋긴 하지. 하지만 말이야, 그게 이유라고 해도 그렇게 비싸지는 않을 것 같은데?"

"……무슨 비밀이 있는 걸까?"

"아마 그렇겠지. 상인에게 물어봐도 히죽거리며 웃기만 하고 가르쳐주지는 않았으니까 말이야."

"이봐, 그거 수상한데. 역시 영감이 올 때까지 보류해두자고. 그것보다 이거야, 이거. 이걸 보라고!"

그렇게 말하면서 마크는 미노스 바디시(소머리 마인의 전투용 도끼)를 꺼내서 모두에게 보여줬다.

아름다운 은백색의 광채.

미스릴로 만들어진 지고의 명품.

유니크(특질)급의 무기로, 50층의 가디언이 지키고 있던 보물 상자에서 입수한 것이었다.

"유니크급 무기라고. 제국에서도 좀처럼 손에 넣을 수가 없는 거야."

마크는 어지간히도 마음에 들었는지, 아예 바디시에 볼을 문지를 듯한 기세였다.

하지만 대단한 것은 사실이었다.

제국의 임페리얼 가디언(제국황제 근위기사단)이 되면 레전드급의 무기와 방어구가 주어진다. 그러나 그 이하의 장병에게는 질도 좋고 튼튼하지만 마법효과도 부여되지 않은 장비만 주어지고 있

273

었다.

유니크급은 아예 상급 장교조차도 입수하기 어려운 물건이었던 것이다. 마크가 흥분하는 것도 무리가 아니었다.

"그러게. 유우키 씨의 말로는 제국의 무기와 방어구는 양산품이라고 하더군. 우리는 직접 볼 기회도 적겠지만 레전드급도 전부 같은 모양을 하고 있다고 들었어."

"……그게 가능해?"

신이 신지에게 물은 것은 레전드급의 무기와 방어구를 양산하는 게 가능하냐는 뜻이었다.

그런 건 불가능하다――고, 이론상으로는 그렇게 일컬어지고 있었다.

"신지, 아무리 그래도 그건 괜한 트집인 것 같은데? 모양만 같을 뿐이지, 양산품은 아닌 게 아닐까?"

마크도 불만이 있었는지, 신지의 발언을 웃으면서 무시해버렸다. 그게 가능하다면 자신이 손에 넣은 유니크급의 가치도 내려간다고 생각한 것이다.

"물론 일반적으로 생각하면 무리야. 가드라 스승님도 '마강'은 양산하는 것조차 어려운 일이라고 말했으니까 말이지. 하지만 특수한 환경을 유지할 수 있다면 불가능한 건 아닌 모양이더라고."

"……특수한 환경?"

"그래. 평범한 사람이라면 즉사, B랭크인 자도 장시간 노출되면 치사량, A랭크 이상이면 그나마 컨디션이 망가지는 수준으로 그치는, 그 정도로 마력요소 농도가 높은 장소에 무기와 방어구를 장기간――수백 년에서 수천 년――안치해두면 무기와 방어구의 진화 조건이 갖춰진다고 해. 그 뒤에는 우수한 소유자가 무기와 방어구의 인정을 받으면 그때부터 독자적인 진화가 시작된다더군."

"그런 상황이 생길 리가 있나."

"……응. 나도 그런 일은 없을 것 같아."

"그렇지? 하지만 유우키 씨와 가드라 스승님은 가능하다고 말했어."

"──그래서 그게 가능하다고 해서 뭐가 어쨌다는 거야?"

"아니, 그렇다면 이 바디시도 혹시 양산되고 있는 게 아닐까 하는 생각이 든단 말이지."

"설마."

"설마 하는 생각이 들지? 하지만 이 바디시에도 구멍이 뚫려 있어. 이런 건 천연적인 무기 중에선 본 적이 없지 않아?"

"없긴 하지. 대체 뭘까?"

"……하지만 아름다운 무기야. 형상은 기분 나쁘게 생겼지만."

신지는 딱히 흠을 잡고 싶은 건 아니었다.

마크가 기뻐하는 것을 보고 부럽게 생각한 것도 아니었다. 애초에 바디시 같은 대형 무기는 신지나 신은 다룰 수 없는 것이었다.

신지는 단지──.

"단지, 이런 무기를 가볍게 제공하고 있는 시점에서 우리가 상상하고 있는 것 이상으로 이 나라는 위험한 존재가 아닐까 하는 생각이 든단 말이지……."

신지의 말을 듣고, 마크도 신도 입을 다물었다.

실은 두 사람도 같은 기분을 느끼고 있었던 것이다.

바디시를 손에 넣은 직후엔 접수처에서 회수하는 게 아닐까 하고, 마크는 걱정했었다.

미궁 안에서 손에 넣은 아이템은 전부 도전자의 재산이 된다──는 규칙은 미리 들었다. 그러나 이 정도의 무기라면 국가가 회수하는 게 당연하지 않겠느냐는 생각이 들었던 것이다.

그렇게 되면 그렇게 되는 대로 따를 수밖에 없는 것이 마크 일행의 입장이었다.

국가에 의존해서 살고 있는 이상, 국가의 결정에 따를 수밖에 없다. 그게 바로 어느 나라이든 공통적으로 적용되는 규칙이기 때문이다.

애초에 그들은 스파이이므로, 소동을 부리는 것은 그 이전의 문제였다.

하지만 결과는 예상외.

축하한다는 의미의 박수와 함께 그 자리에 있던 직원들로부터 축복을 받았다. 그뿐만 아니라 상금까지 주었던 것이다.

세 명에겐 그 반응은 바로 템페스트가 이상한 곳이라는 걸 증명해주는 것으로밖에 느껴지지 않았다.

"무기도 그렇지만, 이 나라는 이상해."

"놀랍단 말이지. 진지하게 이곳을 공략하는 게 돈도 더 많이 벌고, 더 재미있게 즐길 수 있을 것 같으니까. 아니, 우리에겐 손해가 없지. 약한 녀석이라면 겨우 밥벌이가 고작이겠지만, 우리만큼 강하다면──."

"안 돼, 마크. 생각해봐. 적전도망은?"

"……사형."

"──그래. 그게 있었지. 하지만 말이야, 아무리 생각해도 여기서 사는 게 더 즐거울 것 같잖아."

마크의 말을 듣고 고개를 끄덕이는 신지와 신.

그러나 현실은 혹독했다.

마크의 말은 매력적이었지만, 언제까지고 꿈같은 소리를 하고 있을 상황이 아니었다.

"전쟁이 벌어지면 이 나라도 피해를 입겠지."

"──그렇겠지. 이 나라가 이긴다면 기쁜 마음으로 이쪽 편을 들겠지만. 적전도망을 저지른 상태에서 적 쪽에 붙는다면 어느 나라이든 받아줄 리가 없어."

"······있을 곳이 사라진다면 곤란해지니까 어쩔 수가 없군."

세 사람은 한숨을 쉬면서 그런 꿈같은 생각을 버렸다.

마음을 다잡고 내일의 공략을 위해 생각을 집중했다.

"내일부터 51층을 가게 될 텐데, 거기서부터 아래쪽은 '죽은 자의 낙원'으로 불린다고 하더군. 마크의 미노스 바디시는 성(聖) 속성인 미스릴로 만든 것이니까 불사계통이나 사령계통에 대한 효과를 기대할 수 있을 거야."

"바로 그거야. 이것도 좀 신기한 것이, 정말로 게임 같단 말이지. 다음 스테이지의 공략이 될 수 있는 열쇠를 보스가 지켜주고 있었으니까."

"······게다가 단계적으로 강해지고 있어."

두 사람은 그런 반응을 보였는데, 그 사실은 신지도 알아차리고 있었다.

RPG를 가장 잘 알고 있는 게 신지였으므로, 그런 말을 듣지 않아도 이미 생각하던 것이었다. 하지만 너무나도 기분이 찜찜했기 때문에 일부러 생각하지 않으려 하고 있었다.

마음에 걸리는 것은 그밖에도 많았다.

애초에 10의 배수에 해당하는 층에 있다고 하는 보스 몬스터는 급격하게 강해지고 있었다.

처음에는 난이도 B랭크인 블랙 스파이더였고, 그 다음은 B+랭크인 이블 지네였다.

그리고 30층에선 B+랭크인 오거 로드가 여러 명의 부하를 이끌고 나타났다. 마물이 연계하여 움직이기 때문에 단순한 개인의 실력만으로는 대처할 수 없는 어려움이 있었다.

40층에선 앞에서 말했던 A-랭크인 템페스트 서펜트가 나타났고, 50층에 출현한 것은 인간의 말을 할 줄 아는 마인—— 고즐이라고 이름을 밝힌 규키(우귀족)였다.

이 정도 클래스는 100년에 한 번조차도 발생하지 않는다.

해저드(재해)급—— 유우키가 정한 랭크를 기준으로 말하자면 A랭크의 마물에 해당한다.

마왕의 부하인 마인에 해당하는 위험한 상대였다.

뭐, 신지 일행 세 명이 동시에 덤빈다면 별 어려움 없이 쓰러뜨릴 수 있었다. 그럴 마음만 먹는다면 혼자서 상대해도 이길 수 있을 것이다.

그러나 잊어선 안 된다. 미궁 안에서는 죽지 않으니까 다소 강경한 작전을 쓸 수 있다는 것을.

"확실히 그렇긴 하지. 그 정도 클래스의 마물이 50층을 수호하고 있었다면 다음은 한층 더 강한 존재가 나타날 거야."

"……아마도 결전이 되겠군."

마크가 신지의 말에 동의했고, 신도 단단히 각오를 한 표정으로 고개를 끄덕였다.

지금까지는 순조로웠지만, 앞으로는 험난한 싸움이 기다리고 있을 것이다. ——세 사람의 의견은 그렇게 일치했다.

"마크를 중심으로 한 전술은 지금까지와 다를 게 없으려나. 특수효과가 있는 무기도 있으니, 갈 수 있는 곳까지는 가보기로 하자고."

"……그러지."

"이렇게 강력한 마물은 그리 쉽게 모일 수 있는 게 아닐 텐데 말이지. 다음에 나올 60층이 최하층일 것 같지만, 만약 그 예상이 틀렸다면 오싹해지는군."

"아니, 아니, 설마 그렇진 않겠지."

신지는 그 말을 부정했지만, 실은 불길한 소문을 듣고 있었다.

그 내용을 마크와 신에게 알려줄 생각은 없다. 말하면 틀림없이 그들의 사기가 떨어질 것이라는 걸 알고 있었기 때문이다.

왜냐하면 그 소문의 내용은 미궁이 지하 100층까지 있다는 것이었으니까.

(말도 안 돼.)

그게 신지가 내린 결론이었다.

다음 보스에 대한 불안감은 있지만, 그걸 마음에 두고 있다간 아무것도 하지 못한다.

죽는 일이 없으니까 최종적으로는 이길 수 있다고 신지 일행은 생각하고 있었다. 그러나 지금부터는 장기전이 될 것 같았다.

"뭐, 최악의 경우가 일어나도 죽지는 않으니까 방심하지 않도록 노력해볼까."

신지의 말을 듣고, 마크와 신도 고개를 끄덕였다.

목표는 최하층.

거기 있다고 하는 연구시설의 유무를 확인하는 것이다.

그런 뒤에 신지 일행은 행동방침을 재차 확인한 뒤에, 그 날은 잠자리에 들었다.

그리고 3일이 지났다.

독이 있는 늪이랑 부식지대를 공략한 끝에, 신지 일행은 드디어 59층에 있는 계단을 발견했다.

이 계단을 내려가면 지하 60층이다. 드디어 보스의 방 바로 앞까지 도달한 것이다.

50층까지 7일만에 도달했는데, 60층까지는 3일이나 걸렸다. 면적은 작아졌지만, 난이도는 차원이 다르게 높아져 있었다.

"각오는 되어 있지?"

"그래."

"……응."

어젯밤은 충분히 휴식을 취했고, 준비도 만전을 기했다.

기력은 충분하다.

"이 앞에 있는 존재는 50층과 마찬가지로 가디언(계층수호자)으로 불린다더군. 지혜가 있는 마물로 생각해도 틀리지 않을 거야."

"알고 있어. 어제 만난 데스 로드(사령기사장)보다 더 상대하기 버겁겠지."

"……처음부터 최선을 다해 공격하자."

이다음에 나올 보스도 냉정하게 대응하면 문제는 없을 것이다. 세 사람은 그렇게 생각하면서, 조용히 서로를 바라보며 고개를 끄덕였다.

그리고──.

신중하게 문에 손을 얹은 다음, 단번에 문을 밀어서 열었다.

●

시간은 잠시 거슬러 올라간다──.

나는 내 방에서 감시 태세의 구축에 관해서 검토를 하고 있었다.

현재 소우에이와 모스가 내보낸 첩보원이 쥬라의 대삼림의 요소 곳곳에 대기하고 있었다. 그뿐만이 아니라, 파르메나스 왕국에서 잉그라시아 북부에 이르는 해안을 따라 망라해 있으며, 급기야는 산들의 각 정상에까지 배치되어 있었다.

그래도 나는 정보수집에 불안한 요소가 남아 있다고 생각했다.

가장 두려운 점은 시간이 지체되는 문제다.

첩보원은 2인1조로 배치하고 있지만, 두 사람이 동시에 살해될 가능성도 고려할 수 있다. 그렇게 되면 그 지점에서 올라올 정보가 단절되어버린다.

인적피해도 뼈아픈 손실이지만, 정보가 늦어지는 사태는 국가 존속의 위기를 초래할 수 있다. 그런 사태가 일어나지 않도록 소우에이에겐 엄격하게 지시하여 주의하도록 시키고 있었다.

감시원이 발각된 경우엔 살해당하진 않더라도 전투상태에 몰릴 경우도 생각할 수 있다. 그렇게 되면 정보전달은 늦어지게 되므로, 더욱 안전하고 원활하게 기능할 수 있는 방법이 없는지를 모색하고 있었던 것이다.

그때 나는 마법으로 감시할 수 없을까 하는 생각이 들었다.

원시(遠視) 계통의 마법이긴 하지만, 주술 계통의 마법 중에 그런 마법이 존재한다. 그러나 이건 마음먹은 대로 쓰기가 힘들었다. 대상의 모습을 확인하는 수준에 그치는지라, 전달되는 정보량이 그렇게 많지 않았던 것이다.

그 지점에서만 감시할 수 있기 때문에 다른 장소를 보려면 다시 마법을 발동시킬 필요가 있었다.

전환하는데 시간이 걸리는데다 그 지점을 상대가 통과해버리면 의미가 없어지게 되는, 융통성이 없는 마법이었다.

더구나 상대가 마법장벽을 펼치고 있는 경우엔 그에 반사되면서 마법이 소실된다. 이래선 상위의 능력자를 감시하는 것은 불가능하며, 실전에선 소용이 없다는 결론이 나와 있었다.

하지만 나에겐 기대를 걸 수 있는 다른 방법이 있었다.

그건 바로 〈물리마법〉인 '메기도(신의 분노)'였다.

'메기도'는 모아들인 물방울을 렌즈 모양으로 만들어서 태양빛을 집중시킬 수 있는 마법이다. 이 이론을 유용하면 감시마법도 만들 수 있지 않을까 하는 생각이 들었다.

예를 들면 물방울을 곳곳에 띄워서 현지의 상황을 비추는 방법이다. 이걸 복사하여 비출 수 있으면 멀리 떨어진 장소의 상황도 확인할 수 있을 것이라 생각했다.

그게 안 된다면 높은 고도에서 만든 렌즈에 영상을 비추고 확대시켜서 모니터에 그 영상을 띄울 수 있게 만든다.

망원렌즈와 사진, 그리고 정보를 복사하며 비추는 장치. 이걸 조합하여 감시위성을 마법으로 만들어낸다──고 생각하면 이해가 쉬울 것으로 생각한다.

하나하나의 원리를 마법으로 구축하는 것이 힘들 것 같지만 〈물리마법〉과 〈정령마법〉, 그리고 '공간지배'를 이용하면 실현가능할 것이라고 라파엘(지혜지왕)이 대답해주었다.

남은 것은 세부적인 요망사항을 라파엘에게 전해주기만 하면 된다.

그것만으로 내가 바라는 대로의 마법이 완성된다.

이 감시태세가 완성되면 정보를 모으는 것이 간단해질 것이다.

안전, 그리고 확실. 손에 들어오는 정보량 자체도 막대해지면서, 적이 어떻게 움직이려고 하는지도, 그 동향을 알아내는 것이 쉬워질 게 틀림없다.

이런 바쁜 시기에 무슨 짓을 하는 거냐는 생각이 들지도 모르겠지만, 이건 너무나 중요한 일이다.

정보를 제압하는 자는 세계를 제압한다──는 말이 있을 정도이니까, 전쟁도 제압할 수 있는 것이다.

러일전쟁 중에 벌어진 동해해전에서 일본해군은 연합함대 사령장관인 토고 헤이하치로의 지휘 하에서 러시아의 발틱함대를 격멸했다.

이 해전에 있어서 가장 중요한 과제는 적 함대와 조우할 수 있는가 아닌가 하는 것이었다고 한다.

상대를 포착하여 공격할 지점의 예상. 이게 빗나가면 이 싸움이 벌어질 일은 없었다. 그 결과 일본은 패배했다.

즉, 이 이야기는 현재의 우리 상황에도 딱 맞아떨어진다.

곳곳에 전력을 분산시키고 있다가는 전력 수로 열세인 우리가 패배할 가능성이 높았다. 제국의 동향을 파악하고, 최적지점에 전력을 집중시킬 수 있느냐 아니냐가 승리를 결정하는 한 수가 될 것이다.

반대로 제국이 전력을 분산시켰을 경우엔 더욱 상세하게 작전을 짜낸 뒤에 각개격파도 가능해지게 된다. 이렇게 싸움을 유리하게 진행시키기 위해서라도, 그리고 무엇보다 우리가 확실한 승리를 손에 넣기 위해서라도 이 마법의 완성은 필수적인 것이었다.

——그럴듯하게 의미를 붙여서 말해봤지만, 실은 이건 이미 시험제작단계까지 완성되어 있었다.

라파엘(지혜지왕)에게 좀 더 쉽게 쓸 수 있게 만들어달라는 내용으로 세세한 지적과 요망사항의 의미를 담아서 전달해놓았다.

뭐? 내가 직접 하지 않느냐고?

멍청한 말을 하면 안 된다.

라파엘은 내 능력이니까 이건 즉, 나 자신이 노력하고 있는 것과 같은 뜻이다.

그렇게 생각하면, 최근에는 너무 지나치게 일한다고도 할 수 있다. 피곤함을 좀 덜기 위해서라도 조금은 휴식을 취하려고 한다.

그리고 나는 오랜만에 슈나가 끓여준 홍차를 마셨다.

그렇게 편안히 쉬면서, 완성한 감시마법을 한 번 사용해볼까 하는 생각을 하고 있었는데——.

『리무루 님, 긴급히 보고드릴 것이 있습니다!!』

——라는 베레타의 긴박한 '사념전달'이 도착했다.

··················.

············.

·······.

그 보고는 경악할 만한 것이었다.

던전(지하미궁)에서 두 번째 50층 공략자가 나왔다는 것이다.

참고로 최초의 공략자는 굳이 말할 것도 없이 마사유키의 파티였다. 지금은 전쟁 전인지라 공략을 쉬고 있지만, 그들의 도달기록은 59층으로 되어 있었다.

마사유키의 파티 덕분에 미궁은 대성황이었다.

매일매일 수많은 도전자들이 이용해주고 있으며, 우리에게도 많은 부를 가져다주고 있었다.

물론 도전자들에게도 좋은 점은 있었다.

이 1년 동안에 그들도 상당히 숙련도가 높아진 것이다.

이미 30층 공략조도 간간이 나타나기 시작했으며, 좀비 어택(죽어서 돌아가기 작전)이나 산 제물을 두고 가기 플랜(영광의 이름 아래 작전)등 던전 안에선 죽지 않는다는 현상을 이용한 공략방법도 만들어지고 있었다.

하지만 30층을 넘어서면 사전지식 없이는 알아낼 수 없는 덫이 등장할 뿐만 아니라 마물들도 집단전의 경향을 띠게 된다. 정공법이 아닌 공략법으로는 대처하기가 어려워지는 것이다.

하지만 도전자 중에는 실력파도 존재했다.

정공법으로 공격하는 자들은 뒤처지긴 하지만 기술은 숙련되고 장비도 점점 충실해진다. 그에 따라 그 실력도 강해져 있었다. 익숙해진다는 것은 실로 무시무시한 것이라 할 수 있는 것이, 아무리 흉악한 덫이라고 해도 직감으로 피하는 자가 나오기 시작한 것이다.

그런 식으로, 최근의 최전선 공략조는 40층의 보스 몬스터가 있는 곳까지 거의 근접해 있었——지만, 여기서 막혀 있는 것이 현재의 상황이었다.

40층의 보스 몬스터가 A-랭크인 템페스트 서펜트(람사)였기 때문이다.

내가 처음 만났던 검은 뱀이며, 집단에게 효과적인 브레스가 특기였다. 이 녀석에게 당하면서 장비를 파괴당한 자가 다수였으며, 그들은 눈물을 흘리면서 우리 상점의 단골이 되어주었다.

그때 친절하게도 템페스트가 품질을 보장한 장비품을 빌려주기도 한다.

망가지면 변상을 받기 때문에, 이게 또 좋은 돈벌이가 되었다.

야아—, 검은 뱀, 정말 고마워!

도전자들로부터 지금까지 번 것을 왕창 뜯어낸다. 그런 믿음직스럽고, 우리에게 부를 가져다줄 훌륭한 수호자라고 생각하고 있었는데…… 쓰러져버리다니 정말 한심스럽다.

더구나 50층의 가디언(계층수호자)까지 당했다고 한다.

마사유키의 파티는 약간 꼼수를 써서 이긴 것이기 때문에, 이번에는 상당한 실력자가 나타났다는 뜻이 된다. 보상금도 뜯겼지만, 그건 광고비로 충분히 메꿨다.

미궁은 새로운 영웅의 탄생으로 다시 분위기가 끓어올랐으며, 평소보다 훨씬 더 대성황인 모양이었다.

이 50층은 지혜가 있는 마인에게 방어를 맡기고 있었다.

규키(우귀족)인 고즐과 바키(마귀족)인 메즐에게 교대로 지키도록 명령을 내려두고 있었던 것이다.

이 두 사람은 절대 약하지 않았으므로, 그들이 돌파당했다는 사실은 놀라웠다.

무엇보다 틈만 있으면 둘이서 경쟁하고 있었던 지라, 창의성을 발휘하여 전투를 연구하는 자세를 보이기 시작했다. 힘에만 의존하는 바보가 아니게 되었기 때문인지 전투를 치르는 방법에도 연구의 성과가 보였던 것이다.

지금은 티격태격 다투는 일도 없이, 두 사람은 친구처럼 지내고 있었다.

그런 두 사람이 교대로 수호하는 50층인지라, 돌파했을 때에 상당한 보상을 준비해놓았다는 사실을 떠올렸다.

초회한정이지만 100퍼센트의 확률로 보물 상자에서 무기나 방어구가 드롭된다.

유니크(특질)급의 장비, 미노스 시리즈다.

미궁의 주인으로 유명한 미노타우로스의 이름을 따와서 붙인 것이다. 이게 제법 엄청난 것으로, 상당한 위력을 자랑한다.

무기라면 미노스 바디시(소머리 마인의 전투용 도끼)나 미노스 트라이덴트(말머리 마인의 전투용 창)중 하나가 나온다.

방패는 없으며, 나머지는 각 부위의 방어구이다.

여기까지 누군가 도착하는 건 당분간 먼 미래의 일일 것으로 생각하고 있어서, 아직 10개 세트정도만 준비해두고 있었던 것으로 기억한다. 그러나 그 품질은 틀림없이 1급품이다. 쿠로베의 실력 있는 제자들이 그 기술의 정수를 모아서 만들어낸 명품이었다.

그걸 보상으로 뜯겼다는 것도 문제지만, 그보다 더 중요한 것은 공략자들의 전투능력 쪽이다.

무엇보다 고즐이나 메즐은 내가 이름을 지어주면서 강해졌다. 그런 그들을 쓰러뜨릴 수 있는 수준의 실력자라면 우리나라에서 스카우트하고 싶다는 생각이 든 것이다.

스카우트에 응해주지 않을 경우엔 적대할 가능성도 있다. 그렇게 되면 귀찮아지기 때문에 그런 위험한 자들은 감시대상에 포함시킬 예정이었다.

그런 이유로 고즐과 메즐이 쓰러진다면 긴급연락을 하도록 미리 일러두고 있었다.

그래서 방금 전에 베레타가 내게 연락을 한 것이다.

·················.

············.

······.

『그래서 상황은?』

『네. 돌파한 자는 세 명. 모두 유니크 스킬 보유자였습니다.』

혹시 내가 아는 사람일까——하고 예상해봤지만, 그 생각은 바로 뒤집혔다.

겨우 세 명이서 고즐을 쓰러뜨린 것도 모자라서 유니크 스킬 보유자. 더구나 지금까지 활약하고 있던 자들이 아니라, 최근에 온지 얼마 안 된 신참들이었다.

평상시라면 또 모를까, 전쟁이 벌어지기 직전인 현재 상태를 생각해보면 미끼에 낚여서 찾아온 스파이일 가능성이 농후했다.

정보를 확실하게 모을 필요가 있다.

그런고로 나는 감시마법의 연습예정을 중지하고, 미궁 안에 마련된 사령실로 이동했다.

*

안으로 들어가자, 라미리스와 베루도라가 있었다.

디노와 베스터는 오늘은 휴일인 모양이다.

디노는 모르겠지만, 베스터는 최근 들어 많이 피곤해 보였으니 푹 쉬었으면 좋겠다.

라미리스와 베루도라는 오늘도 기운찬 모습이었다.

이 두 사람에겐 피곤하다는 개념이 없을 가능성이 있다.

쉽게 말해서 어린아이는 체력이 엄청나니까 말이지.

흥미가 생기는 일을 할 때는 전혀 지칠 줄을 모른다.

"어, 왔구나, 사령관! 현재 상황은 여전히 이상 없습니다!"

뭐가 이상이 없다는 것인지 모르겠다.

아마도 적당히 멋져 보이는 말을 한 것뿐이겠지.

큰 화면에 비춰진 영상을 봤다.

그곳에는 방금 얘기를 들은 세 명의 젊은이가 비치고 있었다.

파죽지세로 각 층을 답파하고 있는 것 같았다. 그리고 그 전법도 아주 특수한 것이었다.

명백하게 비정상적으로 보이는 투척력으로 **공기**를 붙잡아서 던지고 있는 자가 있었다.

공기압축탄 같은 거라고 해야 하나? 인간의 힘으로는 절대 불가능할 것으로 보였다.

다부진 체격의 커다란 남자였고 갈색 머리카락을 가지고 있었다. 이목구비의 굴곡이 뚜렷했고, 탱크톱에 청바지 차림이었다.

그렇다. 탱크톱에 청바지. 이것만 봐도 '이세계인'이라는 생각이 들었다.

나머지 두 사람을 살펴보자.

검은색의 로브로 온몸을 가린 작은 몸집에 깡마른 남자 한 명과, 또 다른 한 명은 미늘갑옷 위에 흰 가운을 입은 청년이었다.

흰 가운. 그렇다 흰색 가운이었다.

연구실이나 병원에서 종종 보는 흔하디흔한 흰 가운. 그러나 이 세계에선 그렇게 흔하게 유통되지 않는다.

흰 가운을 입은 청년은 황인종으로 보이는 이목구비를 갖추고 있었다.

아무리 봐도 일본인 같다.

검은 로브는 모르겠지만, 탱크톱과 흰 가운은 '이세계인'으로 보였다.

그건 그렇고.

큰 화면 안에선 싸움이 계속 벌어지고 있었다.

이번엔 거물── 새롭게 여섯 명의 데스 울프(사령랑, 死靈狼)가 참전하여 그 세 명을 습격하고 있었다.

평범한 인간은 반응할 수 없는 속도로, 데스 울프가 순식간에

거리를 좁혔다.

원거리에선 일방적으로 공격을 받을 뿐이라고, 데스 울프는 판단한 것 같았다. 이곳 50층 이하에선 잔챙이 급으로 출현하는 몬스터조차도 높은 지능을 보유하고 있다.

참고로 데스 울프는 한 마리라도 B+랭크이며, 여섯 마리씩이나 무리를 지어서 움직이면 너무나도 상대하기 번거로운 존재였다. 더구나 사령계통의 몬스터이므로, 홀리 웨폰(성 속성의 무기)이나 매직 웨폰(마법무기)이 아닌 한은 물리적인 대미지를 받지 않는다는 특징이 있었다.

육체는 마력요소로 구성되어 있기 때문에 쳐서 날려버려도 바로 재생해버린다. 대책수단을 미리 마련해두지 않으면 이길 수 없는 터무니없는 마물인 것이다.

방심하고 있다간 일격에 물려서 죽게 되지만…….

"얕보지 말라고, 별 볼 일 없는 강아지 주제에! 으랏차아아아!!"

그렇게 소리친 것은 방금 전까지 공기를 붙잡아서 던지고 있던 갈색머리였다. 이번에는 등에 지고 있던 살벌한 전투용 도끼를 쥐더니 크게 휘두르고 있었다.

그 동작 한 번으로 데스 울프 세 마리가 빛의 입자로 변해 사라져버렸다.

아앗, 저건! 그 살벌하게 생긴 전투용 도끼는 본 적이 있는 것 같다 싶었는데, 바로 미노스 바디시(소머리 마인의 전투용 도끼)였다.

유니크(특질)급의 무기라면 당연히 마력을 띠고 있다. 즉 매직 웨폰의 일종이니, 여유 있게 사령계통의 마물에도 대미지가 통한다. 그 무기가 지닌 마력만으로도 마물에게 대미지를 줄 수 있는 것이다.

더구나 미노스 바디시는 만들 때 그 재료에도 공을 들였을 것이다. 분명, 마강에 은을 섞은 특별주문품인 미스릴(마은, 魔銀)로 만든 것으로 기억한다. 이건 성 속성을 띠고 있어서, 불사계통이나 사령계통에게 큰 대미지를 줄 수 있는 특화무기로 완성되어 있었다.

"아아, 미노스 바디시라면 데스 울프 따위는 한 방에 끝이지."

"음. 저 무기는 고즐이 드롭한 거로군. 주운 무기를 손에 익은 무기처럼 다루고 있는 저자의 전투 센스도 뛰어난 것 같은데."

내 중얼거림을 듣고, 베루도라도 고개를 끄덕였다.

그들이 싸우는 모습을 바라보면서, 지금까지의 경위에 대한 얘기도 들었다.

구경하는 동안 포테이토칩이 먹고 싶어지는 오늘 이 시간이었다.

들자하니 지금까지 벌어졌던 전투들도 대부분 저 갈색머리가 적을 쓰러뜨리면서 끝이 났다고 한다.

실제로 내 눈으로 직접 보면서 납득했다.

갈색머리는 확실히 강했다.

그러면 각종 덫은 어떻게 돌파했을까?

그쪽은 검은 로브가 재빨리 발견하고, 그 위치를 동료들에게 알려주는 것 같았다.

교묘한 덫이나 사전지식 없이는 알 수 없는 덫도 51층부터는 본격적으로 등장한다.

보고 있으려니, 검은 로브가 덫의 위치를 정확하게 짚어서 가리켰다.

이게 그의 유니크 스킬인 것 같다. 그야말로 미궁을 공략하는 데 빠질 수 없는 인물이라 할 수 있겠다.

마지막 멤버인 흰 가운은 지금까지 나선 것은 단 한 번뿐. 고즐과 싸웠을 때뿐이라고 한다.

베루도라와 라미리스의 설명으론 이해가 안 되었기 때문에, 라파엘(지혜지왕)에게 부탁하여 던전(지하미궁)에서 과거의 기록을 읽어 들이도록 했다. 그러자 확실히 이상한 행동을 하고 있었던 것 같았다.

품에서 주사기를 꺼내더니 동료 두 명에게 주사했다.

그 직후 고즐의 움직임이 급속도로 둔해졌다.

어떤 상태변화를 부여한 것일까?

《해답. 독입니다. 해석결과에 따르면 개체명 : 고즐이 받은 공격은 신경독에 의한 것이었습니다. 방에 독가스를 채워서 내성이 없는 자의 움직임을 방해하는 것 같습니다. 현재는 아무런 영향이 없습니다.》

아아, 독가스란 말이군.

그것도 그 자리에서 자유자재로, 상대에 맞춰서 조합할 수 있는 것 같았다.

움직임이 둔해진 고즐은 갈색머리의 좋은 표적이었다.

그러나 마무리 공격을 날린 것은 흰 가운이었다. 품에서 은색으로 빛나는 메스를 꺼내더니, 정확하게 고즐의 목에 있는 혈관을 그어버린 것이다.

이 흰 가운이 세 명의 리더에 해당하는 존재였다.

거의 나설 차례가 없었던 게 아니라, 사령탑의 역할을 맡고 있었던 것 같다.

그리고 그 실력도 나쁘지 않았다. 여차할 때에는 전력으로 참가할 수 있기 때문에 갈색머리도 자유롭게 움직일 수 있었던 것으로 보였다.

실로 밸런스가 잘 잡힌, 좋은 파티라고 할 수 있었다.

그때 방문을 노크하는 소리가 들렸다.

조용히 문이 열리면서 슈나가 방으로 들어왔다.

지금 한창 화제의 중심인물이 된 세 명의 등록정보가 기입된 종이를 들고 와준 것이다.

"이게 저 세 사람이 입국했을 때의 등록정보입니다."

인사를 한 뒤에, 슈나가 그렇게 말하면서 내게 종이를 건네주었다.

신지이 : 23세, 매지션(마술사).

마크 : 26세, 워리어(전투사).

신 : 17세, 헌터(수렵가).

그 종이에는 그들의 이름과 직업이 간결하게 적혀 있었다.

출신지는 제국의 한 속국으로 되어 있었다.

던전(지하미궁)의 소문을 상인을 통해서 듣고, 실력을 시험해보기 위해서 찾아왔다——고 입국목적에는 그렇게 적혀 있었다.

아니, 아니, 딱 봐도 이건 거짓말이잖아.

라파엘(지혜지왕)은 세 사람의 해석결과를 제출했다. 베레타도 말했던 것처럼 세 사람은 각자 유니크 스킬을 보유하고 있는 것 같았다.

그런 세 사람이 파티를 꾸려서 같은 시기에 찾아왔다. 이건 믿으라는 게 더 말이 안 되는 얘기였다. 그들이 신고한 직업에도 약간 마음에 걸리는 점이 있었다.

매지션이라는 것은 두 가지 계통 이상의 마법을 마스터한 상위직이다. 신지이의 경우 〈정령마법〉과 〈원소마법〉을 습득했다고 한다. 상당한 소질이 있다고 할 수 있다.

워리어도 마찬가지로 무기술과 격투술, 양쪽에 통달해야 한다. 이런 경우 대개는 격투술을 기초로 익히며, 다루는 무기는 최소한 한 종류 이상은 된다.

검이라면 검술, 활이라면 사술, 그중에는 나이프나 투석 같은 투척술이라는 것도 있다. 이런 수많은 무기 중에서 자신과 상성이 좋은 것을 고른다. 그걸 잘 다룰 줄 알게 되는 것이 무기술의 극의다.

마크의 경우는 격투술에 투척술과 창술이 능숙한 모양이다. 상당히 재능이 많은 것 같다.

마지막으로 헌터는 아예 마물을 사냥하는 자의 최고봉이라는 소리를 듣고 있었다.

사술 중에서도 활에 특화된 궁술까지 통달해야 하며, 아츠(기술) 중에서도 난이도가 높은 '은형법(隱形法)'을 다룰 줄 알아야 한다. 게

다가 '위험감지'의 스킬(능력)을 습득하고 있어야 할 필요가 있어서, 재능만으로는 헌터라는 직업을 가지는 건 불가능한 것이다.

토벌 길드에 소속된 자들로부터는 가장 의지할 수 있는 직업으로 여겨지고 있었다.

이 세계에는 탐색계통에서 필수적인 것으로 여겨지는 덫이나 마물을 발견하는 기능을 지닌 자가 적다. 그런 상황이기 때문에 헌터를 자처하는 자는 수렵민족 출신자 정도밖에는 없었던 것이다. 너무나 난이도가 높은 직업이었다.

꽤나 보기 드문 직업을 가진 자가 세 명, 그것도 파티를 맺고 찾아왔다. 이건 아무리 생각해봐도 자신들을 의심해달라고 말하는 꼴이다.

"역시 이 세 사람은 미끼에 낚인 스파이 같은데."

"네. 하지만 이렇게 당당하게 자신의 신분을 밝힐까요?"

내가 중얼거린 소리를 놓치지 않고 들은 것은 존재감이 흐릿한 디아블로였다.

내 마법개발에 관한 논의에 동참해주고 있었으며, 신형 감시마법의 실험을 기대하고 있었지만, 이번 소집으로 중단된 것 때문에 아주 기분이 상해 있는 것 같았다. 그 원한을 화면 속의 세 명에게 풀고 싶어 하는 눈빛을 하고 있었지만, 판단력은 정상이었다.

"아, 그건 나도 의문이었어. 양동이라는 선도 생각해봤는데, 도시의 치안은 안정되어 있더라고."

확실히 의심이 가는 파티이긴 하지만, 기재되어 있던 정보가 너무 지나치게 정직한 것은 사실이었다.

그렇게 우직하게 사실을 적을까——. 그런 의문이 들긴 하는데, 어쩌면 우리를 끝없는 의심에 빠지도록 만들려는 교묘한 작전일수도 있지 않을까?

"리무루, 그건 지나친 생각 같은데. 정직한 게 제일 좋다고 너도 늘 말했잖아."

"그래, 맞아. 그런 것보다 지금은 도전자를 어떻게 대접할지가 중요하다고 생각해!"

야아, 너희는 정말 좋겠다. 아무 생각이 없어서.

걱정 같은 건 없는 것 같이 보여서, 나는 베루도라와 라미리스가 부럽게 느껴졌다.

뭐, 됐어.

진상이 어찌 되었든 간에, 요주의 인물들이란 건 틀림없다.

흰 가운의 흑발청년이 신지이.

아니, 신지이는 가명이겠지. 아무리 생각해도 본명은 신지일 테고.

갈색머리가 마크.

공기탄만 던지는 게 아니라 마물의 시체이든, 떨어져 있는 돌멩이든, 어쨌든 붙잡을 수 있는 거라면 뭐든지 던질 수 있는 모양이다. 살아 있는 마물을 던져서 해골전사 두 명을 동시에 분쇄하는 모습은 보고 있다가 나도 모르게 차를 뿜을 뻔했다.

워리어라는 것은 사실인 것 같다. 미노스 바디시를 능숙하게 다루면서, 사령들을 차례로 쓰러뜨리고 있었다.

검은 로브가 신.

이 녀석은 틀림없이 덫을 꿰뚫어 보는 눈을 가지고 있다.

처음에는 '위험감지'인줄 알았지만, 위험한 장소를 모두 사전에 회피하고 있는 걸 보니, 아무래도 그것도 유니크 스킬의 은총인 것 같다는 생각이 들었다.

원래 50층 이하에선 마물의 강함보다 흉악한 덫이 더 위협적이다.

불사계통의 마물은 호흡을 할 필요가 없으므로, 부자연스럽지 않게 공기성분을 조정하고 있다. 산소가 없는 방도 준비해놓았으니, 섣불리 발을 들이기만 해도 즉사하는 흉악함을 갖추고 있는 것이다.

그 외에도 독을 탄 물, 산성 늪, 부식가스로 채워진 방 등등.

육체뿐만 아니라 장비에까지 대미지를 주는 아주 꺼림칙한 덫들이 무수히 도전자들을 기다리고 있었다.

제작자의 성격이 다 드러나 보이는 음험한 덫이지만, 그런 위험한 덫으로 공략을 방해한다는 것이 50층 이하의 콘셉트였던 것이다.

그런데 그 덫을 완전히 꿰뚫어 본다면 의미가 없다.

또한 방향감각도 발군인지, 회전 바닥 같은 것에도 속지 않고 아주 쉽게 최단거리로 나아가고 있었다.

누가 봐도 미로의 존재의미가 사라져 있었다.

약간의 상처 정도는 흰 가운의 청년인 신지이가 바로 치료해버렸다. 독도 분해해버리는지라 큰 효과는 기대할 수 없을 것 같았다.

겨우 세 사람이라고는 해도, 공략에 특화된 것 같은 자들이었다.

그런 식으로 3일이 지났다.

나, 베루도라, 라미리스, 우리 셋은 신지이 일행의 공략과정을 기쁘게 바라보고 있었다.

아니, 결코 우리가 공략할 때 참고하자는 생각을 하고 있는 건 아니거든?

그러니까 말하자면 강자가 싸우는 모습을 솔직하게 칭찬하고 있는 거다.

디아블로는 방 한구석에서 독서 중이었고, 시온은 슈나에게 과자를 만드는 법을 배우고 있었다.

그리고 슈나가 우리 세 사람에게 차를 더 부어주었다.

오늘 메뉴는 홍차였는데, 사과 향기가 기분 좋게 느껴졌다.

"그런데 리무루, 저자들은 미끼에 낚였다고 했는데, 그게 무슨 뜻이야?"

음, 무슨 말인가—— 했더니 3일 전의 대화를 말하는 건가.

공룡 급의 둔감함이지만, 베루도라니까 어쩔 수 없나.

"그건 신경 쓰지 않아도 돼."

"싱겁긴. 내게 얘기해보라고."

평소엔 이런 일은 신경도 쓰지 않으면서, 오늘은 유달리 끈질기게 구는군. 뭐, 상관은 없지만.

"그럼 말하겠는데, 실은 말이지——."

나는 베루도라에게 설명해주기로 했다.

미끼를 물었다는 것은 말 그대로의 의미다.

피난훈련을 추가했다. 그 이유는 도시를 그대로 던전(지하미궁) 안으로 격리시킨다는 터무니없는 짓이 가능해졌기 때문이다.

라미리스의 고유능력 '작은 세계(미궁창조)'는 정말로 엄청난 것이었다. 층을 서로 바꿀 수 있다는 건 알고 있었지만, 지상부에 있는 도시 그 자체도 층 하나와 바꿀 수 있었던 것이다.

한 번 격리하면 24시간은 고정되지만 물이나 공기 걱정은 할 필요가 없다. 아니, 태양도 보이므로, 주민들의 심적 부담도 그렇게 크지 않은 것 같았다.

물론 말도 안 되는 커다란 힘이 필요해지지만, 그 문제는 베루도라가 있으니까 해결할 수 있다.

그런고로, 전쟁이 벌어질 때는 도시를 격리하는 방향으로 작전을 세웠던 것이다.

——그래서 그걸 몇 번 정도 연습해봤는데, 그게 바로 스파이를 유혹하는 미끼가 되었다.

지상부에 미궁의 입구가 되는 문만 남겨두었으니, 더할 나위 없이 수상쩍게 느껴졌겠지. 반드시 조사할 것이라고, 베니마루와 다른 동료들과의 회의 자리에서 그런 결론을 내렸었다.

"그렇구나. 사부 덕분에 나도 파워업했으니까 말이지! 그게 도움이 된 것 같아서 정말 다행이야."

"크큭큭, 그렇군. 내 덕분이란 말인가. 과연."

베루도라가 칭찬해주길 바라는 표정으로 나를 보고 있었다.

귀찮다는 생각이 들었지만, 베루도라 덕분인 것은 사실이다.

"야아——, 아주 큰 도움이 되었습니다, 베루도라 씨."

"크앗———핫핫하! 그렇겠지, 그렇고말고! 그럼 그 케이크는 내가 먹어도 괜찮겠지?"

안 괜찮아!

내가 나중에 먹으려고 놔두고 있던 거라고.

"그럼 제 몫을 드시죠."

오오, 디아블로, 고맙다!

"미안하군."

"아닙니다, 리무루 님을 위해서라면 이 정도는 아무것도 아니죠."

참으로 믿음직스럽다니까.

지금은 순순히 디아블로의 호의를 받아들이기로 하자.

케이크를 즐기면서, 큰 화면 쪽으로 눈을 돌렸다.

그러자, 도전자 일행이 60층의 가디언(계층수호자)에게 도전하려하고 있었다.

"스파이라는 걸 알고 있으면 붙잡는 게 낫지 않겠어?"

"아니, 그들의 실력을 시험해보고 싶어. 어디까지 갈 수 있는지한 번 보고 싶거든. 상금을 지불하는 건 뼈아픈 지출이지만, 분위기가 꽤나 끓어올랐으니까 문제는 없겠다는 생각이 들어."

최악의 경우에는 체포하여 원래대로 되돌린다는 방법도 있다.

지금은 통 크게 베풀었다는 이미지를 보여주면서, 실컷 이용해먹을 생각이다.

"역시 리무루로군."

"치사해! 역시 네 발상은 천재적이네!"

베루도라와 라미리스한테 칭찬을 들었지만, 기쁘지 않은 것은왜일까.

그런 우리를, 슈나가 어이없다는 표정으로 바라보고 있었다.

"하지만 실패했군. 설마 미노스 바디시(소머리 마인의 전투용 도끼)가한 방에 바로 나올 줄이야. 저건 성(聖) 속성의 무기라서 불사계통이나 사령계통의 마물에겐 대미지가 극도로 올라간단 말이지."

"초회한정 서비스라니, 신이 나서 지나치게 베풀긴 했어……."

60층의 수호자는 아다루만이다.

와이트 킹(사령의 왕)이었던 시절처럼 도전자를 맞아서 싸우라고 '임모탈 킹(불사왕)'이라는 이름을 쓰게 했는데…….

아다루만의 진짜 실력은 군대를 이끌 때 제대로 발휘된다. 혼자서는 고즐이나 메즐보다 약하므로, 이번에도 아쉬운 결과가 나올 것 같았다.

더구나 아다루만은 와이트이므로 성 속성이나 빛 속성에 너무나도 약하다.

마크가 미노스 바디시를 갖고 있는 이상, 아다루만이 승리할 가능성은 낮아보였다.

아다루만에겐 여러모로 어드바이스를 해주었지만, 이 층은 덫이 주역이었다.

보스의 실력은 그다지 기대할 수 없었기 때문에, 도전자에게 약점을 노리는 무기를 줘도 문제가 없겠다는 판단을 하고 말았던 것이다.

아다루만에겐 미안한 짓을 했다.

아쉽게도 그의 힘으로는 이 세 사람을 막을 수 없겠지.

뭐, 내 탓일지도 모르지만 그건 용서해주면 좋겠다.

──그런고로, 70층의 수호자에게 기대해보자는 생각을 했다.

'불사왕' 아다루만은 자신의 영역에 침입자가 온 것을 깨닫고 살점이 없는 입술을 끌어올리는 동작을 취했다.

미미하게 이가 부딪치면서 작은 소리를 냈다. 알아보기 어렵지만, 아다루만은 씨익 웃으려 했던 것이다.

"기분이 좋으신 것 같군요, 아다루만 님."

아다루만에게 말을 건 자는 먼 옛날, 아다루만의 심복이었던 남자다.

과거에 팔라딘(성당기사)이었으며, 이름은 알베르트라고 했다.

아다루만이 함정에 빠져 죽은 뒤에도 계속 그를 따르고 있었다.

리무루의 부하가 되어 끝자리나마 차지한 직후, 알베르트는 스켈레톤(해골기사)이라는 하급 마물이 되어 있었다. 존재가 소실되지 않은 것만도 다행이라는 생각이 들 정도로 나약한 존재로 몰락했던 것이다.

당연히 말도 제대로 할 수 있을 리가 없다.

그런데도 지금의 알베르트는 유창하게 대화를 나누고 있었다.

어째서일까?

그 이유는 아주 간단했다.

지금의 알베르트는 스켈레톤도 아니고, 몇 단계 더 진화한 존재에 해당되는 데스 나이트(사령기사)도 아니었다.

좀 더 위에 속하는 존재—— 데스 팔라딘(사령성기사)이었던 것이다.

그는 사령이면서도 육체를 가지고 있지 않았다. 그러나 생전과 다를 바 없는 모습으로 서 있었다. 단, 푸른 도깨비불이 주위를 날고 있었으며, 피부가 창백하므로 살아 있지 않다는 것은 명백

했지만.

아다루만은 생전의 육체에 미련이 없었으며, 오히려 뼈만 남은 지금의 모습을 마음에 들어 하고 있었다. 그러나 알베르트는 그렇게 생각하지 않는지, 데스 나이트(사령기사)보다도 방대한 마력을 얻으면서, 현재는 자유롭게 마력요소로 육체를 구축할 수 있게 되었던 것이다.

알베르트는 생전의 모습에 미련과 긍지를 가지고 있다고 할 수 있었다.

상큼한──사령이 상큼하다는 것도 이상하지만──용모를 지닌 청년의 모습이었다.

그의 몸은 불길한 기운을 띠는 장비로 보호받고 있었으며, 알베르트가 평범한 자가 아니라는 것을 한 눈에 보고 바로 이해할 수 있었다.

"음, 기분이 좋고말고. 알베르트여, 손님이 온 것 같다."

그 말을 듣고, 알베르트도 기쁜 표정으로 고개를 끄덕였다.

"그렇군요. 이제 겨우 왔나 봅니다."

모든 것을 서로 이해할 수 있는 사이인 두 사람은 적은 대화로도 마음이 서로 통했다.

"음, 드디어 이때가 왔다. 우리에게 안녕을 부여해주신 마왕 리무루 님에게 도움을 드리는 것이다. 이렇게까지 강한 힘을 부여받은 지금, 예전 같은 추태는 다신 용서받을 수 없다고 생각해라."

"물론이고말고요. 이 알베르트도 충분히 잘 알고 있습니다."

"훗훗후, 쓸데없는 잔소리였구나. 짐도 흥분하고 있는지, 나도 모르게 말이 많아지고 말았다."

그리고 두 사람은 서로의 얼굴을 바라보면서 웃었다.

그리고 또 하나.

"쿠오오오오오오오옷——!!"

흉악하고 광포한 포효가 죽음의 도시에 울려 퍼졌다.

"그렇군, 너도 기대가 되는 모양이구나. 좋다. 오늘은 그 힘을 마음껏 쓰도록 해라. 우리의 '신'에게 충성의 증표를 보이는 것이다!!"

조용히, 그리고 중후하게.

세 명의 열기가 그 자리를 가득 채웠다.

아다루만의 신앙은 한 번 죽었으며, 새로운 신으로서 마왕 리무루가 그 자리를 대신 채우고 있었다.

뼈아픈 패배를 겪은 이후로 몇 개월.

리무루에게 도움이 되고 싶다는 일념으로, 겨우 몇 개월 만에 아다루만은 전성기를 능가하는 와이트 킹(사령의 왕)의 힘을 되찾았다.

그 정도로 아다루만의 신앙심은 뜨거웠다.

리무루의 입장에서 보면 그런 신앙심은 지나쳐서 부담스러울 뿐이었다.

그 정도가 아니라 '미안, 너희 힘으론 못 이길 것 같아'라는 생각을 하고 있었으며, 이미 다음 수호자를 기대하고 있는 판국이었지만, 그런 사실은 전혀 모르는 아다루만 일행은 완전히 의욕에 사로잡혀 있었다.

이번에야말로—— 아니, 앞으로는 모든 싸움에서.

패배 따윈 허용되지 않으며, 승리를 계속 바쳐야만 한다.

의욕으로 불타는 아다루만과 그 동료들은 이제 곧 찾아올 어리석은 침입자를 맞이하기 위해서 신중하게 대책을 세우기 시작했다.

●

격렬한 전투가 시작되었으며, 순식간에 끝났다.

실로 격렬한 싸움이었다——는 감상을 남기고 싶었지만, 너무나도 쉽게 끝나는 바람에 할 말이 나오지 않았다.

지겨워질 때를 대비해서 트럼프를 준비해두었는데, 그게 등장할 차례는 전혀 없었던 것이다.

결과는 아다루만의 압승이었다.

아연실색할 정도로 선명한 승리였다.

도전자들이 약했던 것도 아니었으며, 병에 걸리거나 부상을 입었던 것도 아니었다.

컨디션은 완벽했던 것 같았으며, 본인들의 의욕도 충분했다. 그러나 그 모든 것을 아다루만 일행이 넘어섰던 것이다.

이번 도전자는 상당히 강했다.

스킬의 해석도 완료된 상태였지만, 아다루만보다 강하다는 생각이 들었다.

세 명 다 A랭크 오버이며, 각자 유니크 스킬을 보유하고 있었다.

신지이는 유니크 스킬 '치료하는 자(의료사)'라는 아주 보기 드문 스킬(능력)을 갖고 있었다. 이 스킬은 미소한 구조체인 바이러스를 조작할 수 있다. 생물이라면 체내에서 파괴할 수도 있는 모양이다. 공기성분을 조작하여 바이러스 독(미세공격체)를 살포할 수도 있는 것 같았다.

솔직히 말해서 말도 안 되게 강력한 힘이었다. 생물을 상대로 하는 싸움이라면 무적이지 않을까?

현미경으로 보지 않으면 판별할 수 없는 극소 사이즈의 공격군을 눈으로 볼 수 없다면, 그 시점에서 신지이에게 이기는 건 무리일 것이다.

당연히 치료도 할 수 있다. 의료용 나노머신보다 우수하므로, 범용성이라는 의미에서도 엄청나게 우수한 스킬이었다.

뒤이어 마크에 대해서 말하자면, 그가 가진 힘은 유니크 스킬 '던지는 자(투척자)'라고 한다.

손에 든 것이라면 무엇이든 던질 수 있는 것 같았다. 마물을 던지던 걸 봐도 들어 올릴 수 있는 거라면 무엇이든 이 스킬(능력)이 적용되는 것으로 보였다.

중력조작계통의 마법과 조합한다면 웬만한 질량병기보다도 상대하기 어려울 것 같았다. 개인보다는 군대를 상대로 특화시키는 쪽이 더 유효하게 활용할 수 있을 것 같군.

마지막으로 신의 스킬을 말하자면, 이건 편리한 힘을 한데 모아놓은 것이었다.

유니크 스킬 '보이는 자(관찰자)'——'직감회피, 위험감지, 덫 감지, 마물감지, 기척감지'를 갖추었으며, 신지이의 미세공격체까지 눈으로 볼 수 있는 모양이다. 여기에 개인의 전투능력이 더해졌기 때문에 어쨌든 도망치는 것이 능숙하다. 빠른 것뿐만 아니라 덫에도 걸리지 않았다. 미궁의 천적이었다.

대충 이 정도였다.

괜찮아 보이는 스킬만 참고했는데도 말이다.

개인적인 능력만으로도 우수한데 세 명의 상성도 좋았다. 이러니 강할 만도 하지.

이 세 명이라면 아다루만에게 이길 것이라고 내가 생각한 것도 무리가 아닌 얘기였던 것이다.

그런데.

아다루만 녀석은 최근 몇 개월 동안 크게 성장했던 모양이다.

아니, 자아가 없는 마물이라면 초기의 배치상태에서 전투능력이 크게 변화하는 일은 없다. 몇 십 년이나 계속 살았다면 얘기는 달라지겠지만, 몇 년 정도로는 변화하지 않는다.

그런데도 아다루만과 알베르트는――.

"――아니, 이게 어떻게 된 거야? 왜 아다루만 일행이 저렇게 강해진 거지?!"

그 전에, 저 용은 대체 뭐야?

보스의 방에는 아다루만과 알베르트, 그리고 본 적도 없는 사악한 용이 한 마리 있었다. 몸길이는 10미터에 가까웠으며, 살벌한 독기를 발산하고 있었다.

어디서 저런 걸 데려온 거야…….

내가 국외시찰 등으로 자리를 비운 사이에 대체 무슨 일이 일어난 거람.

"헤헤헤, 깜짝 놀랐지?! 실은 비밀로 하고 있었지만, 리무루가 저 애들에게 장비를 주었잖아? 그게 너무나 기뻤는지, 저 아이들은 엄청나게 노력해서 수행했다고! 그래서 말이지, 그래서 말이지, 미궁 안의 마력요소의 농도가 높잖아? 그 마력요소를 흡수하면서 아다루만과 알베르트는 이전의 힘을 되찾은 거야!"

라미리스가 서프라이즈 성공! 이라는 듯한 표정을 지으면서 내게 알려줬다.

그 말대로 잘 보니, 아다루만은 와이트(사령)에서 와이트 킹(사령의 왕)으로 진화한 상태였다. 예전과 같은 해골 모습에 의상이 호화로워서 알아차리지 못했지만, 마력이 엄청나게 늘어나 있었다.

그리고 또 한 사람인 알베르트는 데스 나이트(사령기사)의 수준을 넘어서서 데스 팔라딘(사령성기사)이라고 하는 상위 마물로 진화한 상태였다.

"와이트 킹이랑 데스 팔라딘은 아크 데몬(상위마장)급의 에너지(마력요소)양을 보유하는구나······."

"크앗──핫핫하! 약한 녀석은 약한 녀석대로 우리에게 도움을 주기 위해서 노력하고 있었단 얘기지!"

쉽게 말해서 진화했다는 표현을 썼지만, 예상 이상으로 강화되어 있었다.

"그건 그렇고 저 용은 뭐야?"

"저거, 리무루는 모르고 있었어? 저건 아다루만의 애완동물인데?"

애완동물······?

으──음, 그러고 보니······ 아다루만이 애완동물을 기르고 싶다는 말을 했던 것 같다. 설마 그게 이렇게 사악한 드래곤이었을 줄이야.

그 용은 죽은 마물의 정점에 해당하는 데스 드래곤(사령용)이었다. 슈나와 다른 사람들도 잘 알고 있는 상대였는지, 나도 당연히 알고 있을 거라 생각했던 모양이다.

이건 내게도 잘못이 있었다. 보고, 연락, 의논이란 것은 정말로 중요하다는 생각이 막 들었다.

서론이 길었으니 이제 중요한 전투 내용을 얘기해야겠지만.

이건 더 이상 길게 얘기할 게 없었다.

아다루만은 옥좌에서 움직이지 않았다. 그 왼쪽에는 데스 드래곤이 자리를 잡고 앉아만 있었다.

혼자서만 앞으로 나선 알베르트가 그대로 모두를 쓰러뜨린 것이다.

마크가 들고 있던 미노스 바디시(소머리 마인의 전투용 도끼)는 아예 그 진가를 발휘할 틈도 없었다. 같은 유니크(특질)급 무기인 커스 소드(원한의 검)로 받아내었고, 마크는 그대로 칼에 베여버린 것이다.

신은 그걸 보고 아연실색하여 한순간의 틈이 생겨버렸다. 그걸 놓칠 알베르트가 아닌지라, 사라진 것처럼 보이는 속도로 다가가 신에게 일격을 가했다. 그 공격 한 방으로 신도 끝이 났다.

"뭐야?"

신지이는 그렇게 말하면서 놀랐지만, 아주 황급하게 알베르트를 향해서 신성마법 : 홀리 캐논(영자성포)을 발사했다. 홀리 나이트(성기사)가 잘 쓰는 마법으로, 일반적으로는 다룰 수 있는 자가 적다. 등록 시의 신청서에도 기재되어 있지 않았으니, 이건 신지이의 비장의 수였던 모양이다.

속공에 적합한 마법인지라, 이 공격은 알베르트에 직격했다.

피할 수 있을 것처럼 보였는데 알베르트가 방심했기 때문인가——라고 생각했지만, 그런 걱정은 할 필요가 없었다. 피할 필요가 없었기 때문에, 알베르트는 움직이지 않았던 것뿐이었다.

"말도 안 돼!"

그렇게 소리치면서 놀라는 신지이를 향해 알베르트가 검을 휘둘렀다.

그걸로 끝이었다.

——아니, 알베르트는 언데드(불사계 마물)니까 성 속성이 약점일 것 아냐?

그렇게 생각한 사람은 나와 같은 생각을 한 셈이다.

그 생각은 틀린 게 아니다.

왜 알베르트가 무사했느냐 하면, 그 원인은 아다루만에게 있었다.

그게 바로 아다루만의 비장의 수—— 엑스트라 스킬 '성마반전(聖魔反轉)'이었던 것이다.

《알림. '성마반전'이란 것은 개체명 : 아다루만이 만들어낸 숨겨진 기술입니다. 이 스킬의 효과로 '성'과 '마'의 속성을 바꿀 수 있습니다.》

아다루만의 이 스킬(능력)로 인해 알베르트는 마 속성에서 성 속성으로 바뀌어 있었다.

장비에는 영향이 미치지 않지만, 알베르트가 죽은 자라는 것은 변하지 않는다. 정기를 흡수당하는 일도 없으므로 속성이 바뀐다고 해서 문제가 될 일은 전혀 없었던 모양이다.

아군을 대상으로 할 경우엔 레지스트(저항)를 당할 걱정은 없다.

성스러운 죽은 자라니 무슨 그런 농담이 다 있냐──고 생각했지만, 아다루만의 '성마반전'에 의해 현실이 된 것이다.

아다루만 일행은 사령이므로 각종 속성마법에는 내성을 가지고 있다. 물리공격은 거의 통하지 않는 레벨이다.

그런 그들이 약점인 성 속성을 극복해내고 말았다. 이건 이미 평범한 도전자들에겐 아무런 대책이 없는 상태라고 할 수 있을 것이다.

내가 가르쳐준 마법을 쓸 것도 없이 아다루만 일행이 승리한 것이다.

그런 식으로 신지이 일행은 아무런 저항도 못 하고 패배했으며, 빛의 입자로 변해 퇴장하고 말았다.

*

"리무루 님(신이시여), 보시고 계십니까? 저희의 승리를 당신께 바칩니다!!"

그렇게 소리 높여 외치는 아다루만을 바라보면서 나는 생각했다.

아다루만 일행은 60층을 지키는 전력치고는 너무 강하다고.

하긴 내가 아다루만에겐 파티를 상대하는 건 파티로 맞서라고 말했었지?

그리고 내 분부를 잘 지켰고, 공격해 온 상대보다 수가 많았던 것은 아니라고 해도.

하지만 말이지, 이건 사기잖아.

대체 뭐냐고?

특A급—— 캘러미티(재액)급 세 명이 동시에 출현한다니, 웬만한 작은 나라라면 멸망할 수준이잖아.

방금 그 모습을 보면 뭔가를 더 숨기고 있을 것이 틀림없다.

사태가 진정되면 나중에 라미리스를 심문하기로 하고, 지금은 일단 아다루만 일행의 공을 치하하기로 하자.

"잘했다, 아다루만! 멀리 떨어진 곳에서 얘기를 나누긴 좀 그러니 이 사령실까지 와다오."

"오, 오오오오! 감사합니다. 지금 곧 리무루 님이 계신 곳까지 달려가겠습니다!"

딱딱하고 갑갑하게 구는 건 여전하군.

뭐, 그게 아다루만답긴 하지만.

"알베르트도 말을 할 수 있게 되었군. 너도 같이 와다오."

"알겠습니다. 그런데 데스 드래곤은——?"

"그 녀석은 역시 덩치가 있으니까 여기로 데려올 수 없겠지."

"네엣!"

데스 드래곤(사령용)은 슬픈 표정을 지었지만, 마음을 굳게 먹고 못 본 척했다.

아무리 그래도 10미터는 너무 크다고.

지하 100층에 있는 베루도라 전용의 대공간이라면 또 모를까, 이 사령실은 그렇게 넓지 않다. 불쌍하지만 포기하도록 했다.

나는 시온에게 아다루만과 알베르트에게 줄 홍차를 준비하라고 명령했다. 그러자 시온은 진지한 표정으로 내게 물었다.

"해골인데 마실 수 있겠습니까?"

"…………."

그러네, 그렇겠지.

알베르트는 육체를 얻은 것? 같긴 하지만 아다루만은 여전히 해골 상태였으니까 말이지.

하지만 뭐, 향기를 즐기는 것 정도는 할 수 있지 않을까?

"이런 건 마음이 중요한 거야."

"그렇군요, 잘 알겠습니다!"

그런 얘기를 나누면서 아다루만과 알베르트가 도착하기를 기다렸다.

"오래 기다리셨습니다, 리무루 님!"

"존안을 배알할 수 있게 된 것을 진심으로 감사드립니다."

아다루만과 알베르트가 내 앞에 무릎을 꿇었다.

큰 화면을 통하지 않고 가까이서 보니, 정말로 동일인물인가 싶을 정도로 힘이 늘어나 있었다.

"음, 수고했다. 알베르트라고 했던가, 너의 실력은 상당한 수준이더군. 그리고 아다루만, 수호자로서의 네 활약은 실로 훌륭했다. 앞으로도 계속 그렇게 임해다오!"

"응응. 앞으로도 잘 부탁해!"

내가 말을 걸기도 전에 베루도라와 라미리스가 먼저 격려의 말을 늘어놓고 말았다. 이런 건 먼저 말하지 않으면 점점 무슨 말을 해야 좋을지 고민하게 되는 법이다.

뭐, 여기서는 무난하게.

"아니, 정말로 오랜만에 너희를 본지라, 엄청난 성장에 깜짝 놀 랐지, 뭐야."

성장이라기보다는 진화라는 표현이 맞겠지.

그 세 사람은 상당히 강했으니까 너희 힘으로는 힘들지도 모르 겠다는 생각을 했다──는 말은 속으로 삼켰다. 그렇게 생각했어 도 말하지 않는 게 더 나은 경우도 있는 법이다.

""네엣──!!""

극도로 감격하는 아다루만과 알베르트.

약간의 죄책감을 씻어버리고자, 나는 그들에게 의자에 앉도록 권유했다.

"실로, 실로 좋은 향기입니다. 다른 분이 주신 거였다면 분명 비꼬는 것으로 받아들였겠지요──."

어, 역시?

마실 수 없는 사람에겐 좀 잔인한 짓이었나.

"──하지만 리무루 님이 권하신 것이라면, 이 향기만으로도 마음이 치유되고 몸의 피로가 사라지는 것 같은 기분이 듭니다."

그렇다면 다행이지만, 그걸 끓인 사람은 시온이지만 말이지.

"──맛있습니다. 마치 감로처럼 달고 향기롭습니다. 이렇게 행복한 한 때를 제공해주시니, 이 알베르트는 실로 감사의 마음 을 금하지 않을 수가 없습니다."

반응이 너무 거창해, 너희들······.

알베르트 쪽은 마력요소로 육체를 구축한 것 같았다.

미궁 안이므로 가능한, 임시방편으로 만든 육체로군.

"아다루만도 알베르트처럼 육체를 마련하지 않을 건가?"

"——네?"

"아니, 그렇게 하면 홍차도 마실 수 있지 않을까 해서 하는 말이야."

"화, 확실히 그렇긴 합니다만, 제 경우는 그러니까, 분위기를 중시한 거라고 할까요……."

과연. 잘 이해는 안 되지만, 아다루만 나름대로 구애받는 부분이 있단 말인가. 그렇다면 내가 간섭할 문제는 아닌 것 같군.

"그렇다면 억지로 강요하진 않겠어."

그러므로 화제를 바꿨다.

"그건 그렇고 엑스트라 스킬 '성마반전'말인데, 착안점이 정말 대단하군. 그걸 개발한 것만 봐도 너의 노력을 잘 알 수 있어."

"감사합니다! 그 스킬은 베레타 공도 도와주신 겁니다. 그리고——."

별생각 없이 화제를 전환하여 '성마반전'에 대해서 물어봤는데, 놀랄 만한 얘기를 들을 수 있었다. 놀랍게도 이 스킬에는 루미너스까지도 관여했다고 한다.

"루미너스 님이 '사과의 의미'라고 하시면서 비기 중의 하나인 '주야반전(晝夜反轉)'을 가르쳐주셨습니다. 이걸 베레타 공의 유니크 스킬 '반대로 뒤집는 자(아마노쟈쿠, 天邪鬼)'로 개조한 결과, 성공적으로 습득할 수 있었습니다."

라고 했다.

루미너스가 말한 '사과'라는 것은 '칠요'의 폭주를 알아차리지 못한 것을 말하는 것이겠지.

그란베르가 왜 유능한 아다루만을 제거하려고 한 것일까. 이에
관해선 내 나름대로의 추론이 있었다.

그란베르 이외의 '칠요'는 그 지위를 위협받을 수 없다는 생각
에 필사적으로 아다루만을 제거하려고 했을 것이다. 하지만 그란
베르는 그 정도의 함정을 뛰어넘어야 자신에게 도움이 될 것이라
고 생각한 게 아닐까.

아다루만 일행은 드래곤 좀비와 싸우다가 승부를 가리지 못하
고 같이 죽었다. 이건 어쩌면 그란베르에게도 의도하지 않은 결
과였을지도 모른다.

그 정도의 적을 쓰러뜨리지 못한다면 인류의 수호자가 되는 것
은 불가능──이란 생각을 했을 것 같다는 느낌이 들었다.

그 고고한 모습──그란베르의 최후의 모습을 봤기 때문인지
나는 그런 생각이 들었던 것이다.

그러나 그런 말을 꺼내는 건 배려가 없는 짓이다.

언젠가 아다루만이 스스로 깨닫기를 바란다. 그렇게 빌면서,
나는 또 화제를 바꿨다.

"그건 정말 훌륭하군. 루미너스에게도 나중에 고맙다는 말을
전하기로 하고, 아다루만!"

"넷!"

"너라면 지금 현재 70층을 맡기고 있는 가디언(계층수호자)을 이
길 수 있을 것 같은데?"

"──그게 무슨 말씀인지?"

당혹스러워하는 아다루만에게 나는 성의껏 설명을 해주기로
했다.

....

....

....

지금 현재 61~70층은 골렘 존으로 이뤄져 있다.

무기질적인 존재에 피로를 모르는 병사들. 특수한 타입의 에리어 보스(영역수호자)에겐 시험제작한 총기까지 장비한 것도 있다.

덫의 종류로는 지뢰를 필두로 한 흉악한 것이 많았다. 그러나 사망할 정도의 수준은 아니었으며, 회복술사의 수련장이라는 의미도 크게 포함시켜 설정을 잡아놓았다.

그리고 보스 몬스터(계층수호자)로 설정해둔 존재가 엘레멘탈 콜로서스(정령의 수호거상)를 개조한 신형이었다.

카이진의 도움도 받으면서, 베스터가 드디어 완성한 것이다.

'마강'에 의한 높은 방어력은 그대로 유지한 채, 소형화와 경량화에 성공했다. 궤도성능은 대폭 상승시켰으며, 조종석의 보호에도 만전을 기해서 배려했다.

이 녀석에겐 자아가 없지만, 조종자가 탑승할 수 있게 만들어졌다. 또한 '사념'으로 원격조작도 가능한 우수한 것이다.

지금은 분명 베레타가 원격으로 조종하고 있을 것이다.

원격조종이라면 바이러스 독(미세공격체) 같은 건 효과가 없다. 강철의 육체에는 미노스 바디시(소머리 마인의 전투용 도끼)도 통하지 않는다. 또한 장갑은 적층식이며, 카리브디스(폭풍대요와)의 비늘로 인해 '마력방해'의 기능도 가동하고 있었다.

완전무적인 강철의 수호자.

그게 바로 엘레멘탈 콜로서스를 개량한 데몬 콜로서스(마왕의 수

319

호거상)였다.

신지이 일행의 힘으론 70층을 돌파하지 못한다. 나는 그렇게 확신하고 있었던 것이다.

··················.

············.

······.

그랬는데, 이번에 아다루만 일행의 싸움을 보면서 내 생각도 바뀌었다.

"베루도라, 아다루만과 데몬 콜로서스 중에서 누가 더 강한 것 같아?"

"음. 그야 틀림없이 아다루만이지."

"그렇지? 그렇다고 하는 군, 아다루만. 그래서 너를 70층의 수호자로 승급시키기로 했다."

역시, 그렇군.

베루도라도 그렇게 느꼈다면 내 계산도 틀린 게 아니겠지.

《해답. 개체명 : 아다루만과 데몬 콜로서스의 전력비교 결과는───.》

아, 응.

이런 건 분위기가 중요하니까 세세한 숫자는 얘기하지 않아도 괜찮습니다.

"오, 오오오오옷───!! 리무루 님의 기대에 부응하기 위해서, 이 아다루만은 새로운 노력을 게을리하지 않겠습니다."

"불초 알베르트, 저의 주인인 아다루만을 최선을 다해 보좌하겠습니다."

내 앞에 무릎을 꿇으면서, 아다루만과 알베르트가 그렇게 선언 해주었다.

잠시 눈을 돌린 사이에 실력이 크게 변동되어 있었다.

데몬 콜로서스도 약하지는 않지만, 솔직히 말해서 보스로서의 관록이 약하다.

그리고 무엇보다 또 파괴되는 건 참을 수가 없다. 제대로 '영혼' 을 넣어둔 형태로 운용하지 않으면, 라미리스의 힘이 작용하는 대상에서 여전히 벗어나는 존재인 것이다. 파괴되었을 때 부활할 지 아닐지를 부담 없이 실험할 수가 없다.

저 상태에서 자아가 있다면 얘기는 달라지겠지만.

어쩌면 누군가가 실제로 조종한다거나?

아니, 이참에 아예 빙의할 수 있게 만든다면 아이템으로 취급 받지 않을 가능성도······.

아쉽지만 그럴 예정은 없다. 그러므로 아다루만 일행을 승급시 켜도 아무런 문제가 없는 것이다.

"좋아! 그럼 오늘부로 51~60층과 61~70층을 서로 바꿔줘."

"알았어, 내게 맡겨!"

그렇게 되면서, 미궁 안의 일부가 교체되게 되었다.

*

아다루만 일행을 칭찬해주고, 미궁 안의 일부 층을 교체할 것 을 결정했다.

이걸로 볼일은 다 끝났으니, 아다루만과 알베르트에게 물러가라는 명령을 내리려고 했다.

그러나 그 때.

"얘기가 적당하게 일단락된 것 같으니, 이참에 보고 드리고 싶은 게 있습니다."

얌전하게 기다리고 있던 디아블로가 말했다.

"뭐지?"

"실은 말입니다. 제 하인인 라젠으로부터 '마법통화'로 연락이 왔는데, 리무루 님에게 긴급히 알려드릴 게 있다고 합니다. 듣자하니 라젠의 옛 스승이라는 자가 찾아왔는데, 그자가 리무루 님을 알현하길 바란다고 하더군요. 이름은 가드라라고 했습니다."

흐—음, 모르는 자인데.

《알림. 몇 개의 마도서에 저자명으로서 기록되어 있던 인물이 아닐까 합니다.》

유명인인 모양이다.

라젠도 상당히 유명하고 우수한 대마법사였지만, 그의 스승이라면 더 대단하단 말인가.

흥미는 있으니까 만나보는 것도 좋겠지만.

"그거, 혹시 함정은 아닐까? 지금은 제국과의 결전을 앞두고 있으니, 이런 시기에 면회를 요청하는 게 더할 나위 없이 의심스러운데 말이지."

"그 말이 맞습니다! 그런 수상한 인물을 리무루 님이 일부러 만

나주실 필요는 없습니다!"

나 이상으로, 시온의 경계심이 MAX였다.

그 주장도 이해가 안 되는 건 아니다. 시기가 시기이다보니, 내 친위대를 자칭하고 있는 이상, 쓸데없는 위기에서 나를 지키는 것도 임무에 들어가는 것이다.

나는 경계심이 약간 부족하기 때문에, 이런 면에선 부하들의 의견에 귀를 기울이는 게 좋다고 생각하고 있었다.

"그렇군요. 라젠 같은 녀석의 의견 따위는 일일이 들어줄 필요도 없습니다. 제가 얘기를 들어줄 필요도 없겠지요."

디아블로는 그게 지당하다는 투로 말하고 있지만, 그저 자기가 귀찮기 때문이겠지.

비서 두 명이 반대한다면 이 얘기는 없었던 걸로 하자──고 말하려다가 아다루만이 왠지 안절부절 못하는 모습으로 앉아 있다는 걸 알아차렸다.

그렇군, 지금의 아다루만의 기분은 나도 이해가 된다.

상사와 논의하는 자리에서 얘기가 끝났으니 그만 나가려고 하던 때에 손님이 찾아오거나 전화가 오는 일이 있단 말이지. 상사를 방해할 순 없으니 얌전히 앉아 있긴 하지만, 시간만 하염없이 흘러가는 애매한 상황.

돌아가고 싶은데 돌아갈 수가 없는 경우──. 사회인이라면 종종 겪는 일이지.

응, 나만 그런가?

뭐, 그런 얘기는 지금은 상관이 없다.

"아다루만, 미안하구나. 얘기는 끝났어. 너희는 이제 물러가도 된다."

"아, 아닙니다! 저희를 신경 쓰실 필요는 없습니다만, 그보다 드릴 말씀이⋯⋯."

"응?"

"실은 그러니까, 그게 말입니다⋯⋯."

"응."

"방금 하신 얘기에 나왔던 가드라라고 하는 자 말입니다만──."

"응."

"제 친구가 아닐까 하는 생각이 들어서 말씀을 드려봤습니다."

"뭐?"

내가 자신도 모르게 아다루만을 노려보자, 아다루만은 초조한 표정으로 어쩔 줄 몰라 하고 있었다.

아니, 네가 배신자라는 생각을 하는 건 아니야. 그렇게 달래주고 싶을 정도로 동요하는 모습을 보이고 있었다.

디아블로에겐 대답을 보류시키고, 아다루만으로부터 자세한 얘기를 듣기로 했다.

가드라와 아다루만은 1,000년도 더 된 옛날에 친구였다고 한다. 그렇다면 그 친구란 자는 수명이 다해서 죽지 않았을까 하는 생각을 했지만, 가드라는 대마법사이니 스스로 만들어낸 비법으로 살아 있어도 이상할 게 없다고 한다.

애초에 신비오의 : 리인카네이션(윤회전생)을 시전하여 아다루만을 구한 인물이 바로 가드라였다고 한다.

라젠이라는 이름에도 짚이는 바가 있는데, 가드라의 오랜 제자── 수제자 중의 한 명일지도 모른다고 했다.

그 외에도 여러모로 얘기를 들어본 결과, 아무래도 본인이 틀림없겠다는 생각이 들기 시작했다.

"디아블로."

"잘 알겠습니다. 날짜와 시간을 조정한 뒤에, 회담 준비를 갖추도록 하겠습니다."

역시 유능한 쪽의 비서다. 이름을 부르기만 했는데, 내 뜻을 잘 파악하고 있었다.

멍청한 쪽의 비서도 더 할 말은 없는 것 같으니, 나는 가드라를 만나보기로 했다.

●

신지 일행 세 명은 60층에서 패배한 뒤, 죽어서 되돌아가는 것을 처음으로 경험했다.

돌아간 뒤에는 많은 사람들로부터 노고에 대한 치하나 질타 및 격려, 웃기지 말라는 욕설부터 어쩔 수 없었다는 위로까지, 폭 넓게 다양한 말을 들었다.

미궁 안에서의 전투 상황은 독점 중계되고 있었으며, 신지 일행의 도전은 인기를 얻고 있었던 것이다.

물론 방영을 허락할 것인가 아닌가는 임의계약이므로 거절할 수도 있었다. 그러나 두 가지 이유가 있어서 신지는 이 계약을 받아들이기로 했다.

첫 번째 이유는 방영료의 일부가 지불되기 때문에.

두 번째 이유는 유명해지면 자신의 안전이 보장될 것이라 생각했기 때문이다.

　이곳은 적의 슬하이므로 이름이 알려지는 게 암살을 피할 수 있는 방법이었다. 그리고 방영되는 것은 보스전뿐이라고 하니, 공략 도중 내내 긴장을 할 필요는 없다. 받을 수 있는 금액은 상당한 액수가 될 것이라고 하니, 신지에겐 거절할 이유가 없었다.

　신지의 결정에 다른 두 사람도 이의를 제기하지 않았다. 그래서 계약에 응했는데, 그 결과가 현재의 주위에서 보여주는 반응이었다.

　"정말 안 됐어. 좀 더 수행해서 또 도전하라고."

　"아니, 아니, 그건 무리야. 대체 뭐냐고, 그 괴물은. 검의 속도는 장난이 아닌데다, 왕좌에 앉아 있던 해골이라니, 그 정도면 전설급의 마물 아냐?"

　"아마도 와이트 킹(사령의 왕)일 거야. 대악마도 상대가 안 되는 죽음을 다스리는 재앙, 그 자체라고."

　"그러고 보니 그 드래곤은 살아 있던가? 장식으로는 보이지 않았는데, 그것도 전투에 참가한다면 솔직히 말해서 인간의 힘으로는 승산이 없을걸?"

　등등 많은 질문도 받았다.

　신지 일행은 그 말들을 웃으면서 넘겼고, 겨우 그 자리를 피해서 물러날 수 있었다.

　"뭐, 용사님한테 기대해야지."

　"이걸로 당신들도 마사유키 님과 맞먹는 기록을 가지게 된 셈이야. 만약 이길 생각이라면 마사유키 님이 전쟁 준비로 바쁜 지금 그 보스에 대한 대책을 찾아내도록 하라고."

"그래. 나는 너희가 이기는 쪽에 걸었단 말이야. 다음에야말로 잘 부탁해!"

그런 말을 뒤에서 들으면서, 신지 일행은 자신들의 여관으로 돌아왔다.

여관으로 들어오자마자, 세 명은 침대 위에 엎어졌다.

"이봐, 어떡할래?"

"어떡하고 말 것도 없어. 좀 쉬게 해줘."

마크가 신지에게 물어봤지만, 신지는 완전히 지친 상태였다. 기세를 살려 보스전에 도전해봤지만, 59층까지의 내용이 귀엽게 느껴질 정도의 난이도였던 것이다.

60층에선 출현하는 잔챙이 마물조차도 통솔이 잡혀 있었다. 데스 로드(사령기사장)라고 불리는 지혜가 있는 마물이 휘하의 병사들을 이끌고 습격해왔다.

그들을 겨우 물리치고 보스 방까지 도착했지만, 그 결과는 참담한 것이었다.

"……유우키 씨에게 보고할 거야?"

신의 지적을 받고서야, 신지는 겨우 몸을 일으켰다.

침대에 앉은 채 한숨을 쉬는 신지.

마크와 신도 몸을 일으켰고, 세 사람은 서로를 마주 보도록 방향을 돌려서 다시 앉았다.

"보고고 뭐고 이전에 그건 무리잖아. 숨겨진 구역이 그 정도로 어려웠을 줄이야."

"그러게, 59층까지는 순조로웠지. 하지만 말이지 60층의 그건 뭐냐고? 데스 로드가 데스 나이트를 이끌고 소대규모로 돌아다녔다고. 일반병사 클래스라면 그런 걸 상대했다간 그냥 죽을 뿐이야!"

"그러게 말이지."

"……그건 정말 위험했어. 그 층만 갑자기 수비가 엄중해졌지. 우리를 쓰러뜨린 기사뿐만 아니라 옥좌에 앉아 있던 해골과 사령의 용, 그 세 명이 숨겨진 보스가 아닐까 싶은데."

세 사람은 열심히 얘기를 나누기 시작했다.

흥분하고 있어서인지, 상대를 신경 쓰는 것 같지도 않았다.

어제까지의 여유는 오늘 하루 만에 사라져 있었다.

"더구나 그 보스(해골). 옥좌에 앉아 있던 녀석 말인데, 그건 와이트 킹(사령의 왕)이었어. 상급의 감정마법을 사용할 줄 아는 자라면 그 정체를 파악할 수 있는 것 같지만 말이야. 하지만 화면으로 보는 것과 실물을 보는 건 다르다고!"

"동감이야. 실전에서 갑자기 그런 녀석이 나온다면 우리로선 버티지 못 하는 게 당연하지."

"……솔직히 말해서 두 번 다시 도전하고 싶지 않아."

신의 의견에는 나머지 두 사람도 같은 생각이었다.

와이트 킹은 싸움에 참가조차 하지 않았다. 왕자(王者)의 관록을 보여주려는 듯이, 그 옥좌에서 움직이지 않았던 것이다.

"숨겨진 보스 같았던 소머리 마물도 A랭크 수준의 실력을 가지고 있었어. 그걸 기준으로 생각한다면 60층은 너무 강해진 것 아냐?"

"……그건 너무 심하긴 했어. 아마도 59층까지는 방심을 유도

한 거겠지."

"하지만 이걸로 확신했어. 그렇게 강력한 마물이 지키고 있다면, 그 미궁에는 뭔가가 있는 거야."

신지가 그렇게 단언했다.

"그럴 거야. 그 알베르트라고 이름을 밝혔던 기사는 말도 안 되게 강했으니까 말이지."

"장비부터가 달랐어. 마크가 싸우고 있는 사이에 감정을 시도해봤는데, 깜짝 놀랄 만큼 유니크(특질)급으로 온몸을 둘러쌌더라고."

"그래서 그랬나. 내 미노스 바디시(소머리 마인의 전투용 도끼)라면 무기까지 통째로 상대를 베어버릴 수 있을 줄 알았는데."

"애초에 주운 무기가 보스에게 통한다는 건 게임 안에서나 있을 법한 얘기였어⋯⋯."

"그야 그렇겠지. 신이 나서 좀 우쭐댔던 거야, 우린."

"⋯⋯응."

그때 세 사람은 서로의 얼굴을 보면서 깊은 한숨을 쉬었다.

세 사람은 거기까지 얘기한 뒤에야 겨우 진정을 되찾았다.

스스로 차를 끓여 마시면서 휴식을 취했다.

"내일 한 번 더 도전해볼까?"

"――진심이야?"

"⋯⋯그건 무리. 몇 번을 도전해봐도 질 거야."

"그렇겠지."

"용사란 자는 유우키 씨가 말했던 마사유키겠지? 그저 운이 좋기만 한 소년이라고 들었는데 60층에 도전했단 말이야?"

"아니, 도전하진 않은 것 같았어. 순조롭게 공략을 진행 중이라고 하는데, 한 번도 죽지 않았던 것 같아."

"그럼 다른 자들은?"

"상위 랭커가 50층에 도전 중이라는 소문이 있어. 하지만 방영 계약을 맺지 않았다고 하니까 방송을 탄 최고기록은 마사유키가 도전한 50층이 유일해. 그 외에는 몇몇 파티가 40층 정도에 머물러 있는 것 같더군."

방송계약을 맺어도 각 층을 따라다니면서 찍지는 않는다. 카메라가 있는 곳은 10의 배수로 끝나는 보스 방이 있는 층뿐. 그 외에도 이벤트 등의 명목으로 취재반이 동행하는 경우도 있다고 한다.

그런 상황에서의 60층 도전이었던 만큼, 신지 일행은 일약 화제의 인물이 되어 있었다. 차례로 기록을 갱신했기 때문에, 그로 인해 내기나 도박 대상도 되어 있었던 모양이다.

"아마도 마사유키는 누군가에게 얘기를 듣고 숨겨진 사정을 알고 있었겠지. 60층에는 숨겨진 보스가 있다고 말이야."

"그럼 우리가 진 것도 어쩔 수 없는 일이군. 그런 강력한 존재가 두 명에, 나머지 하나는 드래곤이었거든? 밸런스가 너무 엉망이야, 그 미궁은."

"……50층까지는 그런대로 밸런스가 괜찮았는데 말이지. 역시 그게 숨겨진 진짜 보스겠지. 그 뒤에는 도시가 있는 게 틀림없어."

세 사람은 서로 얘기하면서 자신들을 위로했다. 그런 뒤에 앞으로의 일에 대해 얘기하기 시작했다.

"이렇게 눈에 띄어버렸으면 스파이 활동은 무리야."

"그건 문제가 없어. 예전에도 설명했지만 우리는 이렇게 하는 게 더 안전해."

"……미궁 조사밖에 하지 않았으니까 말이지."

"그럼 가드라 님이 오는 걸 기다릴 거야? 우리 힘만으로는 몇 번을 도전해봐도 무리일 텐데?"

아니면 수행이라도 할까? ——라고 마크가 농담조로 말했다.

신지는 그 말에 쓴웃음을 지으면서 대꾸했다.

"그 뒤에 뭔가가 있다는 건 틀림없고, 그걸 지키는 수호자가 비정상적으로 강했다는 걸 유우키 씨한테는 일단 전하기로 할까."

"그렇다면 미궁의 넓이도 전해두라고. 어떤 마법으로 확장했겠지만, 인공구조물로는 불가능한 넓이와 깊이였잖아?"

"……다른 층과 비교해봐도 말이 안 되는 전력이었——라는 말도 잊지 말아줘."

마크와 신에게서 그런 말을 듣고, 신지는 순순히 고개를 끄덕였다.

"나도 알아. 그럼 연락이 끝나면 관광이라도 할까."

그렇게 결정했으면 바로 행동으로 옮겨야지.

세 사람은 그렇게 마음을 고쳐먹고 밤의 거리로 나갔다.

*

신지 일행은 일단 교외로 한 번 나가서 순서에 따라 보고를 시작했다.

간결하게 정리된 보고서를 유우키에게 전송했다. 그런 뒤에 10분

정도 시간이 지나자 유우키와 '마법통화'가 연결됐다.

『여어, 잘 지내는 것 같아서 정말 다행이군.』

『어제까지는 잘 지냈습니다만, 오늘은 최악입니다.』

『아하하, 실컷 당한 모양이네. 앞으로는 어떻게 할 예정이지?』

『스승님이 어떻게 하시는가에 달렸습니다. 저희 힘만으로는 60층을 돌파하는 건 불가능하고, 몰래 잠입하려고 해도 미궁 안은 그럴 수 있는 장소가 아니었으니까요.』

『그렇겠군, 잘 알았어. 그건 그렇고, 하나 묻고 싶은 게 있는데.』

『네?』

『네가 느낀 그대로를 말해도 좋으니까 얘기해봐. 그 60층의 보스는 어느 정도로 강했지?』

'어느 정도'라는 말은 신지 일행과 유우키끼리만 이해할 수 있는 얘기였다.

임페리얼 가디언(제국황제 근위기사단)과 비교하여 상대가 어느 정도의 서열에 해당하느냐는 의미였던 것이다.

유우키의 질문을 받고 생각에 잠기는 신지.

신지는 군단 내부의 서열강탈전에는 흥미가 없었다. 그렇게 출세욕이 강하지 않은 신지는 서열강탈전에는 참가한 적이 없었다.

유우키에겐 자신을 거둬준 은혜도 있으며 신세를 진 것도 많았기에, 신지는 그 은혜를 갚을 생각으로 부하가 되었다. 범죄조직에 참가하는 게 싫었기 때문에 신지는 군에 소속되는 길을 선택한 것이다. 그리고 유우키가 군단장이 되자마자, 원래 소속부서였던 기갑군단에서 혼성군단으로 이동한 것이다.

신지처럼 그렇게 생각하는 사람이 '이세계인' 중에는 몇 명 정도 있었다. 자신의 힘을 드러내지 않고 커다란 책임을 피하면서 적당히 사는 자들이다.

그런 자들의 실력은 확실히 드러나지 않아서 근위기사단이 정말로 최강집단인지는 잘 모르겠지만, 명목상 이 집단이 제국에서 최강집단이라는 사실은 틀림이 없을 것이다.

서열을 판단기준으로 삼는 것은 어떤 의미로는 당연한 것이다.

『그렇군요, 적어도 상위 5위 안에는 들어가지 않을까요. 하위에 속한 자들은 아예 상대가 안 될 것 같습니다.』

『그건 알베르트라는 기사 한 명에 대한 평가인가?』

『네. 아, 참고가 될지는 모르겠습니다만, 저는 예전에 종군의사로서 아크 데몬(상위마장)의 토벌 작전에 파병으로 참가한 적이 있습니다. 그때 잠깐 봤을 뿐이지만, 오늘 본 와이트 킹(사령의 왕)이 대충 그 정도의 에너지(마력요소)양을 가진 것으로 보였습니다.』

『혹시 그건 '붉게 물든 호반사변'을 말하는 건가?』

『아, 네. 그겁니다.』

『잘 알았어. 아주 좋은 참고가 되었어. 그러면 가드라 노사와 합류할 때까지 편히 쉬도록 해.』

유우키의 그 말로 '마법통화'는 끝났다.

·················.

·············.

·······.

'붉게 물든 호반사변'이라는 것은 제국영토 안에서 발생한 끔찍한 사건 중의 하나로 일컬어지고 있다.

아름다운 호수에 인접한 속국이 제국에게 반기를 들면서 자주 독립을 외쳤다. 그때 전력 면에서 열세인 그 왕국이 선택한 수단이 바로 참극의 방아쇠가 된 것이다.

그건 바로 금기로까지 불리는 악마소환의 비술이었다.

왕은 자신들이 부릴 수 있는 것 중에서 최강의 악마를 소환하라 명했고, 궁정마술사단은 그에 응했다.

그 결과, 악마소환으로 출현한 아크 데몬으로 인해 그 작은 나라는 멸망하게 된 것이다.

인구가 1만이 채 안 되는 작은 나라인지라, 제국에게 반항하더라도 승산은 아예 존재하지 않았을 것이다. 그래도 왕이 독립을 결의한 것은 나름대로의 이유가 있었다.

외동딸인 그 나라의 왕녀를, 제국의 귀족이 애첩으로 원한 것이 원인이었다.

제국은 강대했으며, 작은 나라의 동향까지 황제가 신경을 쓰지는 않는다. 모든 영토는 황제의 소유물이며, 귀족에게 그 관리를 맡기고 있었다.

속국을 어떻게 다루는가는 그 귀족의 마음에 달려 있었다.

지방의 지배를 맡고 있는 변경백이 황제의 위세를 빌려 폭거를 저지르는 그런 사건은 제국 안에선 자주 보이는 광경이었던 것이다.

악마가 바라는 것은 왕국의 왕녀였다.

왕은 단호히 거부했지만, 악마를 본 순간 정신이 망가지면서 미쳐버린 궁정마술사장이 이 악마의 요청에 응하고 말았다.

악마는 사악한 웃음을 지으면서 왕녀의 육체에 빙의했다.

격노한 왕. 그러나 그 분노는 이내 공포로 뒤덮였다.

육체를 얻으면서, 악마의 폭주가 시작된 것이다.

결국, 그 작은 나라가 소멸함으로써 제국 본토에 그 사태가 전해졌으며, 악마의 토벌이 결정되었다.

조금만 더 초동대처가 늦었더라면 제2의 기이 크림존이 태어났을 것이다.

아름다웠던 호수가 그 작은 나라의 백성들의 피로 물들어 붉은 색으로 변해 있었다.

최근 수백 년 동안의 제국의 역사 중에서도 최악으로 불러야 할 끔찍한 사건이 된 것이다.

'붉게 물든 호반사변'을 해결한 것은 제국의 모든 영토에 지부를 둔 기갑군단이었다.

표면적으로는 그렇게 되어 있다.

그러나 실제로는 그렇지 않다. 종군한 신지는 본대의 힘으로는 상대가 되지 않았던 아크 데몬을, 소수의 병사가 쓰러뜨리는 것을 멀리서 봤다.

사건 그 자체도 수상쩍었다.

귀족의 횡포가 있었던 것은 사실이지만, 악마가 자국의 국민들까지 공격한 시점에서 왠지 진실은 다른 게 아닐까 하고 신지는 생각했던 것이다.

무엇보다 제국의 초동대처도 지나치게 빨랐다.

사건이 발생하면서 제국 본토까지 정보가 전달되고, 토벌을 위한 파병을 결정한 뒤에 토벌부대가 편성된다.

그 정도의 시간이 있었다면 악마가 육체를 얻는 과정은 충분히 완성되었을 것이다.

그러나 그렇게는 되지 않았다.

악마가 육체를 얻는 과정이 완성되기 바로 직전에 막아냈다는 사실이야말로 제국이 처음부터 사태를 파악하고 있었다는 증거——라고, 신지는 생각했다.

신지는 그 생각을 남에게 말할 생각은 없었다.

그때 악마와 싸웠던 자들의 실력을 보고, 세상에는 모르는 게 더 나은 것도 있다는 걸 깨달았기 때문이다.

(아마도 그자들은 근위기사단의 상위 실력자들이겠지…….)

그런 자들이 상대라면 신지가 아무리 노력해도 이길 수 없을 거란 생각이 들었다.

사는 세계가 다르다는 것을 실감했다.

그래서 신지는 강탈전에 대한 흥미를 잃어버린 것이다.

………………

…………

…….

후우하고 한숨을 쉬면서 긴장을 푸는 신지에게 마크와 신이 말을 걸었다.

"끝났어?"

"……수고했어."

"그래, 보고는 대충 이 정도면 된 것 같아. 이제 스승님이 오실 때까지 느긋하게 쉬도록 할까."

"그러자고. 그건 그렇고 신지는 '붉게 물든 호반사변'의 생존자였어?"

"……살아남아서 다행이네."

"그러게. 그때는 죽은 척하면서 겨우 넘겼지만, 내가 생각해도 파인플레이였다고 생각해."

"아니, 아니, 살아남은 것만으로도 대단하다니까. 그 사건은 생존율이 30퍼센트도 안 되었잖아?"

"그래. 두 번 다시 참가하고 싶지 않아. ——사실상 종군의사로서도 아무런 역할을 하지 못했으니까 말이지."

"……뭐?"

"아니, 공격을 받은 사람은 즉사해버렸으니 치료나 회복 같은 건 아예 할 수가 없었어. 그래서 나도 철저하게 도망만 쳤지."

"그 정도면 뭐라 말할 수 없을 정도로 지독했겠군. 아크 데몬이란 존재는 그렇게 위험한가?"

"내가 본 녀석은 위험하다는 말로만 끝날 수준이 아니었어, 실제로 눈이 마주친 것 같기도 하지만 나는 그냥 봐준 것 같아. 그 진홍색의 눈은 지금 떠올려 봐도 오줌을 지릴 것 같다니까."

놀라는 두 사람을 보면서, 신지는 그렇게 말하면서 웃었다.

"하지만 말이지 그런 아크 데몬과 같은 레벨이라니, 그 해골은 우리가 이길 수 있는 상대가 아니로군."

"……정말로 비슷한 수준이야?"

"어디까지나 에너지양만 따지면 그렇지. 악마라는 존재는 오래 살수록 강하다고 하더라고. 내가 본 녀석은 아마 상당한 고참이었을 거라고 생각해."

그렇지 않았으면 제국 상층부가 그 정도 수준의 대책을 발동시켰을 리가 없다. 신지는 그렇게 말하려다가 그 말을 속으로 삼켰다.

"뭐, 그런 걸 신경 써봤자 아무 소용없지. 상대의 파워를 조사하는 기계를 개발 중이라고 하는데, 아마 의미는 없을 거야. 그 알베르트라는 기사도 에너지양으로만 봤을 땐 상상이 가지 않을 정도로 강했으니까 말이지. 애초에 학교 시절의 기억을 떠올려 봐, 싸움을 잘 하거나 못 하는 게 체력만의 문제는 아니었잖아?"

"그렇긴 하지. 네가 하고 싶은 얘기가 무슨 뜻인지는 알겠어."

"……응."

"말하자면 그런 거야. 악마 중에는 그 실력을 계산할 수 없을 정도로 강한 녀석이 있다는 것. 그것만 기억하고 있으면 돼."

자신들하고는 관계가 없다고 신지는 말했고, 그 말을 들은 두 사람도 더 이상 관여하지 않기로 마음을 먹었다.

*

마음을 정리한 세 사람은 자유조합의 사무소가 닫히기 전에 달려가서 자재과에 '마정석'이랑 쓰지 않을 장비를 매각했다.

"이것 봐. 과연, 이게 심층부에서 나오는 '마정석'이로군. 품질이 전혀 달라."

"또 구멍이 뚫린 무기인가? 그것도 순수 '마강'제라면 다른 나라에선 아예 보이지 않는 물건이라고."

그렇게 말하면서 조합원은 기뻐하고 있었다.

매각할 곳을 엄선하면 더 큰 이익을 얻을 수 있을 것이다. 그러나 신지의 목적은 잠입조사이므로, 그렇게까지 얼굴을 아는 사람들을 늘리고 싶지 않았다.

그리고 조합에서 파는 것도 어느 정도는 수입이 괜찮았다.

조사임무는 막다른 길에 막혀버렸지만, 수입은 윤택했다. 겨우 며칠 사이에 상당한 금액을 벌었다.

군인은 연봉제이다.

선불로 지급되기 때문에, 승급했을 경우에는 다음 해에 차액이 지급되는 방식이다.

소지금 등을 가지고 있지 않은 자라도 군에 소속된 그 날에 준비금이 지불된다. 이건 1년을 기준으로 남은 일수만큼의 몫을 계산하여 급여의 일부로서 지급되었다.

기본적으로 군은 손해를 보지 않는다. 병사가 전사할 경우에도 선불로 지급한 금액이 위문금의 일부로 처리되는 것이다.

일반 병사――이등병은 기본급만.

금화 10개――연봉 100만엔 상당――가 일반적인 시세였다.

의식주는 군이 제공해주기 때문에 가난한 자에겐 큰돈이었다.

여기에 계급수당과 각종수당, 그리고 위험임무수당이 붙는 경우도 있다.

마크와 신의 계급은 중위이고, 신지는 군의자격을 갖고 있는 소령이었다. 명령권은 없지만 그럭저럭 우대를 받는 입장이었다.

제국에서 '이세계인'은 우대를 받는다. 최소한 소위 급의 대우를 받을 수 있지만, 신지는 그들과 비교해도 우대를 받는 쪽이었다.

그런 신지 일행의 급료는 일반 병사보다는 월등히 많았다.

중위의 계급수당은 금화 36개.

소령의 계급수당은 금화 44개였다.

계급이 하나 올라갈 때마다 금화 4개가 늘어나는 셈이다.

마크랑 신은 연간 약 50개 정도. 신지는 70개가 채 안 되는 수준이었다.

군에서 지급받는 급료는 일반인의 평균 벌이보다는 많지만, 윤택한 삶을 살 수 있을 정도는 아니다. 지방이라면 부자 소리를 듣겠지만, 제도는 물가가 높은 것이다. 그렇다고 해서 군을 나와 자립하기에는 이 세계의 조건은 험난한 부분이 많았다.

안정된 생활을 할 수 있다는 것은 그것만으로도 매력적이었던 것이다.

그렇지만 이번에 그들은 한 가지를 배웠다.

딱히 군에 매달리지 않아도 세 명이 뭉치면 미궁도시에서 사는 것도 괜찮지 않을까 하는 것을.

지금 매각한 수입만으로도 금화 300개를 넘었으니, 이 단기간의 임무로 세 사람의 연봉을 합한 것보다 더 많은 돈을 번 것이 된다.

하물며 자신만 쓸 수 있는 유니크(특질)급 장비 같은 것은 지급받지 못하는 한 평생 인연이 없는 물건이다. 큰 수확이라고 해도 좋을 성과였다.

세 사람 다 그 사실을 깨닫고는 있었지만, 그 생각을 입 밖으로 꺼내는 건 망설이고 있었다. 그리고 그대로 침묵을 유지한 채, 세 사람은 조용히 걸어가기 시작했다.

이곳 마도 '리무루'에서도 고급에 속하는 식당에서 세 사람은
식사를 하고 있었다.

이런 사치는 오랜만이었다.

"……괜찮을까. 장비 같은 걸 멋대로 팔아버려도?"

소심한 신이 조심스럽게 말했다.

그러나 신지랑 마크는 동요하지 않았다.

"괜찮다니까. 전부 다 판 것도 아니고 샘플은 남겨놓았으니까."

"그리고 말이지, 어차피 다 들고 돌아갈 수도 없어. 질이 좋은
것만 남겨두면 잔소리를 들을 일도 없다고."

군사행동중의 전리품은 약탈허가가 내려졌을 경우를 제외하면
전부 군에 소속된다. 이번 경우는 모든 걸 **빼앗긴다**고 해도 불만
을 제기할 수 없었다.

그러나 신지 일행의 임무는 미궁 조사였으며, 언더커버(신분위
장)의 의미로 모험가 노릇을 하고 있다. 그에 어울리는 행동을 하
는 것이 자연스러우며, 이 정도는 부수입으로 생각해도 괜찮을
것이다.

그리고 유우키라면 전리품을 내놓으라는 말은 하지 않을 것이
다. 자신에게 필요한 것 이외는 전부 신지 일행에게 넘겨줄 것이
틀림없다.

"하지만 말이지, 우리가 번 돈을 전부 몰수당한다면 진지하게
이주를 생각해보지 않겠어?"

신지의 그 발언에 두 사람이 동의했다.

금화 1개의 가치는 약 10만 엔이다.

이 시세는 제국에서도 마찬가지였다.

금화는 드워프 왕국에서 발행되는 것이 유통되며, 제국에서도 공적인 금화로서 인정받고 있었다. 같은 것이므로 가지고 가서 이용할 수 있었다.

"그건 진심으로 고려해보고 싶군."

"……응. 얼마 전까지는 농담으로 생각했지만, 여기서 열심히 일하는 게 더 즐겁게 살 수 있을 것 같아."

신지도 반 정도는 진심을 담아서 한 말이었지만, 마크와 신은 예상했던 것 이상으로 확연하게 동참할 의사를 보였다.

확실히 제도는 문화와 기술의 최첨단을 달리는 우수한 도시였다.

식사도 맛있고, 생활도 쾌적했다.

돈만 있으면 원래 세계와 비교해도 그런대로 즐거운 삶을 만끽할 수 있었다.

하지만 신지 일행은 군에 소속된 몸이다. 그 신분에는 틀림없이 죽음의 위험이 잠재되어 있었다.

그 점을 놓고 비교하면, 저 던전(지하미궁)은 모든 것을 갖춘 곳이었다.

무엇보다 죽을 우려가 없었다.

처음에는 반신반의했지만 실제로 경험해버린 이상, 더는 의심할 여지가 없었다.

죽을 우려가 없다면 그곳에서 벌 만큼 벌어서 매일 재미있고 신나게 사는 게 더 좋지 않을까——. 신지가 그런 생각을 하는 것도 무리는 아니었다.

돈이 있어도 오락거리가 없다면 의미가 없다. 그러나 마도 '리무루'에는 놀 수 있는 장소도 골고루 갖춰져 있었다.

투기장으로 불리는 장소가 있었고, 이벤트가 없는 날에는 일반 개방도 되어 있었다. 그때에는 주민이 내키는 대로 자유롭게 놀 수 있다고 한다. 축구나 야구 같은 각종 게임이나 스포츠도 보급되어 있으니 미궁 도전자들도 즐길 수 있다고 한다.

그 외에도 온천이랑 가극장이 있다.

연극도 공연되고 있다고 하며, 매일 대성황이라는 것도 이미 조사를 통해 알고 있었다.

식사의 맛과 질은 동등── 아니, 제국보다 높은 수준이었다.

일본에서 익숙해진 그리운 맛이나 각종 스위츠, 풍부한 주류. 이 세계에는 없는 요리도 재현되어 있는지라, 지구출신인 신지 일행의 마음을 강하게 끌어당겼다.

솔직히 말해서 의리를 지켜야 할 대상은 유우키뿐이며, 유우키 자신은 마왕 리무루와 적대하는 것을 바라고 있지 않는 것으로 보였다. 그렇다면 신지 일행이 이 나라에 이주한다고 해도 배신한 것은 되지 않을 것 같았다.

"적전도망은 사형을 당할 죄이지만, 지금은 전시이긴 해도 전시 중은 아니잖아?"

"맞아, 신지. 나도 생각한 건데 말이지, 지금이라면 아직 퇴직 신청을 해서 군을 떠날 수 있지 않을까?"

"……유우키 씨의 반응에 달렸다고 생각해."

전쟁이 시작되어버리면 적전도망이 되지만, 다행히도 지금은

평시다. 해석하기에 따라선 퇴역하여 군을 나가는 것도 불가능하
지는 않겠다는 생각이 들었다.

"문제는 전쟁——이로군."

마크가 중얼거렸다.

그들이 결단을 내리지 못하는 이유. 그건 바로 지금 말한 문제
가 원인이었다.

틀림없이 전쟁은 벌어질 것이고, 이 땅은 전화에 휩쓸리게 될
것이다.

그렇지 않았으면 이미 이주를 하겠다는 결단을 내렸을 것이다.

"어느 쪽이 이길 것 같아?"

"……그것도 문제지만 우리에게 이 도시를 공격하라는 명령을
내린다면 어떡할 거야?"

세 사람은 서로의 얼굴을 바라봤다.

맛있다고 느꼈던 식사였지만, 갑자기 맛이 사라진 것 같았다.
두 가지 의미로 그러지는 말았으면 좋겠다는 생각이 들었기 때문
이다.

세 사람은 아직 이 도시에는 조금밖에 머무르지 않았지만, 너
무나 마음에 들었다. 이 도시가 사라져버리는 것은 정말 싫다는
생각이 들었다.

그리고 또 하나.

그 미궁의 보스의 실력을 생각해보면, 이 나라의 강자가 얼마
나 터무니없는 실력을 가지고 있는지는 어렴풋이 상상이 되었다.

"일반적으로 생각해보면 중요시설을 지키는 수호자가 강한 것
은 당연하잖아? 하지만 그 나라의 군에 소속된 자가 수호자보다

약하다──는 건 우리가 너무 편한 대로 생각하는 거겠지."

"나도 그렇게 생각해. 적어도 마왕 리무루는 격이 다르겠지. 옛날에 베루도라라는 사룡이 도시를 소멸시킨 적이 있다고 하는데, 그건 절대 농담이 아닌 것 같아. 그 와이트 킹도 도시를 섬멸시킬 수 있는 레벨로 보였으니까."

마크가 중얼거리는 말을 듣고 고개를 끄덕거리는 신지.

실제로 이 나라의 마물이라면, 비슷한 수준의 재앙을 곳곳에 흩뿌리고 다닐 것 같았다.

"내 예상이지만 말이지, 아크 데몬이나 핵격마법까지도 부릴 수 있을 것 같아. 지구를 기준으로 따지면 전술핵에 필적할 거라고 생각해."

"그러게. 우리 상식으로 말하자면 '전쟁은 수량'이지만, 그 보스에겐 수로 밀어붙여도 의미가 없을 것 같아."

"──우리 레벨의 전사가 수십 명은 달려들지 않으면 이길 수 없을 거라 생각해."

얼굴을 맞댄 채 고민하는 세 사람.

그런 세 사람에게 가드라의 '마법통화'가 전해진 것은 그 직후의 일이었다.

●

내 앞에 한 명의 노인이 엎드려서 절을 하고 있었다.

그 뒤에는 어제까지 큰 화면으로 보고 있었던 도전자 3인조가 노인과 같은 자세로 엎드려 있었다.

노인의 이름은 가드라.

디아블로와 라젠을 통하여 내게 면회를 신청한 장본인이다.

화려하진 않지만, 고급스러운 마법복을 입고 있었다. 눈빛은 날카로운지라, 도저히 노인으로는 느껴지지 않았다.

신지이는 내 예상대로 신지가 진짜 이름이었다.

본명은 타니무라 신지라고 했다.

나머지 두 사람은 본명을 그대로 쓰고 있었던 모양이다.

얘기를 들어보니 세 명은 이 가드라라는 대마법사의 부하라고 한다. 원래는 유우키 밑에서 일하고 있었다고 하는데, 이번 조사를 돕기 위해서 임시로 가드라 밑에 들어가게 되었다고 한다.

나는 지금 그들에게서 그런 내용의 얘기를 막 들은 참이었다.

가드라는 얘기가 끝나자마자 지금의 자세를 취했으며, 신지 일행도 그를 따랐지만, 이대로는 얘기가 진전이 되지 않겠군.

"아, 저기…… 왠지 그렇지 않을까 하는 생각을 하긴 했었지. 그건 그렇고, 그런 모습으로 엎드려 있으면 아무 얘기도 할 수 없을 것 같은데? 장소를 옮기기로 할까."

내가 그렇게 말하자, 고개를 끄덕인 것은 시온이었다.

"고개를 드시오."

무슨 이유인지 시온이 거만한 태도로 말했다.

이래서 알현형식은 번거롭다니까.

분명히 어디선가 순서를 틀릴 것 같은데, 이런 짓은 그다지 하고 싶지 않은 것이 내 본심이었다.

"네, 네엣——!!"

거창하게 대답하는 가드라를 보면서 지금부터 나눌 대화도 귀찮아질 것 같다고, 나는 그런 생각을 했다.

 장소는 고급스럽지 않은 응접실.

 굳이 말하자면 이쪽이 더 마음이 차분해진다.

 고급스러운 쪽은 가구도 고급이라서 더럽히거나 망가트리거나 하는 게 두렵다는 생각이 들기 때문이다. 차를 엎질렀다간 그것만으로 고급스러운 카펫에 얼룩이 생길 것 같고…….

 분수에 맞게 살아야지. 소시민인 나에겐 친숙한 가구가 더 마음이 편했다.

 그건 신지 일행도 마찬가지였는지, 방금 전보다는 안색이 좋았다.

 "홍차와 커피, 어느 쪽이 좋은가?"

 내가 스스럼없는 말투로 묻자, 그 질문에 신지가 반응했다.

 "그, 그럼 커피로……."

 "시, 신지――!!"

 가드라가 안색이 바뀌면서 소리쳤지만, 괜찮다고 달랬다.

 "가드라 씨는?"

 "저, 저 말입니까? 그, 그럼 그, 신지와 같은 것으로……."

 어라? 제국에는 커피가 없는 건가?

 있을 것 같지만, 그렇게 대중적이지는 않은 건지도 모르겠군.

 마크와 신 쪽으로 시선을 돌리자, 두 사람도 말없이 고개를 끄덕이고 있었다.

 보아하니 같은 걸로 주면 되는 것 같다.

 "슈나, 아메리칸 커피로 네 잔!"

"아메리칸 커피라고요?!"

"아, 연하지 않은 게 좋은가? 그럼 블렌드? 그게 아니면 우리 나라의 자랑거리인 '템페스트'로 하겠나?"

"아, 아니, 아니, 그런 뜻이 아니라, 저기 말입니다……."

"응."

"리, 리무루 폐하는 혹시 '이세계인'이십니까?"

"그런데?"

어? 이제 와서 그걸 묻는 거야?

그건 정보수집의 기본이잖아?

그렇게 생각하면서 네 명의 얼굴을 둘러보자, 가드라만 혼자 '앗차'하는 표정을 짓고 있었다. 보아하니 자신은 알고 있었지만 전해주는 것을 잊어버린 모양이다.

뭐, 그건 어찌 됐든 상관없지만.

"그럼 자세한 얘기를 들어볼까."

슈나가 끓여준 커피가 각자의 앞에 놓였고, 테이블 위에는 우유와 설탕이 놓였다. 그걸 보면서 감동하고 있는 신지 일행을 그대로 놔둔 채, 나는 가드라로부터 얘기를 듣기로 했다.

커피를 한 모금 마신 신지가 "이거 맛있군요!"라고 중얼거리다가 가드라의 눈총을 샀지만, 마음 착한 나는 그냥 넘어가 주기로 했다.

"실은 저도 전생자입니다."

갑작스럽게 그런 놀라운 말을 꺼내는 가드라 노사.

3인조도 놀라면서 가드라 노사 쪽으로 돌아보고 있었다.

가드라 노사는 먼 옛날부터 대마도(大魔導)를 통달할 수 있기를 바랐기 때문에, 몇 번이나 전생을 거듭했다고 한다.

다시 태어날 때마다 각 왕궁이 비밀리에 보관 중인 책을 닥치는 대로 읽고 방대한 지식을 축적했다고 한다.

그러던 중에, 남들 몰래 마술연구를 하고 있었을 때에 알게 된 사람이 친구가 된 아다루만이었다고 한다.

"방금 전에도 말씀드렸습니다만, 저는 서방성교회에 원한을 가지고 있었습니다. 제 친구인 아다루만을 죽인 것에 대한 원한을. 그래서 몇 백 년 동안이나 계획을 짜서 제국을 선동하기로 한 것입니다."

그렇게 말하면서 가드라는 자신의 신상얘기를 하기 시작했다.

아다루만이 함정에 빠졌다는 것을 알고 복수를 맹세한 가드라 노사. 그대로 혈혈단신으로 제국으로 갔으며, 거기서 그대로 신용을 쌓아갔다고 한다.

베루도라와의 싸움도 경험했다고 하니, 생각했던 것 이상으로 과격한 경험을 해본 자였다.

"솔직히 말해서 사전에 전생 의식을 마쳐두길 잘했군요. 제 눈으로 봐두고 싶어졌습니다. 자연스럽게 탄생한 '마'의 극한을——."

이 세계에는 겨우 넷 밖에 태어나지 않는 '용종'은 마물의 정점이자 이 세계의 최강종이다.

가드라는 실제로 싸워본 경험을 통해 제국군이 베루도라에게 이길 수 있다고는 생각은 하지 않는다고 했다.

그런 말을 본인 앞에서 해주니까 아주 기쁜 표정으로 나를 힐끔힐끔 보고 있잖아.

그만했으면 좋겠는데, 정말로.

나도 대단하다고는 생각하지만, 딱히 칭찬할 필요성은 느끼진 않으니까.

"아니, 전술적으로는 이길 수 있겠지만, 그 바보들은 베루도라 님을 지배하려는 마음을 품고 있으니까 말이죠. 확실하게 말해서 저는 그건 불가능하며 헛수고니까 포기하라고, 몇 번이고 몇 번이고 충고했습니다."

가드라의 흥미는 서쪽에 대한—— 루미너스 교에 대한 복수이므로 쓸데없는 일로 병력을 소비하고 싶지 않다고 했다. 그래서 필사적으로 현실을 얘기하여 설득하려고 했지만, 자신들을 과대평가하는 군단장들은 모두 그 말에 귀를 기울이지 않았다고 한다.

하지만.

지금까지의 얘기를 들으면 가드라가 인격자로 느껴지지만, 제국의 패권주의를 조장한 원인이 된 것도 또한 가드라였던 모양이다.

관계가 없는 부분은 그만 줄이도록 하고, 최근의 동향을 자세하게 물었다.

"즉, 제국이 전쟁을 벌이려고 하는 것은 주로 당신 탓이란 말인가?"

"뭐, 그것도 원인, 이라고 할 수 있겠군요……."

아니, 아니, 말끝을 흐리고 있지만 아무리 생각해도 이 영감이 원인이잖아.

내가 기분이 나빠진 것을 깨달았는지, 가드라가 황급하게 변명을 시작했다.

"그렇지 않습니다! 제국은 원래부터 패권주의였기 때문에 방향성을 정해주지 않았으면 각지에서 전쟁의 소용돌이가 불어 닥쳤을 겁니다. 그래서 저는 서방으로 눈을 돌리게 만들어준 것뿐입니다. 뭐, 제 목적과도 일치했으니까요. 서로에게 이득이 되겠구나——라는 의미에서 말이죠."

이득이 되긴 뭐가!

그렇다면 우리는 완전히 다른 곳에서 튄 불똥을 맞은 셈이잖아.

"저도 쥬라의 대삼림을 침공하는 것은 반대했습니다. 이 숲에는 '폭풍룡' 베루도라 님도 있으며, 예전 같은 실패는 하고 싶지 않았으니까요. 그래서 저는 드워프 왕국의 공략에 힘을 기울이라고 진언했습니다만, 애당초 머리가 굳은 자들이 많다 보니, 무력으로 모든 것을 해결하려고 드는지라……."

가드라는 그렇게 탄식했지만, 내 입장에선 그게 문제가 아니었다.

"잠깐?! 제국은 역시 드워프 왕국에도 손을 댈 생각인가?"

설마하고 생각했던 것이었는데, 드워프 왕국 내부를 통과하는 작전행동도 미리 계산해둘 필요가 있었던 말인가?

"눈치 채고 계셨습니까. 직접 손을 댈 정도로 구체적인 수준은 아닙니다. 제 계획은 가젤 왕에게 동맹을 제안하고, 군사행동을 그냥 용인해줄 것을 요청하는 것이었습니다. 제 원한은 어디까지나 서방성교회에만 있었으니까요……."

아다루만이 무사하다는 것은 가드라도 이미 알고 있다. 이 면회가 끝나면 그와 만나게 해주기로 약속이 되어 있었다.

그랬기 때문에 가드라는 자신의 헛수고를 깨달았으며, 이제 와선 전쟁을 반대하는 입장으로 돌아선 것이다.

황제와도 친한 사이라지만, 아무리 그래도 군사계획을 철회할 것을 아뢸 수 있는 입장은 되지 못한다고 했다. 그래서 회의장에선 반전을 주장해주기로 했다.

그의 태도가 조금은 지나치게 자기위주라는 느낌이 들었지만, 가드라의 도움으로 전쟁을 피할 수 있다면, 내가 그걸 지적하여 따지는 건 자제하는 게 좋겠다는 생각을 했다.

어쨌든 캐낼 수 있는 정보는 전부 듣도록 하자.

별실에는 베니마루 일행도 대기한 상태로, 이 대화에 귀를 기울이면서 작전회의를 벌이고 있다. 내 역할은 가드라가 기분 좋게 얘기할 수 있도록 유도하는 것이다.

"가젤 왕은 받아들이지 않았을 텐데?"

"뭐, 그게 당연하겠지요. 그래서 암살이라는 수단도 검토했습니다만, 저는 그 안에는 반대하면서 이렇게 말했습니다. 기왕 저지를 거라면 정면으로 공격해서 물리치라고!"

그건 자랑스럽게 얘기할 부분이 아니거든.

가드라 영감은 내가 생각했던 것 이상으로 무투파였다.

나는 어이가 없었지만 계속 얘기를 이끌어냈다.

제국군의 내부 사정이나 상층부의 생각.

황당하게도 유우키가 쿠데타를 꾸미고 있다는 놀랄 만한 정보까지.

가드라가 알고 있는 최대한의 정보를 손에 넣은 것이다.

마지막으로 가드라는 가벼운 분위기로 본심을 얘기하기 시작했다.

"저에겐 딱히 제국을 상대로 지켜줘야 할 의리는 없습니다. 제가 직접 공을 들여 기른 군단도 해체되었고, 부하까지 빼앗기고 말았으니까요. 신지 일행은 제 제자였기 때문에 힘을 빌린 것뿐입니다. 아다루만이 무사──하다고는 말하기 힘듭니다만, 뭐, 잘 지내고 있다면 저쪽에 남은 미련은 아무것도 없습니다."

자신은 선천적으로 철저한 자기중심주의자이며, 충성심 같은 것과는 인연이 없다고 스스로 딱 잘라 말하고 있었다.

정말 대단한 영감이다.

속으로 약간 존경심을 느껴버린 것은 비밀이다.

"그런고로, 앞으로는 변변찮은 자리라도 좋으니 절 받아주신다면 리무루 폐하의 밑에서 분골쇄신하여 일하고 싶습니다!"

충성심 같은 건 없다고 딱 잘라 말한 그 입으로, 내 밑에 들어오고 싶다고 말하는 그 용기.

이런 사람을 딱히 싫어하진 않는다.

하지만 옆방에선 베니마루랑 다른 동료들이 이 자리의 대화를 듣고 있단 말이지. 가드라의 태도에 화를 낼 것 같은 예감이 드는데다, 나중에 달래는 것도 힘들 것 같았다.

그리고 그 후.

가드라 영감은 손님으로 대접하여 임시로 고용하는 걸로 했다.

내 밑으로 들어오고 싶다고 자기 입으로 말한 이상, 실컷 부려먹을 생각이다.

충성심은 기대하지 않지만, 그의 업무능력은 기대해보기로 하자.

일단은 아다루만을 만나게 해주고, 70층으로 '전이'할 수 있는 허가도 내려주기로 하자.

그의 지식은 도움이 될 것이니, 라미리스의 조수로 삼을 수도 있을 것이다. 하지만 우선은 그 전에 제국으로 돌려보내서 우리가 해주길 바라는 일을 하나 시킬 예정이다.

신지 일행 3인조는 이대로 이 나라에 이주하기로 했다. 잠시 동안 휴식을 취한 뒤에 앞으로 어떻게 할 것인지를 생각하겠다고 했다.

가드라에게 설득되면서 본인들이 직접 요청한 것이니, 나로선 거절할 이유가 없다.

배신했을 때는 이 나라에서 추방할 것이다. 그렇게 되는 건 절대로 싫은지, 신지 일행은 내게 서약까지 하는 모습을 보였다.

하지만 신지 일행은 유우키를 존경하고 있는지, 유우키에게 적대적인 행동은 하고 싶지 않다고 했다. 이건 딱히 문제가 되지 않았다.

"애초에 우리와 유우키 일파의 관계는 좀 복잡하게 얽혀 있거든. 지금은 휴전 중이라고 할까. 솔직히 말해서 화가 날 일도 많았고 되갚아주고 싶다는 감정도 있지만, 왠지 그 녀석은 미워할 수가 없단 말이지."

그래도 유우키는 시즈 씨의 제자였던 것이다.

그렇게 기쁜 표정으로 유우키 얘기를 하던 시즈 씨를 떠올리면, 나도 너그러운 마음이 드는 것을 어찌 할 수가 없다.

스스로도 안일하다고 생각하지만, 같은 고향 출신이라는 친분도 있었다.

다음에는 절대로 용서하지 않겠지만, 지금까지의 일은 일단 보류해두고 있었다.

하지만 신용하느냐고 묻는다면 그건 또 별개의 얘기다.

그런 녀석을 신용하다간 이 세계에선 목숨이 몇 개 있어도 모자란다.

"너희도 유우키를 너무 믿지 않는 게 좋을 거야."

내가 그렇게 말하자, 무슨 이유인지 가드라가 고개를 끄덕이고 있었다.

그에게도 여러모로 짚이는 부분이 있는 모양이다.

유우키와 가드라는 잘 아는 사이일 뿐만 아니라 협력관계에 있었다고 했다. 유우키와 연결해줄 수도 있을 것 같으니, 가드라를 동료로 받아들인 건 정답일지도 모르겠다.

유우키를 너무 믿지 않는다는 점만 보면 가드라는 믿을 수 있겠다는 생각이 들었다.

그런 뒤에 가드라를 아다루만과 만나게 해줬다.

서로를 반가워하는 두 사람.

아다루만이 가드라를 받아들이는 것을 승낙해주었으니 당분간은 그에게 맡기기로 했다.

──그리고 그 전에.

모든 정보를 들은 뒤에, 가드라에게 이대로 제국으로 돌아가서 내 계획대로 행동하도록 명령했다.

첫 번째는 반전활동이다.

"어때, 괜찮겠나?"

"맡겨주십시오. 저도 암약은 익숙하니까요."

뭐, 그야 그렇겠지.

그러나 개인의 목적에 따라 국가의 뜻을 막는다는 것은 일반적으로 생각해보면 불가능하다.

가드라를 믿지 않는 건 아니지만, 두 번째 대책도 강구해놓는 게 좋겠다는 생각이 들었다.

"전쟁을 막을 수 있다면 그게 가장 바람직한 결과야. 하지만 얘기를 들어보니 그건 어려울 것 같군. 제국은 패권주의라고 했지? 그렇다면 일단 움직이기 시작한 이상은 말릴 수가 없겠지."

"하지만······."

"그러니까 말이야. 만약 그렇게 되면 이 미궁으로 끌어들일 수 있게 만들면 좋겠어."

"그 말씀은 곧······?"

미궁 안이라면 아무리 피해가 생겨도 문제가 되지 않는다.

그래서 나는 가드라에게 그렇게 전했다.

"과연. 여기서 제국의 전력을 줄여서, 전의를 잃어버리게 만들겠다는 뜻이로군요."

"그런 거지. 그리고 유우키도 그 기회를 노렸다가 움직일 테니까, 본국에서 소동이 일어나면 제국은 전쟁을 계속할 수 없을 것이고 말이야."

그렇게까지 일이 잘 풀릴지는 모르겠지만, 미궁 안이라면 피해가 생기지 않는 것은 사실이다.

나는 그 사실을 가드라에게 설명했고, 미궁에서 나오는 장비품 몇 개와 '부활의 팔찌'를 세 개 정도 건네줬다. 이걸 미끼로 미궁을 어필하도록 시킬 예정이다.

군사적으로도 배후에서 습격을 받는 것은 골치 아픈 일이다.

미궁을 방치해둔 채 서쪽으로 진군하리라는 생각은 들지 않지만, 여기에 막대한 부까지 손에 넣을 수 있다면…….

"그런 생각을 하셨단 말입니까. 역시 대단하십니다. 욕심이 많은 지휘관이라면 제 생각에도 한둘이 아니니, 리무루 폐하의 계책은 반드시 성공할 것입니다."

가드라가 자신만만하게 받아들여주었다.

가능하다면 전쟁을 중지시킬 것.

그렇지 않다면 미궁으로 유도할 것.

남은 것은 가드라의 일처리 솜씨에 달렸다.

이 네 명의 망명은 내 독단에 의해 받아들여졌다.

이리하여 예상외의 동료를 얻으면서, 이번 소동은 막을 내린 것이다.

제4장

움직이기 시작하는 제국

Regarding Reincarnated to Slime

제국에는 괴인이 있다.

콘도 타츠야── '이세계인'이면서 제국의 뒷사정을 전부 알고 있는 남자.

그가 바로 제국의 어둠이었다.

짧게 다듬은 검은 머리. 부드럽게 눈가까지 흘러내린 앞머리가 그의 빈틈없는 분위기를 온화하게 만들어주고 있었다.

언뜻 보기에는 호감이 가는 청년이었다.

아직 20대 초반의 젊은이로 보였다.

그러나 그의 본질은 냉철했다.

무표정 안에서 번뜩이는 눈빛은 상대의 모든 것을 꿰뚫어 볼 것처럼 날카로웠다. 그 눈에는 자상한 빛은 존재하지 않았으며, 노회함을 느끼게 하고 있었다.

그도 그럴 것이.

콘도 타츠야, 즉, 콘도 중위의 나이는 외모와 달랐기 때문이다.

....

....

....

이곳 제도에선 '이세계인'은 그리 희귀한 존재가 아니었다. 제국은 자국의 방침에 따라 '이세계인'을 열심히 확보하고 있었으며, 세계각지에서 제도로 데려와 모으고 있었기 때문이다.

타츠야도 또한 그런 방침에 의해 구원을 받은 자들 중 한 명이었다.

이 세계에는 마법이 있었다. 그래서 그의 목숨은 살아난 것이다.

70년 전——.

타츠야는 조국을 위해서 목숨을 걸고 적의 해상타격함대를 노리는 특별공격작전에 종사했다.

그 작전이 옳았는지 아닌지에 대하여 타츠야는 언급할 게 없었다. 당시의 정세를 다시 떠올려 봐도 그때는 그럴 수밖에 없었다고, 그렇게 생각할 뿐이었다.

산화한 부하들을 생각하면, 그 행위에 최소한의 의미가 있었기를 바랄 뿐이었다. 그래서 타츠야는 늘 그들을 잊지 않았다.

전우들과 함께 살겠다——. 부하들의 마음을 잊지 않기 위해서 그는 '중위'라는 당시의 계급을 그대로 유지하고 있었다.

특공으로 사지로 향한 타츠야였지만, 폭발하는 빛과 열기 속에서 무슨 이유인지 이세계에 도착해 있었다. 죽음을 바로 옆에서 느꼈으면서도 살아남은 타츠야.

그를 구한 것은 바로 황제였다.

운이 좋았다.

타츠야가 출현한 장소는 황제와 그의 측근만이 드나들 수 있는 정원이었다. 그리고 우연히 그 장소에서 황제가 휴식을 취하고 있었던 것이다.

『——재미있군. 이것도 어쩌면 운명이겠지.』

그런 목소리를 들으면서, 타츠야의 의식은 어두워졌다.

그리고 다시 눈을 떴을 때엔 타츠야의 몸에는 상처 하나 남아 있지 않았다.

타츠야는 그 행운에 의해 목숨을 건졌다.

그리고 그 은혜에 보답하기 위해서라도, 한 번 버린 목숨을 황제를 위해 쓰겠다고 맹세한 것이다.

세계를 건너오고, 죽음을 접하면서 각성한 힘—— 타츠야는 그 모든 것을 황제에게 바쳤다. 그리고 오늘에 이르기까지 황제를 위해서만 살고 있었다.

결코 바깥으로 드러나는 일 없이.

늙지도 않고, 당시의 모습 그대로.

제국의 어둠, 제국의 그림자 속에 숨어 있는 정보통괄본부에서.

정보 속에 둥지를 틀고 사는 괴인.

제국의 그림자 속에 숨어 있는 자.

인간이면서 악마를 부릴 수 있는 자.

다양한 '이명'을 지닌 남자—— 콘도 중위.

그가 바로 제국 정보국 국장.

각 군단장조차도 무시할 수 없는 존재이며, 정체불명의 존재로 두려움의 대상이 되어 있는 인물인 것이다.

....

....

......

가드라가 던전(지하미궁) 공략을 위해서 신지 일행을 파견했지만, 제국 정보국도 그 정보는 파악하고 있었다.

콘도 중위는 과묵한 남자였다.

"그렇군, 수고했다."

그렇게 한 마디를 말할 뿐, 그 이상의 말은 하지 않는다.

보고자도 이미 익숙해졌는지, 경례를 한 뒤에 그 자리를 떠났다.

콘도 중위는 다른 사람에게 자신의 생각을 말하는 남자가 아니었다.

보고서에는 유우키의 부하들에 관한 상세정보가 기재되어 있었다.

세계각지에서 모인 '이세계인'은 그 수가 1,000을 넘었다.

그들 중에 유니크 스킬에 각성하지 않은 자는 약 10퍼센트. 그 자들은 제도에서 평온한 삶을 영유하고 있었다.

전투계통의 유니크 스킬에 각성한 자가 10퍼센트 남짓. 100명 이상의 '이세계인'이 각자의 개성에 맞는 군단에 소속되어 있었다.

남은 자들은 특기에 맞는 직장을 알선 받았고, 거기서 천차만별로 종사하고 있었다.

이번에 문제가 되는 것은 전투계통의 '이세계인'들 쪽이었다.

유우키—— 카구라자카 유우키는 서방열국에서 자유조합을 창설한 남자다. 1년 전까지는 그랜드 마스터(자유조합 총수)로 활동하면서, 그 힘을 구사하여 '이세계인'의 확보에 힘을 기울이고 있었다.

——유우키는 그렇게 자진신고를 했지만, 그게 거짓말이라는 것은 이미 조사를 통해 알고 있었다.

로조 일족의 편으로 들어가 그 힘을 이용하고 있었던 전적이 있었다.

서쪽에선 금단의 이세계인 소환이 벌어지고 있었으며, 대량의 '소환자'가 있다는 사실을 조사를 통해 알고 있었다.

그렇지 않으면 이렇게까지 전투에 특화된 자들이 다수 출현할 리가 없다.

그리고 소환한 '이세계인'은 '주언(呪言)'으로 충성을 맹세하도록 만드는 것도 가능했다. 배신하지 않는 부하를 마련하기에는 소환이 가장 적합했던 것이다.

그런 '이세계인'이 각 군단에 분산되어 있었다.

이건 중대한 사태라는 생각과 함께 콘도 중위는 위기감을 느끼고 있었다. 그 인식은 실로 정확한 것이었으며, 무시무시한 통찰력이라고 할 수 있었다.

실제로 콘도 중위의 우려는 옳았다.

그 결과가 이 보고서에서 명확히 밝혀져 있었다. 제국으로 옮긴 뒤에 유우키가 보인 언동과 행동으로 추측하건대, 유우키가 쿠데타를 일으킬 확률이 높다고 단정 지은 것이다.

게다가 유우키가 보낸 자들의 색출도 완료된 상태였다.

유우키는 그 실적을 높게 평가받으면서, 제국이 망명을 받아들여 주었다. 그런데 그 은혜를 잊어버리고 제멋대로 세력 확대에 매진하고 있는 것 같았다. 그리고 부하로 받아들인 자들을 각 군단에 파견하고 있었던 것이다.

더구나 그중의 몇 명은 영광스러운 로열 나이트(근위기사)가 되어 있었다.

다른 군단이라면 또 모를까, 황제폐하를 수호해야 할 입장에 있는 임페리얼 가디언(제국황제 근위기사단)에서 배신자가 나온다니, 이건 절대 허용할 수 없는 일이다.

콘도 중위의 입장에선 간과할 수 없는 사태였다.

(위험하군. 카구라자카 유우키—— 너는 제거해야 할 존재인 것 같다.)

——콘도 중위는 그런 결단을 내렸다.

그러나 지금은 아직 행동으로 나설 때가 아니었다.

제국의 중진, 대마법사인 가드라 노사가 유우키와 손을 잡고 있다는 정보가 있었다. 이에 대한 증거도 몰래 확보해두고 있었지만, 이 두 사람이 어느 정도의 관계인지가 명확하지 않았던 것이다.

더 말할 것도 없이, 가드라 노사는 제국에게 있어 아주 중요한 인물이다. 쉽게 배신할 것이란 생각은 들지 않지만, 그의 목적이 제국의 이념과 일치하기 때문에 맺어진 협력관계라는 것은 콘도 중위도 알고 있었다.

그렇다면 어떤 계기로 인해 이해관계가 대치되는 일도 생각할 수 있었다.

(그렇게 된 경우엔 그 노인도 위험하지. 그렇다면——.)

유우키와 가드라.

유우키는 소년처럼 보이는 외모를 갖고 있지만, 그 행동은 노련했다. 콘도 중위와 마찬가지로 외모만으로 판단하는 것은 위험한 인물이었다.

가드라는 노인으로 보이는 외모를 갖고 있지만, 그 본질은

1,000년 이상이나 살아온 괴물이었다. 그와 적대할 생각이라면 어중간한 각오로 덤벼서는 안 되는 상대인 것이다.

그러므로 정보를 모은다.

증거는 모여 있지만, 정보가 아직 충분하지 않았다.

지금은 아직 모습을 드러내어 행동할 수는 없다.

유우키가 직접 기른 '이세계인'들을 한 명 한 명 면밀히 조사할 것이다. 그런 뒤에 '주언'으로 지배된 자가 없는지 파헤칠 것이다.

그러나 만약 유우키나 가드라가 부자연스러운 움직임을 보인다면……

"그때는 공식적으로 벌어질 재판을 기대하지 마라."

제국의 그림자 속에 숨어 있는 자── 콘도 중위는 결코 배신자를 용서하지 않는다.

"춤춰라, 제국을 위해서. 네 목숨은 이미 내 손 안에 있다."

제도의 어둠 속.

자신의 눈동자에 냉혹한 빛을 띠면서, 콘도 중위는 조용히 중얼거렸다.

●

호화로운 책상이 놓인 집무실에 애꾸눈 남자 한 명이 고급의자에 앉아 있었다.

왼쪽 눈을 안대로 가렸으며, 외모는 40대 정도로 보이는 깡마른 남자.

그의 이름은 칼리굴리오라고 했다.

제국 안에서 최대세력을 자랑하는 기갑군단의 군단장이다.

그의 앞에 있는 책상 위에는 몇 개의 '마정석'이 놓여 있었다.

마도 에너지의 근원이 되는 순도가 높은 고품질의 '마정석'이었다. 유우키가 들여온 기술에 의해 이 '마정석'에서 마석이 정제될 수 있게 되었다.

마물의 핵에서 얻을 수 있는 '마정석'을 정제하여 마도 에너지로 유용할 수 있는 마석이 생산되는 것이다.

마물이 떨어뜨리는 천연 마석도 존재하지만, 그건 A랭크 이상의 방대한 에너지(마력요소)양을 자랑하는 개체에서만 채취할 수 있다. 그런 천연마석은 비교가 되지 않을 정도로 고품질이며, 에너지 자원보다는 장식품이나 마법촉매로 이용되는 것이 일반적이었다.

정기적으로 입수하지 못하면 에너지 자원으로서의 가치가 없는 것이다.

칼리굴리오는 손을 뻗어서 책상 위의 '마정석'을 쥐었다. 시간을 들여서 관찰하면 할수록 그 품질이 훌륭한 것임을 판명할 수 있었다.

자신의 손에 남은 감촉을 아쉬워하면서, 칼리굴리오는 '마정석'을 책상 위로 다시 돌려놓았다. 그 대신 같이 전달된 보고서를 집어 들었다.

연구소에서 온 보고였다.

이 정도 순도의 '마정석'이라면 제국제의 마석을 100개는 생산할 수 있음. 이 상태로도 에너지로 전환할 수 있을 정도로 순도가 높음. 이 정도의 '마정석'을 채취하려면 최소한 B랭크 이상의 마물을 쓰러뜨릴 필요가 있음.

——거기에는 그렇게 적혀 있었다.

"빌어먹을 가드라 녀석! 내겐 아무 말도 없이 이런 돈벌이를——."

칼리굴리오는 분개했다.

연구소 직원을 매수하여, 무슨 일이 있으면 알리도록 교육시켜 놓았다. 그 성과가 이 보고서였던 것이다.

이 '마정석'은 바로 최근에 가드라가 가져온 것이었다. 그 채취 장소는 알려져 있지 않지만, 그 수가 여러 개인 걸로 보더라도 마물의 군생지를 발견했으리라는 추측을 할 수 있다. 왜냐하면 그 품질은 전부 1급품이었으며, 거의 비슷한 수준의 에너지를 함유하고 있다는 검사결과가 나왔기 때문이다.

종류가 다른 마물이라면 같은 품질의 것은 채취할 수 없다. 어떻게 하더라도 편차가 생기기 마련인지라, 정제해서 마석으로 가공할 필요가 있는 것이다.

그런데 여기 있는 '마정석'은 놀랄 만큼 품질이 비슷하다고 한다. 이 사실이 가리키는 것은 같은 종족인 마물의 무리가 있다는 뜻이 될 것이다.

그 마물들을 길들여서 기를 수 있을 것이라고까지는 생각하지 않지만, 정기적으로 습격하여 솎아내기만 해도 제국의 에너지 사정은 개선될 것으로 예상되었다.

그런데 아무래도 얘기는 훨씬 더 복잡해보였다.

칼리굴리오의 얼굴이 욕망으로 일그러졌다.

에너지의 안정적 공급을 목표로 한다면 이 '마정석'을 산출하는 장소를 확보해야 한다——는 내용으로 보고서는 결론을 내고 있었다.

마물들의 서식지에 대한 예상이 적혀 있는 수준이 아니라, 아예 그 장소가 특정되어 있었다.

그 장소는 바로 마왕 리무루의 지배영역에 있다는 소문이 도는 그 유명한 던전(지하미궁)이었다.

"최근에는 유우키라는 애송이와 어울리면서 내게는 얼굴도 비추질 않았지. 이런 돈벌이를 몰래 독점하고 있었다니, 용서할 수 없다!"

그게 칼리굴리오가 불쾌하게 여기고 있는 이유였다.

더구나 얘기는 그걸로 끝나는 게 아니었다.

칼리굴리오가 친하게 지내고 있는 고위귀족들로부터 재미있는 얘기를 들을 수 있었던 것이다.

떼로 몰려 찾아와 기분 나쁜 미소를 지으면서, 칼리굴리오에게 알려주었다. 그에 따르면 가드라가 미궁을 조사하러 갔다가 제자 세 명을 잃었다고 한다.

그것뿐이라면 동정만 할 뿐이지 딱히 재미있는 얘기도 아니었지만, 가드라가 들고 돌아온 것이 문제였다.

놀랍게도 가드라는 '마정석'뿐만이 아니라 보물까지 같이 들고 돌아온 것이다.

그게 바로 칼리굴리오의 방에 장식되어 있는 한 자루의 검이었다.

질이 좋은 순수 '마강'으로 만들어진 것은 물론이고, 그 기술은 아주 높은 수준이라는 것을 직접 보고 알 수 있었다. 드워프 왕국의 최고 장인이 벼른 것과도 필적하는 훌륭한 검이었다. 아니, 재료가 좋다는 것을 고려하면 이쪽이 더 좋은 것이라고 할 수 있을 것이다.

제국 안에서 유통되는 것과는 일선을 긋는 물건이었다.

이 훌륭한 검은 칼리굴리오가 고위귀족에서 사들인 것이었다. 세 자루 중에 한 자루는 아군의 기술반에 감정을 맡겨놓고 있었다.

고위귀족은 자랑스럽게 '귀한 물건이니 신비한 효과가 있을지도 모른다'라고 허풍스럽게 말하면서 칼리굴리오에게 매입을 권유했다.

본인은 가드라에게서 헌상받은 것임에도 불구하고 말이다.

가드라가 바라는 게 무엇이었는지 물었지만 '그건 답할 수 없소, 당연한 것 아니오?'라고 도리어 큰소리를 치는 판국이었다.

결국 한 자루 당 금화 100개, 총 금화 300개로 사들인 셈이지만, 확실히 칼리굴리오에게도 마음에 걸리는 점이 있었다.

세 자루를 사들이자 겨우 힌트를 주었는데…….

칼리굴리오는 하급귀족 출신이지만, 그 실력으로 군단장까지 올라간 남자였다.

제국은 완전한 실력주의사회인지라, 신분만 높은 고위귀족보다 위치는 더 위에 있었다.

원래는 얘기를 나누는 것도 불가능한 고위귀족들. 그런 상대라고 해도 지금의 칼리굴리오에게 예의를 갖춰 대하지 않으면 안된다.

(속으로는 날 얕보고 있겠지만, 지금은 아무래도 좋아. 그보다

녀석들을 잘 이용하는 게 더 중요하지.)

고위귀족이 자신의 이익을 무시하면서 움직이는 일은 없다. 선의로 가르쳐주는 것이라는 그런 선량한 얘기는 있을 수가 없었다.

가드라에게서 들은 얘기를 칼리굴리오에게 흘린 것도 확실하게 계산된 것이라 할 수 있다.

그건 즉, 유우키와 칼리굴리오를 저울에 얹어놓고 재고 있다는 뜻이다.

"그 망할 욕심쟁이 귀족 놈들! 하지만 지금은 가드라가 더 문제로군. 귀족에게까지 영향력을 끼쳐서 혼성군단으로 미궁을 공략하라고 진언하도록 시키다니! 기왕이면 우리 군을 추천해주면 좋았을 것을…….. 내가 녀석에게서 기갑군단을 빼앗은 걸 아직도 속에 담아두고 있었을 줄이야…….."

기갑군단은 가드라의 도움을 받으면서 근대화에 성공했다. 그 병력은 수십 배에서 수백 배로까지 늘어났지만, 가드라는 지휘권을 일절 가지고 있지 않았다.

칼리굴리오는 그게 원인이 되면서, 가드라가 질투를 한다고 믿은 것이다.

"뭐, 좋아. 귀족들로부터 정보를 얻을 수 있었던 것은 요행이었으니까. 이걸로 녀석들보다 앞서서 우리 군이 권리를 빼앗을 수 있게 된 거지."

당연히 고위귀족을 자기편으로 품는데도 돈이 필요했다.

칼리굴리오가 권리를 손에 넣었다고 해도 그로 인해 얻을 수입의 일부는 지불할 필요가 있을 것이다.

하지만 그래도 나쁜 거래는 아니라고 칼리굴리오는 생각하고 있었다.

(미궁에서 얻을 수 있는 것은 '마정석'뿐만이 아니야. 이 검도 품질이 훌륭했어. 레어(희소)급에 해당하지만, 100년만 지나면 유니크(특질)급에 이를지도 모르지. '마강'을 이렇게나 많이 써서 만든 것이니 더 빨라질 가능성도 있어. 이것만으로도 미궁을 장악할 가치는 있을 거야!)

그렇게 생각했기 때문에 칼리굴리오는 고위귀족을 같은 편으로 끌어들이기로 결심한 것이다.

칼리굴리오는 앞으로의 일을 계산하면서 생각에 잠겼지만, 도저히 머릿속에서 지울 수 없는 의문이 있었다.

(──헌데, 그건 그렇고 이 구멍은 뭐지?)

고위귀족은 '신비한 효과가 있다'고 말했지만, 그건 가드라에게서 들은 얘기이겠지.

칼리굴리오가 직접 감정해봐도 그런 효과는 발견할 수 없었던 것이다.

하지만.

딱 봐도 수상한 것이 바로 검에 난 구멍이었다.

여기에 대체 무슨 의미가 있는 걸까?

칼리굴리오는 좀처럼 판단을 내릴 수 없었다.

그래서 기술반에 감정을 맡긴 것인데, 그 해석결과도 아직 나오지 않았다.

(뭐, 제국은 서쪽과는 달리, 검으로 싸우는 시대는 이제 지나가

버렸지만…….)

그러므로 이 검이 아무리 높은 가치를 지니고 있더라도 근대화된 군대에선 의미가 없을 것이다.

이 검을 활용할 수 있는 것은 높은 레벨의 기술을 가진 전사뿐.

그렇다. 칼리굴리오나 그의 측근들처럼.

그렇게 생각하면서, 칼리굴리오는 해석결과를 기대하며 기다렸다.

그리고 며칠 뒤.

칼리굴리오에게 경탄할 만한 보고가 도착했다.

"설명해드리겠습니다."

기술국장이 직접 얘기한 그 내용.

그 검에 과학적인 해석을 시도해본 결과, 여러 가지로 판명된 사실.

그 구멍은 장식이 아니었다.

에너지 흡수장치로 만들어져 있으며, 효율 좋게 마법을 발동시킬 수 있는 매체였던 것이다.

즉, 그건 검이 아니라 마법의 발동장치였다.

"마왕 리무루라고 했던가. 얕볼 수 없는 자로군. 재미있는 생각을 했어."

"동감입니다. 검―― 그러니까 근접무기인 것으로 생각하게 만들고 마법으로 기습을 노리는 무기라고 하겠습니다. 더구나 이 구멍에 맞는 에너지 공급체가 있으면 마법을 부릴 자, 이 경우에는 소유자가 되겠습니다만, 아무런 부담 없이 마법을 쓸 수 있을 것입니다."

그렇다.

이 무기의 최대 특징은 마력을 다루지 못하는 자라도 마법을 발동시킬 수 있다는 것이며, 기존의 상식을 깨는 구조를 갖고 있다는 것이었다.

"하지만 이걸 미궁 안에서 입수했다는 것이 사실일까요?"

"그 점에 대해선 이미 조사가 끝났다. 내 부하를 파견하여 알아봤는데, 가드라는 사실을 말하고 있는 것 같더군."

칼리굴리오도 자신의 부하를 마도 '리무루'에 파견하여 미궁에 관한 정보를 모으도록 명령했다. 내부조사는 40층 부근에서 애를 먹고 있는 것 같았지만, 상인들로부터 재미있는 얘기를 들었다.

구멍이 있는 무기는 미궁 안에서 출토된다. 높은 가격으로 거래되고는 있지만, 유니크(특질)급보다 쉽게 입수할 수 있다고 한다.

"그럼 무슨 목적으로……."

"흥! 그야 생각해보면 바로 알 수 있지. 우리도 신병기를 실험한 뒤에 채용하지 않느냐?"

기술국장은 머리는 좋지만 전술적인 시야는 갖추지 못했다. 칼리굴리오에게 설명을 들은 뒤에야 비로소 그 유용성을 깨달은 것 같았다.

"아아, 그렇군요. 쓰고 버릴 정도로 넘치는 모험가들에게 주고 그 효과를 조사한다는 겁니까. 확실히 합리적이군요. 이 구멍에 마석을 끼웠을 때, 검의 랭크(등급)이 한 단계 상승했습니다. 높은 위력의 마법검이 되는 셈입니다만, 그 외에도 용도가 있을 것 같더군요. 그걸 파악하기 위해서라도 다양한 실험이 필수불가결합니다. 방대한 시간도 필요하겠지요."

"그래. 그걸 적당히 나눠주면서 각자 알아서 시험해보도록 시키는 거지. 데이터가 갖춰지면 나중에 회수할 생각을 하고 있을 거다."

칼리굴리오는 어느 정도는 정확하게 리무루의 의도를 읽어내고 있었다. 그리고 이런 실험에는 시간이 걸린다는 것도 경험상 잘 알고 있었다.

현재 단계에선 이건 실험병기에 지나지 않는다. 하지만 시간을 벌도록 놔두는 것은 위험했다.

인간이라는 존재는 재미있게도 순간적으로 번뜩이는 기지로 인해 사물의 본질을 직감으로 알아내는 자가 나타난다. 특히 위기에 늘 노출되는 자에겐 그런 직감이 우수한 자가 많았다.

"좋은 생각을 했군. 아무도 죽지 않는 미궁에서 인체실험이라니."

"이 '팔찌'가 필요하다고 하는데, 이쪽의 해석은 아직 답보상태입니다. 그 소문이 사실이라면 군사훈련도 고생할 필요가 없겠군요."

기술국장은 엄중하게 봉인된 작은 상자를 꺼내더니, 칼리굴리오에게 보여줬다.

그 상자 안에는 가드라가 가지고 온 보물 중의 하나인 '부활의 팔찌'가 담겨 있었다.

"물론 미심쩍긴 하다. 하지만 그 미궁을 우리 군이 장악한다면…….""

그 소문의 진위도 판명될 것이며, 그게 사실이라면 큰 성과가 될 것이다.

"호오. 칼리굴리오님은 야심가이시군요. 마왕과의 일전도 불사하실 생각이십니까?"

"당연하지. 쓸데없는 싸움을 거는 것은 어리석은 짓이지만, 쥬라의 대삼림은 침공 루트에 위치하고 있다. 하물며 그 미궁이 무시할 수 없는 위치에 있는 이상, 누구든지 시도해봐야 하지 않겠나."

"훗훗후, 말은 하기 나름이지요."

그리고 칼리굴리오와 기술국장은 서로를 보고 웃었다.

"'마정석'의 안정적인 공급과 효율적인 실험장의 확보. 그게 잘 풀린다면 적의 신병기도 빼앗을 수 있겠지."

"그렇다면 다른 군단보다 먼저 칼리굴리오 님의 기갑군단이 제압해야겠군요."

"굳이 말할 필요도 없지. 즐겁게 기다리도록 해라."

기술국장이 유쾌한 표정으로 웃었고, 칼리굴리오도 희미한 미소를 지었다.

"그건 그렇고 노사도 이젠 늙으면서 판단이 흐려졌군요."

"그러게 말이지. '마정석'에 눈이 팔려서 더 중요한 미궁 그 자체나 검의 성능을 알아보지 못하다니."

"마법에만 의지하다 보니 생기는 폐해라고 하겠지요. 이렇게 랭크가 변화하는 무기 같은 건 전대미문이니까 말입니다."

기술국장의 말이 옳다고 칼리굴리오는 생각했다.

가드라는 위대한 남자였지만, 이제 마법의 시대는 끝났다. 과학이라는 새로운 바람이 불었고, 그게 마법과 조합되면서 새로운 시대의 막이 오른 것이다.

(그렇기 때문에 바로 내가 기갑군단을 이끄는 자리에 걸맞은 것이다. 그 노인도 얌전히만 있었다면 나름대로 경의를 표해주었을 텐데. 유우키 같은 녀석과 손을 잡는다면 더 이상은 봐줄 필요도 없지.)

그렇게 생각하면서, 칼리굴리오는 머릿속으로 한 가지 작전을 세웠다.

여러 명의 마왕과 적대하는 것은 어리석은 짓이지만, 마왕 리무루 혼자만 상대하는 거라면 문제가 없다.

'폭풍룡'은 토벌대상으로 인정을 받고 있으며, 제국의 비원이기도 했기 때문이다. 칼리굴리오는 개발한 신병기로 '폭풍룡'을 복종시켜 부릴 생각을 하고 있었다.

그걸 성공하면 어느 정도의 희생이 나오더라도 충분히 이득이된다. 그런데도 가드라 노사는 완고하게 반대하고 있었다.

그게 바로 칼리굴리오와 가드라가 결별하게 된 결정적인 이유였던 것이다.

(흥! 그 사룡만 복종시킬 수 있으면 슬라임 마왕쯤은 적도 아니지. 그리고 지금이야말로 우리가 제국 최강의 군단이라는 사실을 대중들에게 보여주겠다!)

때가 되었다——. 칼리굴리오는 그렇게 생각하면서 흥분했다.

자신에게 거역한 가드라의 콧대를 꺾어주고, 제국 안에서 확고한 지위를 구축할 것이다.

그러기 위해선 공적이 필요했으며, 사룡의 토벌과 미궁의 장악은 무슨 일이 있어도 기갑군단의 힘으로 성공시킬 필요가 있었다.

그러기 위해선——.

"다음 어전회의에서 진군하자는 말씀을 드릴 것이다."

"오오, 드디어……."

음, 하고 칼리굴리오는 고개를 끄덕였다.

마왕의 준비가 끝나는 것을 기다릴 것도 없다. 그걸 이유로 들어서 망설이는 자들의 입을 다물게 만들어버릴 것이다.

(가드라, 혼자 앞서가려는 모양인데, 그런 짓은 결코 허용하지 않을 것이다. 그리고 애송이(유우키). 가드라를 같은 편으로 끌어들이면서 우쭐해졌나? 자신의 분수라는 것을 가르쳐주기로 하지.)

칼리굴리오는 어리석은 동료들을 비웃었다.

중요한 정보를 얻을 기회가 있었음에도 불구하고, 그 사실을 알아차리지 못하고 놓쳐버린 어리석은 자들을.

결국 녀석은 벼락출세로 올라온 어리석은 자에 불과하다——.
칼리굴리오는 그렇게 굳게 믿으면서 의심하지 않았다.

동료를 비웃으면서도 칼리굴리오의 머리는 생각을 멈추지 않았다.

어떻게 하면 자신이 최대의 이익을 향유할 수 있을 것인가.

그걸 깊이 생각하면서, 칼리굴리오는 황제에게 아뢸 내용을 정리하기 시작했다.

——이 칼리굴리오의 행동에 따라 제국은 움직이기 시작할 것이다.

어전회의가 시작되려하고 있었다.

이번 회의는 평시일 때와는 상황이 달랐으며, 참가하는 장병들은 물론이고 나란히 앉은 문관들에게도 긴장된 분위기가 감돌고 있었다.

그런 분위기를 감지한 것인지, 관계가 없는 자들은 대회의장에 다가가려고도 하지 않았다.

이번 회의는 평소와는 다르다.

모두가 그 사실을 느끼고 있었던 것이다.

황제의 입실을 알리는 소리가 울려 퍼지자, 모두 일제히 머리를 숙였다.

발 너머에 누군가의 기척이 느껴졌다.

통일황제 루드라 나무 우르 나스카.

최강의 군사대국인 나스카 나무리움 우르메리아 동방연합통일제국의 정점.

자신의 본심은 누구한테도 얘기하지 않으며, 그 모습은 발 너머에 존재했다.

측근 이외에는 누구도 직접 볼 수 없는 지고의 존재는 단지 거기 있는 것만으로도 다른 자들을 압도했다.

유일한 존재이자 절대적인 존재.

황제에게 의견을 낼 수 있는 자는 극소수의 한정된 자들뿐이었다.

회의실에는 200명에 가까운 자들이 있었다.

'3장군'—— 각 군단의 군단장과 그 부관들.

나란히 자리를 잡은 자들은 임페리얼 가디언(제국황제근위기사단)의 정예다.

나라의 정치를 맡은 대신들과 나라의 중추에 해당하는 대귀족원.

쟁쟁한 자들이 모여서 머리를 숙이고 있었다.

옷자락이 스치는 소리만이 고요한 공간에 울려 퍼졌다.

소리가 사라졌다.

그걸 신호로 승상이 의전관들에게 눈짓을 했다.

"황제폐하께서 듭셨사옵니다~!!"

그 말을 받아서, 회의장 안에 있던 모두가 일제히 인사말을 올렸다.

고요함을 파괴하는 노도 같은 대합창이었다.

그리하여 역사에 남게 될 대원정의 시비를 가리는 어전회의가 시작되었다.

....

....

....

엄숙한 분위기 속에서 시작된 어전회의.

의제로 올라온 대원정에 대해 신중파와, 주전파 중에서도 호전적인 자들이 의견을 양분하고 있었다.

우선 개전의 명목은 무엇으로 할 것인가?

어리석은 질문이었다.

황제가 바라기 때문에 빼앗는다. 단지 그뿐이다.

그게 가능한가?

거기서 크게 의견이 갈렸다.

신중론을 주장하는 자와 정면에서 유린할 것을 주장하는 자.

항복권고나 협박성 압력을 가해야 한다며, 외교교섭부터 시작할 것을 주장하는 문관들.

전쟁의 개시가 황제의 뜻이라면 거기에 이견을 제기할 여지는 없다.

그러나 아직 칙명은 내려지지 않았으며, 각자의 의도에 따라 회의는 진행되었다.

개전은 시간문제였다.

문제는 그 방법인 것이다.

각지를 지배하는 마왕들도 방해가 되었지만, 그들은 자신의 영토를 침범하지 않는 한 움직이지 않는다.

장애물이 되는 것은 '폭풍룡' 베루도라였다.

그래서 논의는 쥬라의 대삼림으로 귀결되었다.

한 명의 인물이 전쟁을 반대한다는 의견을 올렸다.

"외람되옵니다만, 폐하. 저는 반대이옵니다."

제국의 대마법사―― 가드라 노사였다.

가드라는 황제에게 두려움 없는 태도로 당당하게 의견을 말했다.

"무슨 약한 소리를! 또 그 얘기를 하시는 거요, 가드라 공?"

가드라를 비웃은 자는 '3장군'중의 한 사람―― 기갑군단장인 칼리굴리오였다.

매번 있는 일이었다.

이 두 사람이 신중파와 호전파의 대표 격인 인물이었던 것이다.

"서쪽을 치는 것뿐이라면 문제가 없소. 그러나 쥬라의 대삼림에는 사룡인 베루도라가 있소이다. 2년 전에 사령의 부활이 막 확인된 바요. 신중하게 대응하는 것이 당연하지 않소!"

그에 동조하는 의견.

나약하다며 가드라를 비웃는 의견.

베루도라의 재앙을 겪은 지 이미 300년 이상이나 지났으니, 그 공포심도 풍화되어 있었다. 지금은 호전적인 의견이 다수가 되어 있었으며, 가드라가 불리했다.

칼리굴리오는 그 사실을 파악하고, 선동하듯이 발언했다.

"노사, 귀공의 신중한 자세에는 배울 점이 있소. 하지만 몇 번이나 말했지만, 베루도라에 대한 대책은 완벽합니다. 우리의 신병기라면 그 사룡을 굴복시켜 부릴 수 있단 말입니다!"

"가소롭군! 꿈같은 얘긴 하지 마시오, 칼리굴리오 공. 그 시도가 실패할 가능성을 부정하지 못하는 이상, 신중하게 대응하는 게 당연하오. 하물며 지금은 그 숲을 지배하는 자는 새로운 마왕이란 말이외다! 마왕들 사이의 연계는 없다고들 하지만, 일부러 적대하는 것은 바람직하지 못하오. 그 사룡은 부활하면서 신참 마왕인 리무루와 손을 잡은 것 같더군. 마왕에겐 상호불가침으로 대하는 것이 적절한 방법이라 할 것이오!"

클레이만의 옛 영토로 이어지는 '죽음의 계곡'을 통과하면 대군을 이동시키는 것도 가능하다. 그러나 그쪽을 선택하지 않는 것은 그 너머에 있는 마왕 리무루의 지배영역을 침범하는 일이 되기 때문이다.

비옥한 대지라면 숲을 빠져나가는 것보다 행군속도는 빨라진다. 그러나 그 이점은 마왕 리무루의 역린을 건드리면서까지 얻을 만한 것은 아니었다.

마찬가지로 쥬라의 대삼림을 빠져나가면 서쪽에 도착할 수 있다. 그러나 현재 '폭풍룡' 베루도라는 부활했으며, 마왕 리무루와 손을 잡고 있었다.

굳이 적을 늘릴 필요는 없다──고 가드라는 주장했다. 이 의견에 문관 몇 명이 동의하면서 고개를 끄덕이고 있었다. 그러나 칼리굴리오는 코웃음을 치면서 가드라에게 질문을 퍼부었다.

"그렇다면 가드라 공은 제국의 비원을 포기하자는 말씀을 하는 것이오?"

쥬라의 대삼림을 통과하지 못하면 대군을 서쪽까지 파병하는 것이 곤란해진다. 그렇기에 칼리굴리오의 이 질문은 군부의 지지를 얻었다.

"칼리굴리오 공의 말이 맞습니다, 노사. 위대한 제국군 앞에선 마왕 따윈 아무런 위협이 되지 못합니다!"

"폐하 앞에서 불손합니다! 가드라 공은 황제의 뜻에 등을 돌릴 생각이오──?!"

"아니오! 생각해보시오, 마왕을 상대하는 것보다 드워프 왕의 협조를 얻는 게 더 좋은 계책이오. 피해도 생기지 않으며, 서쪽을 장악하는 것도 더 쉬워질 테니까!"

가드라는 일갈하면서, 반대의견에 반론을 제기했다.

그러나 그런 가드라의 주장을 비웃는 자가 있었다.

"가소로운 자는 귀공이오, 가드라 공. 드워프 왕은 검성으로 칭송받는 고귀한 남자. 선대왕도 영웅이었지만, 지금의 왕도 그에 못지않은 실력을 가지고 있소. 그의 동료들도 이름 높은 영웅들이니, 신참 마왕을 제거하는 것보다 버거운 상대라 할 수 있소. 나도 한 번 싸워보고 싶을 정도지만, 지금은 그건 중요하지 않소. 영웅과 싸우는 것보다 마왕을 토벌하는 쪽이 여론의 반응도 더 좋을 것이오!"

그렇게 소리친 자는 '3장군' 중의 한 사람.

마수군단장── 수왕(獸王) 글라딤이었다.

글라딤이 일어선 것만으로 그 자리에 압도적인 위압감이 감돌았다.

그야말로 왕자(王者)의 품격.

글라딤은 마수도 힘으로 지배한다. 제국 내에선 굴지의 무투파이며, 높은 전투능력을 자랑하는 군단장이었다.

계급은 대장.

제국 안에서 두 번째로 강한 남자──로 일컬어지고 있었다.

글라딤은 '더블오 넘버(한 자리 수)'가 아니라 '두 자리 수'에 위치하고 있었지만, 그 강한 실력 때문에 빠른 속도로 군단장으로 취임했다. 서열강탈전에서 벗어난 입장에 있을 뿐이지, 자신이야말로 최강이라고 자부하고 있었다. 그래서 글라딤은 자신보다 강한 것으로 여겨지고 있는 '원수'에 대해서 달가운 감정을 품지는 못하고 있었다.

라이칸스로프(수인족)의 피를 이었다는 소문이 있지만, 그 진위는 밝혀지지 않았다. 이론이 아니라 본능으로 움직이는 타입인지라, 가드라가 대하기 껄끄럽게 여기는 상대였다.

"글라딤 공인가. 그 비교는 잘못되었소. 나는 가젤 왕을 우리 편으로 끌어들이자는 말을 하고 있는 거요!"

"멍청하긴. 드워프 왕국도 병합하겠다면 귀공의 말도 이해는 할 수 있소. 제국의 패도를 막아서는 어리석은 자는 차례로 쓰러뜨리면 되니까. 하지만! 정치적 공작이 대체 무슨 소용이오. 그런 미지근한 소리를 하고 있으니, 전력이 다 갖춰진 지금도 행동으로 옮기지 못하는 것 아닌가——!!"

"무슨 말도 안 되는 소리를! 드워프 왕국은 천연의 요새란 말이오. 공격하여 함락시킨다니——."

"그 입 닥치시오——!! 폐하의 어전에서 그런 약해빠진 소리를 늘어놓다니, 그러니까 군단장의 자리에서 파면된 거요——!!"

수왕 글라딤이 울부짖듯이 소리쳤다.

그건 사실이었다.

30년 전 정도까지는 가드라가 이끄는 마법군단이 제국 3대 군단의 한 축을 담당하고 있었던 것이다. 그러나 지금은 유능한 자는 기술국으로, 그 외의 자들은 각 부서로 전속된 상태였다.

그건 마법이라는 것이 재능에 의존할 수밖에 없다는 것이 원인이었다.

우선 마력이 없으면 마법은 사용할 수 없다. 노력으로 배울 수 있는 게 아니므로, 그 수에는 한계가 있었던 것이다.

전투에서도 유용하긴 했지만, 마법을 대신할 무기가 개발되었다.

소형마도병기—— '스펠 건(마총, 魔銃)'이었다.

마석을 에너지원으로 삼아서, 총신에 새겨진 마법진을 발동시킨다. 그렇게 함으로써 누구나 마법을 쓸 수 있게 되는 무기였다. 한 종류의 마법밖에 발사할 수 없다는 것이 약점이지만, 유용한 것은 군이 말할 것도 없었다.

근접전투용으로는 '매직 세이버(제국식 마법검)'가 있었다. 이것도 원리는 마찬가지로, 무기강화 마법이 걸려 있는 소형마도무기 중의 하나였다.

이게 있기 때문에 기술반은 미궁에서 나온 구멍 뚫린 무기의 용도를 밝혀낸 것이다.

누구나 생각하는 것은 같다——. 쉽게 말하자면 그런 뜻이었다.

재능이 없는 자라도 마법을 쓸 수 있게 된 지금, 마법군단의 역할은 끝난 것이다.

마법의 시대가 끝났음을 알리는 것 같은, 가드라의 입장에서 보면 슬픈 일이었다.

그리고 그런 가드라를 비웃는 자가 또 한 명 있었다.

"핫핫하, 노사. 이제 늙었구려. 귀공의 마법지식은 제국의 보물이오. 우리 기갑군단의 신형마도병기의 개발에도 많은 도움을 주었소만…… 글라딤 공의 말대로 방금 그 발언은 좀 위험하군. 겁이라도 먹은 것이오?"

칼리굴리오가 업신여기는 투로 말하면서 비웃었다.

귀족원이나 군부에서도 끝내 참지 못한 웃음소리가 흘러나왔다.

"공들은 이해를 하고 있는 거요? 그 사룡은 폭풍을 관장하는 이 세계의 최강종이란 말이오!"

"노사야말로 이해를 못 하고 있군. 제국군은 이전과는 달라졌소. 이세계의 수많은 지식——'과학'이라는 것을 배우면서, 이 세계와는 다른 기술체계를 익혔단 말이오. 이 새로운 기술에 의해 우리 제국의 군사력은 한 세대 전과 비교하여 몇 십 배 더 증가한 상태요. 귀공 같은 시대에 뒤처진 마법사는 현대의 싸움에 따라오지 못하겠지. 황제폐하의 온정에 의지하여 얌전히 은거라도 하시는 게 좋겠소."

"뭐, 뭐라고——?!"

가드라는 그렇게 말하면서 화를 냈지만, 실은 그건 연기였다.

애초에 가드라는 지금 마왕 리무루 밑으로 들어간 몸이다. 가능한 한 전쟁을 피하는 방향으로 의견을 올리고 있지만, 그 뒤의 일은 자신이 알 바가 아니었다.

(이 녀석들은 정말로 불쌍하구나. 과학은 훌륭한 지식이지만, 마도왕조 살리온에도 숨겨진 지식—— '마도과학'이 존재했다. 리무루 폐하는 원래 '이세계인'이었으니, 제국의 군사력이 우위성을 보장한다고 해도 그게 어디까지 통할지 모르는 것을…….)

템페스트(마국연방)를, 리무루를 알아버린 지금, 가드라는 제국의 승리를 의심하고 있었다.

옛 동료들이 불행해지는 걸 바라지는 않으며, 황제폐하에겐 은혜와 의리도 느끼고 있었다. 그래서 가능한 한 노력하여 전쟁을 피하는 방향으로 유도하고 있었지만, 그 시도가 실패한다면 그건 그때의 일이다.

유우키가 쿠데타를 일으키려 하고 있으니, 그렇게 된 뒤에 황제의 신병을 확보할 예정이었다. 유우키는 황제를 암살할 생각을 품고 있을 것이다. 그의 목적이 세계정복인 이상, 위대한 지도자는 방해가 될 뿐이기 때문이다.

예전이었으면 가드라는 그냥 방치할 예정이었다. 그러나 지금은 전쟁을 벌이는 이유 그 자체가 사라지면서, 세계를 혼란으로 빠뜨리려는 유우키의 방식을, 가드라는 허용할 수 없게 되었던 것이다.

(뭐, 앞으론 어떻게 될지 모르지만, 이 이상의 진언은 무의미하겠지. 그렇다면 다음은 '던전(지하미궁)으로 제국군의 관심을 모으게 만들라'는 리무루 폐하의 명령을 수행하기로 할까.)

가드라는 속으로 몰래 그렇게 결의했다.

그리고 아직도 침묵을 지키고 있는 유우키 쪽으로 그 시선을 돌렸다.

*

가드라가 침묵한 것을 보고, 칼리굴리오는 이겼다고 생각했다.

가드라의 마법군단은 해체되었고, 군사적으로 재편성되었다. 그 후, 가드라에겐 기갑군단의 기술고문이라는 명예직밖에 남아 있지 않았다.

그러나 그 영웅적인 힘은 잘 알려져 있으니, 어떻게 보면 칼리굴리오 이상의 영향력을 여전히 유지하고 있다고 할 수 있었다.

(유우키 같은 애송이를 군단장으로 추천한 것도 가드라의 독단이겠지. 빌어먹을 영감.)

칼리굴리오의 입장에선 그게 달갑지 않았던 것이다.

대마법사 가드라── 그렇게 불렸던 영웅도 이젠 늙었다. 그래도 그의 공적은 훌륭했으며, 무례하게 굴어선 안 된다고 칼리굴리오는 생각했지만…….

(훗, 결국은 과거의 인물. 이제 와선 그냥 늙은 짐덩어리인가…….)

시대의 흐름에 따른 전력증강. 그 흐름을 따라오지 못하는 가여운 늙은이—— 그게 바로 지금의 가드라인 것이다.

제국은 새로운 시대를 맞았다.

신생 3대 군단은 이전과는 비교가 되지 않을 정도로 강대하다.

……………….

………….

…….

칼리굴리오가 이끄는 '기갑군단'——.

이계의 과학기술과 마법기술이 융합된 제국 최대 규모의 군단이다.

동원가능한 병사의 수는 200만을 넘는다. 그러나 제국의 각지에서 대기 중인 전력도 합친 것이기 때문에 즉시 군사행동을 일으킬 수 있는 수는 실질적으로 100만 정도였다.

그러나 그래도 100년 전에는 생각할 수 없을 정도로, 비정상적이라고까지 말할 수 있을 정도의 대규모 군단이었다.

글라딤이 이끄는 '마수군단'——.

이계의 기술인 DNA 해석에 의해, 포획한 마수의 배양 및 육성이 가능하게 되었다. 그렇게 육성한 마수를 조교하고 강화한 것이 이 군단의 중심핵을 이루고 있었다.

지금까지의 상식으로는 있을 수가 없는 마수의 배양. 그걸 실시했을 뿐만 아니라 길들여내기까지 했다. 그렇게 함으로써 강인한 마수가 타고 다닐 수 있는 짐승, 기수(騎獸)가 된 것이다.

그런 마수를 타고 다니는 자는 제국 안의 영웅들이었다.

오래된 시대부터 활약한 영웅들의 피—— 그것을 해석하여, 그힘을 자신의 것으로 만든 자들.

그들은 타고난 강자였다.

그런 그들의 핏속에 잠자고 있던 힘을 각성시킴으로써, 마수군단은 영웅들만으로 구성되어 있었다.

10만 명 중의 한 명이 태어날까 말까 하는 수준의 재능으로 여겨지는, 겨우 3만 명밖에 소속되지 않는 소수군단. 그러나 그들의 기수는 A-랭크 이상의 마수이며, 인마일체가 된 그들의 실력은 가늠할 수가 없었다.

겨우 3만 명의 병력수로 군단이라는 이름을 쓰는, 제국이 자랑하는 최강정예부대인 것이다.

유우키가 이끄는 '혼성군단'——.

이 부대는 되는대로 긁어모은 집단이지만, 그 잠재능력은 아주높았다.

협조성이 없는 아웃사이더들이 모인 낙오자들의 소굴. 세간의일반인들은 그렇게 여기고 있었지만, 그건 정확한 평가가 아니었다. 다른 자와의 협조성이 없는 것은 개인의 능력이 너무 높기 때문이었다.

제어할 수 없을 정도로 뛰어난 개인의 재능── 수많은 '이세계인'을 품고 있으며, 그 잠재능력은 미지수였다.

다양한 실험을 실시한 결과, 재현 불가능한 이레귤러 요소를 지닌 개체── A랭크를 넘는 힘을 지닌 마수는 다루기가 곤란했지만 전투능력은 파격적이었다.

왜 그렇게 되는지는 불명이지만, 버리기엔 아까운 성능을 지닌 병기── 새로운 시도로 인해 얻은 다양한 성과가 이 부대에 모여 있었다.

지금까지는 관리를 받고만 있을 뿐이었던 그들 앞에 유우키라는 지도자가 나타났다. 그 결과, 수치로는 계산할 수 없는 힘을 보유한 비장의 혼성군단이 새로이 태어난 것이다.

그 총병력의 수는 20만 명.

그중의 반수가 정보장교나 일반 사무병이므로, 실제로 동원할 수 있는 병사의 수는 10만 명 정도가 된다.

그리고 거기서 다시 엄선된 자들만으로 구성된 부대.

유우키를 신봉하는 그자들이야말로 혼성군단의 근간이었던 것이다.

....

....

....

이게 바로 제국의 신생 3대 군단.

거대한 전력이었다.

황제가 칙령을 내리면, 지금 당장이라도 130만 명의 군대가 군사행동을 개시할 것이다.

현재 제국 정보국이 파악하고 있는 서방열국의 총 전력은 병사의 수로 따지면 100만 명이 되지 않는다. 동원 가능한 수를 생각해봤을 때 40만 명을 모았으면 그나마 괜찮은 결과라고 할 수 있었다.

더구나 각국의 연계가 능숙하게 이뤄질 리가 없다고 생각하므로, 제대로 된 군사운용은 바랄 수 없을 것이란 결론이 나와 있었다.

오합지졸인 40만 명을 상대할 제국의 정예는 100만 명을 넘는다.

너무나도 압도적이라 할 수 있는 전력이었다.

그리고 그런 압도적인 제국군의 중심핵이 되는 존재가 칼리굴리오의 기갑군단이었다.

칼리굴리오는 엄선한 전력을 준비하여 이번 전쟁에 임할 생각이었다.

동원예정인 100만 명의 내역은 다음과 같다.

주력이 될 '기갑개조병단'——.

이계의 기술을 도입하고 마술적으로 개조를 실시한 병사들. 개인의 전투능력은 최소 C+랭크였다. 그중에는 A랭크에 도달한 자까지 있었다.

소속된 병사의 수는 70만 명이며, 타의 추종을 불허함과 동시에 가장 각광을 받는 부대였다.

결전병기에 해당하는 '마도전차사단'——.

실용화된 신병기, 마도전차 2,000대를 보유하고 있다.

그 마도전차는 5명이 조종하는 것이지만, 지금까지의 상식을 뒤집을 정도로 엄청난 성능을 발휘했다.

'마도포'라는 이름이 붙은 주포의 발사속도는 초속 2,000미터에 달한다. 장탄 수는 50발이며, 1분에 5발을 연사할 수 있었다. 그 위력은 엄청났으며, 전술급 마법인 초고등폭염술식에 필적하는 파괴력을 가지고 있었다.

참고로 이건 마법원리로 발사되는 것이지만, 포탄 그 자체는 '강철 덩어리'였다. 대마법결계나 대궁방어 등을 가볍게 관통하는 무시무시한 질량병기였던 것이다.

위저드(마도사)라는 희소한 엘리트가 아니면 다룰 수 없을 정도의 위력을 가진 공격을, 일반 병사도 다룰 수 있게 되었다. 더구나 방어하기도 어렵다면 이게 의미하는 바는 한없이 크다.

정비반을 포함한 소속병사의 수는 20만 명이며, 전차의 수를 늘리면 늘릴수록 전력이 늘어나게 될 것이다.

기밀병기인 '공전비행병단'――.

비공선이 400대.

이건 이계의 지식의 결정체라고 할 만한 제국의 보물이었다.

한 대당 최대 400명이 탑승할 수 있었다.

조작은 50명의 스탭이 맡으며, 그 외의 자들이 방어마법과 포격을 맡는다. 마법증강포가 다수 설치되어 있으며, 공방 면에서 골고루 우수한 전함이었다.

수송수단으로서도 유용했다.

이 시대에선 '제공권의 개념 같은 건 없다'고 할 수 있었다. 대공경계 같은 건 전혀 하지 않으므로, 적이 방심하고 있는 사이에 대규모 병력을 수송하는 것도 가능할 것이다.

적을 앞뒤에서 협공하는 것쯤은 비공선을 이용하면 쉽게 실현할 수 있었다.

이것도 또한 기존의 전술이론을 뒤집는 발명이었다.

소속된 병사의 수는 10만 명으로 옛 '마법군단'의 멤버 대다수가 소속되어 있었다.

이 정도의 대병력을 준비해놓았기 때문에, 칼리굴리오는 무엇이든 할 수 있다는 자신감에 빠져 있었다.

예를 들어서 이 세계의 평균적인 기사의 실력을 말하자면, 나라의 규모에 따라서도 달라지지만, 기껏해야 C랭크 정도였다. 무기나 방어구로 약간이나마 강화시키고 가혹한 훈련을 실시하면 겨우 B랭크에 도달할까 말까 하는 수준이었다.

그에 비해 기갑군단에선 소속된 자가 희망하면 마법으로 개조를 하고 있다. 건강진단을 통해 높은 적정치가 나타난 자에겐 반강제적으로 개조소술을 받게 하고 있었다.

그 결과, 군단 자체의 전투능력을 기본적으로 높이는데 성공한 것이다.

이건 각지에 남아 있는 자들도 마찬가지인지라, 제국의 반석은 흔들리지 않을 것이라고 칼리굴리오는 믿고 있었다.

그리고 이번 대원정에는 마도전차랑 비공선을 있는 대로 모두 투입할 예정이었다.

질과 양, 그 두 가지 면에서 다른 나라의 연합조차 압도하는 병사들.

게다가 처음 공개되는 수많은 신병기들.

제국의 위력을 알려줄 존재는 기갑군단을 제외하면 달리 있을 수가 없다──고 칼리굴리오는 확신하고 있었던 것이다.

(이 정도의 군대가 있으면 베루도라이건 마왕이건 겁낼 것 없다! 우리 군단만으로도 세계를 재패할 수 있을 것이야!)

칼리굴리오는 그런 자신감을 품은 채, 가드라의 상태를 관찰했다.

그렇기에 알아차릴 수 있었다. 가드라의 시선이 움직이면서, 유우키를 포착했다는 것을. 그리고 다음 순간, 유우키가 기다렸다는 듯이 입을 여는 것을.

"가드라 영감님이 너무 신중하다는 의견에는 나도 찬성이야. 내가 보기엔 '폭풍룡'도 지나치게 경계하는 것 같단 말이지. 칼리굴리오 군단장이 말한 대로 지금의 제국군이라면 문제없이 이길 수 있는 상대이지 않을까?"

어전회의에서 처음으로 유우키가 입을 열었다.

그 말이 자신에게 찬성하는 의견이었다는 것에, 칼리굴리오는 경계했다.

(이 자식, 여기서 미궁공략을 꺼낼 생각이로군? 내가 알아차리지 못할 거라 생각하는 것 같은데, 안일한 생각이다! 정보에 정통하지 않으면 군단장이라는 역할은 함부로 맡지 못한다는 걸 깨달아라!)

그렇게 생각하면서 칼리굴리오는 유우키를 향해 미소를 지었다.

글라딤이라는 예외도 있지만, 그자는 규격 외로 강하기 때문에 군단장을 맡고 있는 것에 지나지 않는다. 유우키 같은 자에게 군단장은 아직 이르다고 생각하면서, 칼리굴리오는 늘 유우키를 적대시하고 있었던 것이다.

그런 속마음을 억누르면서, 칼리굴리오는 얘기를 풀어놓았다.

"과연 유우키 공은 대단하군. 역시 신진기예의 젊은이는 그 기세도 다른 것 같소."

"뭐, 그 정도는 아니지만 말이지. 그보다 내가 생각하기엔 전쟁을 벌인다고 해도 조사가 필요할 것 같은데? 쥬라의 대삼림을 빠져나가려면 마왕 리무루의 지배영역을 통과할 필요가 있지. 그리고 재미있는 얘기를 들었는데, 이 마왕의 도시는 미궁 안으로 피신시킬 수가 있는 것 같아."

"호오, 미궁이라고요?"

"그래. 정확하게는 던전(지하미궁)이지. 어떤 원리로 그렇게 되는지 모르겠지만, 도시가 사라지면서 지상부에 커다란 문만 남는다고 하더군."

모르는 척을 하면서 칼리굴리오가 묻자, 유우키가 자기 뜻대로 진행된다는 듯한 표정으로 대답했다.

(흥, 하잘것없군. 이대로 자신이 거길 조사하겠다고 주장하여, 던전에서 얻을 수 있는 권익을 빼앗을 생각인 것 같지만…… 그런 얕은 생각은 통하지 않는다.)

그렇게 생각하면서, 칼리굴리오는 득의양양한 미소를 지었다.

"호오, 그 정보는 확실한 것이겠죠?"

"만약 정말이라면 그 던전은 무시할 수 없어. 군이 통과한 뒤에 배후에서 공격을 받을지도 모르니까."

"그렇군요. 서쪽도 바보가 아니라면 방어선을 펼쳐서 방비를 굳히겠지요. 마왕의 군대에 의해 보급선이 끊긴다면 우리 군도 궁지에 빠질 거요."

"그렇다면 쥬라의 대삼림을 통과하는 건 위험하겠군."

유우키의 발언을 들은 자들이 제각기 나오는 대로 의견을 늘어놓기 시작했다. 그게 의도한 대로의 반응이었는지, 유우키도 밝은 표정을 짓고 있었다.

"그 정보의 신뢰성은 의심할 게 없습니다. 가드라 영감님이 직접 나서서 우릴 위해서 조사해준 정보니까 말이죠!"

적당한 때를 보다가 유우키가 그렇게 발언했다. 이대로 확실하게 분위기를 잡겠다는 듯이 유우키는 말을 계속 이어갔다.

"가드라 노사는 자신의 눈으로 직접 확인했기 때문에 마왕 리무루가 위험하다는 판단을 한 겁니다. 그리고 어떤 소문을 가지고 돌아왔죠. 그 소문이란 것은 미궁이 지하 100층까지 있으며, 그 수호자가 바로 '폭풍룡' 베루도라라는 겁니다. 아무런 근거가 없는 소문이죠. 그러나 조사는 지하 60층에서 희생자가 나오면서 중단되고 말았습니다. 그 층은 '용사' 마사유키조차 돌파하지 못했다는 얘기도 도는 걸 보니, 그 난이도는 환산하면 A+ 정도가 될 것 같더군요. 어떤 루트로 서쪽을 침공한다고 해도 조사는 필요할 것 같습니다."

지금까지의 가벼운 태도를 버리고 진지한 말투로 유우키가 얘기했다.

"희생자가⋯⋯."

"그건 정말 안 됐군. 유우키 공의 심정을 이해할 수 있소."

"조사만 한다면 문제가 될 게 없지. 이 일은 혼성군단에게 맡기는 게 좋지 않겠소?"

그렇게 차례로 소리 높여 말하는 귀족들. 그 모습을 보고 칼리굴리오는 짜증이 났다.

(쳇, 돈으로 매수된 어리석은 것들! 빌어먹을 유우키 자식, 잔재주를 부리는군. 저 녀석은 군단장이 아니라 정치가가 되었어야 했어.)

유우키의 성실해 보이는 태도를 보면서, 매수되지 않은 자들까지 동조하는 분위기가 이뤄지고 있었다. 그 모습을 언짢게 생각하면서, 칼리굴리오가 목소리를 높였다.

"잠깐 기다리십시오!"

그렇게 큰 소리로 외치면서, 칼리굴리오는 자리에서 일어섰다.

그리고 발 너머에 있는 황제를 향해 머리를 숙였다.

"폐하! 가드라 노사와 유우키 공은 베루도라를 아주 두려워하는 것 같지만, 저는 다릅니다. 물론, 서방열국 따위는 논할 필요도 없습니다! 폐하의 마음을 편안하게 해드리는 것, 그게 바로 저의 바람이니, 부디 이 칼리굴리오에게 '제패하라'는 명령을 내려주십시오!! 그렇게만 해주시면 이 칼리굴리오, 신명을 다 바쳐 전쟁에 임하겠습니다!!"

칼리굴리오의 직소는 그 자리를 뒤흔들었다.

황제에게 직언하다니, 아무리 파격적인 행동이라도 정도가 있는 법이다.

"이게 무슨?! 이런 도리에 벗어난 짓을 하다니——."

"용서받지 못할 짓이라는 걸 알고 있는 거요, 칼리굴리오 공?!"

"칼리굴리오, 새치기를 할 생각인가? 폐하, 저희 마수군단도 언제든 출정할 수 있습니다. 부디 저희에게도 출정 명령을 내려주십시오!!"

그때 글라딤까지도 나섰다.

당황한 표정으로 유우키도 그 뒤를 따랐다.

"그렇다면 조사는 부디 혼성군단에게 맡겨주십시오!"

유우키까지 자리에서 일어나면서, '3장군'이 동시에 머리를 숙이는 모습을 보이고 있었다.

이렇게 되면 이 자리를 진정시킬 수 있는 것은 황제뿐이었다.

——아니.

한 사람이 더 있었다.

그자는 발 너머에 선 채로 요염하게 웃었다.

제국군의 최고지도자—— '원수'인 자였다.

"다들 멍청하기 짝이 없군요. 그만 진정하십시오. 이곳은 루드라 님의 어전입니다."

황제를 이름으로 부르다니, 일반인이라면 용서받을 수 없는 폭거다. 그런 행위를 태연히 저지르는 그자가 바로 '원수'라는 계급에 임명된 인물이었던 것이다.

*

'원수'는 제국 최강을 의미한다.

그 정체를 아는 자는 극히 일부의 측근밖에 없다.

이름조차도 알려지지 않았으며, 늘 황제 옆에 서서 그를 지키고 있다고 한다.

그런 인물의 발언에 의해 그 자리는 곧바로 조용해졌다.

일제히 엎드리는 일동을 향해 천상에서 목소리가 들려왔다.

"베루도라가 뭘 그리 대단하단 말입니까. 예전에 대원정을 방해받긴 했습니다만, 그래서 제국의 위상이 흔들리기라도 했습니까?"

""""아닙니다!!""""

"당연합니다. 이 제국에는 위대한 폐하의 가호가 있으니까요."

""""그렇습니다——!!""""

압도되는 수준을 넘어서, 아무도 거역할 수 없는 분위기가 그 자리를 지배하고 있었다.

그런 분위기 속에서 '원수'가 물었다.

"유우키, 라고 했던가요. 당신은 제국에 온지 1년도 되지 않았습니다만, 그 공적은 높이 평가합니다. 그러나 어설프군요. 너무 어설픕니다. 베루도라가 부활한 뒤로 지금까지 제국이 왜 움직이지 않았는지, 그 이유를 알고 있습니까?"

"준비가 부족했기 때문에——."

이제 와서 새삼스럽게 그런 걸 묻는 게 이상했지만, 유우키는 무난하게 대답했다.

그러나 '원수'는 얕잡아 보듯이 비웃었다.

"아닙니다. 멍청한 자들이 과거의 공포에 사로잡혀 이런저런 이유를 붙이면서 계속 도망쳤기 때문이죠. 어떤가요, 가드라. 그렇지 않습니까?"

"그, 그렇습니다──!!"

그 말이 옳다고, 모두가 마음속으로는 이해하고 있었다.

그리고 가드라도 그렇지 않다──는 대답을 할 수가 없었다. '폭풍룡'에게 이길 수 있느냐 아니냐에 대한 의논은 하지 않은 채, 전쟁을 피하는 쪽으로 의견을 냈던 것은 사실이다. 반론의 여지 따위는 전혀 없었다.

(──하지만 어째서지? 왜 **그녀**는 이렇게까지 조바심을 내고 있는 것이냐?)

가드라는 '원수'의 맨얼굴을 알고 있는 몇 안 되는 인물 중 한 명이다. 그렇기 때문에 늘 초연하던 '원수'가 왠지 조바심을 내고 있는 것처럼 느껴졌던 것이다.

그러나 이 자리에서 그런 걸 따져 물을 수는 없었다.

이유는 여전히 모르는 채, 가드라는 막연한 불안감을 느낄 뿐이었다.

'원수'의 추궁은 계속 이어졌다.

"드워프 왕 가젤과의 교섭이 제대로 될 리가 없죠. 그걸 이해하지 못할 당신이 아닐 텐데, 왜 그렇게 고집하는 건가요? 그게 아니면 제가 생각했던 것 이상으로 당신은 멍청하단 말인가요? 혹시 제국의 패도를 방해하고 있는 건 아니겠죠?"

그 차가운 목소리를 듣자, 가드라는 등줄기가 얼어붙는 것 같았다.

(꿰뚫어 보고 있는 건가? 내, 속을······.)

믿을 수가 없다고, 가드라는 생각했다.

가드라는 황제와 중요한 문제에 대해 의논하는 역할까지 맡을 정도로 제국에선 고참에 속하는 자였다. 그런 가드라조차 '원수' 앞에서는 기세에 눌려 쩔쩔매고 있었다.

(그러고 보니…… 나는 그녀의 '이름'조차 모르고 있었군…….)

가드라는 신용을 받고 있었다. 그리고 틀림없이 중요한 인물로 대접을 받고 있었다.

그러나 그건 가드라의 일방적인 생각이었을지도 모른다. 거기까지 생각이 미치자, 가드라는 정신이 아득해졌다.

그리고 제국——이라기보다 황제가 누구인지, 그때서야 비로소 의문을 품었다.

그런 가드라를 방치해둔 채 '원수'의 칼끝은 칼리굴리오에게 향했다.

"그리고 칼리굴리오. 귀공에겐 승산이 있단 말인가요?"

"네엣——!! 물론입니다, 원수 각하!!"

"그렇군요. 그럼 귀공이 구상 중인 작전을 말해보세요."

"그, 그건…….""

기세 좋게 대답했던 칼리굴리오였지만, '원수'의 패기를 직접 접하면서 바로 압도되었다.

물량으로 밀어붙여 함락시킨다는 자신의 생각이 너무나도 유치한 것이었다는 것을 깨달은 것이다.

'폭풍룡'을 상대하는 싸움에 관해선 칼리굴리오에도 복안이 있었다.

오랜 세월 동안 그것만 생각하면서 면밀히 계획을 세워왔던 것이다.

칼리굴리오는 베루도라를 두려워하지 않았다.

기껏해야 용이잖아? 그렇게 생각하고 있었다.

카나트 대산맥에 사는 드래곤들. 그들은 확실히 강력한 마물이
긴 했다.

기슭에 서식하는 레서 드래곤(하위용)이라면 또 모르지만, 드
래곤(중위용)까지 성장한 개체라면 A랭크 이상의 강한 힘을 갖게
된다.

속성을 지닌 아크 드래곤(상위용족)이라면 웬만한 작은 나라는
국가가 전복될 수 있는 규모의 위험한 상대가 되는 것이다.

그러나 제국이라면 기갑개조병단에서 대대 규모의 전력을 파
병하기만 해도 제압할 수 있었다. 몇 번인가 군사훈련을 통해서
드래곤 토벌도 해본 적이 있으니, 자칫 어설픈 짓만 하지 않는다
면 큰 피해는 나오지 않을 것이다.

그게 바로 제국이 강대하다는 증거였다. 몇 만 명이나 되는 장
병을 길러낼 국력이 있으며, 드래곤 무리를 상대로도 승리할 수
있다.

베루도라도 결국은 드래곤의 일종──이라는 게 칼리굴리오의
인식이었으며, '겨우 용 한 마리를 두고 뭘 그리 겁을 낸단 말인
가?'라는 생각까지 하고 있었다.

마물의 강함은 에너지(마력요소)양에 의해 정해진다. 아무리 강
력한 개체라고 해도 그 점은 달라지지 않는다.

드래곤이 강한 것은 그 질량에 비례하는 방대한 에너지양을 지
니고 있기 때문이다.

높은 방어력과 광범위의 적을 섬멸할 수 있는 브레스 공격. 그건 압도적인 에너지가 있기 때문에 성립된다.

그렇다면 굳이 정면으로 싸울 필요는 없다.

칼리굴리오의 군단에는 비책이 있었다.

극비리에 개발이 진행 중이었던 매직 캔슬러(마력요소교란방사)라는 신기술이.

마법으로 약하게 만드는 것은 드래곤에겐 통하지 않는 경우가 있다. 개체에 따라선 '마력방해' 같은 기술로 무효화시킬 수 있었다.

그러나 이 신기술이라면 문제없다.

매직 캔슬러를 비추면 마력요소라는 물질 그 자체에 영향을 미친다. 마력요소를 조작하는 게 아니라 마구잡이로 움직이게 만든다. 즉, 마력요소라는 물질을 폭주시키는 효과가 있는 것이다.

상대가 마법사라면 주문 영창이 방해를 받으면서 마법 그 자체가 발동하지 않게 된다.

상대가 마물이라면 그 몸을 구축하는 마력요소가 흐트러지면서 활동하기가 어려워진다. 쉽게 말해서 약해지는 것이다. 잘만하면 무력화시킬 수도 있다.

이건 베루도라처럼 에너지 덩어리 같은 존재에겐 특히 더 유효했기 때문에, 칼리굴리오의 자신감의 원천이 되기도 했다.

그리고 또 하나의 비장의 수단은 바로 마도전차였다.

'마도포'의 위력은 엄청나며, 대형마수라고 해도 일격에 죽일 수 있을 정도였다. 포획한 드래곤으로 실험해본 결과, A랭크의 성체인 드래곤도 '마도포'의 일격으로 죽일 수 있었다.

그리고 최후의 수단으로 비공선도 있다.

비공선은 마법기술의 결정이라고 할 수 있는 비밀병기였다.

그 최고속도는 음속조차 능가한다. 맨몸의 생물이 이 속도보다 빠르게 도망치는 것은 불가능했다.

칼리굴리오가 베루도라를 상대하는 싸움을 위해서 고안한 작전내용은 다음과 같았다.

움직임이 빠른 병사들이 베루도라를 유도한 뒤에 숲에 배치해둔 매직 캔슬러로 움직임을 봉인한다.

더욱 확실한 효과를 위해서, 비공선에서도 대규모로 매직 캔슬러를 비춰서 베루도라를 완전히 약하게 만든다.

그리고 마무리 공격으로 마도전차 2,000대가 '마도포'를 일제 사격하는 것이다. 이 정도면 오래된 사룡이라고 해도 틀림없이 소멸할 것이다.

(만약 살아남는다 한들, 아무리 '용종'이라고 해도 무사할 리가 없지.)

전투라는 것은 정보를 계속 축적함으로써 효율을 올릴 수 있다. 수많은 용을 죽이면서 축적한 정보량은 완벽했다.

칼리굴리오는 승리를 확신하였으며, 절대적인 자신감을 갖고 있었던 것이다.

그러나 '원수'에게 설명하는 칼리굴리오의 입은 무거웠다.

"그, 그러니까 전차대를 배치하고, 거기에 사룡을 끌어들인 다음에 말입니다……."

물량만으로 이길 수 있다고 믿고 있었기 때문에 세부적인 작전은 현지에 도착한 뒤에 짤 예정이었다.

아무리 길이 좋지 않다고 해도 전차라면 숲을 헤치고 나아갈 수 있다.

드워프 왕국과 연결된 교역용 도로도 존재한다고 한다. 그곳이라면 전차가 편하게 다닐 수 있을 정도의 폭이 있다는 정보를 이미 듣고 알고 있었다.

전차를 전개시키는 것도 쉽게 해낼 수 있다고 생각하고 있었지만, '원수'를 상대로는 그런 적당한 말로 설명할 수는 없다.

(전력증강에 너무 신경 쓴 나머지, 정작 중요한 현지조사를 소홀히 생각하고 있었다. 이건 내 실수로군…….)

그런 판단을 할 수 있을 정도의 이성은, 칼리굴리오에겐 아직 남아 있었다.

"정말 무능하다니까. 애초에 귀공은 착각을 하고 있군요. 베루도라를 죽여서 어떡하자는 거죠?"

"——네?"

질문의 의미를 이해하지 못하면서, 칼리굴리오는 자신도 모르게 되물었다.

그런 칼리굴리오를 '원수'는 차갑게 응시했다.

"베루도라가 봉인되어 있었는데, 왜 제국이 움직이지 않았다고 생각하나요?"

"그, 그건 준비가——."

"멍청하긴, 그렇지 않습니다. 그 아이(베루도라)의 부활을 기다렸다가 완전한 형태로 승부를 내기 위해서예요. 그리함으로써 황제 폐하의 위광을 널리 알리려는 겁니다. 그러기 위해선 베루도라를 죽여선 안 돼요. 쓰러뜨린 뒤에 지배해야만 비로소 제국의 승리가 결정되는 것입니다!"

그 말은 고요함에 둘러싸인 회의장을 압박했다.

모두 심장을 붙잡힌 것 같은, 그런 공포라고도 외포(畏怖)라고도 할 수 없는 감정에 지배된 것이다.

전율한 것은 가드라도 마찬가지였다.

(말도 안 돼. 진심으로 하는 말인가? 정신지배는 무리라고, 그렇게나 설명했는데. 하지만——.)

하지만 '원수'의 말에는 신비한 설득력이 있었다. 어쩌면 가능하지도 않을까 하는, 그런 생각을 갖게 만드는 어떤 힘이 있었던 것이다.

그걸 느끼면서 가드라는 무엇이라 말할 수 없는 공포를 맛봤다.

(그래, 다시 생각해보니 이상하군. '원수'는 대체 어떤 자란 말이냐? 나는 그녀와 만난 적이 있는데도 지금까지 이름을 모르는 것에 의문조차 가지지 않았다. 이건, 이건 설마…….)

그런 생각과 함께 도저히 인정하고 싶지 않은 사실이 가드라를 압박했다.

그건 '원수'가 가드라를, 제국의 대마법사인 가드라를 상회할 정도로 뛰어난 정신지배를 사용할 줄 아는 자가 아닐까 하는 의심이었다.

그건 의심이라기보다 이미 확신에 가까웠다.

가드라는 눈을 크게 뜨고 발 너머를 향해 시선을 돌렸다.

평직으로 짠 비단으로 만든 발에 단아한 실루엣이 비쳐 보이고 있었다. 가드라는 그게 인간의 상상을 넘어선 괴물처럼 보였다.

예를 들자면 '용종'이 인간의 모습을 하고 있는 것 같은──
그런 착각에 사로잡혀 있다가, 가드라는 황급히 그 생각을 떨쳐
냈다.

*

모두가 침을 삼키면서 굳어 있는 회의장에서.

"그러면 제가 작전을 하나 말씀드리겠습니다."

그때 소년의 목소리가 울려 퍼졌다.

유우키였다.

이런 상황에서 스스로 나서서 입을 열 수 있다니, 그 배짱은 실
로 칭찬할 만했다.

"말해보세요."

부드러우면서도 차가운 목소리가 유우키의 발언을 허가했다.

유우키는 속마음을 숨기면서, 예를 표했다.

"지금은 각 군단끼리 서로 견제할 때가 아니라고 생각하므로,
기탄없는 본심을 말하도록 하겠습니다."

그렇게 서론을 늘어놓은 뒤에, 유우키는 의미심장한 표정으로
작전을 설명하기 시작했다.

우선 정면인 쥬라의 대삼림 방면에선 기갑군단이 침공한다. 마
왕 리무루의 군대는 쥬라의 대삼림과 아멜드 대하가 교차하는 부
근에 집결 중이다. 그 지점에 있는 역참마을을 본거지로 삼고 경
계태세에 들어가 있다고 한다.

제국군의 진군 루트는 카나트 대산맥과 쥬라의 대삼림 사이를

통과하는 형식이 될 것이다. 쥬라의 대삼림 동부에는 길이 없으므로, 그곳을 빠져나가려면 시간이 너무 걸리기 때문이다.

드워프 왕국의 정면입구까지 나온 뒤에 아멜드 대하를 따라서 남하하면 이 역참마을에 도달한다. 거기서 본격적인 전투가 시작되겠지만, 거기엔 한 가지 문제점이 있었다.

"잠깐, 유우키 공. 숲을 빠져나가지 않으면 드워르곤을 자극하게 될 거요! 가젤 왕과 마왕 리무루는 사이가 좋다고 들었으며, 두 나라는 동맹을 맺은 사이요. 그런 행동을 취했다간 즉시 협공을 받게 된단 말이오!"

칼리굴리오가 지적했는데, 이 의견은 당연한 것이었다.

아멜드 대하를 따라서 난 도로를 통과하는 게 아니라 숲을 빠져나간다. 그렇게 생각한 근거에는 드워프 왕국과의 적대를 피하고 싶다는 의도가 있기 때문이다.

전투가 시작되면 드워프 군도 원군으로서 파병될 것이다. 그런 경우를 대비하여 군의 보급선이 끊길지도 모르는 짓은 결코 인정할 수 없다는 판단도 있었다.

숲과 강에 갇혀서 제대로 움직일 수 없는 군대. 그런 상태에서 앞뒤에서 협공을 받으면 숫자의 우위성이 사라진다. 비공선이 있어도 진을 구축하지 못하면 보급은 불가능하다.

칼리굴리오의 입장에선 유우키의 작전을 그냥 흘려듣고 넘길 수 없었던 것이다.

그러나 유우키는 그런 반응을 예상했다는 듯이 씨익 웃었다.

"안심하십시오, 칼리굴리오 공. 우리가 노리는 건 역참마을이 아니라 드워프 왕국이니까요. 가젤 왕이 교섭에 응하지 않는다면 그런 나라는 우호국으로 부를 수 없겠죠? 남겨둘 의미는 없지 않겠습니까."

"뭐라고——?!"

유우키의 발언에 말문이 막히는 칼리굴리오.

그리고 회의장은 소란스러워졌다.

"무장국가 드워르곤을 공격하자는 말인가?! 아니, 이길 수는 있겠지만 얼마나 많은 피해가 생길지 모른단 말이오!"

"서쪽까지 침공할 수 있는 여력이 남게 될 리가 없지."

"무엇보다 그 나라는 천연의 요새에 의해 보호받고 있는 셈이니까 말이오."

회의에 참가하고 있는 자들이 각자의 의견을 서로 교환했다. 그 말을 듣고, 유우키는 한층 더 깊은 미소를 지었다.

"맞아. 그 나라는 요새 같지. 수비에 특화되어 있으니까 지금까지는 난공불락이라는 소리를 들었어. 그렇지만 우리에겐 전차가 있잖아? 마법방어에 특화되어 있었으니까 드워르곤의 방어는 철벽이었던 거야. 그곳을 돌파하면 그런 나라를 함락시키는 건 어렵지 않을 텐데?"

"으음……."

유우키의 지적을 들으면서, 칼리굴리오는 일리가 있다고 생각했다.

만약 드워프 왕국을 침공한다면.

노리는 곳은 동쪽 입구나 센트럴이 될 것이다. 적의 방심을 유도한다면 제국에 인접한 동쪽이 아니라 쥬라의 대삼림으로 빠져나갈 수 있는 센트럴(정면 입구)을 공격해야 할 것이다.

마왕 리무루의 역참마을을 공격하는 것처럼 보여주고, 그대로 전차부대로 센트럴을 포위한다면…….

드워프 왕국에서 보내는 원군을 저지하면서, 역참마을을 함락시키는 것도 가능하게 된다.

"──과연, 그건 의외로 재미있는 작전이 될지도 모르겠군."

"그렇지? 드워프 왕국이 위기에 몰린다면 마왕 리무루도 움직이지 않을 수 없지. 우리가 주도권을 쥐면서 반격하는 형태로 전장을 준비해두고 있으면──."

"우리 군이 유리하게 싸울 수 있다는 말이로군."

가능하겠어──. 그렇게 생각하면서 칼리굴리오는 고개를 끄덕였다.

"역참마을에 머무르는 건 아마도 선발대뿐일 거야. 그래도 쥬라의 대삼림이라면 상대가 유리하니까 우리 쪽 피해는 어쩔 수 없이 커지게 되겠지. 하지만 단번에 드워프 왕국을 공격하여 함락시켜버리면, 그 다음은 반대로 천연의 요새가 우리의 방어를 도와주게 되는 거야."

유우키의 그 말에는 기만이 있었다. 만약 '마도포'를 쏘는 사태가 일어나면 최초의 일제사격으로 센트럴은 궤멸될 것이다. 미로같은 지하 동굴로 도망쳐서 들어간다고 해도 입구 부근의 도시부의 피해는 막대해지기 때문이다.

장래에는 제국이 차지하면서 재건하는 수순을 밟겠지만, 이번 싸움에선 이용할 수 없다. 칼리굴리오는 그 사실을 깨닫고 있었지만, 지금은 유우키의 주장에 동조하기로 했다.

"그렇게 잘 풀릴 거라는 생각은 들지 않지만, 들어볼 만은 하군. 적어도 짜증나는 숲속에서 쥐를 쫓아다니는 것보다는 덫을 설치해두고 기다렸다가 한꺼번에 섬멸하는 게 더 호쾌하니까. 그런 뒤에 당당하게 템페스트의 수도를 노리면 되겠군."

"그 전에 내 작전에는 다음 단계가 있어. 우리 혼성군단이 집단전보다 개인전에 더 능하다는 건 다들 알고 있을 거야. 그래서 말인데, 그런 우리들이니까 미궁 조사에는 가장 적합하다고 생각해. 방금 전에도 얘기했지만, 지하 100층을 베루도라가 지키고 있다는 소문도 있으니까 진위를 파악하기 위해서라도 조사는 필요하겠지?"

그렇게 나온단 말이지——. 칼리굴리오는 그렇게 생각하면서 속으로 웃었다.

유우키가 자신의 이익을 저버릴 것이라는 생각은 들지 않았으므로, 이 제안도 예상 범주 안이었다.

"그건 아닌 것 같군. 역참마을을 무시하고 귀공의 군단이 마국의 수도를 노리는 경우엔 양쪽에서 협공을 받을 위험도 있을 테니까. 그렇다면 우리 군을 서쪽으로 전진시킨 뒤에 길이 없는 곳에서 던전이라는 장소를 노리는 게 더 나을 거요. 애초에 도시 하나를 사라지게 만든다는 얘기는 직접 눈으로 보지 않고는 믿을 수가 없지. 마왕군의 본대가 기다리고 있을 거라고 상정하는 게 전술적으로도 타당하오."

칼리굴리오가 그렇게 반론하자, 순간적이지만 유우키가 분한 표정을 지었다.

그걸 놓칠 칼리굴리오가 아니었다.

(큭큭큭, 아직 어리구나. 모든 게 네 생각대로 돌아갈 거라고

자만하지 마라, 이 애송아!)

그렇게 생각하면서 기쁨에 잠겼다.

그리고──.

"이제 겨우 군사회의다워졌군요. 좋아요, 칼리굴리오에겐 자신이 있는 것 같으니, 마왕 리무루 쪽은 귀공에게 맡기겠습니다."

'원수'의 그 말 한 마디로 인해 기갑군단이 쥬라의 대삼림을 침공하는 작전을 실행하는 것이 결정되었다.

'원수'의 말은 계속 이어졌다.

"이것만으론 약하군요. 드워르곤을 공격하겠다면 동쪽 입구에도 압력을 가해놓는 게 좋겠어요. 그건 혼성군단에게 맡기겠습니다. 수도방위 임무와 병행하면서, 어떻게 편성할 것인지는 군단장인 당신이 생각하세요."

"……잘 알겠습니다."

유우키는 반론하려 했지만, 단념했다. '원수'의 말투에서 이건 이미 결정된 사항이라는 걸 깨달은 것이다.

그 대신 목소리를 높인 자는 남은 군단장인 글라딤이었다.

"자, 잠깐만 기다려주십시오! 그러면 저희 마수군단은 자리만 지키고 있으란 말씀이십니까? 저희 군단도 반드시 제 역할을 해낼 것입니다. 그러니까 부디──."

글라딤은 귀기 어린 표정으로 발 너머를 향해 큰 소리로 외쳤다. 만약 여기 남으라는 명령이라도 받았다간 수적으로 열세인 마수군단은 나설 차례가 사라지게 된다. 중요한 곳을 전부 뺏긴 상태에선 글라딤이 전공을 세울 기회도 잃어버릴 것이다.

그것만큼은 결코 인정할 수 없다는 생각에, 글라딤은 필사적이었다.

"멍청하긴, 서두르지 말아요. 귀공이 나설 자리도 빠짐없이 마련해두었습니다."

"뭐라고요?! 그, 그럼 제 역할은?"

"귀공은 마수군단의 전군을 이끌고 북진하도록 하세요."

단단히 벼르고 있다가 '원수'에게서 대답을 들은 글라딤은 그 뜬금없는 내용에 경악했다.

마왕 리무루와 가젤 왕은 자신의 방어에 전념하게 될 것이다. 그 틈에 동시침공을 시도하면 방심하고 있을 서방열국의 간담을 서늘하게 만들 수 있다.

카운실 오브 웨스트(서방열국 평의회)가 대책을 세우기 전에 재빨리 교두보를 확보하면 된다.

"북진이라고요?! 카나트 대산맥을 넘어가라는 말씀입니까?"

'원수'가 한 말의 의도를 이해하면서, 글라딤은 동요했다.

이론적으로는 이해가 된다. 두 곳을 정면으로 공격하는 게 아니라 동시에 세 곳을 정면으로 공격하는 작전이 되겠지만, 그걸 해낼 수 있는 전력이 제국에겐 있었다.

그러나 전략이 아니라 전술 면에서 그 작전을 실행하기에는 난관이 뒤따랐다. 카나트 대산맥을 만 명 단위인 군대로 답파하라니, 제정신으로 하는 말인지 의심이 가는 아이디어였다.

글라딤은 그 사실을 지적하는 것도 망설여졌지만, 그런 그에게 '원수'의 웃음소리가 들려왔다.

"그래요, 글라딤. 해상을 통해서 잉그라시아 왕도를 공격하세요. 다시 부흥 중인 파르메나스 왕국 따윈 드워르곤을 함락시키면 언제든지 박살 낼 수 있으니까."

"네, 네에? 해상이라고요?! 아니, 하지만 우리나라에는 대규모 수송용의 해상함대 같은 건……."

"있잖아요. 그렇죠? 칼리굴리오."

이름을 불린 칼리굴리오는 얼버무리면서 넘기는 게 불가능하다는 걸 깨달았다. 이름을 함부로 불린 무례함은 이제 와서 따져 봤자 소용이 없었다. 이 자리에서 쓴소리를 아뢰고 싶은 마음도 들지 않았다.

그 정도의 위압을 '원수'로부터 느끼고 있었던 것이다.

"'원수'께서 하신 말씀이 맞습니다. 우리 군에서 개발한 '비공선'이라고 하는 최신병기가 있습니다. 이 최신병기를 운용하는 '공전비행병단'이라면 마수군단도 수송할 수 있을 것입니다."

칼리굴리오의 발언으로 인해 회의장의 분위기는 금세 끓어올랐다.

쥬라의 대삼림을 경유하지 않고도 서방열국으로 침공할 수 있는 방법이 존재하는 것이다.

그들이 흥분하는 것도 당연했다.

"하지만 '폭풍룡'과의 싸움에서도 필요한 비장의 수이므로, 저희 군단에선 운반만 도울 수 있을 것 같은데, 괜찮겠습니까?"

이 칼리굴리오의 발언은 글라딤에게 한 말이었다.

100척의 비공선은 자신의 곁에서 확보해두고 최대한 무장시킬 것이다. 남은 300척만으로도 최대로 운반 가능한 병력 수는 10만을 넘지 못한다. 비공선이 운반할 수 있는 인원은 1척 당 400명.

배를 조종하는 인원을 제해도 1척 당 350명은 운반할 수 있는 것이다.

마수군단—— 3만 명의 영웅들과 그들이 탈 마수 3만 마리. 총 6만에 그들이 충분히 활약할 수 있게 서포트하는 지원부대. 그리고 보급물자. 이 모든 걸 운반하는 건 비공선이 300척이나 있으면 충분할 것이다.

비공선 자체의 전투능력은 기대할 수 없게 되었지만, 마수군단을 운반하는 것뿐이라면 그건 용이했다.

칼리굴리오는 재빨리 절대 양보할 수 없는 선을 그은 뒤에, 글라딤에게 들이댄 것이다.

글라딤도 그건 충분히 이해하고 있으며, 낮게 신음하면서 생각에 잠겼다.

마왕 리무루나 '폭풍룡' 베루도라와 싸우는 것은 무인으로선 영광이다. 이 영예를 놓치는 것은 아깝지만, '원수'가 제시한 작전도 또한 매력적이었다.

기존의 개념을 타파하는 전격작전이었다.

완전히 방심하고 있을 서방열국의 힘으로는 글라딤의 마수군단에게 대응하지 못할 것이다.

성공은 약속된 것이나 다름없는 것이니, 이 작전은 아주 적절했다.

그리고 무엇보다도. 서쪽에는 크루세이더즈(성기사단)이라는 영웅들이 있다고 했다. 개인전투에 특화되었을 뿐만 아니라, 집단전에서도 최강이라는 소문이 도는 집단이.

그와 대비되는 루크 지니어스(교황직속 근위사단)도 대단하다고 들었으며, 신성교황국 루벨리오스에는 사카구치 히나타가 있었다.

교황직속 근위사단의 필두기사이자 성기사단장인 사실상 최강기사. 그 위명은 제국까지 널리 알려져 있었지만, 최근에는 마왕 리무루와 비겼다는 소문이 들려오고 있었다.

그렇다면 그런 얼빠진 최강기사 따위는 글라딤의 적은 아니라는 얘기다.

히나타가 이끄는 영웅들을 제거하고 성스러운 도시를 유린한다.

글라딤의 몸에 흐르는 야수의 피가 뜨겁게 끓어오르기 시작하는 것을 느꼈다.

"좋소! 우리를 무사히 전장까지 옮겨준다면 그 작전에 동참하도록 하겠소!!"

수왕 글라딤이 울부짖듯이 소리치면서 동의하는 말을 듣고, 대회의실의 열기가 한층 더 높아졌다.

"이길 수 있어. 틀림없이 이길 수 있을 거요!"

"승리는 우리 제국의 것이오!"

"황제폐하 만세——!!"

그런 식으로, 이미 승리의 상상에 도취된 자들까지 나오기 시작하고 있었다.

그런 열기에 응하듯이 칼리굴리오가 글라딤에게 약속했다.

"해로로 나가면 드래곤과의 전투도 피할 수 있겠지. 마음을 편하게 먹고 이 칼리굴리오에게 맡기시오."

이건 원래 칼리굴리오도 생각했던 계획 중의 하나였다.

드래곤의 비행가능거리를 생각해보면 해로는 '용의 둥지'의 세력권에서 크게 벗어나 있다. 또한 번거롭기 짝이 없는 대해수도 신경 쓰지 않고 넘어갈 수 있으므로, 비교적 안전하게 서쪽까지 갈 수 있을 것이라고 생각했다.

하지만 전차부대와의 연계가 전혀 이뤄지지 않는지라, 칼리굴리오는 그 아이디어를 제안하는 것은 시기상조라고 생각하고 있었던 것이다.

그러므로 사전조사도 이미 완벽하게 끝내놓았다.

이번에는 생각지도 못한 방식으로 그 방법을 이용하게 되어버렸지만, 이건 이것대로 괜찮다고 칼리굴리오는 생각하고 있었다.

(재미있군. 비공선으로 마수군단을 수송하고, 그 뒤에는 철저하게 지원과 보급에 임한다. 그런 모습을 보여주면서 이익만을 취하는 것도 가능할지 몰라. 그리고…… 북쪽에 대규모의 전력이 출현하면 서방연합군의 의표를 찌르게 될 것이다. 그렇게 되면 오합지졸인 그들이 마왕 리무루에게 원군 같은 걸 보낼 여유도 없어질 것이고, 당황하면서 허둥지둥 대기나 하겠지.)

쥬라의 대삼림 방면만 경계하고 있을 서방열국의 각 나라들은 예상하지 못한 사태에 당황하게 될 것이다. 그렇게 되면 칼리굴리오 쪽의 작전도 부드럽게 진행될 것이다.

칼리굴리오는 그렇게 생각했다.

자신은 던전, 그리고 '폭풍룡'에 집중할 것이다. 그렇게 함으로써 더욱 큰 전과를 세울 수 있을 것이라고, 칼리굴리오는 계산한 것이다.

"무슨 문제라도 있나요?"

"──아닙니다. 글라딤 공과 협의한 뒤에 실행 가능한 작전을 세우도록 하겠습니다."

"음. 무사히 도착하게만 해준다면, 그때는 우리의 힘을 충분히 보여주겠습니다!"

"그럼 저는 드워프 왕국을 상대로 시위행동을 열심히 반복하도록 할까요."

"센트럴에서 싸움이 시작되면 동쪽 입구에서의 움직임은 사라지게 되겠죠. 하지만——."

"흥분해서 이성을 잃은 드워프들의 습격이 없다고는 장담할 수 없다——는 말씀이죠? 저도 알고 있다니까요."

'원수'를 상대하면서도 유우키는 자신의 태도를 유지하고 있었다.

다른 군단장을 포함한 그 자리의 모든 사람들이 그런 유우키를 기이한 눈으로 바라봤다.

둔감한 것인지, 바보인 것인지. 그런 의문이 담긴 시선이었지만, 유우키가 그걸 신경 쓸 리 없었다.

"좋아요. 그럼 지금 즉시 준비를 시작하도록 하세요!"

""""네엣——!!""""

명령이 내려졌다.

황제 루드라가 여전히 한 마디도 하지 않은 채, 제국에 의한 세 방향 동시 침공 작전이 결정된 것이다.

그날, 황제의 이름으로 개전을 알리는 조칙이 발령되었다.

제국은 열기에 휩싸였다.

오랫동안 웅크리고 있던 시간을 거친 뒤에, 제국이 다시 그 무위(武威)를 보여줄 때가 찾아온 것이다.

●

어전회의가 끝난 뒤에 유우키는 안도의 한숨을 쉬었다.

지금까지의 회의에서 '원수'가 끼어들어 참견하는 일은 없었다. 그랬는데 이번에는 유달리 적극적으로 간섭하고 있었다. 그 때문에 유우키의 계획도 다소 변경할 필요가 생긴 셈이었지만……

(뭐, 문제는 없겠지. 내 군단은 예정대로 제국 가까이에 주둔시킬 수 있을 것 같으니까. 가장 세력이 커서 방해가 되었던 기갑군단은 그 대부분이 쥬라의 대삼림을 침공하게 되었어. 베가를 잠입시켜둔 마수군단까지 출격하는 건 예상외였지만, 혼성군단만 있어도 쿠데타는 성공하겠지.)

원래 계획은 베가를 쿠데타의 주력으로 만들어놓고, 만일 실패했을 경우엔 모든 죄를 뒤집어씌울 생각이었다.

물론 유우키의 부대도 뒤에서 지원할 것이다. 아니, 그보다 베가가 양동이며, 실제로 움직이는 역할은 유우키가 맡을 생각이었다.

그 아이디어는 폐지할 수밖에 없게 되었지만, 크게 봐선 문제가 없을 것으로 유우키는 판단했다.

유우키의 생각대로 바보(칼리굴리오)가 움직여줄 것 같았기 때문이다.

칼리굴리오는 무인이라기보다 군인이라고 불러야 할 남자였다. 싸우면 나름대로 강하지만, 계책과 필승에 집착하며 모험을 하지 않는 남자다. 그러면서도 욕심은 많아서, 움직이기에 충분한 이유가 있으면 손실을 꺼리지 않는 면도 갖추고 있었다.

간단히 말해서 나설 만한 이유를 주기만 하면 되는 것이다.

템페스트(미국연방)에는 돈이 있다. 그리고 빼앗아야 할 신기술도 있다.

그런 것들이 던전(지하미궁)에 숨겨져 있다는 것만 전해주면…….

물론 그냥 가르쳐주면 의심만 할 뿐이므로, 유우키가 그걸 노리고 있다고 생각하게 만들면 된다.

가드라가 가지고 온 정보와 물품을 이용하여, 유우키는 훌륭하게 칼리굴리오를 조종하는데 성공한 것이다.

그러나 그렇다곤 해도.

"심각한 표정을 하고 있는데 왜 그러지?"

유우키는 자신과 마주 보고 앉은 인물—— 가드라를 향해 물었다.

"흠. '원수'가 말이지…….."

"원수?"

"음. 그 정도로 조바심을 내는 것은 무슨 이유가 있어서인지 궁금해서 말이지."

"조바심을 냈다고? 그렇게 보이진 않던데?"

가드라가 뭔가를 심각하게 생각하는 표정을 지었던 것은 그런 사사로운 이유 때문이었던 모양이다. 유우키에겐 그다지 신경 쓸 일이 아닌 것 같았지만, 가드라에겐 뭔가 마음에 걸리는 게 있는 모양이다.

"뭐, 오늘 회의에서도 생각한 거지만, 그자도 상당한 괴물이더군. 솔직히 내가 싸워보면 이길 수 있을지 모를 정도라니, 정말 엄청나던데?"

유우키는 웬만한 상대라면 싸우지 않고도 상대의 실력을 알 수 있다. 얼티밋 스킬(궁극능력)에 각성한 지금은 상대가 숨기고 있는 실력까지 꿰뚫어 볼 수 있게 되었다.

그런 유우키도 실력을 읽어낼 수 없는 상대. 그게 얼마나 위험한지는 설명할 필요도 없을 것이다.

"'원수'는 루드라 폐하의 대가 바뀔 때마다 지명되고 있다네. 이번 대도 그렇지만 선대도, 그 선대일 때도 늘 황제폐하를 지키고 있었지. 제국의 정점에 군림할 만한 실력을 갖고 있기 때문에 '원수'인 것이야. 그러나 내가 아는 한 '원수'가 군사문제에 끼어든 기록은 없어. 그랬는데 왜——."

'원수'가 상대하기 힘든 존재라는 것도 유우키의 입장에선 오산이었다.

그러나 그건 상정한 범위 안의 문제였다.

무엇보다 그 최강의 마왕 기이 크림존이 제국에 대해 뭔가를 염두에 두는 듯한 모습을 보였기 때문이다. 유우키가 아니더라도 뭔가 있다는 생각이 드는 것은 당연했다.

그렇게 강한 실력을 자랑하는 기이 크림존이 왜 제국을 방치하고 있는 걸까?

그 오만한 마왕이 움직이지 않는 이유.

그건 경계해야 할 누군가가 있기 때문이 아닐까 하고, 유우키는 생각하고 있었다. 그게 '원수'라면 그럴 수도 있겠다고 순순히 납득할 수 있었다.

(어차피 이 전쟁이 커져서 세상이 어지러워지면, 뭔가 터무니없는 일이 일어날 거야. 그렇게 되면 숨어 있던 것들이 모습을 보이게 될지도 모르겠군!)

앞으로 일어날 일을 생각하던 유우키는 솟구쳐오는 유열을 억지로 참으면서 웃었다.

가드라는 그런 유우키를 보고 한숨을 쉬고 있었지만, 고민만 하고 있을 수 없다는 건 확실했다. 마음을 다잡고 앞으로의 예정에 대해 유우키와 얘기를 나누기로 했다.

"그건 그렇고 유우키여, 내 쪽은 예정대로 진행되고 있다. 서쪽에 대해 복수할 이유도 사라진 지금, 가능하면 나는 전쟁을 피하고 싶다만⋯⋯."

"그런 이기적인 생각이 통할 리가 없잖아? 지금까지 실컷 전쟁을 부추겨놓고선."

"그래, 그건 부정할 수 없겠지."

가드라도 전체적으론 자기 위주의 성격을 가진 남자이므로, 무슨 말을 들어도 딱히 신경 쓰지 않는다. 자신과 사랑하는 동료들이 무사하다면 다른 일은 어찌 되든 상관없다고 생각하고 있었던 것이다.

가드라는 위대한 마법사이긴 하지만, 신은 아니다.

자신이 만능이라고 잘난 체하지도 않았고, 가능한 일과 가능하지 않은 일은 명확히 구분하고 있었다.

그런 가드라이기 때문에 제국에 대한 마지막 봉사라는 생각을 가지고, 필사적으로 전쟁회피를 주장한 것이다.

인간의 적으로 일컬어지는 마왕.

마왕은 절대자이며, 기본적으로는 일관되게 상호불가침을 유지하는 게 더 현명하다.

마왕과 적대하지 않기 위해서, 지금은 죽고 없는 마왕인 클레이만과도 접촉했다. 그 연줄을 통해 유우키와도 아는 사이가 되었다.

모든 것은 타도 서방, 타도 루미너스 교라는 목적에 집중하기 위해서였다.

마왕에게 풍부한 영토를 지배하도록 놔두고 있는 것은, 마왕이 다른 나라에 대한 영토적 야심을 가지지 않도록──가지게 하지 않도록──하기 위해서였으니, 가드라의 방침은 틀린 게 아니었다.

그 모든 것이 무의미하게 변해버렸지만, 그렇기에 가드라는 오히려 제국이 더 이상 잘못된 길로 나아가는 것을 저지하고 싶은 마음이 있었던 것이다.

하물며 가드라는 자신의 눈으로 직접 마왕 리무루를 봤다.

그의 인품은 아주 온화했으며, 평범하게 공존하는 것이 현명한 방법이라는 생각이 들었다. 거기 있던 친구── 아다루만도 생전과는 완전히 달라진 모습으로 바뀌었지만, 즐겁게 살고 있는 것처럼 보였던 것이다.

그 이상으로 놀란 것이 그 나라의 전력이었다.

가드라와 호각일 것으로 생각했던 아다루만조차도 그 임무는 던전(지하미궁)의 지하 60층을 지키는 것이라고 한다. 출세하여 70층을 맡게 되었다고 하는데, 그럼에도 아직 더 강한 실력자가 있다는 뜻이다.

그리고 당연히 진정한 간부는 따로 있었다.

(그런 국가와 적대하는 것은 어리석기 그지없는 짓이다.)

가드라는 그렇게 확신하고 있었다.

그렇기에 가드라는 생각했다.

이번 전쟁으로 제국이 크게 패배할 것이라고.

신지 일행이 어떻게 생각하는지는 모르겠지만, 가드라는 마왕 리무루에게 끝을 알 수 없는 뭔가를 감지하고 있었다. 그런 이유도 있었기 때문에 전쟁 반대를 한층 더 강하게 호소했던 것이다.

그 결과는 아쉽게 되어버렸지만, 마왕 리무루와의 약속을 지켰다.

제국군의 눈을 던전으로 돌리게 하는데 성공했으니, 이젠 자신의 처신만 생각하면 되었다.

"내 의견을 듣지 않은 자들이 어떻게 될 지는 이제 내 알 바가 아니지. 나는 폐하께 마지막으로 직접 뵙기를 신청한 뒤에, 그 길로 바로 마물의 나라로 갈 것이다."

"참으로 당당한 배신 선언이로군."

"이건 배신이 아니다. 나는 내가 원하는 대로 살 뿐이지. 유우키여, 너와의 인연도 끊어진 것이 아니다. 곤란한 일이 있으면 내게 부탁해도 된다."

가드라는 자기 위주의 성격이긴 했지만, 자신과 친한 자에게는 자상하게 대했다. 유우키가 마음에 들었는지 그렇게 말했다.

"아하하, 그때는 잘 부탁할게!"

쓴웃음을 지으면서, 유우키는 고개를 끄덕였다.

"뭐, 나도 그 나라에선 신참이 되겠지만 말이지. 앞으로 신용을 계속 쌓아야만 할 것이야. 네가 날 이용하려고 해도 그건 소용없다는 걸 기억해둬라."

"너무하네! 그런 생각은 머릿속으로 하더라도 말로 하는 게 아니거든?"

"웃기지 마라. 너 같이 유들유들한 녀석은 이 정도로 확실히 말해둬야 알아듣는다. 그렇지, 유들유들하다고 하니 그 광대들이 생각났는데, 그자들에게도 인사를 못하고 떠나겠군. 지금도 어딘가에서 나쁜 꿍꿍이를 꾸미고 있으려나?"

"그런 셈이지. 지금의 당신에게 가르쳐주면 리무루 씨에게 다 알려줄 것 같으니까 말하진 않겠지만."

"왓핫핫하! 그것도 그렇구나. 그렇다면 묻지 않을 테니, 무슨 곤란한 일이 있으면 내게 부탁해도 된다고 대신 전해다오."

"고마워, 그렇게 하지."

그렇게 대꾸하면서, 유우키도 씨익 웃었다.

유우키도 또한 가드라를 마음에 들어 하고 있었다. 그렇게 자신에게 솔직하게 사는 모습이 약간은 눈부시게 보였던 것이다.

한바탕 서로 웃은 뒤에 두 사람은 악수를 나눴다.

"그럼 나는 이만 가겠다. 유우키여, 너는 쿠데타든 뭐든 마음껏 화려하게 일으키도록 해라. 하지만!"

"알고 있어, 황제 폐하를 죽이는 것만큼은 용서하지 않겠다는 거지?"

"음. 알고 있다면 됐다. 그럼 잘 있어라!"

그렇게 유우키와 가드라는 헤어졌다.

가드라의 황제에 대한 면회 요청은 수리되었다.

황제에게 충고를 해줘야 할 것인가──. 그런 생각을 하면서 가드라는 긴장하며 기다렸다.

가드라가 직접 아뢴다고 해서 그 말을 들어줄지는 모른다. 그러나 그래도 지금까지 모셨던 은의가 있는 상대에 대한 마지막 충성이라고 생각했다.

"폐하께서 기다리십니다."

안내를 맡은 자가 그렇게 알렸고, 얼굴을 가린 시종을 따라서 통로를 걸었다.

훤하게 트였으며 반들반들하게 잘 닦인 복도에선 연분홍색의 벚꽃이 보였다.

만년앵(萬年櫻).

지는 일이 없는 그 꽃잎은 제국의 영화를 상징한다고들 했다.

"여전히 아름답군. 그러나 이계에서 온 일본인이라면 좋게 평가하지 못하겠구나."

"──그렇습니까?"

"음. '와비사비'(わび, さび(侘, 寂). 일본의 문화적 전통 미의식, 미적 관념의 하나. 투박하고 조용한 상태를 가리킨다)라고 했던가, '사라짐의 미학'이라고 했던가. 벚꽃이라는 것은 지면서 흩어지기 때문에 허망한 아름다움이 있다고 하더군. 그것도 하나의 가치관이라 하겠지. 그렇지 않소, 콘도 공?"

"…………."

벚나무 뒤에서 예리한 분위기의 남자가 모습을 드러냈다.

"나름대로는 기척을 죽이고 있었다만."

"그랬소. 나도 전혀 알아차리지 못했지. 단지 불길한 예감이라고 할까? 왠지 모르게, 그래, 왠지 모르게 위험한 예감이 들더군."

그렇게 대꾸하면서 애용하는 지팡이를 꺼낸 가드라.

어느새 시종의 모습은 사라지고 없었다.

"너를 폐하와 만나게 할 수는 없다."

"왜지?"

"이유를 말할 생각도 없고, 네가 그걸 알아봤자 의미가 없다."

그렇게 대꾸하는 콘도 중위의 손에도 검게 빛나는 쇳덩어리가 쥐어져 있었다.

남부식(南部式) 대형 자동권총—— 일본 최초의 자동권총이었다.

"나를 죽일 생각인가?"

가드라가 눈빛을 날카롭게 바꾸면서 물어도 콘도 중위는 동요하는 기색이 없었다.

"콘도…… 네놈이——?!"

한층 더 소리를 높이려고 한 그 순간, 가드라는 가슴에 고통을 느끼면서 쓰러졌다.

방심은 하지 않았다. 가드라는 총에 대해서도 잘 알고 있었고, 콘도 중위의 손가락 움직임에도 신경을 쓰고 있었으며, 총성도 들리지 않았다.

그리고 무엇보다도.

이 가슴의 고통은 등 쪽에서 느껴진 것이며, 총탄에 의한 것이 아니라 한 자루의 나이프가 꽂혔기 때문이라고, 흐릿해져가는 의식 속에서 가드라는 그렇게 판단했다.

즉, 이건 콘도 중위가 아니라, 다른 누군가의――.

"왜 네가 손을 댔지?"

"이 남자가 위험하기 때문이야. 배신자를 그냥 놔두면 다음 폐하의 치세에도 지장이 생기겠지."

그 누군가의 목소리를, 가드라는 들은 적이 있었다. 그러나 그 정체는 믿기 어려운 인물이었으며, 죽기 직전의 환청이 아닐까 하는 의심까지 들었다.

"하지만 이 남자도 역시 폐하의 친구인데――."

가드라의 의식이 멀어지면서, 콘도 중위의 목소리도 들리지 않게 되었다.

가드라를 기다리는 것은 확실한 죽음이었다.

(독인가. 빈틈이 없군. 이것도 전부 루드라 폐하를 배신하려 한 내게 내려진 벌인가……. 하지만――.)

이대로는 확실히 죽는다.

시들 일이 없는 벚꽃 잎이 아름답게 춤추면서 흩어지는 가운데, 가드라는 마지막 도박을 시도했다.

사전에 준비해두었던 마법을 발동시켰고――.

가드라의 의식은 그런 뒤에 끊어졌다.

콘도 타츠야

제5장

개전을 향하여

Regarding Reincarnated to Slime

가드라를 제국으로 보낸 뒤에 시작된 것은 심문 타임이었다.

상대는 신지 일행——이 아니라 라미리스였다.

라미리스의 발언에는 그냥 흘려듣고 넘겨선 안 될 것 같은 부분이 있었던 것이다.

라미리스는 내게 밝히지 않고 서프라이즈를 시도할 정도이니, 그 외에도 분명히 뭔가를 숨기고 있는 것이 틀림없다.

"뭐, 그럴 리가……. 아무것도 숨긴 게 없는데……?"

딱 봐도 수상쩍은 언동을 보이면서 안절부절 못 하는 라미리스.

뭔가를 감추고 있는 것은 명백했다.

앞으로 케이크를 금지하겠다——고 협박하자마자, 라미리스는 머신건 같은 기세로 떠들어대기 시작했다.

"드, 듣고 싶은 게 무엇입니까, 대장?!"

대장이라니…… 뭐, 좋다.

그걸 지적하는 건 내가 지는 거라는 생각을 하면서, 나는 질문을 시작했다.

"아다루만이 내가 알고 있던 것 이상으로 강해졌는데, 이건 뭐 좋아. 그러면 다른 자들은 어떤 상황이지? 알베르트 혼자만으로 신지 일행을 격퇴할 수 있을 거란 생각도 못했을 뿐더러, 데스 드래곤(사령용)이 있다는 얘기도 들은 적이 없거든. 다른 층에서도 이상한 일이 일어나고 있는 건 아니겠지?"

알베르트에 대해서 말하자면, 약간 강하기만 한 마물 정도의 수준이 아니었다.

데스 팔라딘(사령성기사)이라는 특A급의 신체능력에, 그 능력을 최대한으로 살리는 탁월한 기량. 데스 나이트(사령기사)였던 시점에서 이미 하쿠로우와 호각으로 싸울 정도였는데, 그렇다면 지금의 알베르트는 대체 얼마나 강하다는 말인가.

"알베르트는 말이지, 그 아루노라는 젊은이를 지도하고 있으려나? 그리고 말이지, 지금은 실력을 시험해보기 위해서 다시 아래층에 도전 중인데──."

"스톱!"

나는 당황하면서 라미리스의 설명을 중지시켰다.

알베르트가 아루노를 지도한다는 말이 이해가 되지 않았다.

아루노는 크루세이더즈(성기사단)의 대장급이며, 상당히 강한 실력을 가진 자였다. 그런 그가 지도하는 게 아니라 지도를 받는 입장이라고?

라미리스가 하는 말의 의미를, 나는 전혀 이해할 수가 없었다.

"그러니까 말이지, 아루노 일행은 히나타의 꾸지람을 들은 뒤에 분발하여 한 번 더 던전(지하미궁)에 도전했어. 이번에는 데몬 콜로서스(마왕의 수호거상)가 개발 중이었기 때문에 70층은 돌파할 수 있었지."

"흠흠, 그래서?"

"그랬는데 또 졌지 뭐야, 그 애들이!"

"크앗핫핫하! 그건 정말 볼 만하더군!"

신이 난 표정으로 설명하는 라미리스.

그 말에 고개를 끄덕이면서 재미있었다는 표정으로 웃는 베루도라.

그거 참 재미있었겠군.

《알림. 전투기록은 보존되어 있습니다.》

정말이야?!

역시 넌 대단해, 라파엘(지혜지왕)!!

그 기록은 나중에 즐기기로 하고, 지금은 라미리스의 설명에 집중하기로 하자.

"그래서 아루노 일행은 어디까지 진출했지?"

아마 96층에서 99층까지 존재하는 드래곤 방이겠지. 그곳은 지형효과도 있으니 맨몸의 인간에겐 벅찰 것이라 생각한다.

"그러니까 분명——."

"다음 보스에게 바로 패했어. 울면서 도망치는 모습은 정말 유쾌하더군."

무슨 그런 악취미스러운…….

——잠깐, 다음 보스?

"어라? 80층의 보스가 그렇게 강했던가?"

"응? 왜?"

"아니, 아루노도 '십대성인'이고, 클레이만 같은 구 마왕과도 필적하는 수준이잖아?"

스스로 그렇게 물었다가 깨달았다.

생각해보면 아다루만이나 알베르트도 각성 전의 클레이만에겐 이길 수 있을 것이라는 사실을. 하물며 그 의미 불명의 데스 드래곤까지 있으면 각성한 클레이만조차도 이길 수 있을 것이다.

"그, 그게 말이지……."

분명 80층의 가디언(계층수호자)으로는 제기온을 임명했을 텐데. 번데기 상태에서 부화하여 완전체로 진화한 건가?

베루도라가 단련시켰다고 하던데, 그 얘기도 약간은 이해가 안 된단 말이지.

왜냐하면 제기온은 곤충형 마물이잖아?

'베루도라류 투살법'인지 뭔지 모르겠지만, 그런 수상쩍은 것을 어떻게 활용할 수 있단 말인가. 베루도라가 재미있게 즐기는 것 같아서 그냥 내버려 뒀지만, 이 문제는 좀 더 진지하게 생각해야 했을지도 모르겠다.

제기온은 내 세포로 상처를 치료했고, 그 외피를 '마강'으로 코팅했다. 그 덕분인지 고속이동으로 움직일 수 있게 되었으며, 권속도 소환할 수 있게 되었다고 한다.

트레이니 씨의 공인도 받았으니, 나도 딱히 더 할 말은 없었다.

하지만 내가 생각한 콘셉트는 움직임이 느린 골렘 뒤에 고속기동이 가능한 인섹트(곤충형 마수)를 바로 배치하여 공략하러 온 자를 농락한다──는 것이었다.

"이봐, 제기온은 지금 어떤 상태야?"

수상쩍게 구는 라미리스에게 다시 따져 물으려고 했지만, 그 전에 입을 연 것은 베루도라였다.

"내 제자인 제기온은 완전변태에 성공했어. 지금은 무쌍의 전사가 되어서 내 기술을 전수받고 있지!"

"…………."

"그리고 그뿐만이 아니야! 아루노 일행은 내 제자(제기온)가 나설 필요까지도 없는 잔챙이였다고. 그자들을 물리친 건 79층의 플로어 보스(영역수호자)야!"

상황은 파악했다.

아루노 일행은 79층의 플로어 보스인 퀸 와스프(여왕려봉, 女王麗蜂)인 아피트에게 패배한 것이다.

초속이동에 궁극의 독.

아루노를 비롯한 크루세이더즈 일행의 단련된 검기로도 그녀를 공격하는 것은 물론이고 아예 스치는 것조차 불가능했다고 한다.

그리고 아루노 일행은 아피트의 권속들에게 마구 찔린 끝에, 울면서 도망쳤다고 한다…….

대체 얼마나 강한 거야──. 그렇게 절규하고 싶은 심정이었다.

"미리 말하라고! 나는 정신없이 바쁘게 일하고 있었는데!!"

"하지만 나만 그랬던 게 아니야! 사부도 수행이니 뭐니 하면서 벌레들을 단련시켰는걸!"

"이, 이 바보! 너, 배신했겠다?!"

"하지만 사부 혼자만 관계없다는 표정을 짓고 있었잖아. 치사하게!"

"끄으으응……."

그야 베루도라도 한몫 끼었겠지.

이런 재미있는 일이라면 누구든 참가하고 싶었을 테니까.

그러나 이건 배신당한 기분이다.

내게는 말도 없이 자기들끼리만…….

아니, 이 두 사람에게 맡기고 있었던 게 실수였다.

그 점은 반성하기로 하고, 지금은 약간 궁금한 게 있었다.

"저기, 아까부터 계속 궁금했는데, 제기온을 단련시켰다는 게 무슨 뜻이야?"

그 녀석은 벌레잖아?

혹시 제기온의 완전변태라는 건 인간형으로 변한다는 뜻인가?

그렇게 생각한 내 추측은 정확했다.

"크크크, 이제 겨우 알아차렸나. 네가 뭔가 착각하는 것 같다는 생각은 들었지만, 재미있을 것 같아서 일부러 말을 하지 않고 있었지!"

큭, 베루도라 주제에 건방지게…….

이번에는 멋지게 속아 넘어간 건가.

던전의 기록을 검색하여, 라파엘에게 화상을 표시하도록 시켰다. 그러자 제기온은 확실히 가느다란 몸매를 가진 인간의 모습으로 변해 있었다.

그거다.

루벨리오스에서 시온이 쓰러뜨린 인섹트── 라즐.

그 엄청나게 강했던 라즐과 비슷한 모습으로 바뀌어 있었으며, 강자의 품격을 띠고 있었다.

인간 형태로 진화함으로써, 전투기술도 배웠다고 한다. 비정상적인 진화의 산물이었다.

그리고 그건 아피트도 마찬가지였다.

여성처럼 아름다운 형태를 갖추고 있지만, 그걸 보고 나는 생각했다. 히나타가 지도하고 있다는 얘기를 들은 시점에서 알아차렸어야 했다고.

그냥 모의전을 반복하고 있는 것으로 생각하고 넘어갔는데, 진정한 의미로 지도를 받고 있었던 모양이다. 제대로 된 전투기술을 배우면서 아피트의 움직임은 너무나도 세련되게 바뀌어 있었다.

제기온과도 전투훈련을 벌이고 있다고 하며, 높은 레벨(기량)을 익힌 것 같았다.

그 증거가 아루노의 참패라고 할 수 있겠다.

"그 일을 겪으면서, 아루노 일행은 자신들의 실력을 되짚어보게 된 것 같더라고······."

아루노 일행은 초심으로 돌아가서, 던전을 처음부터 공략하기 시작했다.

그랬는데 60층에서 한 명의 기사에게 패배를 맛보게 된 것이다.

수백 년 전에 최강을 자랑하던 팔라딘(성당기사)── 임모탈 킹(불사왕) 아다루만의 심복인 데스 팔라딘 알베르트에게.

"그리고 그 이후로 알베르트에게 철저히 박살이 나고 있다는 게 지금까지의 상황이야."

알베르트는 혼자서 아루노 일행을 때려눕힌 뒤에 '최근에는 홀리 나이트(성기사)로 이름을 바꾸었다고 들었는데, 실력도 하락한 건가?'라고 물었다고 한다.

그 말을 듣고 아루노는 분노했지만, 필살기인 에테르 브레이크

(오색정령검)조차도 알베르트에겐 통하지 않았다고 한다.

알베르트는 생전에 익힌 검기를, 현재 마물의 스펙으로 다루고 있었으니 아루노의 공격도 전혀 먹히지 않았던 모양이다.

불사의 몸은 지칠 줄을 모르며, 육체가 손실되는 수준의 공격을 받더라도 회복한다. 확실히 말해서 반칙 수준이며, 약점인 속성을 노린 공격이 통하지 않으면 쓰러뜨릴 수 있는 상대가 아니었다. 더구나 아다루만에겐 '성마반전'이 있으므로, 한층 더 무적에 가깝다고 할 수 있었다.

아루노 일행이 진 것도 어쩔 수 없는 일——이라고, 나는 생각했다.

아다루만 일행은 미궁 안의 마력요소를 흡수하면서, 상위의 마물로 진화했다. 마침 그 타이밍에 아루노가 도전한 셈이었으니, 잘 생각해보면 정말로 타이밍 운이 없는 남자였다.

그러나 역발상도 가능하다.

여기서 수백 년 전의 최강기사와 겨뤄볼 수 있었으니, 행운이라고도 할 수 있었다.

그리고 지금.

아루노를 비롯한 크루세이더즈 멤버들은 알베르트의 지도하에 차례로 교대하면서 수행을 하고 있다고 한다.

*

그런 식으로 60층은 위험한 영역으로 변모했는데——.
"그러면 다른 층은 어떤 상황이야?"

일이 이렇게까지 커지면 나도 어느 정도는 짐작이 갔다.

아다루만이나 제기온, 아피트만이 비정상적으로 진화한 것은 아닐 것이라고.

그 생각은 옳았다.

던전(지하미궁) 안에는 미궁십걸이라는 불리는 강자들이 탄생한 상태였다.

어쩌면 간부 클래스의 전투능력을 갖추고 있을지도 모른다.

아다루만은 말할 것도 없었고, 그 부하인 알베르트도 그중 한 명이었다.

비정상적인 진화를 이룬 아피트도 '인섹트 퀸(곤충여왕)'으로서 미궁십걸 안에 들어간다고 한다.

제기온은 아예 그 십걸 중에서도 최상위에 군림하는 존재가 되었다고 한다.

그리고 얘기가 나와서 말인데, 쿠마라는 꼬리의 마수들의 힘을 흡수하면 진정한 모습(어른)으로 변한다고 한다.

"그러면 발표하겠습니다!"

라미리스가 그렇게 말하면서, 미궁 안의 현재 세력, 그 최신상황을 가르쳐주었다.

가장 낮은 층에서부터 순서대로 말하면 이렇다.

라미리스가 밀림의 당부를 지키면서, 소중히 기른 네 마리의 드래곤. 이 녀석들은 훌륭하게 드래곤 로드(용왕)로 진화했다고 한다.

매일 베루도라의 마력요소를 대량으로 접하면서 뒤집어쓴 결과였다.

파이어 드래곤 로드(화염용왕), 아이스 드래곤 로드(빙설용왕), 윈드 드래곤 로드(열풍용왕), 어스 드래곤 로드(지쇄용왕), 이렇게 네 마리다.

알고 싶지 않았지만, 이게 현실이었다.

그걸로 끝이 아니었다.

90층의 가디언(계층수호자)——'나인 헤드(구두수)' 쿠마라.

80층의 가디언(계층수호자)——'인섹트 카이저(곤충황제)' 제기온.

79층의 플로어 보스(영역수호자)——'인섹트 퀸(곤충여왕)' 아피트.

70층의 가디언(계층수호자)——'임모탈 킹(불사왕)' 아다루만.

70층의 전위(前衛)——'데스 팔라딘(사령 성기사)' 알베르트.

그 외에 50층의 수호자인 고즐과 메즐도 있다.

솔직하게 말하자면 고즐과 메즐은 십걸이 아니다. 그럼 마지막 십걸의 멤버는 누구인가 하면 그건 모두를 총괄하는 역할을 맡은 베레타였다.

"저는 그런 귀찮—— 콜록콜록, 그런 영예로운 자리는 다른 분께 양보하고 싶습니다만……."

그렇게 말하면서, 트레이니 씨나 이플리트—— 아니, 카리스를 바라보는 베레타.

"어머나, 저에겐 라미리스 님을 돌봐드려야 하는 중대한 일이 있답니다."

"저도 베루도라 님의 유일한 심복이니까요. 제 주인을 돌보는 것만으로도 벅찹니다."

아름다운 미소를 지으면서, 트레이니 씨는 그렇게 말했다.

카리스는 베루도라에게 실컷 휘둘리고 있는 것 같았지만, 그래도 본인은 만족한다고 한다. 다른 일을 맡을 생각은 눈곱만큼도 없는 것 같았다.

이 두 사람, 어딘가의 집사랑 사고방식이 똑같군. 나는 그렇게 생각하면서 속으로 한숨을 쉬었다.

"고생이 많은 것 같구나, 베레타."

"이해해주시는 겁니까, 리무루 님?!"

응응 하고 나는 고개를 끄덕였다.

베레타와의 인연을 재확인하면서, 나는 여러 방면에서 확인을 하기 시작했다.

우선 십걸은 누구에게 소속되어 있는가?

던전은 취미와 실익을 겸하여 우리가 운영하고 있는 시설이다. 라미리스의 힘에 의존한 부분이 큰 것은 사실이며, 베루도라의 마력요소가 없으면 성립되지 않는 것도 분명한 사실이었다.

그렇게 되면 십걸은 누구를 따라야 할 것인가 하는 문제가 발생하게 된다.

지휘계통을 따지자면 라미리스가 되겠지만…….

"그건 말이지, 각자와 면담해서 희망에 따라 정하기로 했답니다!"

그렇게 말하면서, 라미리스가 설명해주었다.

베레타는 라미리스를 따른다. 변경된 게 없었다.

각 용왕은 라미리스의 부하가 되었다. 이쪽은 제대로 계약까지 맺었다고 한다.

용왕에겐 자아가 있으므로, 본인들도 납득한 일이라고 한다.

그리고 나머지 멤버들은 어떤가 하면.

쿠마라는 아이들과 친구가 되었으며, 이 땅에서의 생활도 만족스러웠기 때문에, 나에게 느끼는 고마운 마음이 하늘을 찌를 정도의 수준인 모양이다. 란가를 제치고, 자신이 내 애완동물이 되겠다고 호언했다고 한다.

제기온과 아피트는 나를 따르고 있었으니, 계속 나를 주군으로 받들겠다는 선언을 했다고 한다.

아다루만은 더 말할 것도 없었다. 무슨 착각을 했는지 나를 '신'으로 숭배하는 판국이다.

알베르트도 그런 아다루만에게 감화되고 있으며, 그의 충성심은 아다루만을 통하여 내게 바치고 있는 것 같았다.

그런 식으로 이 다섯 명은 내 부하가 되었다.

고즐이나 메즐은 미궁에 취직한 것에 가까우니, 라미리스의 부하로 들어가는 게 좋을 것 같기도 한데…….

본인들이 라미리스의 부하로 들어가는 것을 사양하면서, 내 밑으로 들어가는 것을 희망했다나 뭐라나.

뭐, 힘을 신봉하는 종족이었던 만큼 라미리스를 외모만으로 판단했을 가능성은 있겠지.

"그게 아니야! 그 아이들은 리무루한테 이름을 받았잖아? 그게 급료보다 더 기뻤던 모양이야. 이것만큼은 절대 양보할 수 없다고 말하더라고."

그렇군. 그랬구나.

그런 말을 들으니 나도 기쁘다.

다음에 만나면 고즐과 메즐에게도 잘 대해주기로 하자.

이리하여 나는 침입자 3인조의 활약을 관찰하는 도중에 던전 안에서 일어난, 예상도 못 했던 현상을 알아차리게 되었다.

어이가 없을 정도로 놀라웠지만, 수호자가 강해진 것은 환영할 만한 일이다. 그러나 상상을 넘어선 진화를 해버리면 약간 불안해지기 마련이다.

소심자의 안 좋은 버릇이라 하겠다.

그건 어쨌든 간에, 이 미궁십걸이 있으면 제국이 침공해 오더라도 안심이다.

단, 일반 도전자들에 대해선 적당히 힘을 빼고 상대하도록 명령해놓았다. 그러지 않으면 일반인의 힘으로는 미궁답파가 불가능하다고 생각했기 때문이다.

무슨 이유가 있어서 마왕 급이 몇 명이나 지키고 있는 미궁에 도전해야 한단 말인가.

100층만큼은 철저하게 지킬 생각이지만, 그건 베루도라에게 맡기면 된다.

그 외의 층—— 적어도 80층 부근까지는 공략하러 들어왔으면 좋겠다는 마음도 있단 말이지.

모처럼 만든 거니까 그 위력을 직접 봐줬으면 좋겠다는 생각도 있었다.

하지만 그건 평화를 되찾은 뒤의 얘기다.

*

미궁 안의 현재 상황을 확인한 뒤에, 나는 각 수호자들을 둘러

봤다.

실제로 자신의 눈으로 보고, 그들의 진화—— 성장 결과를 확인해보고 싶어졌기 때문이다.

결과는 상상 이상이었다.

이 정도의 막강한 전력이라면 제국이 쳐들어와도 미궁 안에서라면 질 것 같지 않다는 생각이 들 정도였다.

그리고 며칠 뒤.

나는 드디어 완성한 감시마법의 실험을 실행해봤다.

장소는 전략급 군사관제 전투지휘소—— 통칭 '관제실'이었다.

분위기랑 기세를 살려서 그럴듯하고 멋지게. 그런 느낌으로 베루도라랑 라미리스와 의논한 끝에 명칭을 정했지만…… 냉정을 찾은 뒤에는 너무 길다는 생각이 들어서, 약간은 반성을 했다.

솔직히 말해서 의논할 상대를 잘못 골랐다고 생각한다.

베니마루와 다른 동료들은 관제실이라고만 부르는지라, 원래 이름을 아는 자들이 더 적을 정도였다.

미궁의 지하 100층에 있는 베루도라의 개인방 옆에 새로이 마련했으며, 늘 이용하는 작전회의실에서도 드나들 수 있게 되어 있다.

지상의 도시를 미궁 안으로 격리시킬 경우엔 이쪽이 진짜 본부로 활용될 것이다.

전쟁을 대비한 준비는 완벽했다.

이게 쓸모가 없게 된다면—— 나는 그쪽이 더 기쁘겠지만 말이지.

감시마법의 결과는 괜찮았다.

무투대회 때에도 사용했던 대형 스크린이 여러 개 설치되었으며, 각각 다른 장소의 광경을 비추고 있었다.

쥬라의 대삼림 내부 각지나 드워프 왕국의 교역로. 요소 곳곳마다 감시를 할 수 있게 되었다.

파르메나스 왕국에 인접한 해로나 카나트 대산맥의 정상의 모습조차도 아무런 문제없이 화면에 띄우는데 성공했다.

원리는 간단하다.

내가 개발한 물리마법 : 메기도(신의 분노)에서도 사용했던 렌즈 모양의 물방울을 정령으로 조종하고 있는 것이다.

성층권계면 부근에 전개한 거대한 렌즈로 목표지점을 확대한 광경을 비춘다. 그걸 반사함으로써, 정보화된 영상을 전송시키고 있는 것이다.

모스를 참고로 하여, 각지에 파견한 내 '슬라임(분신체)'을 마법의 발동매체로 삼고 있다. 그렇기 때문에 본체인 내 '공간지배'와 연결되어 있으며, 한순간의 오류도 생기지 않는 데이터 링크(직접전송)도 완성되어 있었다.

분신은 극소 사이즈에 자아도 없으므로, 의식을 집중시키지 않는 한 에너지 소모도 없다. 보고 싶은 지점 부근까지 옮기는 게 힘들었지만, 그건 소우에이나 모스가 대신 힘을 써주었다.

낮은 코스트로 운용할 수 있는 우수한 것이었다.

이름하여 물리마법 : 아르고스(신의 눈)이다.

모니터에 비춰지는 것은 '라파엘(지혜지왕)'의 힘으로 화상 처리한 정밀도가 높은 영상이었다.

따뜻한 관제실에 있으면서, 현지의 광경을 확인할 수 있다. 훌륭한 마법이 완성되었다면서 다들 크게 기뻐했다.

특히 디아블로가 잔뜩 들떠서 흥분했지만, 그에 관한 얘기는 나중에 할애하기로 하겠다.

그건 그렇고 이 감시 시스템이 완성되면서, 실은 또 하나의 이점이 탄생했다.

이 관제실에 있으면서, 영상으로 비춰지는 지점을 향해 '메기도'를 발동시킬 수 있게 되었다는 것이다.

스스로 실험해보고 놀랐다. 광장에서 훈련 중이었던 고부타의 다리를 노리고 쏴봤는데, 설마 성공할 줄은 생각하지 못했다.

깜짝 놀라면서 펄쩍 뛴 고부타의 그 표정은 잊을 수 없을 것이다.

"이 멍청이! 방심하고 있으니까 그렇지!!"

오히려 그렇게 잔소리를 늘어놓긴 했지만, 고부타에겐 잘못이 없다고 생각한다.

또한 '메기도'의 성능도 상승했다.

원래는 '대현자'가 최적화를 맡는 마법이었지만, 지금의 라파엘은 그게 납득이 되지 않았던지…….

보다 면밀하게 개량을 거듭한 결과, 늘 몇 개의 렌즈(위성)를 공중에 띄워놓는 시스템을 개발해버린 것이다.

'아르고스'와 연동시킴으로써 '메기도'를 밤에도 발동할 수 있게 되었다. 위력은 약간 떨어지지만, 위성을 서로 반사시키게 만들어서 빛을 모으는 것에 성공한 것이다.

엄밀하게 말하자면 그 노력의 방향성을 잘못 잡은 것 같다는 기분이 들지 않는 것도 아니었다.

실제로 렌즈를 만들어내는 주체는 대정령이므로, 나는 에너지 (마력요소)를 공급하기만 하면 된다. 복잡한 연산은 모두 라파엘이 처리해주기 때문에 조작도 아주 간단하다.

당연하지만 낮에는 로스(소모)도 없으므로 위력이 더 늘어나게 된다.

다루는 빛의 양, 그리고 열량도 증가하므로, 열선포같은 위력을 발휘하는 것이다.

상대가 인간의 군대라면, 나는 한 발짝도 움직이지 않은 채 그들을 전멸시킬 수 있을지도 모른다.

그런 감상이 나올 수준의 마개조가 이뤄져 있었다.

*

실제로 성공한 것을 확인한 뒤에, 나는 집무실로 돌아왔다.

그러자, 타이밍 좋게 슈나가 찾아와서 손님이 왔음을 내게 알렸다.

이렇게 보여도 날 찾아오는 손님은 꽤나 많다.

뭐, 내가 하는 일의 대부분이 손님을 대응하는 것이라 해도 좋을 것이다.

나머지는 마법개발이나 재미있을 것 같은 상품을 떠올리고, 적재적소에 발주하는 것 정도다. 그 후에는 미궁운영이나 묘르마일 군의 상담에 응해주는 등…… 많군.

노는 것도 일에 포함된다.

그렇기 때문에 손님의 대응이 가장 중요하다. 진지하게 임하고 있다.

슈나의 안내를 받으면서 이동한 응접실에는 신지 일행이 긴장한 표정으로 대기하고 있었다.

그들은 이 나라에 망명하기로 했기 때문에, 최근 며칠 동안 캐낼 수 있는 만큼 정보를 묻고 있었다.

물론 이건 심문이 아니라 임의동행 형식으로 실행했으며, 세 명은 별실에서 각자 온화한 분위기 속에서 사정청취를 받은 것으로 알고 있다.

자유 시간에는 자유롭게 행동해도 좋다고 말해두었으므로, 자신들의 향후 처신에 대해 생각할 시간은 있었을 것이다.

오늘은 그에 대한 답을 들려주기 위해서 왔다고 했다.

"그래, 어떻게 할지 결정했나?"

신지 일행은 우리나라에 취직할 것인지, 그렇지 않으면 자유로운 위치에 있는 모험가가 될 것인지를 두고 망설이고 있었다.

모험가 노릇을 계속하겠다면, 미궁에 도전하여 편한 삶을 살수 있다.

단점이 있다면 미궁 안의 수준이 어느 정도인지 알아버린 지금, 장래의 전망은 보이지 않는 것이라 하겠다.

60층에는 데몬 콜로서스(마왕의 수호거상)를 배치했지만, 신지 일행의 힘으로는 그걸 상대하는 것도 벅찰 것으로 예상했다. 하물며 그곳을 돌파한다고 해도 70층에는 아다루만 일행이 기다리고 있다. 아무리 생각해도 앞길이 막혀 있는지라, 일생을 거기서 끝낼 것인가를 묻는다면 고민을 하게 되는 것이 그들의 현재 심정이라 할 수 있을 것이다.

괜한 것을 알아버렸기 때문에 일할 보람을 잃어버린 셈이다. 돈은 벌 수 있겠지만, 단조롭고 재미없는 인생이 되지는 않을까.

아니, 내 예상보다 아다루만 일행이 강해져버린 셈이니, 그 점은 나도 남을 비웃을 처지는 못 되었다.

평범하게 생각해서 그 정도로 성장——이라기보다 진화——할 것이라곤 예상하지 않았을 테니, 어쩔 수 없는 일이라고 생각한다.

뭐, 그건 좋다, 잊어버리자.

다른 도전자는 어떻게 될 것인가. 그에 대한 것도 신경을 쓰지 않기로 했다.

그럼 우리나라에 취직하면 어떻게 될까?

적재적소에서 임무를 부여받으면서 안정된 삶이 약속된다. 하지만 제국과의 전쟁이 일어나기 직전인지라 전쟁터로 불려나갈 수 있다는 우려를 하고 있는 것 같았다.

나도 강요할 생각은 없지만, 휘말릴 일은 없을 거라고는 장담하지 못할 것이다. 지금은 쓸데없는 말은 하지 않고 신지 일행의 판단을 기다릴 생각이었다.

"네, 저, 아니, 저희들은 셋이서 의논한 결과, 리무루 폐하의 나라에서 일하고 싶다는 결론에 도달했습니다. 가드라 스승님도 이 나라를 위해 일하기로 하셨으니, 저희도 이 나라에서 채용해주실 수 없겠습니까?"

긴장한 표정으로 신지가 그렇게 말했다.

다른 두 사람도 진지한 표정으로 고개를 끄덕이고 있는 걸 보니, 반대의견은 없는 것 같았다.

"알았네. 그렇다면 환영하지."

"네, 정말 감사합니다!"

"최선을 다하겠습니다!"

"······열심히 일하겠습니다."

이리하여 신지 일행도 우리나라의 일원이 되었다.

자, 그러면 문제는 어떤 일을 맡기느냐 하는 것인데.

"가드라 영감에겐 60층의 관리를 맡길 생각이야. 데몬 콜로서스를 연구하도록 시키고 장래에는 빙의하도록 만들 예정이거든."

그 영감의 지식욕은 엄청났기 때문에 이 얘기에 아주 의욕적인 반응을 보였다. 데몬 콜로서스를 보여주자마자, 잔뜩 흥분했을 정도였으니까.

지금은 아다루만에게 맡기고 있지만, 장래에는 60층의 가디언(계층수호자)을 맡기는 것도 생각할 수 있을 것이다.

"그러면 자네들은 전쟁에는 참가하고 싶지 않단 말이지?"

"아, 네. 아는 사람도 있으니, 가능하면······."

망설이는 투로 조심스럽게 대답하는 신지.

그렇다면 내 부하로 받아들이는 것보다 미궁 안에서 연구자로 일해주는 것이 좋을 것 같았다.

그렇게 생각한 나는 신지 일행을 라미리스에게 소개해주기로 했다.

*

뽀잉뽀잉 하고 미궁을 전진하여 라미리스의 연구소에 도착했다.

"라미리스, 신지 일행을 네 밑에서 일하도록 시켜보겠어?"

"아, 리무루! 얼마 전의 그 아이들 말이지?"

"그래, 맞아."

라미리스는 자신의 조수를 찾고 있었지만, 이렇다 할 인재가 없었다.

다른 나라에서 온 연구자들은 라미리스가 마음대로 부릴 수 없었다. 그렇다고 해서 지식수준이 낮은 마물들로는 라미리스의 돌발적인 발상을 이해할 만한 역량이 없었던 것이다.

일단 디노도 있긴 했지만, 그 혼자만으로는 부족했다.

그런 때에 나타나준 것이 신지 일행이었으니, 그야말로 적합한 인재라고 할 수 있었다.

"얏호~! 내가 라미리스야. 너희들, 새로운 조수로서 일해줄 마음은 있어?"

"저기……."

신지는 대답을 망설이고 있었는데, 라미리스가 누군지 눈치 채지 못한 것 같군.

"판타스틱! 이봐, 신지! 진짜 요정이 여기 있잖아?!"

마크는 깜짝 놀라면서 소리치고 있는데, 직접 만난 건 처음이었을까? 이 세계에 온지 얼마나 되었는지는 모르겠지만, 요정을 보고 그렇게 놀라다니 생각보다는 순수한 자였다.

"난 말이지, 쓸 만한 조수를 찾고 있었어. 급료도 제대로 지불할 건데, 어때? 연구원은 늘 사람이 부족하니까 제대로 교육을 받은 '이세계인'은 여러모로 득이 된다고, 리무루도 말하더라고!"

아, 라미리스가 쓸데없는 말까지 늘어놓았다.

사실이긴 하지만 말이지.

기술 레벨도 높으며, 발상도 유연하다. 즉시 전력감이므로 가능한 한 받아들여주길 바랐던 것이다.

"……나는 찬성. 연구를 하는 게 더 평화로울 것 같아."

신은 솔직하군. 그런 신에게 감화되었는지 신지도 각오를 굳힌 것 같았다.

"그럼 잘 부탁드리겠습니다!"

그 대답을 듣고, 라미리스는 기쁜 표정으로 주위를 날면서 돌아다녔다. 그리고 있지도 않은 가슴을 한껏 제치고 건방지게——.

"흐흥! 너희들, 제법 쓸모가 있어 보이네. 좋아, 합격한 걸로 쳐주지. 하지만 내 명령에는 절대복종하면서 일해줘야겠어!"

신지 일행을 향해 그렇게 말했다.

그 재빠른 태도 변화에는 나도 놀랐다. 방금 전까지 저자세로 나오던 게 마치 거짓말 같았다.

라미리스답다고 하면 그렇긴 하지만.

놀라는 신지 일행을 아랑곳하지 않고, 라미리스는 눈 깜짝할 사이에 조건을 정리해서 설명하기 시작했다.

급료는 한 달에 금화 3개.

연봉으로 계산하면 36개이지만, 보너스도 있다.

기본적으로 나도 그렇지만 라미리스도 기분에 따라 지불하기 때문에 보너스는 그다지 기대하지 않는 게 좋을 것 같다.

그 대신 의식주는 라미리스가 부담할 생각인 것 같다. 보나마나 우리 식당을 이용할 생각이겠지만, 그 정도는 문제될 게 없다.

그런 식으로 신지 일행의 이주 문제도 빠르게 해결되면서 종료되었다.

*

그리고 며칠이 더 지나갔다.

신지 일행도 직장에 익숙해진 것 같았으며, 지금은 라미리스의 손발이 되어서 일하고 있었다.

그쪽은 문제가 없었지만, 가드라 쪽은 마음에 걸렸다.

제국으로 돌아간 뒤, 그대로 연락이 끊겼던 것이다.

만만치 않은 영감이니, 무사할 것이라고는 생각하지만…….

슬슬 걱정이 되니까 연락을 좀 해주면 좋겠다.

그런 생각을 하면서, 오늘은 관제실에서 베니마루와 회의를 하고 있었다.

감시용인 대형 스크린에는 내 '아르고스(신의 눈)'로 얻은 영상이 비춰지고 있었다.

각 지점은 오늘도 이상이 없었다.

제국령 내부의 정보도 수집하고 싶지만, 지금은 군사경계선 상의 영상만으로 만족하고 있었다.

그곳에는 아주 많은 병사들이 모여 있었으며, 기지 주변을 경계하고 있었다. 이곳만 늘 분주하게 돌아가고 있었다.

"오늘도 특별한 움직임은 없는 것 같군."

"그러게 말이죠. 그건 그렇고 이거. 엄청난 편리한 마법 아닙니까? 최근에 리무루 님이 계속 연구하던 게 이 마법이었죠?"

오늘은 우리만 있기 때문에 베니마루의 말투도 많이 편해져 있었다.

나는 이쪽 말투가 허물없이 느껴져서 더 좋아한다. 그러나 아쉽게도 다른 사람들 앞에선 베니마루는 딱딱한 태도로 돌아가 버린다.

예외도 있는데, 그건 소우에이나 디아블로였다.

악우란 느낌이 들어서 좋아하는지라, 가끔씩 이 네 명만으로 잉그라시아 왕국까지 한 잔 마시러 가기도 했다.

"그 말이 맞습니다! 이 마법의 대단한 점은 그 유연한 발상에 있다고 하겠습니다. 에너지 코스트는 적으며, 효과는 절대적. 그 편리성은 말할 것도 없으며, 마법의 발동을 뒤에서 받쳐주는 그 연산의 복잡함은 아름다운 예술품처럼 군더더기가 없죠. 그러므로──."

"스토──옵!! 거기까지. 네 자랑은 너무 기니까, 내가 없는 곳에서 하도록 해. 알았지?"

조금만 방심하면 이렇다.

툭하면 디아블로가 자랑을 시작하기 때문에 나도 난감하다.

이 마법은 확실히 대단하긴 하지만, 실제로 운용하고 있는 주체가 라파엘(지혜지왕)이기 때문에 가능한 것이다. 나 혼자만의 실력이 아니라고 생각하기 때문에, 그런 말을 듣고 있으면 괜히 몸이 근질거린다.

"그 말이 맞아, 디아블로. 넌 좀 자중하지 않으면 리무루 님께 폐가 된다고."

"무슨 그런 말도 안 되는 소리를⋯⋯. 대체 무슨 말씀을 하는 겁니까, 베니마루. 그럴 리가 없지 않습니까, 리무루 님?"

"아니, 베니마루의 말이 맞아. 넌 말이지, 툭하면 '역시 리무루 님'이라는 말을 너무 거창하게 떠들어댄다고!"

여기선 따끔하게 디아블로에게 한 마디 쏘아붙여주기로 했다.

충격을 받은 표정으로 낙심하고 있지만, 저건 어차피 연기다. 신경 쓸 필요 없다.

디아블로가 태초라고 불리는 위험한 악마라는 얘기를 들었을 때는 나도 어떡해야 좋을지 고민했다. 그러나 잘 생각해보면 이 녀석은 처음부터 이상한 녀석이었다.

그 기이조차 농락을 당하고 있었으니, 진지하게 상대해봤자 그만큼 헛수고를 하는 셈이다.

나는 그걸 깨달았기 때문에, 지금은 이제 체념하고 있었다.

"쿠후, 쿠후후후후, 역시 리무루 님이십니다. 저에게 이렇게나 쉽게 정신적 대미지를⋯⋯."

"그 소리를 제발 그만하라고 말하는 거야!"

이것 보라니까.

반성을 안 한다고, 이 녀석은.

조금은 따끔하게 말해주는 게 딱 적당한 것이다.

그런 우리의 훈훈한 시간은 갑작스러운 보고로 인해 끝을 맺었다.

『리무루, 미궁 안에서 직접 전이가 일어났어! 이 반응은 최근에 동료가 된 그 영감 것이야!』

『알았어. 지금 바로 70층으로 갈게.』

내가 일어서자, 그 동작만으로 베니마루와 디아블로는 무슨 일이 일어났음을 알아차린 것 같았다.

역시 대단하다고 감탄하면서, 나는 용건을 아주 짧게 말해줬다.

"가드라가 돌아온 것 같은데, 무슨 일이 있었던 것 같아. 확인하러 가야겠어."

"알겠습니다. 그러면 저는 여기서 계속 경계를 유지하고 있겠습니다."

"그러면 리무루 님의 경호는 제가 맡지요."

"부탁할게."

이럴 때는 디아블로가 믿음직스럽게 느껴진다.

평소에도 이렇게 군다면…… 아니, 그만하자.

디아블로는 우수하지만, 그 격차가 너무 심하다. 그걸 아쉽게 생각하면서, 우리는 가드라에게 배당해준 방으로 향했다.

역시 가드라는 그곳에 있었다.

무사했는지를 걱정할 필요도 없이 팔팔했다.

"야아, 죽는 줄 알았지 뭡니까."

전혀 죽을 것 같지 않게 보이는 가드라가 그런 말을 지껄였다.

그곳에 모인 자들은 우리 말고는 아다루만 일행뿐이었다.

라미리스와 베루도라도 뒤늦게 달려왔지만, 가드라가 무사하다는 것을 알고는 돌아갔다.

"그래서 무슨 일이 있었던 거지?"

"네, 실은 말이죠. 리무루 님이 내리신 명령대로 저는 어전회의

461

에서 반전을 주장했습니다. 그런데 결과는 역시 개전으로 기울더군요. 이건 뭐 예상했던 결과인지라, 마지막으로 의리를 지키는 셈치고 루드라 폐하께 직소하자는 생각을 했습니다."

그리고 가드라는 황제를 직접 뵐 것을 요청하였고, 그 요청은 수리되었다.

약속한 날, 그게 오늘이었다.

가드라는 황제가 머무르는 성에서 누군가의 칼에 찔렸다고 한다. 이건 몇 분전에 일어난 일이며, 아직 10분도 지나지 않았다고 했다.

괜찮으냐고 묻는 것은 우스운 짓이었다.

"그렇군, 너에겐 '부활의 팔찌'를 건네줬었지."

"하핫, 라미리스 님의 힘은 정말 대단하군요. 이것 덕분에 목숨을 건졌습니다. 혹시나 이런 일도 있을지 몰라서 저는 사전에 귀환 마법을 걸어두었죠."

무사한 모습을 보면서 그럴 거라고 생각했어.

나름대로 깊이 생각했군. 미궁 안으로 긴급히 귀환해버리면 아무리 큰 상처를 입고 죽기 직전이라고 해도 '부활의 팔찌'의 힘으로 무사하게 된다.

이런 식으로 실제 활용사례를 눈으로 보니, 라미리스의 힘의 유용성을 재확인하게 되었다.

그건 그렇고 사전에 마법을 걸어두다니, 가드라도 제법 머리를 쓰는군. 그 기술은 라젠에게도 전해주었다고 하는데, 나중에 나도 연습해보기로 할까.

내 경우엔 '사고가속'이 있지만, 이것도 잘 조합하면 더 굉장한 마법을 쓸 수 있을지도 모르겠다.

"그래서, 누구한테 당한 거지?"

우리나라에서도 가드라를 쓰러뜨릴 수 있는 인물은 그렇게 많지 않을 것 같다. 가드라는 늘 경계를 게을리 하지 않으며, 마법을 동원한 방어도 철저하게 하고 있는 것 같으니, 기습을 받더라도 그렇게 쉽게 당하지는 않을 것 같은데…….

"그게 말입니다. 제 기척감지를 피한 것도 모자라 일격으로 끝장이 났기 때문에 정체를 확인할 여유도 없었습니다. 짐작이 가는 인물이 없는 건 아니지만, 그게 좀 믿기 어려운 상대인지라…….."

그렇게 말하면서 가드라는 등을 돌려 찢어진 로브를 보여주었다.

몸에 난 상처는 다 나았지만, 장비는 복구되지 않은 상태 그대로였다. 그 로브에 부식된 것 같은 흔적이 남아 있는 걸 보면, 단순한 물리공격이 아니라는 것은 명백했다.

"심장을 뒤에서 한 번에 찔러 끝낸, 건가."

"마법을 동원한 방어술식도 파괴되었군요. 재미있는 기술을 쓰는 자가 있는 것 같습니다."

디아블로도 감탄하고 있는 걸 보니, 좀처럼 방심할 수 없는 상대인 것 같다.

제국에는 나를 죽일 수 있는 실력자도 있을 것이다. 어쩌면 가드라를 찌른 것은 그자일지도 모르지만, 그 외에도 더 있을 것으로 생각하는 게 좋을 것 같았다.

가드라 자신도 적의 정체에 대해선 확신을 가지지 못하는 것 같앗다. 조금 더 조사해보고 싶다고 하므로, 그 건에 대해선 가드라에게 맡기기로 했다.

가드라의 말에 거짓은 없는 것 같았으며, 진심으로 당혹스러워하는 것처럼 보였다. 가드라를 믿는 것은 아직 이르다고 생각하지만, 이번에는 상황을 좀 더 지켜보기로 했다.

"뭐, 일단은 무사해서 다행이야. 제국이 방심할 수 없는 상대라는 사실은 재확인할 수 있었으니, 앞으로는 좀 더 조심하도록 하자고."

"리무루 님의 말씀이 옳습니다. 이 이상은 무리를 해봤자 새로운 정보는 얻을 수 없을 것 같군요."

디아블로도 같은 의견인 것 같았다.

지금은 가드라가 죽을 뻔한 위험을 감수하면서까지 노력하여 입수한 정보만으로 만족해야 할 것이다. 그렇게 생각한 나는 가드라를 치하하면서 자세한 얘기를 듣기로 했다.

＊

가드라 영감의 얘기로는, 제국은 개전을 향하여 움직이기 시작했다고 한다.

제국이 다른 나라를 상대로 전쟁을 벌일 경우엔 선전포고는 하지 않는다.

황제를 유일무이의 존재로 정하고 있으며, 다른 나라의 존재는 인정하지 않기 때문이다.

그렇다곤 해도 그건 어디까지나 명분일 뿐이다. 실제로는 드워프 왕국과도 국교를 맺었으며, 그 나라의 통치에 간섭하지는 않는다.

제국이 다른 나라를 침략할 때는 만반의 준비가 갖춰졌을 때이다. 그렇기 때문에 선전포고가 아니라 항복권고를 하는 것이다.

그것도 딱 한 번만.

그 권고를 따르면 좋게 끝날 수 있다. 거역한다면 전쟁을 벌이며, 그 후에는 일절 봐주지 않는다고 하던가.

대체 얼마나 상대를 얕잡아보는 오만한 국가란 말인가.

그렇게 민폐를 끼치는 나라라면 국제사회에선 친구를 못 사귀게 될 텐데?

그런 걱정이 들었지만, 애초에 제국은 국제사회에 참가하지 않았다.

그러므로 카운실 오브 웨스트(서방열국 평의회)가 정한 국제법도 비준하지 않으며, 전쟁이 벌어지면 어떤 대화도 소용이 없게 된다.

패전시의 약정, 포로의 대우, 전시에서의 많은 금지행위들. 그런 것에 대한 조약이 없으므로 서방열국은 제국을 아주 두려워하고 있었던 것이다.

그렇겠지. 그 정도면 정말 무서울 거야.

자칫하면 민간인의 학살행위까지 정당화할 것 같고, 제국을 상대하는 전쟁에서 패배한다는 것은 모든 것을 잃는다는 것과 같으니까.

내 예상이지만, 배상이라는 말은 아예 나올 일이 없을 것이다.

모든 것이 제국의 소유물이 되는 것이니까, 패전국의 권리 같은 건 아무것도 남지 않는 것이다.

제국과 대화를 하려면 최소한 비길 필요가 있다는 뜻이다.

그렇다면 우리도 봐줄 필요는 없다.

단번에 승부를 결정짓고, 화근을 끊어버릴 뿐이다.

제국의 동향이 확정된 지금, 우리도 전시대응체제로 전환했다.

우선은 관제실 안에 작전통합본부를 설치했다. 기분을 내기 위한 것이긴 하지만, 이런 절차는 중요하다.

여기에는 베니마루와 소우에이가 늘 대기하게 되었다.

소우에이는 '분신체'를 각지로 보내서 내 '아르고스(신의 눈)'에만 의존하지 않도록 정찰을 해주고 있다. 모스와 같이 작업하면서, 정확도가 높은 정보수집이 가능하게 되었다.

이 시점에서 우리는 상당한 우위를 점하게 된 것이다.

대놓고 말하자면 이 세계의 전쟁에선 군과 군이 서로 마주치면서부터 본격적인 시작이 된다. 정찰을 보내거나 원거리 마법으로 감시하면서 적군의 동향을 조사하긴 하지만, 그건 어디까지나 조우 직전에서야 시도하는 게 상식이었다.

정보전의 개념은 있겠지만, 이렇게까지 철저하게 적군의 감시를 강화하는 군대는 어느 나라에도 존재하지 않는다고 했다.

이 얘기는 히나타나 가드라에게서 들은 것이므로, 내가 멋대로 그렇게 생각하는 것이 아니다. 엄연한 사실인 것이다.

"이, 이 영상은 하늘에서……?"

"쿠후후후후. 이건 리무루 님의 마법에 의한 결과입니다. 극소량의 마력요소만 있으면 되는 것은 물론이고, 그 반응은 대기권의 바깥에서 발생하는 것. 이 마법반응을 감지할 수 있는 자는 극히 일부밖에 없겠지요. 그야말로 '초직감' 같은 위험예지 능력자 정도나 가능하려나요."

"그, 그렇겠군요. 저도 마법감지에는 자신이 있었습니다만, 이 마법은 너무 자연스러운지라 누군가의 의지가 개입되어 있다는 생각은 도저히 들지 않는군요⋯⋯."

"그렇고말고요! 마법에 능한 아크 데몬이라 할지라도 병아리 수준의 레벨로는 알아차리지 못할 겁니다. 실로 훌륭합니다. 그렇게 생각하지 않습니까?"

"그렇게 생각하고말고요! 이건 정말로 대단한 마법입니다!!"

무슨 이유인지 디아블로가 잘난 척을 하면서 가드라에게 자랑을 시작했다. 가드라도 디아블로에게 동의하면서, 잔뜩 흥분하고 있었다.

"시온."

"잘 알겠습니다!"

방해밖에 안 될 것 같아서, 시온에게 명령하여 다른 방에 격리해놓았다.

조용해진 뒤에야 본론으로 들어갔다.

높은 고도에서 찍은 감시영상이라니, 반칙기술도 어느 정도가 있어야지.

생각해봐라.

얼마 전까지만 해도 어느 루트로 침공해 올지 몰라서 고민하고 있었는데, 이제 와선 웃으며 넘어갈 얘기가 되어버렸다.

무엇보다 의심이 가는 루트뿐만 아니라 제국과의 국경부근의 상황도 감시하고 있는 셈이니, 행동을 시작할 때부터 모든 것을 다 볼 수 있었던 것이다.

장기로 치면 우리가 장기판 전체를 보고 있는 것에 비하여 상대는 눈을 가린 채 두고 있는 상태라고 할 수 있을 것이다.

그러면 자신의 말의 움직임밖에 알 수가 없다. 어지간한 초보자가 아니라면 명인을 상대로 해도 지지는 않을 것이다.

차포를 떼고 두는 수준이 아니라 절대적인 우위를 차지하고 있는 상황인 것이다.

그리고 전쟁에는 규칙 따윈 존재하지 않는다.

이기는 자가 정의다.

상대가 일방적으로 침략해 온다는 건 상상 이상의 공포다. 아무런 약속도 하지 않은 이상, 뭐든지 시도할 수 있는 전쟁이 되어버린 것이다.

그러나 나는 딱 하나의 규칙을 정했다.

'민간인에겐 절대 손을 대지 말 것!'

그 규칙은 바로 이것이다.

당연하지만, 우리가 먼저 손을 대는 것은 엄금이다. 그리고 내가 전쟁종결을 선언할 경우, 그 이후엔 일절 공격을 금지하도록 정해놓았다.

내 뜻에 반하여 이 명령을 어기는 자는 없을 것으로, 그렇게 믿고 있었다.

그리고 지금, 이 관제실 안에는 우리나라의 간부들이 모두 모여 있었다.

사령관은 베니마루. 하쿠로우는 전술보좌를 맡았다.

정보담당은 소우에이.

리그루도와 그를 받쳐주고 있는 3권의 수장—— 루그루도, 레그루도, 로그루도.

여성진은 슈나와 리리나가 참가했다.

늘 남들 모르게 노력하는 리그루에 카이진과 쿠로베.

고문으로는 베스터와 묘르마일.

각 군단장으로는 고부타와 가비루. 작업을 중단시키고 불러들인 게루도도 있었다.

테스타로사를 필두로 한 악마 아가씨 3인방도 불렀다.

반성한 것 같으니 디아블로의 참가도 인정해주었다. 시온과 사이좋게 늘 대기하는 자리에 서 있었다.

참고인으로서 가드라와 신지 일행 3명도 동석시키도록 했다.

늦게 참가한 자는 이제는 백성들의 마음의 지주라고 할 수 있는 마사유키였다.

"잠깐만요. 왜 제가 백성들의 마음의 지주인 겁니까?! 대충 갖다 붙이지 마십시오, 정말이지!"

이런, 마음속의 소리가 흘러나와 버렸나.

마사유키가 화를 내면서 내게 따지는군.

나와 마사유키의 그런 대화를, 무슨 이유인지 가드라가 응시하고 있었다.

뭔가 마음에 걸리는 게 있을지도 모르겠지만, 그건 회의가 끝난 뒤에 듣기로 하자.

남은 멤버는 이제 두 명.

협력관계에 있는 베루도라와 라미리스다.

베루도라와 트레이니 씨, 그리고 카리스도 방의 한쪽 구석에서 대기하고 있었다.

이걸로 다 모인 건가.

나는 옆에 앉은 란가를 쓰다듬으면서, 자리에 앉은 일동을 둘러봤다.

"오늘 모이게 한 건 다름이 아니라, 제국에 대항하기 위한 전략 회의를 시작하기 위해서다. 작전의 개요는 나와 베니마루가 생각했지만, 모두의 의견도 듣고 싶다. 기탄없이 발언해주길 바란다."

""""네엣!""""

그리하여 회의가 시작되려하고 있었다.

＊

영상 쪽으로 눈을 돌리자, 그곳에는 속속 결집하는 제국군의 모습이 비치고 있었다.

끼리릭 끼리릭 하는 소리를 내면서 캐터필러로 이동하는 강철의 물체.

전차였다.

상공에서 관찰하면서 파악한 수는 2,000대.

'잠깐! 왜 전차가 있는 거야?!'

그걸 본 순간, 그런 생각이 들었다.

황급하게 신지 일행으로부터 사정을 전해 들었고, 제국에선 '이세계인'의 지식—— 과학기술을 통해 근대병기의 개발을 추진하고 있었다는 사실을 알게 되었다.

석유 대신에 마력요소를 이용한 내연기관을 갖췄으며, 대기를 순환시킴으로써 에너지를 충전할 수 있다고 한다. 방열과 마력요소 공급을 동시에 할 수 있다고 하니, 아주 잘 고안한 시스템이라고 할 수 있었다.

이 전차는 범용성도 높아서, 성능만 놓고 비교한다면 내가 전에 살았던 세계의 최고성능을 가진 전차를 가볍게 능가하고 있었다.

가드라가 말하기로는 고대유적에서 발굴한 마도제어동력로를 해석하여, 현대풍으로 개량한 것이라고 한다. 연료로서 마석도 보급하고 있는 모양이다.

통상운용만 할 때는 자연에서 연료를 채취하고, 전투 시에는 마석도 이용한다는 얘기였다.

시속 100킬로미터 이상으로 주행할 수 있을 뿐만 아니라, 험난한 길도 문제없는 것 같았다.

에너지를 소모하지만, 지면에서 살짝 떠오르는 식으로 공중에 떠 있을 수도 있다고 한다.

솔직히 말해서 내가 뒤쳐졌다는 생각이 들었다.

우리도 개발할 걸 그랬다는 생각과 함께 분한 기분을 맛봤다. 기사의 세계에 전차라니, 그런 발상은 하지 못했던 것이다.

열차까지 만들었으니까, 전차까지는 한 걸음만 더 나가면 되었는데.

――하지만 자동차도 존재하지 않는데 전차는 좀 그렇단 말이지. 아니, 자동차를 보급하는 것도 생각해볼 만하다는 생각이 들었다.

편리하긴 하지만 위험하단 말이지, 그건.

누구라도 바라는 것이겠지만, 모두에게 돌아갈 수 있는 분량을 준비할 수 있는가를 따지면 아마 불가능할 것이다. 에너지 고갈의 문제가 있으니, 아무리 생각해도 가진 자와 가지지 못한 자가 나오게 될 것이다.

열차가 있으면 편리성은 향상되니까, 자동차를 필요로 하지 않는 도시 쪽을 노리는 게 좋겠다는 생각이 들었다.

열차 정비가 끝난 뒤에 부유층의 취미용품이라는 의미로 자동차를 개발하고 싶다고 할까.

그걸 손에 넣는 것 자체를 목표로 삼게 되는 물건으로 말이다. 꿈을 제공하는 의미가 담겨 있다면, 손에 넣는 것이 능력치로 인정받을 수 있을 만큼 고급품이라도 허용이 되겠지.

뭐, 그건 전쟁이 끝난 뒤에 생각할 일이다.

왜냐하면 놀랄 만한 일은 전차만이 아니었던 것이다.

배가 하늘을 날고 있었다.

이게 정말이야——? 그런 절규를 애써 참는 게 힘들었다.

저게 있으면 수송이 한층 더 편해진다. 저걸 전쟁에 이용한다면 병참문제도 쉽게 해결될 것이다.

그리고 자신이 자만에 빠져 있었다는 것도 깨달을 수 있었다.

제공권은 우리가 일방적으로 차지할 수 있다고 낙관했던 것이다.

우리도 빨리 개발을 해야겠다——고 생각했지만, 현실적으로는 무리였다. 하늘을 나는 배 같은 건 하루아침에 바로 완성할 수 있는 게 아니니까.

시간을 들이면 실현할 수 있겠지만, 개발이란 것은 그렇게 간단한 것이 아니다. 이 세상에 존재하는 갖가지 상품은 수많은 사고착오를 거듭한 끝에 실용화되는 것이다.

지금은 제국 측의 개발진을 솔직하게 칭찬해줘야 할 것이다.

하지만 뭐, 무사한 배 한 척 정도는 노획하고 싶다는 생각이 살짝 드는 것은 어쩔 수 없는 일이라고 하겠다.

좀 더 머리를 유연하게 굴리면서, 자유로운 발상으로 주문했더라면 우리도 지금쯤은── 아니, 그만 두자.

이제 와서 분하게 여겨봤자 소용없으니, 이건 앞으로의 과제로 삼자.

이 전쟁이 끝나면 좀 더 자유롭게 다양한 개발을 시도해보자고 생각했다.

*

제국의 상황은 지금 본 그대로였다.

나는 사전에 알고 있었지만, 지금 처음 보는 자도 있었다.

그런 자들은 놀라움을 감추지 못하는 것 같았고, 아연실색한 표정으로 영상을 바라보고 있었다.

"침략자의 총수는 추정하여 100만! 뭐, 방금 본 대로다. 제국 측의 군사병기에도 놀랐을 거라 생각하지만, 그래도 우리가 우세한 것은 달라지지 않아. 다들 안심해라."

전쟁에서 가장 중요한 요소는 상대의 전력을 완벽하게 파악하는 것이다. 이 시점에서 이미 우리는 적의 알몸을 속속들이 본 것이나 마찬가지였다.

적의 총 병력은 라파엘(지혜지왕)의 계산으로는 100만이라고 했다. 무지막지한 수를 동원한 셈이지만, 그래도 패배할 것이란 생각은 들지 않았다.

그 정도의 여유가 지금의 우리에겐 존재했다.

"가드라에게서 들은 사실인데, 제국에는 3대 군단이 존재한다고 한다. 그중의 하나인 기갑군단이라고 불리는 군단에 현재 보이는 영상 속에 존재하는 전차부대가 소속되어 있다. 통칭 '마도전차사단'이라고 하며, 적의 주력부대라고 생각해도 틀리지 않을 것이다."

그렇게 말한 뒤에, 나는 전차부대의 내역을 설명하기 시작했다.

가드라에게서 들은 정보는 그것만이 아니었다. 가드라는 작전회의에도 빠짐없이 참가했으며, 그 자리에서 알게 된 내용도 전부 가르쳐준 것이다.

가드라가 도망친 것은 전해져 있을 테니, 그 시점에서 작전이 변경되었을 가능성도 있긴 하겠지만, 그래도 큰 부분의 변경은 없을 것으로 생각해도 될 것이다.

왜냐하면 저쪽에는 유우키도 있으며, 그의 목적이 쿠데타라고 들었기 때문이다.

그 녀석은 틀림없이 다른 군단장을 혼란시키기 위해서, 가드라는 죽었으니 경계할 필요는 없다고 주장하고 있겠지.

그리고 가드라가 말하기로는 기갑군단의 군단장인 칼리굴리오가 내가 던진 미끼를 물었다고 한다. 던전(지하미궁)에 자원과 보물이 있다고 믿고, 남들보다 앞서서 차지할 꿍꿍이를 꾸미고 있다고 한다.

그렇다면 작전을 크게 변경하는 걸 꺼려할 테니까, 유우키의 제안을 받아들일 공산이 크다. 섣불리 믿고 행동하는 것은 위험하지만, 칼리굴리오가 군을 배치한 걸 보면 적의 행동목적도 추측하기 쉬웠다.

내가 설명을 마치자, 맨 처음 소리 높여 말한 것은 고부타였다.

"저기이, 역참마을에 대기시켜놓은 제 군단 말씀입니다만, 저 전차란 것과 싸우게 되는 겁니까?"

아주 좋은 착안점이다. 아니, 군단장으로 임명된 본인의 입장에선 이건 물어보지 않으면 안 될 사활이 걸린 문제이겠지.

회의 시간에는 늘 자고 있던 고부타였는데, 잘 생각해보면 성장한 셈이다. 역시 인간은 책임을 지는 자리에 있어야 하는 군──.

"당연한 걸 대체 왜 묻는 거냐? 네가 맡은 제1군단으로 이 전차부대를 물리칠 거다."

내가 감개무량함에 젖어 있는 사이에 베니마루가 그렇게 알려주고 있었다.

충격을 받고 휘청거리는 고부타.

"그런 말은 못 들었습니다요……."

그렇게 중얼거리고 있었다.

뭐, 그 심정은 잘 이해가 된다.

"혹시 저희가 역참마을을 사수하게 되는 겁니까?"

죽을 것 같은 표정으로 그렇게 묻는 고부타에게 나는 씨익 웃어보였다.

"그럴 리가 있나! 전차의 성능을 들어본 바에 따르면 너희 힘으로도 어떻게 싸우느냐에 따라선 이길 수 있겠지만, 피해가 얼마나 생길지 몰라. 애초에 공격하는 것보다 지키는 게 더 어려운데다, 실전 경험이 없는 그린 넘버즈(녹색군단)는 전차의 표적이 될 수밖에 없으니까 말이야. 그러니까 사수하라는 내용은 우리 작전안에는 없어."

안심시키기 위해서 그렇게 설명했다.

고부타의 서포트를 맡고 있는 하쿠로우는 처음부터 내 생각을 꿰뚫어 보고 있었던 것 같다. 응응 하고 고개를 끄덕이면서 듣고 있었다.

"그럼 어떡합니까요?"

"그걸 생각하는 게 군단장의 역할이지만, 뭐 처음부터는 무리겠지. 베니마루, 설명해줘라."

나는 약간 잘난 체를 하면서 그렇게 말했다.

실은 나도 고부타와 같은 입장이며, 군사부문에 대해선 초보자나 마찬가지다. 작전 같은 것도 잘 모르며, 세부적인 사항은 베니마루에게 맡기고 있었다.

그러나 자신에게 관대한 것이 내 장점이다.

고부타가 노력해서 성장해준다면 내가 편안해질 수 있는 것이다.

그러므로 고부타가 열심히 노력해주길 바라면서, 베니마루의 설명을 같이 들었다.

"잘 들어라, 고부타. 역참마을은 중요한 거점이지만, 잃어버린다고 해서 곤란해지진 않는다. 파괴당하면 재건하면 되고, 빼앗긴다면 다시 되찾으면 그만이니까. 문제가 되는 것은 주민들에게 피해가 생기는 거다. 그러나 이 문제에 대해선 리무루 님이 이미 대책을 세우셨다. 그곳의 주민들에겐 수도 '리무루'로 피난하도록 이미 명령을 발포한 뒤야."

응응.

제국이 움직일 것이라는 걸 안 시점에서 이미 소개(疏開)를 시작한 상태다. 피난에는 시간이 걸리겠지만, 제국군이 도달하는 것보다는 먼저 완료될 것이다.

"아, 그러고 보니 사람이 적었습니다요."

"그렇겠지. 네 임무는 남은 주민들도 안전하게 피난시키는 거다. 그런 뒤에는 이곳으로 가라."

그렇게 말하면서 베니마루가 가리킨 곳은 탁상 위에 펼쳐놓은 커다란 지도의 한 지점이었다.

정식 명칭은 무장국가 드워르곤. 그 나라의 중앙도시였다.

"예?"

"이 영상을 봐라. 제국군은 부대를 나눠서 여러 루트로 침공할 생각을 하고 있는 것 같다. 이미 쥬라의 대삼림에 돌입한 부대도 있지만, 전차부대에는 움직임이 없어. 이 부대의 진행방향을 보면, 카나트 대산맥의 기슭을 따라 이동할 생각을 하고 있다는 건 명백하다. 그곳은 나무의 밀도가 적으므로 군대의 진군에 영향을 많이 주지 않으니까 말이지."

"과, 과연……."

"이해 못 하고 있지, 너? 뭐, 됐어. 네 목적은 드워프 왕국의 방어다."

그렇게 말하면서, 베니마루가 고부타의 군단에 해당하는 말을 드워프 왕국 앞에 놓았다. 그 다음에 꺼낸 것은 드워프 군의 말이었으며, 그걸 고부타의 군단의 말과 나란히 놓았다.

"공동전선을 펼쳐라."

"오오……!!"

고부타도 그제야 이해했는지, 놀라면서도 흥분하는 모습을 보여주고 있었다.

이 작전은 가드라에게서 얻은 정보를 바탕으로 세운 것이다.

가젤과는 이미 협의를 끝내놓았다.

제국이 노리는 것이 드워프 왕국이라는 사실을, 동맹 시에 맺은 약정에 따라서 가젤에게 전했다. 그와 동시에 약속대로 원군을 보내겠다고 선언한 것이다.

가젤도 당연히 제국이 수상하게 군다는 것은 알아차리고 있었다. 몇 번이나 제국의 진군을 허용하라는 요구를 받았으며, 그걸 거절하는 것도 슬슬 짜증이 나고 있던 참이라고 했다.

그리고 그러다가 결국 인내심이 바닥이 난 제국이 움직일 것——이라 정세를 예상하고 있었던 모양이다.

내 제안은 가젤에게도 반가운 것이었으며, 우리 입장에서도 이득이 되는 얘기였다.

역참마을은 포기하고, 파괴될 경우엔 재건한다. 그러나 그곳을 전장으로 삼지 않는다면 제국도 무의미한 파괴활동은 벌이지 않을 것으로 예상하고 있었다.

가까운 장래에 다시 되찾을 것이니까 방치해두더라도 문제될 일은 없었다.

"제국이 눈에 띄는 장소를 통과하는 이유는 거기서부터 군이 공격할 것이라는 걸 우리에게 알리기 위해서다. 그렇게 화려하게 행동하면 누구라도 알아차릴 테니까 말이지."

"음, 시위행동이란 말입니까요?"

고부타 녀석, 어려운 말을 알고 있군.

보아하니 공부를 좀 한 것 같은데, 이 녀석──. 나는 아주 약간 감탄했다.

"그래. 이 루트는 드워르곤과 템페스트의 경계선 위에 해당한다. 우리와 드워르곤은 확실하게 공격을 당한 것을 알아차릴 것이고, 어떻게 나올지를 살펴보기에도 가장 적합하지. 설불리 나섰다간 그걸 빌미로 즉시 전쟁을 벌일 거야. 애초에 우리가 먼저 손을 대는 건 금지되어 있으니까, 우선은 경고부터 하게 될 거다. 여기까지는 이해했나?"

"넵."

"우리가 손을 대지 않으면 제국군은 아멜드 대하를 건너서 드워프 왕국의 정면 입구를 내려다볼 수 있는 장소로 진출하게 될 거다. 그 지점은 나무가 자라지 않는 평야가 펼쳐져 있으니까 군을 전개시키기에는 최적의 장소이지."

"과연⋯⋯."

"이렇게까지 당한다면 가젤 왕도 잠자코 있을 수 없게 되지. 그에 맞서는 형태로 군을 전개시킨 뒤에 상대와 교섭에 들어가게 될 거다. 그건 우리도 마찬가지니까, 제국은 우리 템페스트와 드워르곤, 두 나라를 적으로 돌리는 게 된다."

베니마루는 지도 위의 말을 움직여서, 시각적으로 이해하기 쉽게 설명해주었다.

"가드라 공의 얘기를 들어보면 제국은 드워프 왕국군과 템페스트 군의 협공을 경계하고 있었다고 하는데, 이 지점이 이미 제압당한 상태라면 협공은 이뤄질 수 없어. 상대가 대기하고 있는 장소에 기습을 시도해봤자 그런 건 전술적으로 의미가 없기 때문이다."

기습이란 것은 상대의 방심을 노리는 전술이다.

상대가 계책을 이미 알고 있다면 아무런 의미가 없을뿐더러 오히려 해를 입게 된다.

"그러니까 말이지, 처음부터 적을 맞아서 싸울 거야. 그리고 정면에서 격파한다!!"

베니마루는 그렇게 말하면서, 고부타의 말을 이동시켜 제국의 말과 충돌시켰다.

"오오──!!"

감탄하는 고부타.

다른 간부들도 불만은 없는 것 같았지만, 전력 차에 대해선 어떻게 생각하고 있는 걸까?

"제3군단장 가비루!"

"넷!"

"네 역할은 피난하는 주민을 경호하는 것이다. 상공에서 뒤처지는 자들이나 조난당할 것 같은 자들이 없는지 감시하고, 적절하게 도와줘라."

"잘 알겠습니다!"

"그리고 피난유도가 끝나면 그대로 고부타를 도와주러 가라.

타이밍이 좋으면 제국군이 도착하기 전에 합류할 수 있을 거다."

"우리 군단은 템페스트에서 가장 빠른 이동속도를 자랑합니다. 늦지 않게 도착하겠습니다!"

가비루는 베니마루를 향해서 자신만만하게 대답했다.

그러나 현실적으로는 힘들 것으로 생각한다.

주민들이 이동할 때는 열차도 풀로 가동하여 이용할 생각을 하고 있긴 하다. 그러나 그래도 수만 명을 넘는 사람들이 이동하려면 시간이 걸리기 마련이다.

그에 비해 제국군의 행군속도는 비정상적으로 빨랐다.

레기온 매직(군단마법)의 효과도 추가하여 계산하면, 놀랍게도 하루에 80킬로미터는 진군할 것으로 예측되었다.

제국군은 현재 국경선 부근에 머무르고 있었다. 거기서 개전 예정지점까지의 거리는 대략 1,500킬로미터쯤 되었다. 이 페이스라면 20일 정도 지나면 제국군이 개전 예정지점까지 도착할 것이다.

이 정도로 빠른 행군속도를 유지할 수 있는 이유는 병사 한 명한 명이 개조수술이라는 걸 받았기 때문이다. 1주일은 먹지도 마시지도 않고 행동할 수 있다고 하니, 실전에서의 최고속도는 더빠르겠지.

보급 없이 전차를 움직일 수 있는 속도가 평균시속 10킬로미터라고 한다. 마력요소를 흡수하는 건 밤에도 가능하기 때문에 전차의 에너지 보급 시간에 맞춰서 휴식도 취할 것이라고 생각했다.

전쟁이 시작되기도 전에 병사를 지치게 만드는 건 확실히 어리석은 짓이다.

가드라의 설명은 지당했기 때문에 나와 베니마루도 그럴 것으로 예상하고 계산한 것이다.

"──그러니까 우리의 예상보다 빠른 속도로 제국군이 도착할 가능성도 있다. 각자 방심하지 않도록!"

베니마루가 그렇게 말하면서 마무리를 지었고, 그런 뒤에 그대로 다음 설명을 시작했다.

"원래는 이곳에서 제국군의 본대가 전개되겠지만, 이건 고부타가 말한 대로 시위행동이다. 즉, 양동이지. 본대는 지금 이곳을 직접 노리고 움직이고 있다!"

그렇게 말하면서, 베니마루는 다른 색을 띤 제국군의 말을 꺼냈다. 그리고 여러 개가 있는 그 말들을 쥬라의 대삼림 위에 골고루 흩어놓았다.

전차가 주력인 것처럼 보여주면서 본대는 달리 배치한단 말인가.

적의 움직임이 다 보이는지라 솔직히 말해서 '흐──응, 그렇구나'라는 감상밖에 느껴지지 않았다.

"만일 우리의 예상을 넘어서는 사태가 일어난다고 해도 이곳의 방어는 게루도가 맡을 것이다! 게루도, 너는 가능한 한 빨리 각지에서 부하들을 다시 불러들여다오."

"잘 알았소. 이미 '사념통화'로 전달이 끝난 참이오. 이제 곧 모두가 내 밑으로 집결할 거요."

베니마루와 게루도는 서로를 잘 이해하고 있는 사이답게 적은 대화로도 얘기가 마무리되었다. 역시 게루도, 믿음직스러울 따름이다.

그런 뒤에 베니마루는 다시 지도 쪽으로 눈길을 돌렸다.

"이쪽의 본대는 계속 숲속에 잠입하는 형태로 행동할 것이다. 아쉽게도 리무루 님의 감시마법 '아르고스(신의 눈)'로는 숲속의 상황까지는 알 수가 없다. 그러니까 여기는 소우에이가 나설 차례다."

베니마루가 그렇게 말하자마자, 소우에이가 고개를 끄덕이면서 일어섰다.

"숲은 나무들이 높고 무성하게 자라기 때문에 상공에서 감시하기가 힘들지. 부하를 잠입시키려고 해도 범위가 너무 넓은데다 발견될 가능성도 있어. 그래서 모스에게 부탁하기로 했다. 그 녀석은 극소 사이즈의 '분신체'를 대량으로 풀어서 그 정보를 받아들일 수 있지. 그 상태에선 전투 쪽은 기대할 수 없지만 '분신체'가 당한다고 해서 문제가 될 일은 없다고 한다. 지금 현재 쥬라의 대삼림 동부는 모스의 감시 하에 있어. 그곳을 소대규모로 나눠진 제국군이 진군 중이라는 정보를 파악하고 있으니, 각개격파도 우리 뜻대로 할 수 있다."

그렇게 말하면서, 소우에이는 잔인한 표정으로 웃었다.

조금 무섭다. 우리 편인 게 정말 다행이라는 생각이 들었다.

각개격파도 가능하지만, 후속의 본대가 나타나면 일이 귀찮아진다. 그러므로 어느 정도는 다시 집결하는 것을 기다리자는 것이 베니마루가 세운 작전이었다.

"제국군의 목적이 던전이라면, 끌어들인 뒤에 처리한다. 지상에 남은 부대가 있다면 게루도의 제2군단과 내가 이끄는 본대가 공격할 것이다! 이상이다."

아주 심플하고 이해하기 쉬운 작전이었다.

하지만 역시 가장 궁금한 건 전력 차란 말이지.

아까부터 아무도 그걸 지적하지 않는데, 다들 그 부분에 대해선 어떻게 생각하고 있는 걸까?

이 질문은 내가 해야 하는 건가——. 그렇게 생각하면서 잠깐 망설이던 사이에, 우렁찬 외침소리가 관제실을 메웠다.

"알겠습니다요! 가비루 씨도 와준다면 안심이 됩니다요. 이걸로 승리는 우리 것입니다요!"

"그렇게 말해주니 기쁘군! 반드시 고부타 공에게 뒤지지 않는 활약을 보여주겠어!"

"내가 나설 차례가 없을 것 같아서 걱정했는데, 역시 총대장 베니마루 공이로군. 본국의 방어라는 최대의 영예를 남겨놓을 줄이야. 이 힘을 아낌없이 쓰도록 하겠소!"

군단장 세 명이 베니마루가 사기를 높이기 위해 외친 소리에 반응한 결과였다.

그뿐만이 아니라, 문관들도 모두 흥분한 표정으로 의견을 나누고 있었다. 이 자리엔 비장감 같은 건 전혀 존재하지 않았으며, 악마 아가씨들도 신이 난 표정으로 대화를 나누고 있었다.

아니, 그러니까…… 전력 차는…….

나도 이번 싸움은 이길 수 있다고 생각한다.

마음에 여유가 있긴 했지만, 그래도 불안감이 없는 것은 아니었다.

그런데도 아무도 걱정하는 모습을 보이지 않는 게 신기했다. 고부타조차도 처음에는 불안한 모습을 보이던 것이 마치 거짓말이었던 것처럼, 지금은 의욕이 가득 찬 모습을 보이고 있었다.

하쿠로우가 고문으로 고부타를 따르고 있다곤 해도 역시 불안하군.

"베니마루의 설명을 듣고 궁금한 점은 없나?"

그렇게 물어봤지만 아무도 질문을 하지 않았다.

그 대신, 대표로 베니마루가 말했다.

"안심하십시오, 리무루 님. 저희는 패배에 대한 걱정은 전혀 하지 않습니다. 하지만 그건 패배할 것이라는 생각을 하지 않는 게 아니라 전력을 다하여 싸울 것이기 때문입니다. 이길 수 있는 이유가 있으며, 화려한 전장이 있습니다. 그런데도 졌다면 자신들이 무능했기 때문이라고 생각하면서 약육강식의 규칙을 따를 뿐입니다."

그렇게 말하면서 베니마루는 호쾌한 표정으로 웃었다.

다른 마물들의 반응도 마찬가지인 것 같았으며, 여성인 슈나와 리리나도 같은 반응을 보이고 있었다.

패하는 것이 두려운 게 아니라, 전쟁에서 도망치는 것이 두렵다. 그리고 그 이상으로——.

왠지 모르겠지만 그들의 심정을 이해할 수 있을 것 같았다.

그렇다면 나도 할 수 있는 모든 방법을 동원하기로 하자.

"테스타로사, 울티마, 카레라!"

""""넷!""""

나에게 이름을 불린 악마 아가씨들이 일제히 일어서서 내 쪽을 향해 허리를 숙였다.

그 세 명에게, 나는 이 자리에서 바로 명령을 내렸다.

"각 군단장을 따르면서, 그들의 행동을 서포트해라!"

"잘 알겠습니다, 리무루 님. 평의회 쪽은 시엔에게 맡겨두었습니다. 이 전쟁이 종결될 때까지는 저희도 전쟁에 참가하도록 하겠습니다."

"드디어 내가 나설 차례가 왔네! 맡겨주세요, 리무루 님!"

"후후후, 기대하라고, 주인님. 내 모든 힘을 보여줄 테니까!"

세 명은 고개를 들더니, 기쁜 표정을 지으면서 그렇게 말했다. 나는 고개를 끄덕이면서, 세 명을 각자에게 소개했다.

"테스타로사는 고부타를 따라가라."

"네, 기꺼이 그리 하겠습니다."

그렇게 대답한 테스타로사에 비해 고부타는 의심스럽다는 표정을 지었다.

"괜찮겠습니까요? 이렇게 제대로 싸워본 적도 없는 것 같은 여자가 제1군단을 맡는 건 무리인 것 같은뎁쇼?"

그런 무시무시한 소리를 지껄이고 있었다.

그녀들이 '태초의 악마'라는 흉악한 존재라는 것을, 최근까지도 몰랐던 내가 이런 말을 하는 것도 좀 그렇지만, 하룻강아지 범 무서운 줄 모르는 고부타 녀석의 모습에는 어이가 없을 정도였다.

너…… 자칫하면 죽을 수도 있어——라고 생각했지만, 그 말을 입 밖으로 꺼내진 않았다.

왜냐하면 그게 더 재미있을 것 같으니까.

"어머나, 믿음직스럽네요."

그렇게 말하면서 테스타로사는 웃고 있었지만, 그 눈을 직시하지 못하는 자는 분명 나 혼자만은 아니었을 것이다.

테스타로사도 사과하면 용서해줄 거라 생각해, 고부타 군. 그런고로, 고부타가 테스타로사의 정체를 알게 될 날을 즐겁게 기다리기로 하자.

그에 비해 가비루는 성장했다.

"나는 아직 모자라는 점이 많으니, 잘 부탁하겠소!"

그렇게 말하면서 울티마에게 머리를 숙인 것이다.

디아블로나 각종 관계자들로부터 들은 얘기에 따르면 악마 아가씨들 중에서 가장 성격이 잔인한 것이 이 울티마라고 한다. 가장 쉽게 폭주할 것 같이 생긴 건 카레라지만, 사실 무서운 건 울티마인 것이다.

내 명령을 따르면서도, 그 빈틈을 찾아서 상대에게 보복을 한다. 그런 행동을 능히 할 만한 사람이 울티마였던 것이다.

가비루의 대응은 정답이었다.

울티마는 가비루가 마음에 들었는지 "응! 나야말로 잘 부탁해!"라고 말하면서 자신도 귀엽게 인사를 하고 있었다.

가비루는 늘 평소에도 우쭐해지지 않도록 자신을 경계하고 있었다. 그런 그의 평소 행실이 그의 목숨을 구한 것 같다. 역시 평소의 마음가짐이 중요하다는 생각을 하게 되었다.

게루도는 아무런 문제없이 카레라와 악수를 하고 있었다.

어딘지 모르게 둘 다 무인기질이 있는지라, 마음이 잘 맞을 것 같은 조합이라는 생각이 들었다.

그건 그렇고 내가 고른 조합도 절묘하군.

만약 고부타와 가비루의 대응이 서로 바뀌었다면 고부타는 위험했을 것이다.

정말 다행이라고 생각하면서, 나는 세 개의 조로 나눠진 그들을 격려했다.

이 세 아가씨의 정체를 알고 있는 자는 많지 않았다.

기이가 왔을 때에 벌어진 회의에 참가하고 있었던 자들에겐 함구령을 내렸기 때문이다. 사람들을 두렵게 만들어봤자 의미가 없는데다, 그 세 명에겐 부디 자중하도록 당부해놓았다.

절대 정체가 들키지 않도록, 군단장의 명령에는 따르도록 하라고 명령은 했지만, 아무렇지 않게 무슨 짓을 저지를 것 같아서 두렵다. 이 아가씨들의 정체를 몰랐다면 나도 행복하게 지낼 수 있었을 텐데…….

아니, 믿어보기로 하자.

내가 따로 명령이라도 내리지 않는 한, 테스타로사와 다른 악마 아가씨들도 얌전하게 상황을 지켜볼 것이다.

어쨌든 이리하여 세 개의 조가 만들어졌다. 이 세 명이 같이 있어준다면 만일의 경우에도 대응할 수 있을 것이다. 그렇게 생각하면서, 나는 안도했다.

*

"이걸로 의제는 다 논의했다만, 다른 게 더 있나?"

이제 남은 건 제국이 어떻게 움직이느냐에 달린 것이므로, 우리는 임기응변으로 대응할 뿐이다.

가젤 왕과의 연계도 중요하므로, 세부적인 의논을 할 필요는 있다. 그러나 그건 작전통합본부가 할 일이다. 군단장들에겐 각자 할 일이 있으므로, 아무것도 없다면 해산해도 될 것이다.

그렇게 생각했는데, 힘차게 손을 든 자가 있었다.

마사유키였다.

"저기, 잠시 한 말씀 드려도 되겠습니까?"

"뭐지, 마사유키 군?"

"그러니까 말이죠, 궁금한 게 있습니다만——."

"음."

"왜 제가 군단장인지는 차치하고라도 말입니다. 제게 맡겨진 군단—— 의용병단이 나설 차례라고 할까, 역할이라고 할까, 그에 대한 설명이 전혀 없었던 것 같습니다만……?"

음, 그게 궁금한가.

여러모로 의문이 생기긴 하겠지.

아직 고교생 정도의 나이에 갑자기 군단장을 맡으라는 말을 들어버리면, 그야 혼란스러울 것이다.

먼 옛날의 일본이라면 당연한 일인지도 모르겠지만, 평화로워진 일본에서 살고 있었던 젊은이라면 쉽게 따라가기 힘든 감각이라고 생각한다.

하지만 말이지, 나도 힘들다고.

정신을 차려보니 마왕이 되어 있었고, 믿을 만한 윗사람은 없었으니까 말이지.

그렇게 생각하니 마사유키 군은 실로 운이 좋다는 생각이 드는군.

"그렇게 생각하지 않나?"

"그건 됐으니까 설명을 부탁드립니다!"

아, 네.

머릿속으로 이렇게까지 얘기해줬는데도 아쉽게도 전해지지 않았단 말인가.

입으로 직접 말하자면 변명이 될 것 같지만 어쩔 수 없다.

"뭐, 갑자기 큰 역할을 억지로 맡기는 건 미안하다고 생각하고 있어."

"아, 아뇨……."

"하지만 도시에 사는 주민들의 마음을 진정시키려면 나보다 자네가 더 적합하단 말이지."

마물들뿐이라면 전쟁이 시작되어도 문제가 되지 않는다.

사기가 높아서 치안을 어지럽히는 자는 나오지 않기 때문이다.

그러나 이민해 온 자들은 다르다. 공포와 불안으로 인해 질서를 어지럽히거나 나쁜 짓을 저지르는 자가 있을지도 모른다.

"그러니까 이런 때야말로 자네 힘으로 모두의 불안을 덜어주면 좋겠어."

"과연…… 그거라면 제 힘도 도움이 될 것 같긴 하군요."

내 설명을 듣고, 마사유키는 납득한 것 같았다.

"왓핫하, 겸손하시긴! 마사유키 님은 '용사'이신 분. 한 나라의 편만 드는 행동을 진심으로 바라시진 않는다는 것을, 이 묘르마일을 비롯하여 모두가 잘 알고 있는 사실입니다! 하지만 지금은 무력한 백성들을 위해서 부디 그 힘을 빌려주십시오!"

묘르마일이 반짝거리는 눈으로 마사유키를 보면서, 그런 말을 했다. 아직도 마사유키의 실력을 잘못 알고 있었지만, 그 착각을 정정해줄 필요는 없다고 생각하고 있다.

아니, 그보다 의외로 히나타도 마사유키에 대해서 착각을 하고 있는 듯한 경향이 있었다.

무섭구나, 마사유키! 그렇게 생각하면서, 지금은 마사유키 전설을 지켜보는 게 좋을 것 같았다.

"……그래야죠."

떨떠름한 표정으로 대꾸하는 마사유키. 그 표정을 보건대, 이제 진절머리가 난다는 심정을 딱 봐도 알 수 있었다.

조금 불쌍했지만, 지금은 좀 더 노력해주면 좋겠다.

"그럼 제가 맡고 있는 의용병단으로 치안유지에 힘쓰도록 하겠습니다."

"부탁해. 이미 알고 있을 거라 생각하지만, 라미리스 덕분에 도시가 입을 피해는 최소한으로 그칠 것 같아. 전쟁이 시작되면 지상의 도시도 미궁 안으로 격리시킬 준비는 되어 있거든."

이 정보는 간부나 각 관계부서에겐 이미 전달이 되어 있었다.

딱히 입단속을 하지는 않았기 때문에 피난훈련을 할 때에 빨리 피신하지 못한 자들을 통해서 소문은 돌고 있었을 것이다. 그리하여 조금이라도 불안해소로 이어지길 바라는 의도도 있었다.

"맞아! 내 힘도 대단하지만, 그건 사부 덕분이기도 해!"

"음. 내 강대한 에너지(마력요소)를 라미리스에게 빌려줌으로써, 이 엄청난 기술을 성공시킨 것이지. 말하자면 이건 우정의 승리라고 할까."

라미리스 덕분에 지상부분을 미궁 안으로 격리할 수 있게 되었지만, 그건 베루도라의 도움이 있었기 때문이다. 지금은 솔직하게 감사하기로 하자.

"고마워, 두 사람 다. 아주 큰 도움이 되었어."

"어, 그래? 그래, 그렇겠지! 좀 더 칭찬해도 되거든?"

"크아하하하, 그래! 우리를 좀 더 칭찬하도록 하라고!"

"그래, 그래. 고마워, 정말 감사합니다!"

조금만 칭찬해주면 바로 이런다니까.

하지만 뭐, 이번에는 정말로 큰 도움을 받았다.

미궁 안으로 격리한다고 해도 하늘도 보이니까, 주민들은 무슨 일이 일어난 건지 알아차리지 못한 사람도 있을 정도였다.

제국군의 폭위에 노출되는 일도 없을 것이니, 그 점은 정말로 대단하다고 생각하고 있다.

"하지만 리무루, 이건 명심해두도록 해."

"응?"

"만일의 경우이긴 하지만, 사부가 쓰러져서 100층을 돌파당하게 되면 그때는 미궁 밖으로 도시가 단번에 튕겨나가 버릴 거야. 무리한 것에 대한 반동인 셈이지."

"과연, 그런 우려도 있을 수 있단 말인가. 하지만 그건 베루도라가 패하는 게 전제잖아? 만약 그런 상황이 된다면 도시를 걱정할 때가 아닐 것 같은데."

만약 그런 상황이 된다면 우리도 온 힘을 다하여 전투에 참가하고 있을 것이다. 분명 도시의 상황 같은 걸 신경 쓰고 있을 여유도 없겠지.

"뭐, 내가 지는 일은 있을 리가 없지만 말이지."

"그렇겠지. 미궁십걸도 있으니, 그 점은 걱정하지 않아도 될 거라 생각해!"

확실히 라미리스의 말대로, 애초에 베루도라가 나설 차례도 없을 거라 생각한다. 하지만 만일의 경우에는…….

"그때는 마사유키가 있어."

"네?! 자, 잠깐만요! 치안유지만이라면 또 모를까, 그런 상황에서 제가 뭘 할 수 있단 말입니까?"

군의 지휘조차 해본 일이 없다고 소리치는 마사유키를 보면서, 그것도 당연하다는 생각에 우리는 고개를 끄덕였다. 마사유키를 신성시하고 있는 묘르마일까지도 그건 그렇겠다는 표정으로 고개를 끄덕이고 있었다.

"안심해, 마사유키 군. 자네가 군을 지휘할 수 있다는 생각은 하지 않아. 지금은 히나타와 한창 의논 중이지만, 크루세이더즈(성기사단)에서 자네의 보좌관을 파견해달라는 부탁을 하고 있어. 아마 승낙은 받게 될 것 같으니, 자네에게 도움을 줄 수 있는 부관을 들일 생각이야."

"그랬군요. 그렇다면 안심입니다."

"그리고 말이지! 아이들을 경호원으로 붙여줄 테니까 자네 안전도——가 아니라, 자네가 지켜주라고."

"왓핫하! 용사님의 보호를 받는다면 그 아이들도 안전하겠군요!"

"무, 물론이고말고요."

식은땀을 흘리면서, 마사유키가 고개를 끄덕였다.

마사유키도 아이들의 실력을 알고 있기 때문에, 보호를 받는 쪽이 자신이라는 것을 이해하고 있는 것이다.

그리고 클로에도 있었다. 여차할 때는 마사유키와 아이들을 지켜줄 것이다.

이리하여 필요한 의제에 대한 논의는 전부 끝났다.

만반의 대책을 갖췄지만, 무슨 일이 일어날지는 마지막까지 모른다.

그리고──.

불안한 부분이 없는 것은 아니었다.

클로에의 기억 속에 존재했던 나의 죽음.

제국에겐 지금의 나를 죽일 수 있는 강자가 있다──는 것은 의심할 것도 없는 사실이었다.

그 녀석이 나선다면 미궁십걸로도 막을 수 없을 것이다. 아니, 오히려──.

《알림. 적의 실력을 밝혀내기 위해서 미궁십걸을 배치하는 것입니다.》

그럴 거라고 생각했어.

라파엘(지혜지왕)은 어디까지나 내 몸의 안전을 가장 중요하게 생각해주고 있는 것 같다.

그 사실을 기쁘게 생각하면서, 동시에 각오를 굳혔다.

무슨 일이 있어도 내가 동료들을 지키겠다고.

전쟁 같은 멍청한 행위 때문에 누군가가 상처를 입는 것은 절대 사양하고 싶다.

그런 결의를 가슴 속에 품은 채로, 그 날의 회의는 종료되었다.

*

주민들을 대상으로 한 마사유키의 설득은 잘 먹히는 것 같았다.

듣자하니 '마왕을 설득하여 도시를 지키겠다는 약속을 받았다'는 식으로 얘기가 진행된 것 같았다.

"역시 용사님!"

"믿음직스러워!"

모험가나 이민해 온 자들의 칭송을 한 몸에 받으면서, 복잡한 표정을 짓는 마사유키가 목격되곤 했다.

하지만 그런 표정조차도——.

"용사님의 우울한 표정도 정말 멋지네."

"마왕을 상대로 그렇게나 많은 양보를 이끌어냈는데도 용사님은 아직 만족스럽지 않은가봐."

"그러게. 정말 속이 깊으신 분이라니까."

"이 도시는 용사님이 지켜주고 계셔. 덤으로 마왕 리무루도 있으니까 제국이 쳐들어와도 무섭지 않다고——!"

"그래! 전부 다 맡겨두면 안심이야!"

——그런 해석으로 이어지면서, 마사유키의 평가가 한층 더 높아지는 결과가 되었다.

마사유키의 고뇌를 다른 누군가가 알아차리는 일은 없었다.

그리하여 도시의 주민들도 온화한 나날을 보내는 사이에 드디어 그날이 찾아왔다. 제국군이 그 모습을 드러낸 것이다.

평화로운 나날은 끝을 맞았다.

한여름 밤의 꿈처럼 갑작스럽게.

그리고 전쟁이 시작되었다——.

제국의 패도

Regarding Reincarnated to Slime

"눈을 떴군요, 루드라."

호화로운 의상을 입고 휠체어에 앉은 남자에게 푸른색의 머리카락을 가진 미녀가 그렇게 말했다.

그 미녀는 대회의실에서 주도권을 쥐고 있었던 장본인, 바로 '원수'였다.

"응. 그건 그렇고 회의는 어떻게 되었지?"

"대원정이 결정되었어요."

"수고했어. 가드라는 반대했겠지?"

"그래요. 그 노인은 현실적이니까. '이세계인'의 병기 따위로는 '용종'과 맞서 싸우는 것조차 불가능해요. 그런 당연한 사실을 알아차리지 못할 리가 없죠."

"큭큭큭, 그렇겠지. 하지만 그래도 대원정은 시도해야 해. 내가 이 세계의 주인이라는 걸 알려주기 위해선."

그게 바로 기이와 나눈 약속이니까──. 황제 루드라는 나지막이 중얼거렸다. 그런 뒤에 마음을 다 잡으려는 듯이 온화하게 웃었다.

"그래서 말인데, 베루글린드. 네가 보기엔 이번엔 어떻게 될 것 같아?"

베루글린드── 그건 이 세계에서 넷밖에 없는 '용종'의 이름

중 하나였다.

불꽃을 상징하는 진홍의 용은 '작열'을 관장한다.

'폭풍룡' 베루도라보다 오래된 개체이자 불멸의 용. 그 이름은 '작열용' 베루글린드라고 했다.

──그 이름을 쓰는 자는 이 세계에서 단 한 사람──.

질문을 받은 미녀가 루드라에게 대답했다.

"승리할 거예요. 반드시 말이죠. 자기 소굴에 틀어박힌 드워프를 몰아내고, 신참 마왕의 오만한 마음을 박살 낸 뒤에, 게으르게 잠만 자는 내 어리석은 동생을 깨워서, 이 세계의 지배자는 루드라── 당신이라는 것을 기이가 인정하게 만들도록 하죠!"

그 이름으로 불리는 것이 실로 자연스러운 느낌을 주었다.

그렇다.

그녀가 바로 베루글린드.

최강인 '용종' 중의 한 명── '작열용' 베루글린드였던 것이다.

그런 위대한 베루글린드를 상대로, 황제 루드라는 친근하게 하던 얘기를 계속 이어갔다.

"그런가. 그렇게 말해주니 만족스럽군. 그건 그렇고, 네 동생은 모습을 드러낼 것 같나?"

그 물음에, 베루글린드는 깊게 생각하지 않은 채 바로 대답했다.

"물론이죠, 루드라. 나타날 거예요. 그 아이는 축제를 아주 좋아하니까. 하지만── 왠지 그 아이는 봉인이 풀렸다고 하는데도 아직 완벽한 상태가 아닌 것 같군요. 한없이 거칠고 폭력적이었던 마력요소의 폭풍우가 관측되지 않는데다, 지구상의 어디에서든 감지할 수 있었던 오라(요기)까지 깔끔하게 사라졌으니까 말이죠. 어쩌면 아직 부활이 완전하지 않았는지도 모르겠군요."

"……그 정도면 내 군대로 쓰러뜨려버릴 수도 있겠는데."

"그건 그것대로 즐거운 여흥이겠군요. 어리석은 동생을 길들인 것 정도로 우쭐해져서 내 귀여운 조카까지 홀리고 있는 마왕에겐 따끔한 맛을 보여주고 싶으니까."

그런 대화를 나누면서 두 사람은 서로를 보고 웃었다.

루드라와 베루글린드에겐 작전의 성공여부는 어찌 되든 상관없었다.

기이와의 게임, 그건 이 세계의 지배권을 건 내기였던 것이다.

그 게임에는 복잡한 규칙은 존재하지 않는다. '장기말'만을 사용하여 상대의 진지를 제압하면 승리한 것이 된다.

장기판은 이 세계.

장기말은 마물과 인간.

그들이 맨 처음 가지고 있었던 장기말은 기이 쪽이 마물과 마인들이었고, 루드라 쪽이 일부의 인간들이었다. 그러나 그건 오랜 세월을 거치면서 계속 바뀐 결과, 지금은 서로 혼돈된 상황에 빠져 있었다.

적의 말을 빼앗는 것도 규칙상 아무런 문제가 없기 때문이다.

그리고——.

기이와 루드라에게 있어 최강의 장기말이 각자의 파트너인 '용종'이었던 것이다.

자신이 나서지 않고 이런 장기말들만 움직인다——는 것이 이

게임의 유일하고 절대적인 규칙이었다. 기이와 루드라가 직접 대결하지만 않는다면 무슨 짓을 해도 관계없던 것이다.

그러나 당연히 이 세계가 멸망하면 게임오버가 된다. 그건 그들의 본의가 아니므로, 그런 사태가 일어나지 않도록 조절할 필요도 있었다.

단, 이 게임에는 이레귤러(불확정요소)가 존재했다.

마지막으로 남은 '용종(베루도라)'과 태초의 악마들이다.

이 이레귤러들은 게임 밖의 존재였다. 같은 편으로 끌어들이는 것도, 적으로 돌리는 것도 모두 플레이어인 기이와 루드라가 하기 나름이다.

기이의 장기말 중의 한 명—— 협력자인 마왕 레온은 그 지배지를 존느(태초의 노란색)에게 위협당하고 있었다.

서쪽 땅에는 비올레(태초의 보라색)도 있었기 때문에 섣불리 움직였다간 막대한 피해를 입게 될 것이다.

그리고 동쪽에는 그 블랑(태초의 흰색)이 있었다.

절대적인 힘을 자랑하는 악마는 죽음과는 인연이 없는 존재였다. 근원부터 제거하는 것도 불가능한 것은 아니지만, 그러려면 면밀한 준비가 필요하게 될 것이다.

그런 희생을 치르는 것보다 교섭하여 같은 편으로 끌어들일 수 있으면 그게 가장 좋은 방법이다. 그게 바로 기이와의 게임을 유리하게 진행하기 위한 최선의 방법이라고, 루드라와 베루글린드는 생각하고 있었다.

베루글린드가 싸우면 블랑도 죽일 수 있다. 그러나 그렇게 하면 그 지방의 피해는 상상을 초월하게 될 것이다.

현실적이지 않다는 게 결론이었다.

그리고 서방열국이 독자적인 논리로 움직이기 시작한 것도 오산이었다.

서쪽 땅에서 탄생한 루미너스라는 토착신이 어느새 일신교(一神敎)로 성장해 있었다. 그 강고한 지배체제로 서쪽 백성들을 하나로 뭉치게 만들어버린 것이다.

루미너스의 정체가 마왕이라는 것은 알아차렸지만, 이미 종교로 정착된 지금에 와선 뒷북이나 다름이 없었다.

루드라가 동쪽을 완전히 자신의 지배하에 두었을 무렵에는 서쪽은 하나의 세력권으로 일치단결한 뒤였다. 그게 원인이 되면서, 기이와 루드라의 게임은 고착상태에 빠진 것이다.

"'용사' 클로노아랑 '용사' 그란베르의 활약으로 인해 서쪽을 공격하는 게 어려워진 것은 실로 안타까운 일이에요. 그자들이 나타나지 않았다면, 지금쯤은 이미 당신이 이겼을 텐데 말이죠."

"꼭 그렇다고는 할 수 없지. 나의 패도를 방해하는 자가 나타난 것도 베루다나바가 미리 준비해둔 시련일 테니까. 그자는 옛날부터 그런 꿍꿍이를 꾸미는 걸 좋아했으니까 말이야."

"그래요, 그랬었죠. 오라버니도 참 곤란한 짓을 하신다니까……."

그렇게 말하면서 루드라와 베루글린드는 과거를 그리워하는 듯한 표정으로 서로를 보면서 미소 지었다.

"하지만 이제 때가 왔어. 모든 장기말은 갖춰졌고, 내가 승리할 때가 가까워진 거야."

"이번에야말로 기이와 베루자도 언니에게 반격할 수 없는 한수를 날려주고 싶군요."

"후훗, 기이는 그걸 노리고 있을걸. 네가 베루도라와 싸우면 그 빈틈을 파고 들 생각을 하고 있을 거야."

"맞아요, 정말 짜증난다니까요. 그렇지 않았으면 그때도 내 손으로 그 아이(베루도라)를 처리해버렸을 텐데——."

그건 예전 대원정에서 겪은 실패를 가리키는 말이었다.

베루글린드가 나섰으면 베루도라조차도 위협적인 존재가 되지 않았다. 그러나 그랬다면 기이가 어부지리를 얻었을 공산이 컸다.

최강의 장기말인 '용종'을 움직이려면 만반의 준비가 필수 불가결했던 것이다.

그리고 지금이 절호의 기회인 것은 틀림없었다.

루드라가 세계각지에 풀어놓은 밀정들로부터 다양한 보고가 올라오고 있었다.

"길었지만 기다린 보람이 있었어. 서쪽을 공략하는데 있어서 최대의 장애물이 사라졌으니까."

유일신 루미너스의 정체가 마왕 루미너스였다. 정체만 판명되면 그 전력도 어느 정도는 예상할 수 있었다.

더구나 루미너스의 대리였던 마왕도 죽었고 '칠요의 노사'도 실각했다.

그뿐만 아니라——.

"방해가 되었던 그란베르도 황천으로 떠났으니, 서방열국에 존재하는 위험은 상당히 줄어들었죠."

"그 말이 맞아. 나의 패도를 방해하는 자들은 직접 손을 대지 않아도 스스로 소멸했지."

그게 바로 루드라가 정점에 서야 할 때가 왔음을 알려주는 하늘의 계시——라고, 루드라와 베루글린드는 그렇게 믿어 의심치 않았다.

"그런데 루드라, 몸은 좀 어떤가요?"

"아무런 문제없어. 내 힘—— '하르마게돈(천사지군세, 天使之軍勢)' 은 언제든지 쓸 수 있어."

'하르마게돈'이란 것은 루드라가 지닌 궁극의 힘이다. 그 발동에는 엄격한 조건이 있으며, 한 번 쓰게 되면 다시 사용할 수 있게 될 때까지 오랜 시간을 필요로 하게 된다.

제국이 지금까지 움직이지 않았던 이유는 단 하나.

루드라가 다시 '하르마게돈'을 사용할 수 있게 될 때까지 계속 기다렸기 때문이었다.

그 결과, 최대의 장애물로 여기고 있었던 그란베르까지 사라졌다. 루드라가 승리를 확신하는 것도 어떤 의미에선 당연한 것이었다.

그리고 기이는 어떤가 하면, 마왕들을 완전히는 장악하지 못하고 있었다.

협력관계가 구축된 상태라고는 말하기 어려웠으며, 마왕들은 제각각 마음대로 행동하고 있었다. 개개인의 세력범위는 광대했지만, 루드라가 보기엔 위협적이지는 않았던 것이다.

"이번에는 압도적으로 유리하군."

"하지만 시간이 없잖아요? 내 어리석은 동생을 억지로라도 동료로 끌어들이고 싶은데 말이죠. 그렇게 하면 기이에 대한 대책도 될 테고요. 언니인 베루자도만 잘 막으면 레인이나 미저리는 어떻게든 처리할 수 있어요. 그래서 의논을 좀 하고 싶은데, 당신의 '지배'의 힘은——?"

"안심해. 베루도라의 의식을 싸움 쪽으로 집중시키면 그 틈을 파고들어 내 '레갈리아 도미니온(왕권지지배, 王權之支配)'으로 녀석을 손에 넣을 수 있을 거야."

그 말을 들은 베루글린드는 차가운 미모에 부드러운 미소를 띠었다.

"어머나, 그렇다면 승리는 확실하겠군요."

"물론이지, 모든 게 내 계획대로 움직이고 있어."

"그럼 됐어요. 걱정이 되는 건 당신의——."

"그만 말해. 이것도 또한 자연의 섭리야. 불편하다니까, 인간의 육체라는 것은……."

"루드라……."

"자아와 기억을 계승한 채 몇 번이나 다시 태어나면 '영혼' 그 자체가 소모돼. 가드라처럼 휴식기가 있으면 좋겠지만, 내게는 허락되지 않는 사치지. 그런 짓을 하면 내 **힘**이 다시 봉인되어버릴 테니까."

그렇게 되면 루드라는 능력을 해방하는 절차를 처음부터 다시 시작해야 한다. 전생할 때마다 그랬다간 기이를 상대로 한 승리는 도저히 바랄 수 없을 것이다.

이번에 루드라는 자신의 힘이 완전한 상태가 될 때까지 계속 기다렸다. 그랬기 때문에 모든 힘은 해방되었으며, 완전한 상태라고 할 수 있었다.

하지만——.

그 상태를 유지하기 위해서 루드라는 상당한 무리를 하고 있었다.

이번 대에서 루드라는 측실은커녕 왕비조차 들이지 않았다. 제국의 왕비는 장식일 뿐이긴 해도 이건 이상한 일이었다.

그건 즉, 루드라(자신)의 스페어가 될 황자도 태어나지 않았다는 의미이기 때문이다.

황자가 태어난다는 것은 자신의 힘이 분리된다는 의미가 아니다. 루드라의 전생은 특수한 것이며, 태어난 황자가 모든 힘과 지식을 계승하는 것이다.

완전한 만세일계(萬世一系)——후계자 정도가 아니라, 황자야말로 진정한 황제라고까지 말할 수 있었다.

그런 황자가 이번 대에는 존재하지 않았다.

그 이유는 바로 '하르마게돈'의 사용시기와 관계가 있었다.

황자에게 힘을 계승시켜버리면 성인이 될 때까지는 스킬(능력)에 제한이 걸리게 된다. 그건 지나치게 강대한 힘의 반동을 억제하지 못하는 것이 원인이며, 루드라도 어떻게 할 수 없는 성질의 것이었다.

그리고 지금, 이번 대에서 최고의 조건이 갖추어졌다. 이 조건을 그냥 보내고 황자로 전생해버리면 10여년의 로스타임이 발생해버린다.

루드라는 그게 싫었던 것이다.

그리고 베루글린드가 불안하게 생각하는 문제는 하나가 더 있었다.

힘을 한계까지 모아두고 있는 탓에 루드라의 정신적 피로가 극한에 도달하려 하고 있었던 것이다.

잠을 자는 간격이 짧아졌고, 늘 권태감에 사로잡혀 있었다. 그 상태는 루드라의 '영혼'의 소모를 가속시키고 있었다.

황자에게 힘을 넘겨주고 '하르마게돈'의 발동시기를 늦추면 그 상태는 완화될 것이다. 그러나 루드라는 절대로 그렇게 하려 하지 않았다.

지금이 바로 그때다.

이번 전쟁으로 기이와의 승부를 낼 생각이었던 것이다.

그런 루드라를 안쓰럽게 바라보는 베루글린드.

"남은 시간은 어느 정도죠, 루드라——?"

"네가 신경을 쓸 정도는 아니야. 적어도 이 세계의 지배가 완료될 때까지는 내가 쓰러질 일은 없을 거라고 약속하지."

"그래요, 그렇겠죠. 당신이라면 그렇게 말하겠죠……."

"그렇게 슬픈 표정 짓지 말라고, 베루글린드. 이번에야말로 승리해서 모든 것을 끝낼 거야. 너는 걱정하지 말고 나의 패도를 지켜보도록 해."

그리고 루드라는 오만불손한 미소를 지어 보였다.

그건 그야말로 지배자로서 보여줄 수 있는 모습이었다.

모든 것을 지배하는, 패도를 걷는 자. 그게 바로 영웅황제(英雄皇帝) 루드라인 것이다.

그런 루드라를 보면서, 베루글린드도 각오를 굳혔다.

"그러네요—— 그럼 나도 오랜만에 자비의 비를 내리게 하도록 하죠. 편안한 은총(죽음)을 흩뿌려서 당신의 패도를 방해하는 자들을 전멸시켜버리겠어요!"

그렇게 선언하면서, 베루글린드는 루드라를 부드럽게 끌어안았다.

그 후에도 두 사람은 흡족해질 때까지 계속 얘기를 나눴다——.

그리고 다음 날.

역사상으로도 유례가 없는 대군대가 제국에서 템페스트(마국연방)를 향해 출격했다.

놀 때는 다른 집중력

만화 : 카와카미 타이키

디노

간식이라도 좀 갖다 줄까.

디노 녀석, 의외로 열심히 일하고 있잖아.

야아, 정말 힘들어. 정밀작업이라 계속 집중해야 하거든.

헤에, 뭔데 그래?

오오.

여어, 고생이 많군.

젠

가

잠깐 놀았을 뿐인데!

이 오니!!

악마.

그런 소리는 베니마루 한테나 해.

폭군!!

그런 소리는 디아블로 한테나 해.

그런 소리는 밀림 한테나 해.

타악

TENSEI SITARA SURAIMU DATTA KEN Vol. 12
©2018 by Fuse
First published in Japan in 2018 by Fuse.
Korean translation rights reserved by Somy Media, Inc.
Under the license from Micro Magazine Co., Ltd., Tokyo JAPAN

전생했더니 슬라임이었던 건에 대하여 12

2023년 7월 15일 1판 11쇄 발행

저   자 후세
일 러 스 트 밋츠바
옮 긴 이 도영명
발 행 인 유재옥
본 부 장 조병권
편집 1팀 김준균, 김혜연
편집 2팀 정영길, 조찬희, 박치우, 정지원
편집 3팀 오준영, 이해빈, 이소의
미   술 김보라 박민솔
라이츠담당 김정미, 맹미영, 이윤서
디 지 털 박상섭, 김지연, 윤희진
물   류 허석용
발 행 처 ㈜소미미디어
등   록 제2015-000008호
제 작 처 코리아피앤피
주   소 서울시 마포구 토정로222, 403호(신수동, 한국출판콘텐츠센터)
판   매 ㈜소미미디어
경영지원 한민지, 최정연, 박종욱, 최원석
전   화 편집부 (070)4164-3962, 3963 기획실 (02)567-3388
            판매 및 마케팅 (070)4165-6688, Fax (02)322-7665

ISBN 979-11-6190-802-1 04830
ISBN 979-11-5710-126-9 (세트)